KB152719

새벽별이 이마에 닿을 때

새벽별이 이마에 닿을 때

구효서 장편소설

차례

From Now To Now

06/This Year.

수는 서랍을 더듬어 열었다.

그리고 쥐를 꺼내먹었다.

밤이 깊을수록 공기는 시원했고 주변은 조용했다.

쥐 먹는 소리와 옆방의 기척이 전부였다.

딱딱한 고기를 수는 힘주어 씹었다. 턱뼈 움직이는 소리 사이사이로 엘린과 리가 나누는 사랑의 기척이 끼어들었다.

눈을 떠도 감아도 방 안의 어둠은 다르지 않았다. 수는 혼자였고 옆방은 지나치게 가까웠다. 천천히, 그러나 쉬지 않고 수는 쥐를 깨물었다. 엘린은 낮이든 밤이든 사랑스러웠다.

한밤의 턱 운동은 관자놀이 부근의 근육과 뼈 조직을 자극했다. 잠든 뇌를 흔들었다. 마른 고기를 한 번 씹을 때마다 두 개의 단어와 한 개의 에피소드가 새로 떠오르는 것 같았다.

수는 눈을 감고 턱을 움직였다. 가늘고 날카로운 엘린의 스크리밍(screaming)과 다급하게 속삭이는 리의 음성이 문틈으로 새어나왔다.

다급하게, 속삭이는, 리의 음성……. 이것도 턱 운동이 새로 떠올린, 잊혔던 기억이었다. 수는 몸을 떨었다.

수는 펠란투니의 작은 얼굴을 떠올렸다. 입속으로 두 번 그 이름을 불렀다. 펠란투니. 펠란투니. 말린 쥐를 팔러 다니는 펠란투니에게 겨우 50크와차를 주고 두 마리나 얻은 것이 미안했다. 수는 부쩍 쥐 욕심을 냈다.

옆방의 사랑이, 시나브로 끝났다.

"자?"

엘린의 젖은 목소리가 벽 너머에서 들려왔다. 수는 턱 운동을 멈추었다.

"자?"

수는 숨도 멈추었다.

"잘 자, 어-니."

더는 아무 소리도 들리지 않았다. 수도 턱 운동을 멈추었다. 바람이 어둔 들판을 달리며 울었으나 귀 기울이면 아무 소리도 아니었다. 몸 안의 것이었다. 수의 기억들이 되살아나는 수런거림이었다.

09/Last Year.

unny.

"어니?"

수가 쓴 것을 엘린이 읽었다.

"언-니."

수가 말했다.

"어-니."

엘린이 따라했다.

"그냥, 수라고 해. 나는 수잖아."

"외국어 재미있어. 어-니."

"나도 어려워 이건. 언-니."

"언-니."

"아, 되었어, 엘린."

"응, 어-니."

수가 웃었다.

"어-니가…… 엘더 시스터?"

엘린이 물었다.

"그렇대."

수가 말했다.

"잘 왔어. 어-니."

"그래."

"아프리카야."

"그래."

2년 만에 수가 아프리카로 돌아온 날이었다.

수는 그동안 머물렀던 나라의 말을 가져왔다. 수술과 치료를 받으며 열심히 배운 말이었다. 엘린은 수의 귀환을 반겼다.

"정말 기뻐."

"나도 그래."

"수를 그 나라로 보냈던 사람들은 이곳에 파견돼 있던 그 나라 의료진이었을 거야."

"그랬어."

"사고 수습과 이송이 신속했고, 수는 생명을 건진 거야."

"응."

"어떤 사람들인지 아직 찾지 못했어. 그 사이 자기들 나라로 철수한 걸까? 수가 왔으니 함께 찾아. 고마운 사람들이니까."

"그 얘긴 천천히……."

"나는 수가 머물던 이곳이 궁금해서 시애틀의 모든 걸 스톱하고 이리로 날아왔어."

"응."

"수가 그 나라로 이송되었다는 걸 몰랐으니까."

"그랬을 테지."

"어느 날 연락이 딱 끊겼고, 그것으로 끝이었으니까."

"미안해, 엘린."

"그럴 수밖에 없었잖아. 하여튼 난 무조건 이곳으로 왔어."

"응."

"수가 못다 한 것을 내가 하려고."

"최고야, 엘린."

"내가 엘린인 것은 알아?"

"알아."

"시애틀에서 우리 어느 학교에 다녔지?"

수가 입을 열지 않았다.

"수……."

"……."

"아, 아, 아무 문제없어, 수. 우리는 수와 엘린이고, 이렇게 다시 만났어. 그리고 여기는 아프리카."

"응."

"뜨거운 청춘을 보내고 싶었던 수의 아프리카."

"그래."

"그곳에 이제 이 엘린과 함께 있는 거야."

"한없이 기쁘다."

"사랑해, 어니. 언-니."

수가 활짝 웃었다. 엘린이 수를 끌어안았다.

생명을 건진 대신 수는 얼굴과 기억을 잃었다.

그녀가 탄 차가 40미터 돌길 아래로 구르면서 불붙었다. 2년 전이었다. 낯선 나라의 병상에서 깨어났을 때 그녀는 일어설 수 없었고 먹을 수 없었고 아무것도 기억하지 못했다.

그랬다고 수는 말했다. 엘린은 수의 말을 들었다. 재활치료를 받으며 네 차례 얼굴과 전신 성형수술을 받았다.

엘린은 고개를 끄덕였다. 수의 말은 계속되었다. 그녀의 텅 빈 의식 속에 요양치료사들의 언어가 하나 둘 구슬처럼 쌓였다고. 언니라는 말을 가장 처음 들었고 가장 많이 들었다고.

여성 치료사들은 서로 언니라고 했고 환자에게도 그렇게 말했다. 낯선 말들이 쌓여가던 어느 날 수의 입에서 튀어나온 것은 Look at me! 영어였다. 두 발로 다시 섰던 날이었다. 수는 외쳤고 간병인이 놀랐다. 수도 놀랐다. 서게 돼서 놀랐고 영어여서 놀랐다고 했다.

수는 어눌한 말로 지난 2년을 이야기했다. 그 이전으로는 거슬러 오르지 못했다. 두 살이구나……. 엘린은 수를 바라보았다. 2년 치의 기억만 간직한 아이가 자신을 알아볼 리 없다고 엘린은 생각했다.

—하지만 여기는 아프리카고, 나는 엘린이야.

속으로 엘린은 중얼거렸다.

—이곳에 나와 함께 있으면 모든 게 다시 떠오르고 말 거야.

엘린은 수에게 푹신한 잠자리를 마련해 주었다. 수는 더 말하고 싶어 했으나 잠자리로 향했다. 걸음걸이가 온전치 않았다. 두 살짜리 아이처럼 아장아장 걸었다.

"시간은 얼마든지 있어."

엘린이 말했다.

"내일도 우리 것이니까." 수가 말했다. "너와 나의 것이니까."

리는 문밖의 두 여자를 바라보았다.

엘린과 수가 마당의 의자에 앉아 있었다. 리가 직접 만든 나무의자였다. 엘린과 수는 두 개의 나무의자를 붙이고 나란히 앉아 같은 방향을 바라보았다. 그들이 바라보는 쪽은 옥수수 들판이었다.

양파 껍질을 벗기며 리는 두 여자의 등을 바라보았다. HOL이라고 새겨진 흰 티셔츠가 엘린이었고 작은 보랏빛 꽃무늬 원피스가 수였다. 바람이 그들의 소매를 흔들고 지나갔다.

들판 끝 밋밋한 언덕은 회청색이었다. 오후 4시에서 5시 사이에 언덕은 회청색을 띠었다. 늦잠에서 깨어 여섯 시간쯤 이야기를 나누었으면서도 엘린과 수는 그치지 않았다.

엘린은 수의 어깨 위에 자신의 오른손을 얹거나 수의 머리를 끌어당겨 자신의 뺨에 댔다.

음바니 시골 마을은 종일 조용했다. 엘린과 수가 낮게 중얼거리는 소리가 전부였다. 그 소리를 리는 듣지 못했다. 그들은 리를 등지고 있었고 목소리가 크지 않았다.

엘린이 어쩌다 고개를 뒤로 돌려 리를 바라보았다. 눈을 마주치며 서로 웃었다. 엘린이 다시 고개를 앞으로 돌리고 나면 이번에는 수가 뒤돌아보았다.

수도 엘린처럼 웃었고 리도 웃어주었다. 엘린의 웃음은 사랑스러웠고 수의 웃음은 수줍었다. 리는 아스파라거스를 뜨거운 물에 담갔다.

—리! 수가 이곳으로 오겠대!

리는 석 달 전의 엘린의 목소리를 떠올렸다. 그녀의 목소리를 듣는 순간 석 달 뒤에 있을 엘린의 변화를 어느 정도 예감했다. 수가 온다면, 엘린은 수의 부모가 될 것이다…….

수는 어린아이가 되어 돌아왔다. 엘린에게 듣던 것보다 그녀의 상태는 더 나빴다. 그녀의 기억은 새로 배웠다는 동양 언어의 분량만큼도 못 됐다. 새로 만나는 사람을 두려워했으며 익숙해지고 나서도 수줍음은 가시지 않았다.

리가 처음 내민 손을 그녀는 잡지 못했다.

—내가 말했던 리야.

엘린이 수와 리의 손을 맞잡게 했다.

—반가워요, 수. 잘 왔어요.

리는 조심스럽게 수의 손을 잡았다. 새로 돋은 생살이 붉고 매끄럽고 반짝였다. 얼굴도 마찬가지였다. 완전히 아물지 않은 화염의 상처. 스치는 바람에도 아플 것 같았다. 눈에 띄지 않을 만큼이긴 해도 수의 피부는 쉬지 않고 경련했다. 리는 그것을 보았다.

그녀의 얼굴은 흉하지 않았다. 얼룩덜룩한 건 손과 발뿐이었다. 귓바퀴와 콧등과 입술 라인 시술이 매우 정교했다.

수는 동양계였으나 피부가 흰 편이었다. 리와 엘린은 아프리카계였고 다크 브라운이었다. 엘린 쪽이 좀 더 짙었다.

리와 엘린과 수의 머리카락은 모두 검었다. 수는 직모였고 엘린은 풍성한 곱슬, 리는 짧은 곱슬이었다. 수와 마주칠 때마다 리의 눈길이 가장 먼저 닿는 곳은 그녀의 피부가 아니라 눈이었다.

두려움과 아픔과 슬픔보다는 깊은 열망 같은 것이 그곳에 고여 있었다.

엘린이 말한 '뜨거운 청춘'의 흔적 같은 걸까. 리는 고개를 가로저었다. 아스파라거스가 뜨거운 물속에서 파릇하게 익어갔다. 비유적 표현에 약한 자신을 리는 잘 알았다.

엘린이 수의 부모라면 자신도 수의 부모일 수밖에 없다고 생각했다. 리는 엘린을 깊이 사랑했다. 부모라면 수의 '뜨거운 청춘'을 되찾는 역할로서의 부모일 거라고 생각했다.

엘린의 마음도 그럴 거라고 짐작했다. 리는 엘린과 또 한 가지에서 강력한 동반자가 되었다는 것이 기뻤다. 그리고 이런 비유를 이어나가는 자신이 왠지 어색하지 않았다.

엘린과 함께라면 리는 무엇이든 좋았다. 리는 엘린과 수를 위해 요리를 할 것이며, 웃을 것이며, 노래를 부르거나 춤추게 될 것이라는 걸 알았다. 그런 상상이 기분 좋았다.

수가 도착하기 전, 리는 유칼립투스 나무로 수 몫의 의자와 침대를 만들었다. 엘린은 수의 잠자리를 요람처럼 꾸몄다. 수는 그 모든 것에 만족했다.

아스파라거스를 접시에 담아 식탁에 옮기고 리는 문밖의 두 여자 쪽으로 눈을 돌렸다.

엘린이 뒤돌아보았다. 그녀의 시선을 놓치지 않고 리가 손가락으로 식탁 쪽을 가리켰다. 엘린과 수가 의자를 들고 집 안으로 들어왔다. 별이 여유로운 일요일 오후였다. 세 사람은 자리에 앉아 신에게 기도했다.

"양고기 구이와 양파 샐러드는 케냐식이에요."

기도를 마치고 리가 말했다.

"리는 케냐에서 왔거든."

엘린이 말했다.

"맛있어요. 고마워요."

수가 말했다.

세 사람은 한동안 말없이 음식을 먹었다.

엘린과 수가 나란히 앉고 리가 엘린의 맞은편에 앉았다.

리가 후추와 토마토를 더 가져왔다.

엘린의 눈이 리의 움직임을 따라다녔다. 사랑이 가득한 엘린의 눈빛을 수는 놓치지 않았다.

"한국어로는 뭐라고 하지?"

엘린이 물었다.

"뭘?"

"맛있다는 것."

"음, 음, 꿀-맛."

"굴…… 쿨, 역시 난 안 되겠어."

엘린이 고개를 저었다.

"리의 음식. 꿀-맛."

리를 바라보며 수가 말했다.

"고마워요."

리가 말했다.

"엘린에게도 나에게도 리의 음식은 꿀-맛. 안 그래 엘린?"

"물론."

엘린이 크게 고개를 끄덕였다.

"맛있게 먹고 뜨거운 청춘을 되찾아요."

리가 말하고 셋이 함께 웃었다.

"엘린도 나도 수가 없는 이 땅에 도착한 거예요." 리가 계속 말했다. "각자 다른 이유로 왔던 것인데, 그런데 만난 거죠. 엘린과 내가. 수 때문에."

리는 자주 자리에서 일어섰다. 필요한 것을 한꺼번에 가져오지 않고 따로따로 조금씩 가져왔다. 물을 가져오고 조금 있다가 후추를 가져오고 다시 생각났다는 듯 토마토와 소금을 가져오는 식이었다.

수는 늘씬한 리의 움직임을 바라보았다. 걸음을 내디딜 때마다 리는 고개와 어깨를 끄덕였다. 그것은 허리에서 살짝 튕겨져 오르는 리듬에 맞춰졌다.

춤 같았으나 리의 귀여운 걸음걸이일 뿐이었다. 엘린이라는 이름을 발음할 때마다 사랑 가득한 표정을 짓는 것도 리의 귀여운 습관 중 하나였다.

"수와 연락이 끊겨 무작정 이리로 날아왔다고 엘린은 내 앞에서 글썽였죠."

"메일 없는 날들이 끝도 없이 이어졌으니까, 수."

엘린이 포크를 손에 든 채 말했다.

"응. 붕대를 우주복처럼 두르고 한국의 병상에 누워 있었으니까."

수가 말했다.

"내가 뭐랬는 줄 알아요, 수? 수가 누구죠? 수가 누군데? 하고 엘린에게 소리를 질렀어요."

"어찌나 크게 소리를 지르던지."

엘린이 고개를 저었다.

"그런데 엘린, 어떻게 여기로 오게 된 거야?"

수가 물었다. 리는 접시 하나를 치우고 갈릭 소스를 더 가져왔다.

"수를 찾아야겠다는 생각밖에 없었거든."

"어떻게 여기인 줄 알고 오게 된 거냐고?"

"수가 나한테 부친 마지막 그림엽서가 있었어. 거기에 주소가 있었어."

"뭐라고 쓰여 있었는데?"

"From Malawi, Sue."

"그것으로 끝?"

"끝."

"그러니 내가 소리를 안 지를 수 있었겠어요?"

리가 끼어들었다.

"소리 지른 건 다른 이유가 있어서였다며, 리."

엘린이 목소리를 낮췄다.

"물론 그림엽서와 꼬마 사진 한 장 들고 수를 찾던 네가 비명을 지를 만큼 귀여워서……였지. 응."

"지도 찾아봤더니 아주 작은 나라였어, 수."

"맙소사, 엘린."

"큰 소리로 외치면 온 나라 사람들이 다 들을 수 있다고 생각했다는 건 아니야, 수. 방법이 없었어. 엽서하고 네 어릴 적 사진 한 장만 들고 올 수밖에 없었으니까."

리는 한 개씩 한 개씩 접시를 치운 뒤 짜이를 내왔다. 그의 걸음걸이처럼 리는 부드럽고 수다스럽지 않은 목소리로 말했다.

"그렇게 만난 거죠. 엘린과 내가."

"그리고 우리는 사랑하게 된 거야, 수."

"그렇구나."

"수가 아니었다면 엘린이 시애틀에서 이곳으로 날아올 리 없었겠죠."

"나는 리를 못 만났겠고."

어느새 리와 엘린이 나란히 앉고 수는 그들 맞은편에 혼자였다.

"이곳에서 엘린과 함께 수를 맞게 된 내력이 그러했던 겁니다."

"엘린이 멋진 리를 만나 사랑하게 돼서 기뻐."

"수는 나와 리 사이의 운명의 다리였던 거야."

"영광이야."

"그런데 유감스럽게도, 바보같이, 나와 엘린은 이곳에서 수의 흔적을 찾을 수 없었어요. 한국의 의료진도 만날 수 없었죠."

"하지만 수가 왔잖아, 리. 수는 이곳에서 많은 것을 기억해낼 거야. 우리가 함께 찾아낼 거고."

"그러는 것이 엘린과 나를 맺어준 수에 대한 우리의 임무라고 생각해."

"사람들은 나를 못 알아볼 거야."

수가 찻잔을 내려놓았다.

"……."

리와 엘린은 말을 잇지 못했다.

"나도 그들을 알 수 없고."

붉고 커다란 태양이 언덕으로 내려앉았다.

회청색 언덕이 검게 변하며 넓고 긴 그림자를 들판 가득 드리웠다.

아프리카 밤의 시작이었다.

08/Three Years Ago.

—자궁 속?

수의 첫 의식은 짧은 의문이었다.

—자궁 속일까?

긴 잠에서 깬 것인지, 자궁벽에 착상된 생명체로서 첫 감각을 획득한 순간인지 가늠할 수 없었다.

어두웠고, 혀끝조차 움직일 수 없었다. 우주 한복판이거나 깊은 물속 한가운데에 던져진 것 같았다.

그러다 수는 깜짝 놀랐다.

'자궁'이라는 말을 아는 자신한테 놀랐다. 잠, 생명체, 감각, 획득, 순간, 우주, 물……. 말이 꼬리를 물고 이어졌다. 의식 이전에, 말이 있었다.

—나에게는 인간으로서의 역사가 있다. 그런 역사가 있다.

그런 역사가 있는 것이다.

말이 의식을 유영하도록 내버려두었다. 나, 인간, 역사……. 여전히 어두웠고, 아무 소리도 들리지 않았다. 움직임이 가능한 존재인지 알 수 없었다. 인간 혹은 물질로서의 역사가 지난 뒤 혼령이나 유령의 영역으로 넘어온 것은 아닐까.

얼마나 시간이 지났을까. 수의 귀에 첫 소리가 들렸다. 소리는 컸고, 분명했다.

—언니!

사람의 말이었으나 뜻을 알 수 없었다. 놀라는 소리였고, 머잖아 누군가 뛰어오는 소리가 들렸다.

사람이 뛰는 소리라는 걸 알았다. 사람이 뛰는 소리를 안다는 게 너무도 흥분되었다. 사람이 뛰는 소리. 사람이 뛰는 소리. 수는 속으로 그 말을 반복했다.

그녀의 말은 소리가 되지 않았다. 그 무엇도 깨어나게 하지 못했다. 사람이 뛰는 소리. 사람이 뛰어오는 소리. 말은 몸 안에서만 맴돌았다.

사람이 뛰는 상상은 얼마든지 할 수 있었다. 사람 뛰는 상상이 가능하다는 사실도 놀라웠다.

안에서만 맴돌던 것이 얼마 뒤 몸 밖으로 새어나왔다. 소리가 아니라 옅은 숨이었다. 따뜻한 숨 한 줄기가 실처럼 빠져나갔다. 수는 그것을 느꼈다.

—언니! 저 모니터, 전압눈금 좀 봐요.

—원신호가 왜 저래? 필터링해 봐. 증폭해서.

—됐어요.

—얼마 나와?

—2비피피.

—2비피피?

—네. 2비피피.

—얼른 과장님 불러. 얼른.

무슨 말인지 알아들을 수 없었다. 수가 의식을 찾을 즈음의 기억이란, 기억이 아니라 간신히 회복한, 그야말로 의식의 한 조각일 따름이었다. 그즈음의 기억은, 나중에 배운 미숙한 한국어로 소급하고 상상해서 재구성한 상황에 불과했다.

말할 수 없었고 움직일 수 없었으나 주변에 사람들이 모여든다는 사실을 알았다. 구체적이고 긴박한 느낌들에 기대어 이곳이 혼령이나 유령의 영역이 아니라는 확신을 굳혀갔다.

—눈을 떠 봐요.

남성의 굵은 목소리가 들렸다.

—오픈 유어 아이즈.

같은 말인지 다른 말인지 그때는 알지 못했다.

—느껴져요?

—두 유 필 미?

남성은 두 마디씩 이어 말했다.

둔중한 압박감이 다리를 지나갔다. 둔중한-압박감이-다리를-지나갔다.

그 느낌에 놀랐고, '다리'라는 말과 그것을 떠올리는 자신에게 놀랐다. 깊은 물속이거나 막막한 우주의 어둠 속에서 마침내 건져진다는 느낌에 가까워지자 눈물이 날 것 같았다.

'눈물'이라는 말에 또 놀라고 말았다. 감각은 생명이고 생명은 감각이었다. 무언가 발바닥에 닿았다. 그것은 무릎에 닿았다가 겨드랑이에 닿았다. 온몸을 옮겨 다녔다.

감각이 열리며 생명이 열렸다. 그러나 여전한 암흑.

—당신은 우주복을 입고 있어요, 노엘 양.

—유 아 웨어링 어 스페이스 슈트, 미스 노엘.

무슨 뜻인지 모를 말이었다. 수는 느낄 뿐 눈을 뜰 수 없었고 반응할 수 없었다.

—손가락을 움직여 봐요.

—무브 유어 핑거스.

남성은 집요하고 성실하고 차분했다. 왼쪽에서 묻고 오른쪽에서 묻고 발치에서 물었다.

비슷한 질문이 매일 여러 차례 이어졌다. 남성과 여성이 번갈아 묻고 설명하고 명령했다. 눈을 떠 봐요. 오픈 유어 아이스. 그들이 묻는 위치는 언제나 일정했다. 왼쪽에서 묻고 오른쪽에서 묻고 발치에서 물었다.

수는 그들의 움직임을 가늠했다. 수없이 어딘가의 문이 열리고, 문이 닫혔다. 그 소리를 들었다. 수는 통나무처럼 누워 있었다.

자궁과 우주와 역사라는 말을 아는 통나무가 신기했다. 수는 하루라는 말도 알았다. 매일이라는 말도 알았다. 말만 안 것이 아니라 수는 실제로 하루가 가고 하루가 오는 것을 느끼고 알았다. 매일 질문을 받고 명령을 받았다. 낮과 밤이 교차하며 지구가 도는 걸 감각했다.

어느 날 수의 몸 안으로 빛이 스며들어왔다. 주변이 천천히 밝아졌다. 소리는 들리지 않았다. 한밤중이라고 생각했다. 몸이 서서히 전등처럼 빛나며 부풀었다.

수는 자루 모양의 둥글고 거대한 형광램프를 떠올렸다. 자신의 몸이 그렇게 변해가고 있었다.

빛이 들어찬 몸이 절로 터져버릴 것 같았다. 구멍이 나고 그 사이로 빛이 흘러나갈 것 같았다.

머리 위 어디선가 툭툭, 소리가 났다. 수는 오랫동안 그 소리에 주의를 기울였다. 소리는 들렸다 안 들렸다 했다. 수는 풍경을 떠올렸다.

동틀 무렵의 새벽. 불긋한 하늘 저편에 붙박인 보랏빛 구름을 떠올렸다. '바람'이라는 새로운 말과, 창가에 그늘을 드리우기 시작하는 나무와, 그 나무의 가지와, 가지 끝의 나뭇잎을 떠올렸다.

나뭇잎이 툭툭, 창문 유리를 건드렸다. 건드리고 건드리고 건드렸다.

수는 언제까지고, 경이로운 그 소리를 들었다. 나뭇잎이 창유리 두드리는 소리를 들었다. 그 소리는 빛으로 부푼 수의 몸을 두드렸다. 두드리고 두드리고 두드렸다.

전등처럼 빛나며 팽창하던 자루에 마침내 구멍이 생겼고 빛이 그 구멍으로 흘러나갔다. 툭, 소리를 내며 터져 흘렀다. 시원해지면서 숨을 크게 쉴 수 있을 것 같은 기분이 들었다.

어딘가로 달려나가던 홍건한 빛이 메아리처럼 되돌아와 수의 눈을 덮쳤다. 세상이 완연하게 밝아졌다. 암흑에서 뚜렷하게 헤어난 거였다.

—봐, 언니.

빛 가운데서 누군가 낮게 속삭였다.

—눈물 아니니, 저거?

—맞아.

수는 깨어났다.

10/Last Year.

엘린은 창문 밖을 내다보았다. 마당 끝에 서 있는 수의 뒷모습을 바라보았다.

마당 끝에는 앙상한 톱보지 나무 한 그루가 서 있었다. 수는 나무를 잡고 선 채 옥수수 들판을 바라보았다.

날은 흐렸고 곧 비가 쏟아져 내릴 것 같았다. 수의 마른 종아리에서 치마 끝이 바람에 나부꼈다. 머리카락도 바람결을 따라 한쪽으로 흘렀다.

수가 아프리카로 돌아온 지 거의 한 달이 지났다. 한 달이 지나고 있었으나 마당 끝에 홀로 서서 먼 곳을 응시하는 수의 모습은 달라지지 않았다.

수…….

엘린은 입속으로 그녀의 이름을 불렀다.

리는 톰보지 나무를 요기라고 불렀다. 추우나 더우나 마른 몸으로 버티고 앉아 명상에 드는 인도의 야생 수도자라고 했다.

엘린은 요기라는 사람들에 대해 알지 못했다. 딱딱하고 가느다란 줄기와 가지, 성긴 나뭇잎, 낮은 키, 내일이면 죽어버릴 것 같거나, 이미 오래전에 죽은 것 같은, 그러면서도 일 년에 두세 번 새순을 내며, 가쁜 숨을 조용히 몰아쉬는 식물을 알고 있을 뿐이었다.

눈길 닿는 범위 안에 나무라고는 그것 한 그루였다. 황량하고 무심한 마당과 들판의 일부일 뿐이었다.

옥수수 밭이 시작되는 곳에서 들판은 끝났고, 회청색 언덕이 시작되는 곳에서 옥수수 밭은 끝났다. 그 다음은 끝을 알 수 없는 하늘. 엘린도 수처럼 그것들을 바라보았다.

엘린과 리는 톰보지 나무까지를 마당으로 여겼다. 톰보지가 있으나 없으나 마당은 무심한 들판의 연속에 지나지 않았으나 엘린과 리는 그곳까지를 마당이라고 불렀다.

수는 그곳에 서서 옥수수 밭과 언덕과 하늘을 바라보았다. 날마다 그랬다.

점심시간을 이용해 엘린은 집에 들렀다. 너무 오래 수를 혼자 둘 수 없었다. 누가병원은 멀지 않았다. 엘린은 그녀의 유니폼에 새겨진 HOL(Hospital Of Luke)의 물품구매부에 근무했다.

리가 들르는 날도 있었다. 그가 일하는 ADMARC 지부는 집에서 자전거로 왕복 두 시간 거리였다. 그의 업무차량이 집 앞 옥수수 밭을 지날 때 잠깐 들러 수의 상태를 살폈다.

엘린이 네 번쯤 들를 때 리는 한 번 들렀다. 그들이 들를 때마다 수는 마당 끝의 톰보지 나무를 지팡이 삼아 우두커니 서 있었다.

창밖 풍경은 하늘과 들판뿐이었다. 들판에 옥수수가 자라고 이따금 트럭이 먼지를 일으키며 지나갔으나 창밖 풍경은 하늘과 들판이 전부였다. 몇 시간 동안 사람의 모습을 볼 수 없을 때가 많았다. 주변 마을은 다 비슷했다.

스케치북 한가운데 가로로 그어진 선. 위가 하늘이고 아래가 들판이었다. 그뿐이었다. 풍경은 단순한 만큼 완강했다. 그 안에 작은 톰보지 나무와 수가, 스크래치처럼 서 있는 것이다.

메리는 작은 양이 있었어~

엘린은 노래를 불렀다.

작은 양, 작은 양~

자기만 들을 수 있게. 그러다 점점 크게. 수가 서 있는 마당 끝까지 흘러가게 소리를 높였다.

메리는 작은 양이 있었어~
눈처럼 털이 하얀 작은 양~

수는 아무 반응도 보이지 않았다.

엘린은 종종 수 앞이나 뒤에서 '작은 양'을 불렀다.

그 노래가 좋은 거냐고 수는 엘린에게 물었다. 그냥 부르는 거라고 엘린은 말했다. 노래는 단순하고 쉬웠다. 가끔은 엘린이 부르는 노래를 수가 따라 했다. 엘린이 바라는 반응은 그런 것이 아니었다.

'작은 양'은 수가 자주 부르던 노래였다. 엘린과 함께 있을 때는 함께 불렀다. 혼자일 때 수는 언제나 '작은 양'을 불렀다.

열한 살 때도 불렀고 열일곱 살 때도 불렀다. 슬플 때거나 기쁠 때거나 시애틀에서는 버릇처럼 그 노래를 불렀다.

그랬다는 사실을 수는 기억해내지 못했다. 엘린이 듣고 싶은 것은 수 스스로 그때 그 감정을 끌어내어 부르는 '작은 양'이었다.

노래를 네가 떠올릴 수만 있다면…….

엘린은 노래를 멈추었다.

많은 것들을 떠올릴 수 있을 텐데.

엘린은 글썽였다.

수, 그때의 네 눈망울을 보고 싶어.

한낮의 데니 야드(Denny yard).

수가 느릅나무를 맴돌며 노래를 불렀다. 여섯 살이면 더는 부르지 않게 되는 노래를 수는 작은 소리로 쉬지 않고 불렀다. 메리는 작은 양이 있었어~ 작은 양, 작은 양~ 수는 열한 살이었다.

느릅나무 그늘에 숨었다가 나타나고 다시 숨었다가 나타나는 수를 엘린은 비즈니스 스쿨 건물에 기대어 바라보았다. 엘린은 아홉 살이었다.

같은 초등학교를 다녔고 서로 아는 사이였으나, 엘린은 왠지 그날 처음 수를 알게 된 것 같았다. 공원의 나무들은 하나같이 크고 짙푸르렀고 하늘은 구름 한 점 없이 높았다. 그런 날이었다. 드넓은 공원엔 지나다니는 사람이 별로 없었다.

귀가 아프게 쓰르라미가 울었다. 작고 끝없이 이어지는 수의 노래도 벌나비의 날갯짓이거나 어느 건물에서 새어나오는 모터 소리처럼 높낮이가 없었다.

메리는 작은 양이 있었어~. 눈처럼 털이 하얀 작은 양~. 움직이는 것이라고는 느릅나무 이파리와 흰 원피스 차림의 수뿐이었다. 수는 혼자서 나무를 돌고 돌고 또 돌았다. 엘린은 꼼짝없이 서서 수의 움직임을 지켜보았다.

곧 수에게 다가가 무슨 말을 하게 될 거라는 예감에 시달렸다. 그때의 순간을 엘린은 그 후로도 오랫동안 기억했다.

적절치 않은 짓이라는 걸 모르지 않았으나 엘린은 수를 향해 한 발짝 한 발짝 다가갔고, 결국 그 일은 오래도록 잊히지 않을 후회가 되었다.

그럴 필요 없어. 속으로 자신을 타이르면서도 아홉 살의 엘린은 걸음을 내딛었다. 적절치 않은 짓이라는 생각과, 수를 위해서라는 생각이 회오리쳤다. 판단할 수 없었으나 걸음은 멈추지 않았다.

—이제 너희 나라로 돌아가게 되는 거니?

엘린이 말했다.

엘린의 말이 수의 눈에 한 차례 부딪힌 뒤 느릅나무 이파리 사이를 뚫고 드높은 하늘로 솟구쳤다. 그리고 어느 순간 바람처럼 사라졌다. 그런 것 같았다.

내가 무슨 말을 한 거지?

엘린은 자신에게 물었다.

수는 멈추지 않고 나무를 돌았다. 작은 양, 작은 양~. 수의 흰 에나멜 신발이 풀을 스치며 조금씩 초록물이 들었다.

그러다 수의 노랫소리가 멈추었다. 움직임도 멈추었다. 엘린 앞에 다가온 것은 수의 크고 맑고 새까만 눈망울이었다. 아무 감정도 담기지 않은 투명한 눈빛이었다.

—내 나라로 돌아가다니, 무슨 말이지?

감당 못할 짓이었다는 것을 엘린은 깨달았다. 수의 눈빛이 말했다. 여기 말고 내 나라가 또 있니?

엘린은 아무 말 못하고 서 있었다.

엘린의 집은 노스이스트 19번가였고 수의 집은 18번가였다. 두 가족 모두 그랜트 레인의 교회에 다녔다. 엘린은 학교 아이들이 수에 대해 말하는 것을 들었다. 어른들이 수의 가족에 관해 말하는 것을 들었다.

> 이 일은 아이들을 웃고 놀리게 만들었어~
> 웃고 놀려~ 웃고 놀려~
> 이 일은 아이들을 웃고 놀리게 만들었어~
> 학교에 온 메리의 양을 보고는~

수 혼자 그런 노래를 불렀기 때문에 엘린은 수도 안다고 여겼다. 아이들과 이웃이 수와 수의 가족을 어떻게 바라보는지를. 엘린보다 나이도 두 살이나 많아서 아는 것도 그만큼

많을 거라고 생각했다.

그러나 수의 눈망울은 그게 아니었다. 수는 아무것도 몰랐다. 수의 투명한 눈망울 앞에서 엘린은 어찌할 바를 몰랐다.

그러다가 엘린은 자신이 수를 진심으로 걱정한다는 사실을 깨달았다. 웃고 놀리려는 마음은 조금도 없다는 것을 알았다. 거짓이 아니었다. 엘린은 수가 자신의 마음을 알아주길 바랐다. 하느님은 알 거라고 생각했다.

—넌 네 엄마처럼 하얗기를 원하지 않았니?

엘린이 물었다.

—원했어. 늘.

수가 대답했다. 수의 눈에 경계의 빛은 없었다.

—네 엄마는 하얗고 넌 네 엄마처럼 하얗지 않아.

—알아.

—너도 아는 거지? 네가 네 엄마의 딸이 아니라는 것을.

—무슨 말이지?

—모르겠니?

—모르겠어.

엘린은 잠시 입을 다물었다. 수를 걱정하는 마음이 진심이라고, 하느님께 고백했다.

—널 놀리려는 게 아니야, 수.

—너는 나를 놀린 적이 없어, 엘린.

—네가 태어난 나라는 다른 곳이라고 들었어.

—그래서 내가 엄마의 딸이 아니라고 말하는 거구나.

—그걸 몰랐다니. 엄마와는 피부색이 다르잖아.

—엄마처럼 크면 엄마처럼 흴 거라고 믿었어.

—정말로 그렇게 될 거라고 믿은 거야?

—나는 엄마를 세상에서 가장 사랑하고 존경했어. 내 엄마의 피부가 네 엄마처럼 검었다면 나는 검어지고 싶었을 거고 그렇게 될 거라고 믿었을 거야.

—달라서 같아지고 싶었던 게 아니라, 사랑하고 존경해서 같아지고 싶었던 거구나.

—내 맘을 잘 맞혔어, 엘린. 엄마와 같아지면 엄마에게 더 사랑받을 수 있을 거라고 생각했기 때문에 같아지고 싶기도 했어.

—왜 다른 건지는 모르고?

—같아질 수 있다고 생각했어.

—수.

—응, 엘린.

—네 엄마는 참으로 좋은 분이셨어.

—그랬어.

—그런데 돌아가셨고, 이제 네 아빠는 다른 여자랑 살려고 해.

—그것도 알아.

—그 여자가 너와 함께 사는 것을 찬성하지 않는다는 것도 아니?

—몰라. 너는 어떻게 알지?

—우리 엄마가 사려 깊지 못한 사람이 아니라는 걸 네가 믿어줬음 좋겠어.

엘린은 온힘을 다해 어른처럼 말했다.

—믿어.

—엄마의 말은 사실과 다르지 않거든. 널 걱정하고 계셔.

—아빠가 날 버릴까?

—나는 네가 혼자서 너희 나라로 돌아가지 않게 되길 바라.

—엘린.

—응?

—우리 저기로 가.

수가 나무 그늘 밑의 브램블(bramble) 숲을 가리켰다.

수북하게 얽힌 가시넝쿨 밑으로 은밀한 구멍이 숨어 있었다.

브램블 속은 시원하고 아늑했고 수가 깔아놓은 땡땡과 밀루 매트로 폭신했다. 요정의 방이었다.

—이런 데가 있었다니.

엘린이 말했고,

—함께 써. 너라면 무엇이든 함께 나눌 거야. 오늘부터 그러기로 했어.

수가 말했다.

엘린은 수의 눈을 바라보았다. 여전히 투명했다.

수도 엘린을 바라보았다. 서로 입을 가리고 조금 웃었다. 이때 엘린은 수를 처음 알게 되었다는 느낌이 들었다. 말을 꺼내길 잘했다고 생각했다. 적절치 못한 짓이 결코 아니었다는 확신이 엘린을 기쁘게 했다.

—날 위해 그런 말 해줬다는 거 알아, 엘린.

고백이 하늘에 통했다고 엘린은 생각했다.

—대책을 세워야 해, 수.

—고맙지만 오늘은 여기까지만. 몸이 터져버릴 것 같아.

—그래.

—하늘을 봐, 엘린. 누워서 가시덩굴 사이로 하늘을 보면 원하는 어디든 갈 수 있어.

—네 엄마가 있는 곳 말이지?

수는 말없이 엘린의 손을 쥐고 하늘을 올려다보았다.

그 일들을 수는 기억하지 못했다. 어떻게 상급학교에 진학했고 무엇을 하다 아프리카로 날아오게 되었는지 수는 알지 못했다. '작은 양'의 선율도 잊었다. 날마다 톰보지 나무를 움켜쥐고 수는 기도하리라. 내가 누구인지 알게 해 달라고.

비는 오지 않았다. 수는 열매를 맺지 못하고 말라가는 옥수수 밭 쪽을 바라보았다. 은시마를 머리에 인 아낙 셋이 수 앞을 지나갔다. 왼쪽에서 오른쪽으로, 느릿느릿 지나갔다. 그들의 맨발에서 마른 흙먼지가 일었다.

우기에도 음바니에는 비가 오지 않았다. 잠깐 흐리고 말았다. 바람은 멈춰 있었다. 수의 머리카락도 소매도 더는 움직이지 않았다.

마른 쥐를 팔러 다니는 아이 둘이 세 아낙을 뒤따랐다. 아이 둘은 장대 끝이 하늘로 향하게 쥐고 있었다. 장대는 두 개의 가느다랗고 긴 대나무 막대를 나란히 포개 묶은 것이었다.

포개 묶은 가느다란 막대와 막대 사이에 스무 마리쯤의 마른 쥐가 나란히 끼워져 있었다. 30크와차를 주면 아이들은 '아으육!' 소리를 내며 마른 쥐 한 마리를 힘껏 빼냈다.

아이들은 장대를 왼손 오른손에 번갈아 들며, 스무 마리를 팔기 위해 종일 걸었다.

"수, 그럼 다녀올게."

엘린이 마당 끝을 향해 소리쳤다. 수가 천천히 고개를 돌려 엘린을 바라보았다. 엘린은 손을 흔들었다.

"점심시간 끝날 시각이야. 저녁에 봐, 수."

수가 희미하게 웃었다.

열한 살의 네 눈망울이 그리워……. 엘린은 수를 향해 활짝 웃어주었다.

집에서는 석유램프로 불을 밝혔다.

엘린이 다니는 병원까지만 전기가 공급되었다. 저녁이 되면 노란 램프 불이 리와 엘린과 수가 머무는 작은 집을 밝혔다.

리는 특유의 걸음걸이로 주방과 거실 사이를 오갔다. 끄덕끄덕 흥얼흥얼 노래를 불렀다. 거실과 주방을 경계 지을 만한 그 어떤 것도 없었다.

커다란 나무망치로 딱딱하고 반들반들하게 다진 맨땅 한쪽이 거실이고 다른 한쪽이 주방이었다. 숯불이 발갛게 달아올랐다. 리는 슬리퍼 소리를 내며 이쪽의 식탁과 저쪽의 숯불 사이를 오갔다.

"수, 오늘은 고구마 줄기와 오크라를 먹을 거예요."

리가 웃으며 말했다. 수가 고개를 끄덕였다.

"고구마 줄기는 삶고, 오크라는 돌로 찧어서, 고구마 줄기와 섞는 거예요. 이렇게."

손가락을 매 발톱처럼 구부리고, 돌리며, 리는 래퍼처럼 말했다. 수 앞에서 리는 언제나 그랬다. 수는 얼굴을 들고 그에게 웃어 보였다. 리가 무슨 요리를 어떻게 하려는 것인지, 두 달 넘게 그의 음식을 먹어본 수는 잘 알았다.

"내일은 수가 좋아하는 닭을 튀길 거예요."

"뭐든 좋아요, 리."

"늘 그 소리."

"리가 만드는 것이라면 다 맛있어요. 꿀맛."

"굴…… 맛."

"엘린은 늦나 봐요."

"많이 늦지는 않아요. 곧 와서 함께 저녁 먹을 거예요."

"병원에 무슨 일 있나요?"

"장관이 방문한대요. 쓸데없이."

"쓸데없이?"

"장관은 의료에 관해 아는 게 없어요."

"그럴 리가요?"

"맘바 코브라를 잡으러 오는 거니까요."

밖은 조금 더 어두워졌고 집 안의 램프 빛은 밝아졌다.

"뱀을…… 잡으러요?"

"그렇다니까요."

리가 진지하게 대답했다.

"장관이?"

"그렇습니닷."

"병원에 코브라가 출몰해요?"

"그럴 리가요."

"그런데요?"

"장관이 올 때만 코브라가 짜안 나타나요."

"세상에."

"응급실, 입원실, 진료실, 수술실 여기 저기. 마구마구. 쉭 쉭 쉭."

트집 잡기용 관료의 방문을 '뱀 잡는다'고 말한다는 것. 수가 아프리카에서의 기억을 떠올린다면 그 비유를 알 수 있을 것이라고 리는 생각했다. 아니면 거꾸로, 특이한 그 비유가 수의 무언가를 자극해 기억 회복에 도움이 될지도 모른다고 생각했다. 리는 수의 표정을 살폈다.

"무섭겠다. 환자를 막 무나요?"

리가 참지 못하고 큰 소리로 웃었다.

"무냐고요? 하하하하……."

긴 웃음이 램프 불빛과 함께 집 밖으로 흘러나가 머드 같은 어둠 속에 묻혔다.

"농담이었어요?"

수가 울상을 지었다.

"아니, 아니에요. 실제로 그런 말을 해요. '맘바 코브라를 잡으러 온다'고 해요."

"무슨 뜻인데요?"

"숙제."

"숙제?"

"어떻게든 떠올려보려고 해봐요, 무슨 뜻일지. 알던 말일 거예요. 그러니까 숙제."

"알 수 있을까?"

"남부 아프리카에 파견되어 있는 볼런티어들 사이에서 쓰이는 은어니까요."

"그렇군요."

"그러니까 수도 알고 있었을 거예요."

"힌트를 줘요."

리는 한 여성 볼런티어에게서 들었던 일을 수에게 말해 주었다.

장관이 어느 병원을 방문했다. 주무장관의 시찰임무였다. 병원 관계자들은 입을 모아 장관을 칭송했고 지원에 감사했다.

시찰 때마다 똑같이 반복되는 일이었다. 환자들만 불만이었다. 병원의 어려운 사정을 곧이곧대로 말했다가는 장비와 인력 지원마저 끊긴다는 것을 병원관계자들은 너무 잘 알았다.

한 의사가 조용히 나섰다. 비굴할 정도로 공손하게 병원의 열악한 형편을 소상히 얘기했다. 말하는 내내 의사는 울먹였다. 장관은 인자하게 웃으며 고개를 끄덕였고 의사와 우정 어린 악수를 나누었다. 환자들은 의사에게 박수갈채를 보냈다.

장관이 병원을 빠져나가자 장관의 수행원들이 의사를 조용히 불러냈다. 세탁동 건물 그늘에서 수행원들은 의사를 밟았고 늑골 두 개가 부러졌다.

병원장이 장관을 은밀히 두 번이나 찾아갔고 장관은 그때마다 병원장을 인자한 웃음으로 배웅했다. 병원에 별다른 불이익이 생기지 않았다. 물론 이익도 생기지 않았다. 불운한 의사의 늑골만 두 개 부러졌다.

이와 같은 사실을 오스트레일리아에서 온 남성 볼런티어가 대통령 직속 비리척결 위원회에 상세히 제보했다. 얼마 후

오스트레일리아인은 정부로부터 추방 명령을 받았다며 동료 여성 볼런티어 앞에서 허탈하게 웃었다.

그런 일이 있었노라고 여성 볼런티어가 리에게 전했다. 리는 바나나 잎사귀로 만든 수공예품 인형을, 오스트레일리아로 돌아가는 볼런티어에게 전해주라며 여성 볼런티어에게 건넸다. 여성 볼런티어는 푸른 치마를 예쁘게 차려 입은 바나나 잎사귀 인형을 추방자에게 전했다.

말을 마친 리의 입가가 굳었다.

"장관의 시찰에는 플롯이 있는 거군요."

수가 말했다.

"……."

리의 얼굴마저 굳었다.

"그 플롯을 알아맞히면 숙제를 풀 수 있나요?"

"……."

"왜 그래요, 리?"

"왜 그러냐면……."

조금 전의 가볍고 명랑했던 리가 아니었다. 길게 웃어젖히던 표정이 어디에도 남아 있지 않았다.

"왜 그러는지 말해 줄 수 있어요, 리?"

리는 주방과 거실을 말없이 오갔다. 세 번을 오가고 나서 걸음을 멈추었다.

"그 일을 나한테 말해 주었던 여성 볼런티어도…… 수와 같은…… 동양인이었어요."

리가 수를 노려보았다. 노려보는 것 같았다.

"동양인……이었다고요?"

리는 더 이상 대답하지 않았다. 자리에서 일어나 숯불 쪽으로 갔다. 건들거리지도 끄덕거리지도 않았다.

―동양인이었다…….

수는 속으로 중얼거렸다.

―동양인이었다……. 그런데, 리. 미안하지만 동양인이어서 어쨌다는 걸까?

입 안에서 맴돌 뿐 말이 되어 나오지 않았다. 리는 화가 나 있는 것 같았다. 동양인 여성이 그에게 무슨 잘못이라도 저질렀던 걸까…….

수는 리의 수려한 뒷모습을 바라보았다. 오래 바라보았다. 숯불에서 새어나온 빛이 리의 귓불에서 물결처럼 일렁였다. 리는 돌아서지 않았다. 수는 리에게서 눈을 떼지 않았다.

그 여성을…… 좋아했구나.

이것이 수가 알아버린 것이었다. 리를 바라보며 알게 된 사실이었다. 그 여성에게가 아니라 리는 자기 자신에게 화를 내는 것이라는 것도 알았다.

바라보고 있으면 알게 된다는 게 수는 신기했다. 자신이 원래 그런 사람이었는지는 기억나지 않았다. 수는 언제나 자신의 과거가 궁금했다. 수는 자리에서 일어나 벽거울로 갔다.

"미안해요, 수."

리가 말했다. 수는 거울을 들여다보았다.

"잠깐 다른 생각에 빠졌었어요. 얼른 오크라를 다듬어야겠어요."

수는 오래 거울을 들여다보았다. 핑크에 가까운 살갗이 과일 표면처럼 빛났다. 아무리 들여다보아도 이전의 자신은 떠오르지 않았다.

주방 바닥에 웅크리고 앉아 오크라를 다듬는 리를 바라보았다. 수의 눈에 그의 모습이 처음으로 작고 가냘퍼 보였다. 리는 장관 얘기를 했다. '맘바 코브라를 잡다'의 힌트로써 꺼낸 얘기였다. 수는 조금 전의 상황을 떠올렸다. 리의 표정이 굳던 순간을.

리를 굳게 했던 것은 동양인 여성 볼런티어였다. 그것은 분명해 보였다. 리가 그 여성을 사랑했던 거라고 수는 망설임 없이 단정해 버렸다. 단정해 버리는 자신을 이상하다고 생각하지 않는 게 이상했다.

장관 얘기 끝에 뜻하지 않게 굳어버린 안색. 리로서도 어찌할 수 없었던 거라고 수는 생각했다. 자신의 낯이 어두워지는 것을 깨닫지 못했던 거라고.

깊은 비밀이라는 뜻이었다. 리가 굳은 표정으로 숯불을 응시하는 동안 집 안을 가득 메웠던 공기의 낌새도 그러했었다. 비밀스러웠다.

"배고파. 배고파."

엘린이 정적을 깨고 집 안으로 뛰어들었다.

"10분만 기다려."

어느새 리의 얼굴에 사랑스런 표정이 가득했다.

엘린에게는 말하지 말아야지.

수는 혼자 다짐했다. 비밀일 테니까.

"엘린에게는 말하지 말아요!"

리가 큰 소리로 말했고 수는 깜짝 놀랐다.

"무얼?"

엘린이 두리번거리며 물었다.

"코브라 잡는다는 거, 뭔 뜻인지 엘린에게 들으려 하지 말라고요, 수."

리가 말했고 수는 고개를 끄덕였다.

"스스로 생각해 내기."

리의 목소리가 장관 얘기 이전의 경쾌함을 되찾았다. 수는 말없이 고개를 끄덕였다.

"아하."

상황을 파악한 엘린이 수를 보며 웃었다.

수는 끄덕이며 생각했다. 저토록 사랑하는 엘린이 있는데 어째서 리의 표정이 어두워졌던 걸까. 미련일까? 아니면 후회?

"뱀 좀 잡았나, 그 장관?"

리가 식탁으로 접시를 옮겼다. 건들건들 그의 움직임이 살아났다.

“겨우 실뱀 한 마리. 작은 거. 크크.”

“다행이네.”

“우리가 일부러 풀어놓은 거였어.”

“큰 것 감추는 미끼?”

“바보 같은 장관이 그것만 덥석 물었지 뭐야.”

엘린이 웃고 리가 웃었다. 여느 날과 다르지 않은 저녁이었다. 세 사람이 둘러앉은 식탁 한가운데에 석유램프의 노란 불빛이 소리 없이 타올랐다.

10/Three Years Ago.

대개는 한국어로 수에게 안부를 물었다.

—오늘 기분 어때요, 노엘 양? 좋아요? 산책해요.

수는 하루 두 차례 병원의 뜰을 돌았다. 하늘색 유니폼을 입은 담당 간병인이 수의 휠체어를 밀었다. 간병인은 친절하고 명랑했다. 그녀의 밝은 음성 때문에 하늘은 더 높았고 바람도 더 시원했다.

유동식을 간신히 넘겼다. 간병인이 수의 턱 밑에 빕을 두르고 작은 스푼으로 야채 수프와 죽을 수의 입속에 떠 넣었다. 들깨죽이에요. 양송이죽이에요……. 묽고 걸쭉한 곡물 수프를 한국 사람들은 죽이라고 했다. 죽, 죽……. 수는 그 말을 속으로 따라했다. 죽은 매일 이름이 달라졌다.

오랫동안 입으로 먹을 수 없었고 설 수 없었고 말할 수 없었으나 먹는 것은 가능해졌다. 곧 설 수 있고 말할 수 있을 거라고 사람들은 말했다.

병원 뜰에는 많은 사람들이 오갔다. 병원 뒤쪽은 작은 산이었고 앞쪽으로는 멀리 강줄기가 보였다. 강물이 종일 눈부시게 반짝거렸다. 해가 막 지고 났을 때의 강물과 하늘은 더없이 아름다웠다.

사람이 있고 산이 있고 하늘이 있고 노을이 있는 곳이었다. 수에게는 낯설지도 익숙하지도 않았다. 수 앞에 놓인 풍경은 보는 그대로의 풍경이었다. 비교할 만한 풍경의 다른 기억이 없었다. 자신이 이곳이 아닌 다른 곳, 다른 나라거나 다른 세계의 사람인 것 같았으나, 기분이었을 뿐이다.

병원에서는 수의 신상에 관해 어떤 정보도 알려주지 않았다. 밥을 먹이고 재우고 치료를 하고 약을 먹였다. 하루에 몇 차례씩 대화를 시도했으나 수는 반응하지 못했다. 약을 먹고 나면 하늘색 유니폼을 입은 간병인이 수를 번쩍 들어 휠체어에 앉히고 병원 뜰을 돌았다.

간병인은 힘이 셌고 몸에서 세제 냄새가 났다. 수는 그 냄새가 좋았다. 가르쳐주지 않았어도 그 냄새가 세제 냄새라는 걸 스스로 알아냈기 때문이었다. 깨어나서 뭔가를 스스로 처음 알아낸 것이 세제 냄새였다.

저 나무는 곧 노랗게 물들 거예요. 저 나무는 곧 빨갛게 물들 거예요. 간병인은 다정하게 말하는 사람이었다. 아무 소리도 들리지 않으면 간병인이 잠깐 자리를 비운 것이었다.

수는 병원 뜰에서 잠깐씩 혼자가 되었다. 그녀 곁으로 사람들이 오갔고, 어린 아이들은 다가와 만지려 들거나 아주 멀리 도망을 치거나 했다. 수는 가만히 앉아 있었다. 간병인이 다시 나타날 때까지 숨을 쉬며 숨 쉰다는 것을 자각하려고 애썼다.

나이 든 간병인은 종종 휠체어를 세워놓고 나무 뒤나 건물 모퉁이로 사라졌다. 누군가와 긴 통화를 하기도 했고 남몰래 눈물을 훔치기도 했다. 수에게로 돌아오면 아무 일 없었던 듯 푸른 하늘처럼 맑고 높은 목소리로 말했다. 저건 투구꽃, 저건 땅귀개, 저건 산비장이, 저건 구절초…….

가을꽃 이름들이 낯선 가락을 타고 시원한 바람에 섞여들었다. 병원 뜰에는 계절마다 많은 꽃들이 피어났다. 꽃 사이를 지날 때마다 간병인은 꽃송이들을 하나하나 쓰다듬듯 이름을 불러주었다.

그중에는 자주 반복되는 이름이 있었다. 신지야, 이신지……. 그것은 꽃 이름이 아니라 사람의 이름일 거라는 생각이 들었다. 말을 할 수 없었으므로 수는 묻지 못했다. 말을 할 수 있게 되면 맨 먼저 간병인에게 묻고 싶었다. 신지, 이신지가 누군가요?

그러나 수는 그녀에게 묻지 못했다. 수의 입에서 처음 터져나온 말도 그 물음이 아니었다. 간병인도 수의 말을 알아듣지 못했다.

Look at me! 수가 한 첫말이었고, 두 번째 말은 Where is here? 였다.

어떤 일이 일어나도 놀랍지 않거나 어떤 일이 일어나도 놀랄 만한 계절의 오후였다. 보이는 것이 온통 아름다운 연극의 무대 같던 한국의 10월 어느 날, 그 일이 일어났다.

간병인은 수의 휠체어를 밀며 꽃 사이를 지났다. 거즈와 붕대로 휘감긴 몸이지만 수는 잠깐잠깐 자신의 불행을 잊었다. 그런 날씨였다. 간병인은 커다란 플라타너스 그늘 아래에다 휠체어를 세웠다. 그리고 자신은 혼자 몇 발짝 앞으로 더 가 화단석에 앉았다. 앉아서 수를 바라보았다.

그녀가 앉은 곳은 그늘이 아니었다. 햇살이 얼굴에 떨어져 내렸으나 간병인은 아랑곳하지 않았다. 화단과 길의 경계에 놓인 둥근 자연석들은 흰 페인트로 칠해져 있었다.

간병인은 그곳에 앉아 수를 바라보며 웃었다. 물끄러미 바라보고 그윽하게 바라보고 흡족하게 바라보았다. 그리고 또 웃었다. 간병인은 얼굴도 둥글고 어깨도 둥글고 등도 둥글었다.

그녀의 둥근 어깨 뒤로 넓은 꽃밭이 보였다. 거대한 꽃다발을 등에 지고 수를 바라보는 것 같았다. 그녀가 날마다 부르던 이름의 꽃들이 남김없이 그곳에 모여 있었다. 엄청난 꽃의 후광을 등지고 간병인이 하는 일이란 그저 웃는 것이었다.

그렇게 조금씩 조금씩 시간이 흘렀다. 간병인이 화단석에서 천천히 몸을 일으키며 말했다.

—병원 설립자가 심은 나무래요.

간병인은 몇 걸음 걸어 어떤 나무 앞에 다다랐다. 스콜드(scald)처럼 얼룩덜룩한 줄기 끝에 십여 개의 주먹만 한 열매가 달려 있었다.

—백 년도 넘은 나무라는데.

간병인은 손을 들어 통통한 망고처럼 생긴 열매를 따려고 했다. 화단 안쪽으로 손을 뻗을 때마다 재킷을 입은 그녀의 등에 옷 주름이 잡혔고 그 위로 햇살이 떨어져 내렸다. 수는 그런 그녀의 뒷모습을 바라보았다.

—다 익은 건 따도 뭐라 안 해요.

간병인은 손을 뻗었으나 거듭 실패했다. 그녀의 말이 수의 귀에 들어오지 않았다. 수는 간병인의 뻗은 팔과 등에 잡힌 옷주름과 그 위로 떨어져 내리는 가을볕을 바라볼 뿐이었다.

팔과 옷 주름과 가을볕. 수는 그것만 보았고 그것만 보였다. 그것만이었다. 눈이 붙박여 떨어지지 않았다.

와락 울고 싶은 것을 수는 간신히 참았다. 온몸이 들썩거릴 만큼 강렬하지만 까닭을 알 수 없는 징후 앞에서 수는 가쁜 숨만 내쉬었다.

그 순간 수의 기억은 시간을 아득하게, 그리고 빠르게 거슬러 올랐다. 온몸의 세포들이 후드득 깨어나는 것 같았다. 하지만 기억의 질주는 어느 한곳에 멈추거나 다다르지 않았다. 언제까지고 미친 듯이 내쳐 달려 나가기만 할 뿐, 그 무엇도 정지화면으로 잡아내지 못했다.

맹렬한 기시감에 사로잡힌 수는 간병인의 팔과 옷 주름과 가을볕이 이루어내는 이미지에서 한순간도 눈을 뗄 수 없었다.

정신을 차리고 주위를 살피던 수의 눈에 가장 먼저 잡힌 것은 휠체어였다. 자신의 몸과 떨어져 있는 휠체어. 몇 센티미터의 간극에 지나지 않았지만 휠체어와 수의 몸은 분명 이격되어 있었다. 수는 서 있었다. 서서 휠체어를 내려다보았다.

—Look at me!

수는 소리를 질렀다.

간병인은 나무로 뻗었던 팔을 내리고, 뒤돌아서서, 수를 바라보았다.

—세상에, 세상에나.

간병인은 입을 다물지 못했다. 수에게 와락 달려왔다.

—Where is here?

수는 비명을 질렀다. 그리고 놀랐다. 간병인이 수의 말을 알아듣지 못했다. 알아듣지 못한다는 것을 알았다. 간병인이

다가와, 선 채로, 수를 안았다. 거품을 안듯 가만히 안았다.

—이를 어째, 이를 어째.

중얼거리던 간병인이 주머니에서 모바일을 꺼내 어딘가로 전화를 걸었다.

얼마 뒤 간호부들과 담당의가 뛰어왔다. 수는 그때까지 간병인의 품에 안긴 채 서 있었다. 멀리 꽃밭이 보였다. 간병인이 따려던 연록색의 열매는 조금 전보다 훨씬 크고 많아 보였다.

—무엇을 보고 있어요?

의사가 물었다.

—왓 두 유 씨?

언제나 그랬듯 이어 물었다.

—Mango.

수가 대답했다.

모두들 주변을 휘둘러보았다.

한국의 가을 한복판에서.

11/Last Year.

"엘린은 늦나 봐요."

수가 물었다.

"많이 늦지는 않아요. 곧 와서 함께 저녁 먹을 거예요."

리가 말했고 그것은 사실이었다.

리는 오크라를 다듬었다. 식재료가 얼마 남아 있지 않았다. 집에는 냉장고가 없었다. 퇴근길에 시장에 들러 조금씩 장을 봐왔다. 리에게 출퇴근용 자전거가 있었으므로 장은 리가 봤다.

수는 시장에 간 적이 없었다. 수의 상태가 좋아지는 대로 함께 시장에 가리라 리는 맘먹었다. 그녀가 맘에 드는 것을 고르게 하고 싶었다. 리는 수의 모든 것이 궁금했다.

"병원에 무슨 일 있나요?"

식탁에 가만히 앉아만 있는 것을 수는 미안해했다. 리가 보기에 그랬다. 그녀는 리에게 이런저런 것들을 물었다. 혼자 저녁을 준비하는 리의 말벗이 되어주려는 것이었다. 리는 수의 마음을 알았다.

어둔 하늘과 드넓은 저녁 벌판이 음바니의 적막에 농도를 더했다. 말을 나누지 않으면 바깥의 거대한 적막이 언제든 집 안으로 들이닥칠 것 같았다. 말이 이어지지 않으면 리는 일어서서 몸을 움직였다.

식탁과 숯불 사이를 건들건들 오가고, 쪼그리고 앉아 오크라를 다듬고, 가끔 휘파람을 불었다. 엘린과 둘일 때는 어땠는지 떠올려보았다. 수와 셋일 때는 어땠는지도 떠올렸다.

적막감 따위는 아무 문제도 되지 않았다. 수와 둘일 때만 적막이 두려웠고, 대화로 그것을 밀어내려 했으며, 그런 상황이 어쩐지 낭패스러웠다.

"장관이 방문한대요. 쓸데없이."

리는 지구의 축이 약간 기우는 걸 느꼈다. Unnecessarily라는 말이 몸에서 빠져나오는 순간이었다. 수에게 긴장한 모습을 들키지 않으려고 리는 자리에서 일어나 숯불로 갔다. 수의 눈이 리의 움직임을 따라다녔다.

일 년에 한두 번 겪는 가벼운 증상이었다. 미세한 현기증이, 뱀이 지나듯, 리의 뇌리를 스쳤다. 고등학생 시절 학교 화단에 머리를 처박을 만큼 심한 적도 있었으나 한 번뿐이었고, 대개는 1, 2초쯤 살짝 어지러웠다.

일 년에 한두 번이라고 기억할 만한 것도 아니었다. 어지러우면 아, 내게는 이런 일이 어쩌다 일어나지, 하고 중얼거렸다. 지구의 축이 약간 흔들렸던 모양이지……. 그러고 나면 금세 말짱해졌다.

"쓸데없이?"

수가 계속 물었다. 리는 눈을 두 번 끔뻑이고 아무렇지 않게 말했다.

"장관은 의료에 대해 아는 게 없어요."

그렇게 대답하는 자신이 맘에 들지 않았다. 수가 온 뒤로 리의 현기증이 잦아졌다. 깊어지거나 심각해진 것은 아니었으나 기분은 좋지 않았다.

지구의 축도, 말도, 기분도 뜻하지 않은 쪽으로 자주 기울어졌다. 리는 자꾸만 몸을 움직였다. 수의 시선이 따라붙는다는 걸 알았다.

뱀이 지나듯 현기증이 뇌리를 스쳤기 때문일까. 리는 뱀 얘기를 하고 말았다. 장관 얘기를 하고 말았다.

내 입으로 추방당한 볼런티어 얘길 꺼내다니.

리는 손이 떨려 더는 고구마 줄기도 오크라도 손질할 수 없었다. 숯불만 자꾸 피어올랐다. 리는 떨리는 손을 뒤로 감추었다.

HOL에 장관이 온다는 건 사실이야.

리는 속맘을 수에게 들키고 싶지 않았다.

그래서 엘린이 늦는 거니까.

리는 스스로에게 다짐했다.

장관 얘기는 그래서 한 거라고.

수를 돌아보았다. 수는 등을 보인 채 창가에 서 있었다. 그녀의 실루엣에 리의 시선이 한동안 머물렀다.

"그 일을 나한테 말해 주었던 여성 볼런티어도…… 수와 같은…… 동양인이었죠."

리는 입술을 지그시 깨물었다. 피가 나더라도 깨문 입술을 놓지 않을 작정이었다. 엘린에게도 하지 않은 말이었다. 무슨 까닭일까. 말해 버리다니.

그럴 것 같은 징조를 미리 느꼈으나 제어되지 않았다. 적막이 두렵던 순간부터 예측되었던 것이었고, 그것은 저항할 수 없는 힘으로 리 앞에 닥쳐 있었다.

리는 엘린이 미친 듯이 그리웠다. 한편으로 화가 났고 한편으로는 회한이 밀려왔다. 밖은 좀 더 어두워졌다.

엘린의 발소리가 들리지 않을까 리는 귀를 기울였다. 그녀에게 안기고 싶은 마음뿐이었다. 엘린은 처음부터 아무것도 묻지 않고 리를 품어준 사람이었다.

"배고파. 배고파."

엘린이 집 안으로 뛰어들어 왔을 때 리는 비로소 편한 웃음을 지었다.

낭패에서 해방되었다는 기분만은 아니었다. 리는 엘린과 수와 함께하는 저녁 시간이 진심으로 좋았다.

그리고 리는 부정할 수 없었다. 부정하지 못했다. 낭패가 이유 없는 낭패가 아니었다는 것을.

리는 수와의 긴장이 괴롭거나 힘들지 않았다. 묘한 기울기로 어찌할 수 없이 미끄러져 들어가는 순간과, 그렇게 빠져 들어간 지점이 낯설 뿐이었다.

그 낯섦은 지독히 익숙한 낯섦이었다. 잊고 싶고 거부하고 싶고 도망치고 싶으나 어쩔 수 없이 등뼈에 새겨진 화인의 무늬 같은 것.

그래서 도망치려 할수록 그것에 가까워지고, 긴장이 체념으로 이완되며, 달콤한 몽환에 이르는 일. 다만 그것이 무엇인지, 왜 그러는 것인지 리는 몰랐다. 모르면서 궁금증을 견디는 일이 괴롭다면 괴롭고 힘들다면 힘들었다.

“뱀 좀 잡았나, 그 장관?”

식탁으로 접시를 옮기며 리가 물었다. 건들건들 그의 움직임이 살아났다.

“바보 같은 장관이 미끼만 덥석 물었지 뭐야.”

리가 웃고 엘린이 웃고 수가 웃었다. 여느 날과 다르지 않은 저녁이었다. 세 사람이 앉은 식탁 한가운데에 석유램프의 노란 불빛이 소리 없이 타올랐다.

01/This Year.

리가 저쪽에서 이리로 오고 있었다.

리가 저쪽에서 이리로 오고 있다, 고 수는 입속으로 중얼거렸다. 리를 바라보며 문장을 읽듯 그 말을 되풀이했다. 리가 저쪽에서 이리로 오고 있다.

수에게 중요한 건 리의 이동 방향과 이동 장소가 아니었다. 수에게 보이는 것은 이동하는 리, 움직이는 리였다. 걷는 리.

언제나 보아오던 리의 움직임이었다. 리듬을 타듯 건들거리는 모양이 경쾌하고 사랑스러울망정 경박하진 않았다. 그 걸음으로 그가 저쪽에서 이리로 오고 있었다.

조금 전까지도 아무렇지 않았던 평소 리의 걷는 장면이, 이제 수 앞에서 놀라운 장면으로 바뀌려고 했다. 예감에 벅차서 수는 숨을 멈추었다. 그리고 상상했다.

수는 눈을 반쯤 감고 주문을 외듯 입속으로 중얼거렸다. 리가 저쪽에서, 이리로 오고 있다, 이리로 오다가 리는 빠르게 고개를 뒤로 틀어, 자신의 한쪽 발바닥을, 흘끔 내려다볼 것이다……. 수는 자신이 무슨 주문을 외는 것인지, 어째서 그러는 것인지 알지 못했다.

리가 저쪽에서 이리로 왔다. 한 손에 빈 접시를 들고 있었다. 리의 뒤쪽으로 푸르고 맑은 하늘이 보였다. 리에게는 청바지가 잘 어울렸다. 리의 다리는 가늘고 길었다. 사뿐사뿐 수 쪽으로 다가왔다.

아무 일도 일어나지 않는 건가? 수는 기다렸다. 리가 수 앞을 지나칠 때까지 수의 예감은 빗나갔다. 수는 리의 뒷모습에서 눈을 떼지 않았다.

리가 추녀 밑에 다다라 살짝 고개를 숙이며 집 안으로 들어서려 할 때였다. 마침내 그 동작이 나왔다. 낮은 추녀 때문에 고개를 숙인 것이 아니었다. 걸으면서 자신의 한쪽 발바닥을 보려고 뒤로 고개를 튼 것이었다.

동작은 짧은 순간에 이루어졌다. 주시하고 있지 않으면 놓칠 장면이었다. 심심한 강아지가 자기 꼬리를 장난으로 물려는 동작과 비슷했다.

리는 집 안으로 모습을 감추었고 수 혼자 밖에 남았다. 수는 목각제품처럼 굳었다. 주변의 공기도 얼음처럼 굳었다. 곧 엄청난 폭풍이 집과 마당과 온 음바니를 덮쳐버릴 것 같았다.

수는 숨을 몰아쉬며 그 순간을 견뎠다. 그 어느 날보다 하늘이 더 푸르고 맑고 높다는 걸 깨닫는 데 시간이 좀 더 걸렸다. 저쪽에서 사람의 웃음소리가 몇 차례 바람처럼 지나갔다.

수는 분명한 사실 하나를 부둥켜안고 가만히 숨 쉬었다. 이곳에 온 뒤 처음 보는 리의 동작이었다는 것. 그런데 수는 그런 리의 동작을 예감했던 것이다.

그 예감이 2년 이전의 기억에 속하는 것이라고 수는 확신하지 않을 수 없었다. 기억의 한토막이 돌아왔다는 사실만으로도 놀랍고 눈물겨운 일이었다. 그런데 단순한 과거의 어떤 기억의 단편이 아니라, 리의 습관에 관련된 기억이었다.

나는 리를 알고 있었다? 예상했던 것보다 훨씬 큰 충격이 수의 몸을 쓰러뜨렸다. 집 안은 조용했고 저쪽에서 또 사람의 웃음소리가 들렸다. 누구일까, 리는? 그에게 나는 누구였던 걸까? 수는 간신히 몸을 추스르고 저쪽도 이쪽도 아닌 쪽으로 움직였다. 톰보지 나무가 서 있는 쪽으로.

저쪽에서는 엘린과 그녀의 병원 동료 둘이 이야기를 나누었다. 휴일이면 그들은 종종 호밀빵과 훈제연어를 싸들고 엘린의 집에 들렀다.

남자는 현지인인 소크라테스였고, 치체와어를 잘하는 덴마크인 여성 볼런티어는 레베카였다. 그들은 풀밭에 앉아 작은 소리로 얘기를 나누면서 간간이 웃음을 터뜨렸다.

리가 그들에게 물과 차를 가져다주거나 씨를 뺀 자두 같은 것들을 건넸다. 리는 그들의 대화에 참여하지 않았고 그들도 리를 대화에 부르지 않았다. 어딘가 어색해 보였으나 수는 상관하지 않았다.

처음 30분 동안 수는 그들과 대화를 나누었으나 금방 시들해졌다. 소크라테스는 음바니의 자가발전 가능성에 관해 말했고, 피부가 빨갛고 머리가 노란 레베카는 철인 삼종 경기에 관해 말했다. 그녀는 대학시절 철인 삼종 경기 선수였다.

그들의 위치는 저쪽 풀밭이었고 리의 위치는 이쪽 집 안이었으며 수의 위치는 그 중간이었다. 수가 중간에서 벗어나 톰보지 나무 곁으로 옮기면서 그들의 위치는 각각 커다란 삼각형의 세 꼭짓점이 되었다.

수는 가끔 눈을 들어 세 사람이 있는 곳을 바라보았다. 엘린, 소크라테스, 레베카. 그리고 리가 있는 집 쪽을 돌아보았다.

세 사람이 어째서 리를 자신들의 대화에 초대하지 않는 것인지 수는 알 수 없었다. 상관하지 않았으나 좀 이상해 보였다.

그들의 대화에 끼어드는 것을 리가 원치 않은 것은 아니었다. 리는 그들과 함께 있고 싶어 했으나 엘린과 그녀의 동료들은 리에게 아무런 사인도 보내지 않았다.

수가 그런 정황을 알아차리게 된 것과 놀라운 예감에 사로잡혔던 것은 동시에 일어난 일이었다. 리는 머쓱하거나 서운할 때 씁쓸하게 걸으며 자신의 발바닥을 장난스럽게 흘낏거리는 사람이었기 때문이었다. 그런 사람이라는 사실이 떠올랐기 때문이었다.

풀밭 위의 세 사람은 어딘지 완강했다. 이유는 알 수 없었으나 수에게 그렇게 보였다. 오랜 시간 풀밭 한곳에 앉아 작은 소리로 끝없이 말했다.

그러다 그들은 한 번씩 웃었다. 리는 접시와 뜨거운 물주전자 같은 것을 들고 그들과 집 사이를 오갔다. 리의 서운한 표정을 보는 순간 수는 그가 몸을 틀어 자신의 발바닥을 보게 될 것이라고 예상했다.

그리고 그 일은 일어났다.

수는 리와 눈 마주치는 게 두려웠다. 있던 자리에서 멀리 물러나 톱보지 나무 옆에 섰다. 수는 톱보지 나무 곁이 편했다.

"하나 사세요."

아이가 수 곁으로 다가왔다.

"하나 사세요."

아이의 막대기 끝이 하늘을 가리켰다.

"무슨 걱정 있어요?"

아이가 물었다. 푸르고 밝은 하늘 때문에 아이의 막대기가 검게 보였다.

"걱정이 있어 보여요."

그것이 쥐를 꿴 대나무라는 사실을 수는 좀 늦게 알았다.

"말해 봐요. 걱정이 뭔지."

비로소 수가 웃었다.

"네가 해결해 줄 것처럼 말하는구나."

"대체로 해결해 드려요."

수가 다시 웃었다.

저쪽 엘린 일행이 말을 멈추고 아이와 수가 있는 쪽을 호기심 어린 눈으로 바라보았다. 아이와 다정하게 얘기 나누는 모습을 수는 그들에게 보여주고 싶었다. 왜 그런 마음이 들었는지는 생각하지 않기로 했다.

"얘야."

"네."

"너는 몇 살이니?"

"총각 나이를 알아서 뭣하게요?"

수가 입을 벌려 웃었다. 대나무 막대기에 마른 쥐가 가득했다. 아이는 한 마리도 팔지 못한 것이다.

"몇 살인지 알려주면 한 마리 살게."

"몇 살인지 알아맞히면 한 마리 값으로 두 마리 드릴게요."

"여섯 살."

"틀렸어요. 열한 살이에요. 여기 있어요, 한 마리."

"이름은 뭐니?"

“펠란투니.”

“무슨 뜻일까?”

“알아맞히면 한 마리 값으로 두 마리 드릴게요.”

“너 장사를 잘 하는구나.”

“누나가 궁금한 게 많은 거예요. 궁금한 게 많으면 걱정이 많아요.”

“그래 보여?”

“으흥.”

“걱정을 말하면 정말 해결해 주니?”

“이게 파나세아(panacea)거든요.”

아이는 대나무 막대기의 쥐를 손가락 끝으로 툭툭 튕겼다. 잘 마른 가죽 두드리는 소리가 났다.

“정말?”

“으흥.”

“그런데 내 걱정은 좀 특별해.”

“상관없어요.”

“내가 기억을 좀 못하거든. 기억을, 사실은 다 잃어버렸어. 깜깜해.”

“거기에 딱이에요, 이게.”

“딱이라고?”

“으흥.”

“희망을 줘서 고맙다만, 너무 쉽게 말하는 거 아니니?”

"쉽게 말 안 해요. 어머니가 돌아가실 때 쉽게 말하지 말라 하고 돌아가셨거든요."

아이와 말이 길어지자, 엘린 일행이 하던 말을 멈추고 다시 수가 있는 쪽을 바라보았다.

"펠란투니라고 했니?"

"네."

"이거 먹으면 기억이 되살아날 거라고 믿니?"

"걱정 말래도요."

"그럼 하나 더 줘."

"하나에 30크와차인데 두 마리에 50크와차 주세요."

"고마워."

"숯불 쓰는 집은 안 깎아주지만 누나가 예쁘니까 깎아주는 거예요."

"숯불 쓰는 집?"

"돈 있으니까 숯불 쓰는 거잖아요, 다들 석탄 쓰는데."

"숯불 쓰는지 어떻게 알지?"

"연기와 냄새로 알죠."

"연기와 냄새가 어떤데?"

"숯불 쓰는 집은 연기도 냄새도 없으니까요. 멀리서도 알아요."

수는 고개를 끄덕였다.

아이가 떠날 채비를 했다. 남은 하루, 검은 털 듬성듬성 박힌 쥐를 다 팔 수 있을까. 수는 들판 쪽으로 돌아서는 아이를 바라보았다.

갑자기 엘린 일행이 박수를 치며 웃었다. 과연 수가 쥐를 살 것인지 자기들끼리 내기를 건 모양이었다. 수는 그들을 향해 쥐 두 마리를 높이 흔들어 보였다. 아이가 수를 돌아보며 웃었다.

"빨리 죽여주세요."

아이가 말했다.

"뭐라고?"

수가 소리 질렀다.

"누나가 궁금해 했잖아요. 내 이름의 뜻."

"아……. 네 이름의 뜻. 이름의 뜻."

아이가 멀어졌다.

수는 톰보지 마른 줄기를 지팡이처럼 잡고 서 있었다.

리는 혼자 집 안에 있고, 엘린과 그녀의 동료는 풀밭에서 몇 시간째 대화에 열중이고, 가끔씩 웃고, 하늘은 맑고 푸르다. 맑고 푸르다, 라고 수는 중얼거렸다.

리가 몸을 틀어 자신의 발바닥을 보았다. 수는 놀라 쓰러졌다. 아이는 자기 이름이 '빨리 죽여주세요'라는 뜻이라고 말하고 멀어졌다. 모든 게 어지러웠다. 수는 톰보지 줄기를 꽉 움켜쥐었다.

손아귀에서 서서히 힘이 빠져나갔다. 수의 손과 팔이 톰보지 나무줄기를 타고 스르륵 흘러내렸다. 수는 리의 동작을 다시 떠올렸다. 손끝이 떨렸다.

리가 엘린과 그녀의 동료들에게 다시 다가갔다. 접시에 무언가를 받쳐 들고 갔고, 올 때는 빈 접시였다. 돌아오는 리의 표정은 밝지 않았다. 수는 그를 이해할 수 있을 것 같았다.

리는 그들과 함께 있고 싶어 했다. 그들 안에 엘린이 있었기 때문이었다. 그러나 번번이 리는 받아들여지지 않았다. 수는 까닭을 알 수 없었다. 다만 리의 특이한 동작을 문득 예상했고 그 동작이 곧 자신의 눈앞에 펼쳐질 것이라는 생각이 들었다.

예감이었을 뿐인데 수는 리의 동작을 보고 땅바닥에 쓰러졌다. 사고 이전의 기억이 자신의 몸을 떠민 거라고 수는 생각했다. 단순한 기억이 아닌 리와의 기억. 리가 자신의 과거 안에 존재한다는 사실.

수는 도리질 쳤다. 톰보지 나무가 따라서 흔들렸다.

회복에 큰 기대를 걸지 않았었다. 새로 얻은 삶에는 새 기억들이 어울린다고 생각했다. 모든 기억이 없어진 것도 아니었다. 수는 말을 했고 불편하지만 걸었고 식사에 아무런 불편도 없었다.

그리스 위에 루마니아, 루마니아 위에 우크라이나, 우크라이나 위에 벨로루시라는 것도 알았다. 알갱이 모양으로 막이 없고, 단백질을 합성하며 소포체에 붙어 있거나 그 주위에 떠 있는 것이 리보솜이라는 것도 알았다.

기억할 수 있는 것에 비하면 기억할 수 없는 것은 극히 적었다. 수는 엘린을 다시 만난 것이 기뻤고 리의 친절과 배려에 감사했다. 돌아오지 않는 기억 때문에 참을 수 없이 슬프고 무서워서 뜬눈으로 밤을 새우기도 했으나, 날이 밝아 엘린과 리의 명랑한 아침 인사를 대하면 슬픔도 무서움도 사라졌다.

수는 자신의 착각이라고 생각했다. 이곳에 온 뒤로 리의 그런 동작을 봤던 거겠지. 봤다는 사실을 잊은 거겠지…….

다시는 무엇이든 잊지 않겠다는 지나친 강박이 오히려 가까운 기억마저 불완전하게 하는 건지도 모른다고, 수는 생각했다. 이전에 내가 리를 알았었다니. 난센스! 최근의 기억이 이상 소급하여 작동하는 거겠지.

오랜 코마에서 깨어났을 때 처음부터 한국어를 알아들었던 것처럼 착각하는 자신을 떠올렸다.

—세상에나, 세상에나.

—이를 어째, 이를 어째.

가을 한복판에서 간병인이 외쳤던 말도 당시에는 알아듣지 못했던 언어였다. 기본적인 대화를 조금씩 알아듣고 떠듬떠듬 말하기 시작했던 것은 수가 친절한 간병인에게서 한국어를 열심히 배운 지 일곱 달이 지날 즈음이었다. 한국어에 대한 열정을 드러냈던 것은 전적으로, 믿을 수 없을 만큼 정겨웠던 이신지의 어머니 정금자 여인 덕분이었다.

수는 또 한 번 머리를 흔들었다. 리는 고개를 뒤로 틀어 자신의 발바닥을 흘낏 본 뒤 눈길을 잠깐 하늘로 향한다는 사실이 새롭게 떠올랐기 때문이었다.

이번에도 그랬던가. 수는 집 안으로 사라지던 리의 모습을 떠올렸다. 홈을 밟는 야구선수 중에는 하늘을 바라보며 짧은 기도인가를 중얼거리는 사람이 있었다. 그와 비슷한 모습. 이번에도 리는…… 그랬다. 그 새로운 사실 또한 최근에 봤던 동작일지도 모른다고 수는 생각했다.

그러나 손과 팔의 떨림이 멈추지 않았다. 한쪽 손은 여전히 톰보지 나무를 느슨하게 쥐고 있었고 다른 손은 마른 쥐 두 마리를 쥐고 있었다.

—파나세아예요.

아이의 말이 떠올랐다.

—거기에 딱이에요.

빨리 죽여주세요, 라는 뜻의 이름을 가진 아이…….

수는 쥐를 입으로 가져갔다.

플라스틱처럼 딱딱했다.

엘린은 사무실 책상 서랍을 열고 사진 한 장을 꺼냈다. 사

진 속에서 두 여자 아이가 나란히 웃었다.

지나던 소크라테스가 보고 미소 지었다.

"너도…… 이걸 봤었던가?"

엘린이 물었다.

"안 봤을 리가 있나. 말라위 사람들이라면 다 봤을 텐데."

소크라테스의 유니폼에서 크레졸 냄새가 났다.

"난 이걸로 티브이 광고 같은 거 한 적 없어, 소크라테스."

"만나는 모든 사람한테 무작정 들이대고 소리 질렀잖아. 얘를 아느냐고."

"그러긴…… 했어."

"목소리가 어찌나 크던지. 말라위 사람들, 그래, 다 보진 못했어도 다 듣긴 했을 거다, 네 목소리. 응. 최고였어."

사진 속 엘린과 수는 둘 다 앞니가 컸다. 성장기 중 앞니가 비정상적으로 커 보이는 때가 있었다. 그 나이쯤에 찍은 사진이었다.

레베카가 소각장 쪽으로 걸음을 옮기다가 엘린과 소크라테스를 보고 손을 흔들었다.

"이것 하나로 수를 찾으려 했다니. 그때를 생각하면 지금도 답답해져."

"나는 네가 두 명의 어린이 실종자를 찾는 줄 알았어. 사진 속 너도 너인 줄 몰랐으니까."

"수의 사진이라고는 이것밖에 없었거든."

사진 속 두 아이는 간지러워 파열할 것처럼 웃었다. 엘린은 까맣고 반들반들했고, 수는 노랗고 반들반들했다. 둘 다 이가 눈부시게 희었다. 치약 거품을 물고 있는 것 같았다.

머잖아 자신들에게 어떤 시간이 닥칠지 알지 못하는 얼굴. 알 수 없는 얼굴. 알 까닭이 없는 얼굴이었다. 너무 웃어서 누가 누구인지 분간할 수 없는 얼굴이었다.

"그럴 리가."

"수는 사진을 찍지 않았으니까. 어느 순간부터."

수의 존경과 동일시의 대상이었던 어머니가 죽었다. 1년 뒤 수의 아버지는 새 여자를 만나 함께 살았다.

수는 기숙학교에 입학했고, 엘린도 따라 입학했다. 엘린 어머니의 아이디어였다. 자신의 어머니는 종일 일하고 저녁에 또 일하지 않으면 안 되는 미혼모였다고 엘린이 말했다. 소크라테스는 엘린의 말을 건성으로 들었다.

그의 눈은 열심히 레베카를 쫓았다. 애타는 소크라테스를 레베카는 아랑곳하지 않았다. 레베카는 소각장을 지나 식당이 있는 건너편 건물로 성큼성큼 움직였다. 그러면서 이쪽을 힐끔거렸다.

수가 마른 쥐를 살 것이며, 먹을 것이다, 라고 내기를 걸었던 게 레베카였다. 엘린과 소크라테스는 수가 사지도 먹지도 않을 거라며 레베카를 비웃었다.

수는 쥐를 샀다. 쥐 파는 아이를 위해서였을 거라고 엘린은 생각했다. 그 쥐를 어쨌으려나. 갑자기 궁금했다.

"사진을 찍지 않았단 말이지, 수가?"

레베카가 식당 건물 안으로 모습을 감추자 소크라테스가 엘린 쪽으로 고개를 돌렸다. 소크라테스의 질문과 상관없이 엘린은 당시를 떠올렸다.

엘린은 수의 아픔을 온전히 함께할 수 없었다. 아무리 수의 마음을 헤아리고 얼싸안아도 수의 아픔에 가 닿지 못했다. 그렇다는 걸 엘린은 알았다.

수는 기숙학교에 진학한 첫 학기에 어머니가 남긴 글을 읽었다. 고백과도 같고 기도와도 같은 육아일기였다. 문장마다 간절한 염원과 절절한 고민과 구원에 대한 믿음과 불안이 함께 일렁였다.

너무도 솔직하고 생생한 고해여서 끝까지 읽을 수 없었다. 끝까지 읽을 수 없었다고, 수는 숨을 헐떡이며 엘린에게 말했다. 구체적인 내용은 수가 기억할 뿐이었다. 엘린은 그것에 대해 묻지 않았다.

성장하면 어머니와 같은 피부를 갖게 될 것이라는 기대를 수는 그때 버렸다. 피부색은 변하는 게 아니라는 사실을 받아들였다. 아무리 사랑하고 존경해도 피부가 같아질 수 없다는 것을 알았다. 어머니의 글에서 수는 사무치게 그것을 깨달았다.

전적으로 믿고 기댔던 세계가 하루아침에 무너진다는 것

이 수는 무서웠을 것이다. 그녀의 아버지는 어째서 수가 그 글을 읽을 수 있게 내버려뒀던 걸까.

육아일기는 그녀의 아버지가 처리하기로 돼 있던 유품 꾸러미의 것이었다. 수는 어머니도 아버지도 알 수 없게 되었다. 안다는 것에 두려움을 갖기 시작했다.

수는 사진을 찍지 않았다. 자신의 외모가 아이들 사이에서 유난히 도드라진다는 사실을 안 뒤로 수는 사진을 찍지 않았다.

잠깐 스치고 지나가는 순간이 사진에서는 영원히 고착되었다. 피부의 차이를 몰랐던 수가, 나이를 먹으면 엄마와 같아질 거라고 믿었던 수가, 그 차이를 알고, 같아질 수 없다는 것도 알고, 같아질 수 없다는 것의 의미도 알았다.

—엄마에게 나는 구원의 수단이었어.

엘린은 수의 말을 얼른 알아듣지 못했다.

—결국 구원의 수단도 뭣도 되지 못했지만.

거기까지 말하고 수는 입을 열지 않았다.

엘린도 묻지 않았다.

수가 아프리카에 온 것도 사진 때문이었다.

더는 사진을 찍지 않게 된 수였으나 사진 자체를 피하지는 않았다. 오히려 사진에 집착했고, 사진을 분석하는 나름의 전문성을 갖춰갔다.

분석의 동기와 목적이 일반 사진작가와 평론가들과는 달랐다. 그 일의 시작은 르완다의 어느 시골 마을에서 찍힌 시멘트 건물 사진이었다.

르완다는 엘린의 어머니가 태어난 나라였다. 그러나 엘린의 집에는 르완다와 관련된 어떤 물건도 없었다. 사진도 마찬가지였다. 엘린의 집과 사진첩에서 볼 수 있던 사진의 배경은 전부 미국이었다.

수는 학교 도서관 정기간행물실에서 그 사진을 보았다. 르완다 사진이라서가 아니었다. 시멘트 건물 외벽의 흰 페인트칠 때문이었다. 르완다의 어느 시골 마을이라는 사실을 안 것은 엘린이 먼저였다.

엘린이 그녀 곁으로 다가갔을 때 수는 잡지 사진에 깊이 빠져 있었다. 하늘을 지나치게 넓게 끌어들인 사진이었다. 하늘은 푸르고 높았다. 그 하늘을 사각의 시멘트 건물이 떠받치고 있었다.

—르완다잖아.

엘린이 말했고,

—그런가?

수가 되물었다.

짙푸른 하늘색 때문에 흰 건물이 사진 밖으로 튀어나올 것처럼 보였다.

하늘이 사진의 위쪽 삼분의 일을 차지했고 건물이 중간 삼분의 일을 차지했으며 맨 아래쪽 삼분의 일은 스무 명 남짓한 사람들로 채워져 있었다.

사람들의 면면을 살필 수 없었다. 구별되는 것은 까만 피부의 아이들과 흰 피부의 어른들이라는 것뿐이었다. 피부가 흰 어른이 넷이었고 까만 어린이는 열대여섯 정도였는데, 피부뿐만 아니라 표정으로도 구별됐다.

수가 보던 사진을 엘린도 오랫동안 들여다보았다. 어른과 아이들은 모두 카메라를 향하고 있었다. 기념촬영 특유의 정돈된 구도였다.

밝은 햇빛 때문에 아이들은 모두 얼굴을 찡그렸지만 어른들은 활짝 웃었다. 찡그림도 웃음도 다 자연스럽다는 생각이 드는 순간, 낯설고 기이한 느낌이 엘린의 피부를 스쳤다. 수도 느끼고 있는 걸까?

—뭘 보는 거지, 수?

엘린이 물었다.

—여기. 이, 건물의, 흰 페인트 칠. 금방 짓고 금방 칠하고 금방 찍은, 이어리 화이트(eerie white).

수는 사진에서 눈을 떼지 않았다.

—어때서, 그게?

수라면 느낌의 정체를 설명해 줄지도 모른다고 엘린은 생각했다.

—나는 아프리카로 갈 거야.

기대했던 것과는 너무 멀고 갑작스러운 대답이었다.

—왜 가는데?

—이런 사진. 이런 사진을 찍는 사람들에게 꼭 해주고 싶은 말이 있을 것 같아.

몇 년 뒤 수는 정말로 아프리카로 왔다.

남동부의 몇 나라를 순회했다. 수의 신분은 볼런티어였으나 그녀는 어느 쪽 정부로부터도 지원받지 않았다. 그녀를 지원한 곳은 구호단체도 봉사 단체도 아니었다.

수의 활동을 도왔던 것은 시애틀과 거리상으로 가장 먼 보스턴의 '기준을 바꾸는 것이 혁명이다'라는 독특한 이름의 학술 단체였다.

수가 아프리카 남동부의 나라를 순회하는 동안 엘린은 시애틀에서 커피를 볶고 갈고 추출했다. '시애틀 명예의 바리스타'는 수가 엘린에게 선사한 최고의 자리였다. 세계 바리스타 대회 시애틀 지역 예선을 앞두고 엘린과 함께 최종 결선에 나란히 오른 수가 파이널 이틀 전 갑자기 아프리카로 향했던 것이다.

사진과 관련한 수의 사연들은 그녀의 어머니에게서 비롯된 것이었다. 사진을 안 찍게 된 사연, 사진에 집착하고 남다른 분석에 접근하게 된 사연, 아프리카로 날아와서 기념사진 찍는 단체와 사람을 맹렬히 반복적으로 임의 방문하게 된 사연, 봉사 구호단체들이 그녀를 탐탁지 않게 여기게 된 사연

등의 배경에는, 그녀의 죽은 어머니가 있었다.

그녀의 어머니는 수를 끔찍이 사랑했고 수를 위해 모든 것을 희생했으나 일찍 죽었다. 어머니가 죽은 뒤 수는 아버지의 이해할 수 없는 고의로 어머니가 기록한 자신의 육아일기를 발견하게 되었고, 어머니의 사랑과 희생의 '본질'을 알게 되었다.

엘린으로서는 자세한 내용을 알 수 없었으나 하여튼 그리된 거라고 생각할 수밖에 없었다. 엘린은 수를 응원하기로 했다. 아프리카든 어디든 시애틀이 아닌 곳이라면 어디든 달려나가 맹렬해지지 않고는 견딜 수 없었을 테니까. 그럴 거라면 더 멀고 더 아득한 곳이 필요했을 테니까.

엘린은 우습고 재밌어 죽겠다는 두 아이의 얼굴을 손가락 끝으로 쓰다듬었다. 수를 찾아 이곳에 왔으나 좀처럼 수의 행방을 알아낼 수 없었을 때 엘린은 수의 마지막 사진을 보며 다짐했었다.

너를 찾을 때까지, 비록 널 찾을 수 없더라도, 이곳에서 네가 하던 일은 계속될 거야. 내가 그 일을 할 거니까. 사진을 쓰다듬으며 엘린은 씁쓸하게 웃었다. 수의 일이 어떤 것이었는지조차 모르며 했던 그때의 다짐을 떠올리며.

모르기만 했다면 다행이지. 사진을 책상 서랍에 넣으며 엘린이 중얼거렸다. 지금의 내 일이 수의 것과는 정반대일 수도 있으니까.

하지만 어쩔 수 없었다. 지금은 수도 그것을 알지 못했다. 이곳에 와서 무슨 일을 했는지를. 수의 일은 단순한 봉사나 계몽이 아니었다.

엘린의 막연한 짐작으로는, 수의 일은 봉사의 봉사거나 계몽의 계몽 같은 것이었다. 엘린은 뒤늦게 후회했다. 수가 이곳에 오는 것을 응원할 게 아니라 처음부터 막았어야 했던 건 아닌지.

"상념은 끝나셨나?"

소크라테스가 물었다.

"여기서 뭐해? 소크라테스."

엘린이 물었다.

"여기서 뭐하냐고?"

"응."

"여기 계속 있었잖아."

"그러게. 왜?"

"너한테 용건이 있거든, 엘린."

"무슨 용건?"

"실은 말이야." 소크라테스가 잠깐 고개를 숙였다가 들며 한숨을 쉬었다. "니가 나한테 용건이 있는 거거든."

"내가 너한테?"

"응."

"무슨 용건?"

"너 지금 니 용건을 나한테 묻고 있다는 건 알아?"

엘린은 고개를 숙이고, 책상 서랍을 열고, 사진을 꺼냈다가 다시 넣고, 잠깐 생각하고, 소크라테스를 바라보았다. 그리고 말했다.

"나한테 할 말이 있어서 와 있는 거구나, 소크라테스."

"계속해 봐."

"내가 너한테 뭔가를 부탁했고, 넌 그것 때문에 와 있는 거야. 맞지?"

"너 천재다."

"말해 봐 뭔지."

"안 해."

"왜?"

"말하기 싫어졌으니까."

소크라테스가 바깥으로 나갔다.

"왜 싫어졌는데?"

소크라테스 뒤에다 대고 엘린이 소리쳤다.

"넌 관심도 없잖아. 나도 관심 없어."

"삐치기는. 그래갖고 레베카를 휘어잡겠니?"

"레베카는 너나 구워 먹어."

멀어지는 소크라테스를 바라보며 엘린이 웃었다.

그러다 어느 순간 엘린에게서 웃음기가 가셨다.

"소크라테스. 소크라테스!"

엘린이 그를 쫓아갔다.

지난 일요일 풀밭에서 소크라테스에게 했던 은밀한 부탁이 떠올랐다. 리가 씨를 뺀 자두를 가져다주고 돌아서던 때였던가, 수가 아이에게서 마른 쥐를 사던 때였던가, 엘린은 소크라테스에게 말했었다.

지나는 말처럼 한 부탁이었지만 부탁은 부탁이었다.

—그 친구에게 말야, 좀 알아봐 줄 수 있어?

소크라테스가 영화 제목 〈I know what you did last summer〉를 흉내 내어 말한 직후였다.

—He knows what Lee did in Kenya.

소크라테스가 한 말이었다. He는 소크라테스의 친구라는 사람이었고 Lee는 리였다.

소크라테스는 자신의 친구가 케냐에서 얼마나 특별한 사회적 지위에 있는지 얘기하기 시작했다. 아무에게도 그 존재가 알려져 있지 않으면서 엄청난 권력을 누린다는 소크라테스의 이상한 말이 엘린은 믿기지 않았다.

그래도 소크라테스는 쉬지 않고 친구의 턱수염과 명품 스나이퍼 라이플에 대해 떠들었고, 리가 가까이 다가올 때만 말을 잠시 멈추었다.

소크라테스의 말끝마다 레베카는 코웃음 쳤다. 레베카에 의하면 소크라테스는 궤변만 떠벌려서 악처조차 얻지 못할 팔자라고 했다. 엘린은 그녀의 말투와 코웃음이 우스워서 웃었다. 레베카와 엘린이 소리 내어 웃으면 소크라테스도 바보처럼 따라 웃었다. 그랬었다.

그에게 들어봤자 이상한 말뿐일 거라는 걸 알면서도 엘린은 궁금했다. He knows what Lee did in Kenya.

"소크라테스! 거기 좀 서 봐!"

엘린이 소리쳤다.

식당 건물을 나온 레베카가 이쪽을 향해 성큼성큼 걸어오며 큰 소리로 물었다.

"헤이 헤이, 너희들끼리 뭘 구워 먹는다는 거야?"

소크라테스는 보이지 않았다.

수의 눈길이 엘린을 따라 움직였다. 어느 순간부터 수는 그러고 있었다. 그러고 있다는 걸 수 자신도 알았다.

날이 어두워졌고 석유램프가 켜졌다. 저녁을 먹은 뒤 리는 자전거로 30분 거리에 있는 스포츠 카페에 갔다. 그곳에는 LED 텔레비전이 있다고 했다. 맨체스터 유나이티드와 리버풀의 축구 경기가 열리는 날이었다.

엘린의 원피스는 속이 비칠 만큼 얇고 나풀거렸다. 옷 끝이 발등까지 내려왔다. 여러 개의 동그라미가 디자인된 텍스

타일이었다. 동그라미는 문고리 같았으나 뱀이었다. 자기 꼬리를 먹는 뱀이었다.

동그라미와 동그라미 사이에는 카멜레온이 박혀 있었다. 카멜레온의 위아래는 반달과 보름달이었다. 엘린이 자신의 그림자를 끌고 이쪽에서 저쪽으로 움직이면 옷자락은 불꽃처럼 일렁였다. 밝다거나 뜨겁다는 느낌은 조금도 없었다.

옷자락이 바람에 흔들려 일렁이는 것이 아니라, 옷의 일렁임 때문에 바람이 이는 것 같았다. 일렁임은 엘린의 다리와 다리 사이에서 시작됐다.

엘린은 거실의 이쪽에서 저쪽으로 움직였고 수는 그런 엘린을 바라보았다. 뱀과 카멜레온이 살아서 꿈틀거렸다. 뱀은 검고 카멜레온은 푸르고 달은 흰 빛이었다.

"시애틀에 있는 내 엄마한테 수의 소재를 처음 전해준 사람들 말이야." 엘린이 말했다. "경찰도 구호단체나 봉사단체도 아니었다는 거, 내가 수한테 얘기했었지?"

수가 고개를 끄덕였다.

"한국 병원도 아니었어. 보스턴의 학술 단체랬어. 그러니까, 그러니까 말야, 수. 한국의 병원에서 그 학술 단체로 연락을 했고, 학술 단체가 시애틀의 엄마한테 전화했고, 엄마가 여기에 있는 나에게 급히 전해준 거야. 네가 한국이라는 나라에서 치료 중이라고. 그 말 듣고서 나는 미련하기 짝이 없는 '아프리카에서 수 찾기'를 멈추었던 거지. 여기까지는 이미 얘기했었어."

수는 말없이 고개를 끄덕였다.

"그러니까 수, 그때까지 네 미국 주소는 그 학술 단체였던 거야. 한국에서나 아프리카에서나 그랬다는 말이지. 시애틀의 우리집 연락처를 알고 있었던 것은 그 학술 단체가 유일했다는 얘긴데, 네 활동을 지원했다고 주장하는 그 학술 단체라는 게 뭐지?"

수는 대답하지 않았다. 학술 단체를 기억할 수 없을 뿐만 아니라 이미 한 차례 엘린과 주고받았던 내용이었고, 무엇보다 엘린이 하고픈 말은 따로 있다는 느낌이 들어서였다.

어째서 그런 느낌이 들었던 걸까. 수는 엘린의 말을 들었다.

"거기를 경유해야 너랑 연결되는 거였어. 그 단체와 어떤 관계였는지 모르겠니?"

"내가 너에게 그 단체를 말하거나 쓴 적 없었니, 예전에?"

수가 말했다.

"없었으니까 묻지."

"그럼 나도 몰라."

"하나도 기억 안 나?"

"필요하면 알아보면 돼."

나는 말이야. 수는 속으로 중얼거렸다. 이름도 수가 아니었어. 너는 모르는 사실이지만, 한국에서 깨어났을 때 나는 노엘이었어. 주디스 노엘. 나 아직 많이 혼란스러워. 그리고 엘린. 지금 네가 하고픈 말을 해.

"정말 알아볼 거지?"

"그럴게."

"내가 원하는 게 그거야, 수. 스스로 적극적이었음 좋겠다는 거."

"응."

"떠올려야 하는 건 너니까."

"응."

"진짜지?"

"응."

"착하다 어니."

"칫. 어니라니."

"언-니."

엘린이 웃었다. 짓궂은 표정 뒤에 감춘 의도가 수의 눈에 보일 듯했으나 엘린은 재빠르게 자리에서 일어났다. 수의 눈은 또 하릴없이 엘린을 따라 움직였다.

"내가 원하는 건 그거랍니다~."

창문 커튼을 닫으며 엘린이 콧소리를 냈다. 슬쩍슬쩍 수의 눈치를 살폈다. 허리를 굽혀 세탁물 통의 빨래거리를 만졌다. 엘린은 비누상자 속의 가루비누를 확인했으나 빨래할 낌새는 보이지 않았다.

엘린이 옷자락을 너울거리며 오가면 집 안의 공기가 동그라미들을 그리며 작은 소용돌이를 만들었다. 그것은 엘린의 옷에 새겨진 뱀 문양과 비슷했다.

작고 동그랗고 뱅글뱅글 도는 것들을 보자 수는 갑자기 웃음이 나올 것 같았다. 한 번 터지면 걷잡을 수 없을 것 같은 웃음이 늑골을 간질였다. 간지러움 이상의 자극이고 기시감이었으나 그것은 끝내 수의 기억을 열지 못했다.

엘린은 자기 방으로 사라지고 없었다. 수는 플라멩코를 추는 엘린을 상상했다. 어쩐지 방 안에서 혼자 그러고 있을 것만 같았다.

'기준을 바꾸는 것이 혁명이다'에 언제쯤 편지를 보내는 것이 좋을까. 수는 그 일을 오래 망설였다. 스스로 기억해내지 못한다면 내 과거의 모든 정보는 타인이 기록한 타국의 역사와 다를 게 없겠지. 무슨 소용일까. 나의 지난 삶을 지식처럼 암기해야 하는 것이라면. 정확하다고 할 수도 없는 것을.

수는 엘린이 사라진 쪽의 벽을 바라보았다. 그곳에는 리의 검은 외투와 실밥투성이의 모자가 걸려 있었다. 엘린의 후드티와 챙이 큰 수의 린넨 모자도 나란히 걸려 있었다. 수의 눈길이 그곳에 오래 머물렀다.

한 차례 바람 소리가 들린 뒤 아무 소리도 들리지 않았다. 수는 벽 아래 놓인 자신의 유칼립투스 침대에 걸터앉았다. 방으로 들어가버린 엘린이 그리웠다.

엘린은 언제나 수와 함께였다. 자는 시간과 근무시간을 빼고 늘 수 곁에 있었다. 마지막 그림엽서에 담겨 있던 풍경도 함께 찾아가주었다. 그곳을 다녀오는 데 3일이 걸렸다. 가는 곳마다 엘린은 잠깐씩 멈춰 서서 '수는 이곳을 지났을 것이다'라고 말해 주었다.

못 본 지 2, 3분이 지났을 뿐이지만 수는 엘린이 몹시 그리웠다.

수는 침대에 누웠고 시트에 뺨을 댔다. 그러면 유칼립투스만 먹고 산다는 코알라처럼 편안해졌다. 엘린. 엘린……. 엘린의 이름이 수의 입에서 숨처럼 흘러나왔다.

한국의 병상에서 수는 모로 누워 잠을 잤다. 그랬다는 사실이 떠올랐다. 그리고 엘린의 어머니가 했다는 말이 이명처럼 귓가에 맴돌았다.

엘린의 어머니는 '수가 한국에서 치료 중'이라고 말하지 않았다. 엘린은 어머니에게서 들은 대로 수에게 옮겼는데 수는 그것을 기억했다. 나쁘지 않은 말이었다. 엘린의 어머니는 딸에게 '수가 제 나라에 있댄다'라고 말했다.

침대에 모로 누워 시트에 귀를 대면 지구의 중핵이 들끓는 소리가 들렸다. 아무 소리도 아니면서 모든 소리였다. 수는 그 소리에 언제나 위안을 받았다.

가까이는 옆 병실의 텔레비전 소리가 들리고 누군가 발 끄는 소리가 들리고 병원 건물이 통째로 우는 소리가 들렸다. 멀게는 안개가 바람을 몰고 들판을 달리는 소리가 들렸다.

리가 만든 침대에서는 유칼립투스 나무 향이 났다. 수는 시트에 코를 대고 숨을 들이켜거나, 귀를 대고 엘린과 리가 나누는 애틋한 사랑의 기척을 들었다. 그럴 때도 벽 저쪽의 엘린이 그리웠다.

엘린이 방에서 나왔다. 들어갈 때의 모습 그대로였다. 수는 침대에 누운 채 엘린을 바라보았다. 엘린의 입가에 웃음이 묻어 있었다. 조금 전과 다르다면, 웃음이 더 장난스러워졌다는 것이었다.

엘린은 수를 바라보며 벽을 등지고 발끝을 움직였다. 수에게서 눈길을 떼지 않았다. 수와 엘린은 서로를 바라보며 미소 지었다. 예전에도 자주 그랬을 거라고 수는 짐작했다.

엘린의 손이 등 뒤에 감추어져 있었다. 수를 바라보며, 웃으며, 게걸음을 걸었다. 엘린은 완강하게 자신의 앞모습만 보여주었다. 등 뒤에 감춘 것이 궁금했으나 수는 말없이, 웃으며, 엘린을 바라보았다.

"지금부터 웃지 않을 거야."

엘린이 말하고 웃음을 거두었다. 웃음이 사라졌으나 완전히 가신 표정은 아니었다. 수는 그런 엘린이 사랑스러웠다.

"웃으면 안 되는 거니까."

엘린은 냉정하거나 엄숙해지려고 애썼다. 그리고 수에게 다짐을 받았다.

"내 말을 믿어야 돼. 믿겠다고 약속해, 수."

"믿어."

수가 대답했다.

"정말이어야 돼."

"정말이야. 늘 네 말을 믿었어."

"어떤 말이든."

"물론."

"어떤 말이든이야."

"그래."

"좋아."

엘린은 말을 시작했다.

"태초에 단단한 땅이 없어서 대지에는 사람이 살지 않았다. 온통 늪지와 물, 황무지뿐이었다. 올로룬은 오리샤 은라를 불렀다. 그에게 단단한 대지를 만들라고 했다."

"올로룬이 뭐야, 오리샤 은라는?"

"올로룬은 천상의 최고 신, 오리샤 은라는 서열 2위 위대한 신. 조용히 들어."

"조용히 들을게."

"은라는 올로룬에게서 푸석푸석한 흙이 들어 있는 달팽이 껍데기와 비둘기, 발가락이 다섯 개인 암탉을 받았다. 은라는 늪으로 내려와 달팽이 껍데기 속에 들어 있는 대지를 작은 공간에 던졌다. 그런 다음 비둘기와 암탉을 대지 위에 풀어놓았으며, 비둘기와 암탉은 땅을 긁어 사방으로 흩뿌렸다.

얼마 지나지 않아 비둘기와 암탉이 늪지대의 대부분을 흙으로 덮으면서 단단한 땅이 되었다."

"어째서 책 읽듯 말하는 거지, 엘린?"

"엄숙해야 하니까. 정말 더는 말하지 마."

"응."

"은라가 올로룬한테 이와 같은 사실을 보고했으나 올로룬은 카멜레온을 보내 작업이 어느 정도 진척되었는지 알아보라고 했다. 카멜레온은 대지가 넓기는 하지만 아직은 충분히 마르지 않았다고 보고했다. 얼마 뒤 올로룬은 카멜레온을 다시 보내 조사하도록 했고 마침내 대지가 넓으면서도 충분히 말랐다는 보고를 받았다."

수는 엘린의 옷에 새겨진 카멜레온을 보며 웃었다. 일부러 그런 의복을 고른 것이라고 생각했다.

"웃지 않겠다고 했잖아."

엘린이 말했다.

"그런 약속 한 적 없어."

"웃어도 안 돼. 경건한 순간이야."

"그럴게."

엘린은 계속했다.

"창조가 시작된 곳은 이페라는 곳이었고 그 말은 '넓다'는 의미였다. 후에 '집'을 뜻하는 일레라는 말이 추가되어 대지의 모든 거주지의 기원이 되었다. 이후로 일레-이페는 세상에서 가장 신성한 도시가 되었다."

엘린은 한 차례 눈을 크게 부릅떴다가 누그러뜨렸다. 말하는 내내 수에게서 떼지 않던 눈이었다. 엘린은 침묵했다. 사라졌던 웃음이 그녀의 얼굴에 조금씩 피어올랐다.

"이제…… 말해도 돼?"

수가 물었다.

"응."

엘린이 대답했다.

"끝인 거야?"

"끝."

"뭐지?"

"……."

"뭐냐고?"

"이거."

엘린이 수 가까이 다가와서 등 뒤에 감추었던 것을 앞으로 내밀었다. 수는 침대에서 일어나 앉으며 그것을 받았다. 작은 호리병이었다. 표면에 검은 야자잎이 새겨져 있었다.

"뭘까, 이건?"

"그걸 마시면."

"마시는 거야?"

"네 기억이 돌아와."

"푸후……."

"쉬잇!" 손가락을 입에 대며 엘린은 함부로 웃지 말라는 시늉을 했다. "믿는다고 약속했잖아."

"미, 믿을……게."

"태초의 늪은 다 마르지 않고 직경 50미터의 작은 연못 두 개로 남았는데 이게 그 연못의 물이야. 이걸 마시면 태초의 기억까지 떠오른대."

"놀라워라."

"작년에도 4천 3백 2명이 이 물을 마시고 뚜렷한 효과를 봤대. 《냐사타임즈》에 난 사실이야. 애드버토리얼(advertorial)이 아니라 정식 기사였다니까."

"비싸겠는 걸."

"가짜가 많지만 이건 진품. 리가 그쪽으로 아는 사람이 좀 있어."

"고마워, 엘린."

"하루에 2시시 마시는 거야. 2시시. 귀한 거니까 잘 두고 마셔."

"네가 마셔도 머리가 좋아지지 않을까?"

"정상인이 마시면 바보가 된대."

수는 웃고 싶었으나 엘린의 표정을 보고 꾹 참았다. 그토록 진지한 얼굴은 처음이었다. 엘린은 자기가 어떤 얼굴을 하고 있는지 알지 못했다. 그걸 흩트리거나 깨면 벌을 받을 것 같았다. 수는 호리병을 가슴에 안았다.

"고맙다고 전해줘, 리에게."

리는 돌아오지 않고 있었다.

리는 리버풀FC 미드필더 스티븐 제라드의 광팬이었다.

"제라드가 없는 리버풀은 상상할 수 없는 거잖아, 리."

"그래도 어제 그는 너무했어. 노마크, 골대와의 거리 2센티. 그걸 못 넣다니."

리는 시장통의 나무 의자에 앉아 친구와 카사바 튀김을 먹었다. 리는 제라드의 광팬이지만, 광팬이어서, 전날 그의 경기를 몹시 아쉬워했다. 친구가 리를 위로했다.

"훌륭한 선수라도 그럴 수 있어, 리. 그리고 2센티는 아니었어."

"2센티였어."

"2미터도 넘는 거리였어. 메시나 호날두도 그런 실수는 해."

"메시나 호날두에 비교하지 마."

"미안. 어제 그 슛은 정말 안타까웠어. 하지만 그런 슛은 제라드 일생에 처음 있는 일이고 앞으로 더는 없을 거야."

"그러겠지?"

"당연."

"사실은 3미터 정도는 됐을 거야. 그치, 므와세?"

"그쯤 되었을 거야."

"리버풀이 진 건 제라드 실축 때문만은 아니었어."

"어제는 팀 전체가 침체되어 있었어, 리."

"그랬지?"

"그랬다니까."

"뭔가 풀리지 않았던 날이야."

"그랬던 날이야."

리는 식은 카사바를 베어 물었다. 우적우적 씹어 넘겼다.

리는 축구를 어린아이처럼 좋아했다. 므와세도 마찬가지였다. 어제 경기에서 리의 리버풀은 맨체스터 유나이티드에 졌고 므와세의 아스널은 첼시에 대승했다.

"저기, 엘린과 함께 있는 사람이 수라는 여성?"

므와세가 물었다. 리가 두 여자를 바라보며 고개를 끄덕였다.

엘린과 수는 옆 가게에서 옷과 스카프를 골랐다.

시장엘 가자고 리가 말했고 엘린과 수가 좋아했다. 수의 첫 시장 나들이였다. 리는 시장보다 므와세에게 오고 싶었다. 위로가 필요했다. 므와세는 그가 왜 왔는지 알았다.

축구 얘기를 할 때 그들은 천진했다. 므와세는 거칠기로 소문난 악동이었다. 리는 므와세 같은 유의 인간을 다룰 줄 알았다. 리가 음바니에 온 지 두 달 만에 므와세는 리를 깍듯하게 대했다. 리는 므와세를 첫 말라위 친구로 삼았다.

므와세의 아버지는 카무주 정권이 거느렸던 '젊은 선구자들' 중 하나였다. 망고치라는 간판을 단 아버지의 시장통 사업체는 음바니의 젊은 선구자들의 모이는 장소였다. 젊은 선구자들의 다른 이름은 깡패였다.

망고치에는 치장한 여자들이 많았고 팬티만 걸치고 쫓겨나는 남자들이 종종 생겼다. 그런 곳이었다. 므와세는 실종된 아버지의 사업을 이어받아 목욕탕으로 업종을 바꾸었다. 카무주가 물러나며 아버지도 영영 자취를 감추었던 것이다. 정권이 바뀌면 그런 일은 흔했다.

목욕탕으로 바뀌고도 그곳에는 한동안 치장을 한 여자들이 많았고 팬티만 걸치고 쫓겨나는 남자들도 여전히 있었으나 현 대통령이 취임한 뒤 망했다.

지금은 말라위 보드카 총판에 점포를 임대해 주고 므와세는 그곳의 직원으로 일했다. 엘린과 수가 옷을 고르는 가게 옆 건물이었다.

"고개 끄덕이는 게 인상적인 여성이군."

말하고 므와세는 일어섰다. 그가 밖에 오래 있을 수 없는 형편이라는 걸 리도 잘 알았다. 괜찮았다. 충분치는 않았지만 리는 위로를 받았다고 생각했다. 3미터였으니까.

리는 주말을 기다리며 일주일을 살았다. 5일은 엘린을 사랑했고 이틀은 축구를 사랑했다. 고개 끄덕이는 게 인상적인 여성이군, 이라고 말하며 자신의 근무처로 돌아간 므와세도 마찬가지였다.

그들은 주말마다 스포츠 카페에서 보드카를 마시며 밤늦도록 축구 경기를 봤다.

무엇이 인상적이라는 걸까. 리는 좌판 위에 남은 카사바를 마저 집어먹으며 옷 가게 쪽을 건너다보았다. 수는 엘린을 졸졸 따라다녔다. 엘린은 흥정했고 수는 곁에서 고개를 끄덕였다.

엘린이 수를 바라보며 무어라 물으면 수는 고개를 끄덕였다. 엘린이 바라보지 않아도 수는 고개를 끄덕였고 묻지 않아도 끄덕였다.

물건을 사고픈 마음이 없어 보였다. 가게 안의 다른 사람들도 마찬가지였다. 가게는 많고 물건도 적지 않았으나 사는 사람은 거의 없었다. 시장 안의 인파는 거의가 장 구경을 나온 돈 없는 사람들이었다.

구경하고, 살까 말까 망설이고, 뜻 없이 고개를 끄덕였다. 그런 끄덕임이었다. 수가 조금 더 고개를 끄덕이는 편이었으나 엘린도 적지 않게 고개를 끄덕였다. 말하고 움직이고 무언가를 선택하거나 선택하지 않을 때 그토록 고개를 많이 끄덕인다는 것을 리는 처음 알았다.

누구에게나 흔한 습관 같은 거여서 처음 알 것도 나중 알 것도 아니었다. 알거나 모르거나 상관없었다. 주시할 필요도 없었으며 인상적이라고 말할 나위도 없었다. 므와세가 어떻게 말했든, 그런 것이었다.

므와세에게는 수라는 여성 자체가 인상적이었는지도 몰랐다. 수는 천천히 걸었고 가게의 물건들을 무심히 보았으며 엘린의 말에 일일이 고개를 끄덕였다. 너무 고요히 끌려다녀서 수는 엘린의 그림자거나 흔적 같았다.

마지막 카사바를 입에 털어 넣고도 리는 자리에서 일어나지 않았다. 수와 엘린을 바라보았다. 특별하지도 인상적이지도 않은 수의 움직임에서 눈을 떼지 않았다.

한사코 눈을 떼지 않았다. 자신이 왜 시장통에 와 있는지 리는 문득 궁금했다. 그는 속으로 물었다. 나는 왜, 지금, 시장통에 와 있는 것일까. 그리고 왜 그것을 스스로 묻고 있는 것일까.

리버풀의 패배는 핑계 같았다. 므와세와 조금 전에 나누었던 얘기들이 아득한 꿈같았다. 리버풀이 졌고 므와세에게 위안 받고 싶어서 시장에 왔다. 리는 그 말을 한 번 더 입속에서 우물거려보았다. 리버풀이 졌고 므와세에게 위안 받고 싶어서 시장에 왔다…….

리는 다르게 중얼거렸다. 시장통의 엘린과 수, 특히 시장통의 수를 멀찍이서 바라보기 위해 시장에 왔다. 그러기 위해 시장에 온 것이며 지금 나는 그러고 있다.

왜 그래야 했는지 리는 스스로 깨닫지 못했다. 정말 그래서 시장에 왔다는 확신도 서지 않았다. 리는 엘린과 수를 바라볼 뿐이었다.

특징적이지도 인상적이지도 않은 수의 고갯짓을 건너다 볼 뿐이었다. 리의 자각은 그것이었다. 므와세가 자신의 근무처로 돌아갔다는 것, 엘린과 수는 고개를 끄덕이며 옷 가게 안에서 천천히 움직인다는 것, 자신은 카사바 가게의 나무 의자에 앉아 수의 동작을 바라본다는 것. 홀린 듯 바라본다는 것.

평소의 리가 아니었다. 엘린 곁에서 그녀의 일거수일투족에 살갑게 반응하는 것이 리였다. 그게 그였으나 그는 그러지 않았다.

카사바 가게에 앉아 엘린과 수를 간절히 바라보았다. 평소 자신의 모습이 아니고, 그래서 낯설다는 것도 그는 알았다.

수는 검은 후드 티를 매만졌다. 엘린은 가슴께에 AMA KIP KIP라고 새겨진 보라색 라운드 티를 눈여겨보았다. 검은 후드 티에 새겨진 흰 글자는 작아서 보이지 않았으나 라운드 티의 글자는 크고 선명했다.

AMA는 밝은 노랑이었고 KIP KIP는 각각 밝은 분홍, 밝은 주황이었다. 글자 아래 새겨진 커다란 아프리카 지도는 밝은 연두였고 그 모든 것들은 형광색이었다. 옷을 고르면서 엘린도 수도 고개를 끄덕였다.

음바니 여성들은 바지를 입지 않았다. 어떻게든 꽃무늬가 들어간 커다란 천을 허리에 한 번 두르고 어깨에 한 번 둘렀다. 니트 카디건을 입거나 단색의 재킷을 걸치기도 했다. 치마는 반드시 무릎을 덮어야 하므로 천의 길이가 대체로 길었다. 그런 복장의 아낙들이 시장을 가득 메웠다.

엘린과 수가 들어간 가게는 젊은이들이 선호하는 옷들로 가득했다. 엘린도 수도 음바니 식으로 천을 두를 줄 몰랐다. 음바니 젊은 여성들도 천 사용법에 서툴렀다. 그들은 완성된 형태의 티와 블라우스, 스판 소재의 타이트한 치마를 좋아했다.

엘린이 다른 옷으로 걸음을 옮겼으나 수는 검은 후드 티에 머물렀다. 리의 눈길도 검은 후드 티에 머물렀다. 리는 수에게서 눈을 떼지 않았다. 수는 손가락 끝으로 흰 글씨를 쓰다듬었다.

돌출되게 박음질한 글자는 멀리서 보아도 빛났다. 단순한 흰빛이 아니었다. 조개껍데기 안쪽 빛깔이었다. 빛깔과 글자만 맘에 들고 후드 티는 어딘가 만족스럽지 않은 모양이었다. 수는 후드 티 앞에서 한동안 더 머물렀다. 리의 눈길도 그만큼 머물렀다.

흰 글자를 쓰다듬고, 후드 티를 위 아래로 천천히 훑어보고, 한 발짝 뒤로 물러서서 전체를 보고, 다시 다가가 진주빛깔로 돌출한 글자를 쓰다듬었다. 그 동작을 수는 몇 차례 반복했다.

물건을 사기 위해 거치는 일반적인 행위거나 동작일 뿐이라고 리는 생각했다. 물건을 사지 않더라도 누구나 옷 가게에서는 그것들을 만지거나 훑어보는 거였다.

이상할 것은 없었다. 수를 평소와 다르게, 물끄러미 바라보는 리 자신이 이상하다면 이상했다.

수는 돌출된 글자에서 손을 뗐다. 두 손으로 자신의 양쪽 팔꿈치를 감싸 안았다. 고개를 돌려 좀 더 높은 곳에 걸린 옷을 바라보았다.

선 채로 천천히 한 바퀴 돌았다. 턱을 들고 있어서 그녀의 콧구멍이 보였다. 작고 동그란 수의 콧구멍은 멀어도 완연했다.

흰 글자를 만지던 손이 팔꿈치를 감쌌고 이제는 어깨를 쓰다듬었다. 둥글면서 뾰족한 어깨 위에서 그녀의 손이 천천히 움직였다. 쓰다듬고 토닥이는 모습이 어쩐지 자기 자신을 위로하는 것 같았다.

엘린이 인디언 레드의 볼레로 재킷을 수 앞에다 펼쳐 보였다. 수가 고개를 끄덕이며 재킷을 위 아래로 훑었다. 얇고 가벼워 보이는 옷이었다.

어깨를 쓰다듬던 수의 손이 천천히 앞쪽으로 나아가 볼레로 재킷에 가 닿았다. 가 닿는 속도가 매우 느렸다. 리는 눈을 떼지 않았다.

손이 어깨를 떠나면서 팔이 서서히 펴졌다. 리는 그녀의 손과 팔의 움직임을 아련히 지켜보았다. 허공에 떠 있는 타워크레인의 팔처럼, 느리되, 등속이었으며, 길고, 섬세하고, 완강했다.

수의 팔은 가늘었다. 과일 표면처럼 빛나는 그녀의 얼굴 피부가 볼레로 재킷을 반사해 더 붉고 더 환해졌다.

수는 혼자 옷 가게를 나왔다. 리의 시선도 따라 나왔다. 목각 제품을 파는 노점으로 걸음을 옮겼다. 엘린은 옷 가게에 남았다. 리는 걸음을 옮기는 수를 바라보았다. 그녀는 이제 잘 걸었다. 몸의 균형감도 좋아졌다.

수는 목각 제품보다 노점 앞을 차지한 유화에 관심을 보였다. 액자 없는 네 개의 커다란 캔버스가 비스듬히 세워져 있었다.

수는 그림 앞에서 걸음을 멈추었다. 리의 눈길도 멈추었다. 캔버스의 그림은 각각 기린, 평야, 맷돌 돌리는 여인, 그릇을 빚는 여인이었다.

그림 속 두 여인은 모두 붉은 꽃문양 천을 두르고 있었다. 맷돌 돌리는 여인의 천은 가슴을 덮었고 그릇 빚는 여인의 천은 어깨까지 덮었다.

그들의 몸은 길고 호리호리하고 까맣고 윤이 났다. 머리에 수건을 두르고 다소곳이 고개 숙인 모델들은 일하는 사람이라기보다는 기도하는 사람이었다.

수는 그들의 포즈를 흉내 내려는 것처럼 캔버스 앞에서 몸의 방향을 이리저리 바꾸었다. 팔을 들고 그림 속 여인들처럼 손가락을 폈다. 리는 수의 동작에 빨려들었다. 목각 노점 옆에서 선글라스를 팔던 세 청년도 수를 바라보았다.

오후 두 시의 땡볕이 시장통에 쏟아져 내렸다. 세 청년은 선글라스를 팔면서도 셋 모두 선글라스를 끼지 않았다. 쏟아져 내리는 땡볕에 인상을 찡그리며 그들은 수를 바라보았다.

길 가던 아낙들도 수를 바라보았다. 리도 수를 바라보았다. 길 건너편의 중국 식당 차이나 위브에서 풍기는 기름 냄새가 리가 앉아 있는 곳까지 날아왔다.

리는 피로하고 기분이 언짢았다. 몸이 아이스크림처럼 녹아버릴 것 같았다. 땡볕과 기름 냄새와 세 청년의 인상과 시장통의 인파가 거슬렸다. 카사바 가게에 언제까지고 앉아 있는 자신이 맘에 들지 않았다.

눈앞에 닥쳐 있는 상황의 앞뒤가 그 어떤 것과도 이어지지 않았다. 리는 수를 바라볼 뿐이었다. 그녀에게 고정된 카메라 같았다.

리는 점점 더 피로했고 이유 없이 화가 나기 시작했다. 수는 한 손으로 팔꿈치를 괴고 다른 한 손으로는 턱을 괸 채 캔버스 앞을 천천히 오갔다.

리는 그 어떤 것으로부터도 단절된 듯한 눈앞의 풍경을 바라보았다. 그 풍경에서 자신은 한 차원 더 고립되었다는 느낌을 지울 수 없었다.

선잠의 꿈이거나 이유 없는 그리움이거나 뒤틀린 기억이거나 죄책감 같은 것들이, 불안하게, 순서 없이 뒤섞였다. 리는 그게 싫었다.

울어버리고 싶은 걸까. 수가 캔버스 앞을 오갈 때마다 나무 그림자가 그녀의 정수리에서 어른거렸다. 리의 눈도 어른거렸다.

당장의 풍경과 순간이 싫었으나 리의 눈은 여전히 수에게 고정돼 있었다. 한 걸음 한 걸음 움직일 때마다 그녀의 어깨와 등에서 발원하는 완만한 파동이 리의 감각에 고스란히 잡혔다.

수는 턱에 괬던 손을 내려 자신의 허리께를 무심하게, 반복해서 두드렸다. 고개를 젖혀 눈앞으로 흘러내린 가늘고 곧은 머리카락을 추어올렸다. 가늘고 곧은 머리카락, 이라는 생각이 드는 순간 리의 피로는 견딜 수 없는 지경이 되었다.

리는 자리에서 일어설 수 없었다. 수가 걸음의 방향을 다시 바꿔 엘린이 있는 옷 가게로 향했다.

수가 옷 가게에서 나와 보였던 모습은 걷고, 뒤돌아 걷고, 캔버스의 인물을 흉내 내고, 나무 그늘을 몇 차례 오간 것밖에 없었다. 그랬다는 것을 리는 누구보다 잘 알았다. 한순간도 그녀에게서 눈을 떼지 않았으니까.

수와 엘린이 옷 가게 앞에서 마주쳤다. 엘린이 수의 눈앞에다 스카프 한 장을 활짝 펴 보였다. 엘린은 스카프 값을 계산한 것처럼 보였다. 수의 표정도 스카프처럼 활짝 펴졌다. 리는 그들의 움직임을 지켜보았다.

수가 스카프를 매만졌다. 스카프는 저녁 하늘 같은 짙푸른

색이었다. 희고 작고 둥근 점이 촘촘히 박혀 있고 그것들 사이에 역시 흰색의 작은 별들이 찍혀 있었다.

수의 웃음과 손의 움직임, 그리고 어깨며 허리의 파동이 주변 공기의 밀도를 교란했다. 그런다고 리는 생각했고 그러는 이유를 알았다. 엘린에게 다가가야 하는데도 자리에서 일어나지 못하는 까닭도 알았다. 한순간 한꺼번에, 쏟아지듯 그런 것들을 알았다. 수의 미소는 계속되었다.

신음을 흘린 게 실은 먼저였다. 아는 것에 앞서 신음이 흘렀다. 리는 입도 제대로 벌리지 못하고 무슨 말인가를 뱉어냈다. 뱉어낸 게 아니라 그것이 저 스스로 리의 입에서 빠져나왔다.

주디스?

누구에게라고 할 것도 없이, 무언가에게 매달리듯 물었다. 그러나 리의 입에서 새어나온 소리를 들은 사람은 아무도 없었다.

수는 스카프를 만지며 여전히 웃었고 오후의 땡볕은 조금도 수그러들지 않았다. 몽롱한 순간이, 찰칵 하는 셔터의 굉음에 갇혀 어딘가로 깊고 빠르게 빨려 들어가는 것 같았다.

리는 한시도 수에게서 눈을 뗄 수 없었다. 자리에서 일어서지 못했다.

❀

11/Three Years Ago.

주디스?

수는 문득문득 그 이름을 입안에서 굴렸다. 주디스 노엘. 주디스.

이름은 진주알처럼, 입안에서 이리 구르고 저리 굴렀다. 혀끝으로 이름의 무게를 느꼈다. 작고 동그랗고 매끈거리며 무거운 그것이 이에 부딪히며 달그락거렸다. 아무리 되뇌어도 낯선 이름. 주디스.

한국의 병원은 한강이라는 큰 강의 한 지류를 끼고 있었다. 멀리 본류가 바라다보였고 그것은 언제나 번쩍거렸다. 지류에는 해오라기와 검은 가마우지가 한가하게 물 위를 오갔다.

수는 자주 병동 바깥에 머물렀다. 간병인은 수의 부탁을 거절하지 않았다. 식사를 하거나 주사 맞는 시간을 빼고는 대체로 밖에 있었다. 한국의 10월과 11월 날씨는 특별했다. 환자들 대부분 밖으로 쏟아져 나갔다.

병동은 그리 많지 않았고 건물은 오래되었으며 9층을 넘지 않았다. 주변의 어떤 건물과 비교해도 소박했다. 유서 깊은 학교 같은 느낌. 수는 그런 게 좋았다.

병동의 규모에 비해 정원은 매우 넓었다. 커다란 플라타너스 가지가 하늘을 덮었다. 건물의 지붕들은 언제나 그늘져 있었다. 달리 차양 시설이 필요 없었다. 병원에 들어서면 사람들은 양산을 접거나 모자를 벗었다.

환자들에게 육식이 제공되지 않았다. 정원 한쪽은 텃밭이었다. 그곳에서 늘 다양한 채소가 반짝거리며 자랐다.

건물이 9층을 넘지 않는 것, 정원이 넓은 것, 완고한 식이요법 등이 특정 종교의 교리와 관련 있어 보였으나 수는 상관하지 않았다.

그 모든 것들이 마음에 들었으니까. 수는 간병인과 함께 넓은 병원 뜰을 산책하거나, 한곳에 멈추어 서서 언제까지고 가마우지를 바라보았다.

한국인들은 수를 노엘 양이라고 불렀다. 의사도 간호사도 간병인도 그녀를 주디스 노엘이라고 부르거나 적었다. 자신의 이름을 기억하지 못했던 수는 그들이 부르는 대로 대답했다. 대답할 때마다 이름이 입속에서 달그락거렸다.

물 위의 해오라기를 바라보며 혼자 가만히 입속에서 굴려 보아도 이름은 여전히 달그락거렸다.

—몸도 기억도 형편없이 불에 탔는데 이름은 어떻게 살아남았을까요?

말할 수 있게 되면서 수는 병원 통합 정보 센터에 들러 직원에게 물었다. 들를 때마다 수는 달맞이꽃이며 구절초 같은 것들을 꺾어 한 움큼 가져갔다. 정원 동쪽 끝 목책 아래에는 온갖 가을꽃이 무성했다.

—알겠습니다.

정보 센터 직원은 친절했다. 칼에 찔려도 웃음을 잃지 않을 것 같은 남자. 그는 수의 질문에 금방 대답해 주기도 했고 하루나 이틀 뒤에 알려주기도 했다.

그의 눈에 밝고 맑고 넓은 정원이 반사되었다. 하루 종일 건물 내부에서 제자리를 지키는 사람이었으나 눈은 언제나 바깥 풍경을 향했고 그것을 고스란히 비춰냈다. 신앙심이 깊어 보였다. 통합 정보 센터는 사방이 모두 유리벽이었다.

수의 정보는 거의 없었다. 이름과 사고 발생 일자, 장소, 후송 경로와 현지 처치 상황, 진료와 수술 기록 정도였다.

모든 것이 불에 탔는데도 그녀의 이름이 살아남게 된 연유를 아는 데 일주일이 걸렸다.

그녀를 한국으로 이송한 사람들은 말라위에서 해외 봉사를 마치고 철수를 준비하던 한국 의료 팀이었고, 그들은 그녀와 함께 귀국했다. 환자로서의 수에 관한 것 이상은 그들도 아는 것이 없었다.

—차량은 다 탔습니다. 그러나 차대 번호가 있습니다.

일주일 뒤 정보 센터 남자가 말했다.

—차대 번호요?

—주요 빔에 새깁니다. 차량 고유 번호입니다.

—네.

—불에 탄 것은 렌터카입니다. 노엘 양이 탔던 차는 노엘 양이 대여한 차입니다. 렌터카 회사 대여 장부에 이름이 있습니다. 주디스 노엘.

직원은 웃음과 손짓과 눈빛을 보태 수에게 설명했다. 흰 드레스 셔츠의 반팔 소매가 흔들렸다. 그는 이미 해산된 후송 의료 팀 리더에게 어렵게 연락을 취해 주디스 노엘에 대해 물었고, 리더는 말라위 현지 경찰에 피해자에 관한 사항을 의뢰했으며, 렌터카 대여 장부 사본이 첨부된 말라위 경찰의 사고 조사 기록 일부가 후송 2주일 뒤 한국 의료 팀한테 보내져서, 환자의 이름이 주디스 노엘이라는 것을 재차 확인하게 되었다는 사실을 수에게 말해 주었다.

말하며 직원은 이마의 땀을 훔쳤다. 그의 말을 정확하게 알아들을 수 없었으나 렌터카 장부에 적힌 이름이 주디스 노엘이었다는 점은 분명했다.

새로운 정보는 없었다. 렌터카 대여 기록으로 아프리카에서의 수의 행적과 그 이전의 활동 정보를 추적한다는 건 어려웠다. 정보 센터 직원이 그렇게 말했고 수도 수긍했다.

말라위 경찰은 일찌감치 범죄와 관련 없는, 운전 부주의에 의한 단순 교통사고 화재로 사건을 종결지었다. 사망 사고도 아닌 데다 사고 피해자가 자국에 머물지 않는다는 이유로 수에 대한 신원 확인 절차를 게을리했다. 말라위 경찰은 그녀의 이름이 주디스 노엘이라는 점에 조금도 의문을 품지 않았다.

한국에서 한동안 수는 주디스 노엘이었다.

현재의 자신을 있게 한 과거가 그녀에게는 존재하지 않았다. 자신의 것이라는 이름마저 서걱거렸다. 그녀는 부모를 떠올리려고 노력했고 태어난 나라와 친구를 기억하려고 애썼다.

아프리카에서 사고를 당한 까닭이 가장 궁금했다. 아프리카에는 왜 갔던 걸까. 그날 차를 빌려 어디를 향하고 있었던 걸까.

한국의 가을이 더 없이 쾌청하고 아름다워 기분이 좋다가도, 계절에 대한 이전의 기억이 없어 우울했다.

한국인과 똑같게 생겼으면서 영어만 할 줄 안다는 사실이 알려지자 의사와 간호사는 더욱 친절하게 그녀를 대했다. 그녀의 입에서 영어가 나오면 처음엔 놀라다가도 누구나 금방 친절해졌다. 그녀는 병원에서 조금도 불편하지 않았다.

영어가 가능한 간병인으로 바꾸겠다고 병원 측이 말했다. 해외 선교 활동 경험이 있는 간병인들이 많다고 자랑했다. 예상했던 대로 종파에 소속한 병원이었다.

수는 정금자 간병인과 헤어지기 싫다고 말했다. 정금자 간병인의 세제 냄새가 너무 좋기 때문이라고 간호사에게 웃으며 말했다.

정금자 간병인은 수가 영어만 한다고 특별히 더 좋아하거나 더 친절하지 않았다. 정 간병인은 처음부터 친절했고, 친절한 것밖에 모르는 사람이었다.

수가 영어만 했듯, 간병인은 한국말만 했다. 어려운 말이든 쉬운 말이든, 구별해서 말하지 않았다. 죽 이름과 꽃 이름은 알아듣기 힘들었으나 간병인은 수를 배려하지 않았다. 그래도 수는 간병인의 품에서 풍기는 세제 냄새가 좋았다.

그토록 친절한 간병인이 언어에서는 수를 배려하지 않았다. 배려할 줄 몰랐다. 한국인에게 말하듯 한국어를 썼다. 그녀의 한국어는 수를 번쩍 들어옮기는 팔처럼 힘이 있었다. 수는 그것에서 묘한 위로를 받았다. 최고의 배려라는 생각이 들었다.

한국어를 배워서 그녀와 한국어로 얘기하고 싶었다. 오로지 그녀와 얘기하고 싶어서 한국어를 배우고 싶었다. 그녀에게 배우고 싶었다.

정 간병인은 누구에게 말을 가르칠 수 있는 사람이 아니었다. 그녀는 수에게 한국말을 가르치지 않았다. 수 혼자 그녀에게서 한국말을 배웠다.

어미 닭과 병아리처럼 그들은 함께 산책했다. 은행이 엄청 달렸네, 라고 간병인이 말하면 은행이 엄청 달렸네, 라고 수가 따라했다. 따라만 할 거여? 라고 말하면 따라만 할 거여? 라고 말했다. 간병인이 헤프게 웃으면 수도 헤프게 웃었다.

간병인에게 말을 배우기 시작하면서 수는 잊힌 기억을 떠올리려 애쓰지 않았다. 사라진 것을 되살리려 힘쓰는 대신 새로운 것을 기억의 창고에 집어넣었다. 한국어로 그려지는 세계를 차곡차곡 쌓아갔다.

간병인의 말을 녹음기처럼 따라하던 수가 어느 날 먼저 입을 열었다. 처음 만들어본 한국어 문장이었고 그것은 의문문이었다. 간병인 앞에서 수는 입을 뗐다.

—이신지가…… 누구예요?

간병인은 깜짝 놀랐고 수를 오랫동안 큰 눈으로 바라보았다.

—이신지가 누구예요?

간병인은 웃음을 지었다.

간병인이 이 꽃 저 꽃 이름을 부르다 부르는 이름이 이신지였다. 이 나무 저 나무 이름을 부르다 부르는 이름이었다. 그랬다는 걸 간병인도 모를 리 없었다.

—내 딸.

간병인이 조용히 대답했다.

—몇 살이에요?

수는 한국인들이 하는 식으로 두 번째 문장을 만들었다.

간병인은 또 한 번 놀라며 웃음을 지었으나 더는 대답하지 않았다.

병원 뜨락에 겨울이 와 있었다. 풀도 꽃도 플라타너스 그늘도 거기엔 없었다. 수와 간병인은 햇볕 드는 나무 벤치에 나란히 앉아 빈 겨울 정원을 마주하고 있었다. 수는 무릎을 덮은 담요 위에 두 손을 얹고 초겨울의 차가운 공기를 느꼈다. 간병인은 고개를 들어 하늘을 올려다보았다.

둘은 아무 말도 하지 않았다. 간단한 의사소통을 할 수 있게 되었으나 처음 보았을 때처럼 둘은 아무 말도 하지 않았다. 나무 벤치에 앉아, 숨을 쉬고, 하늘을 바라보고, 손끝으로 추위를 매만졌다. 말을 하지 않을 때 더 많은 것들이 그들 사이를 오갔다.

이신지가 몇 살인지 수는 궁금하지 않았다. 그렇다는 걸 알아차리고 간병인이 대답하지 않은 거라고 수는 생각했다. 이런 것이 그들 사이에 오가는 소통이었다. 그럼 무엇이 궁금했던 걸까. 수는 손가락 움직임을 멈추지 않았다.

어쩌면 그녀가 대답할 수 없는 것을 궁금해 하고 있는 건지도 몰라. 수는 간병인이 색칠해 준 손톱을 내려다보았다. 새벽하늘의 별들이 수의 손톱에서 빛났다.

청회색 바탕에 돋아난 흰 별들. 어쩌면 나는 그녀의 대답을 이미 들었는지도 몰라. 수는 간병인의 손을 바라보았다. 두 손이 가지런히 무릎 위에 모아져 있었다. 희고 두툼하지만 표피가 얇은 손이었다.

그래서였을까. 수는 그날 꿈을 꾸었다.

또래의 여자가 함박웃음을 지으며 수에게 다가왔다가 멀어졌다. 다시 다가왔다가 멀어졌다.

이신지일 거라고 수는 생각했다. 윤곽이 흐릿한 데다 끝없이 앞뒤로 움직였으므로 뚜렷한 인상은 잡히지 않았다.

한 번도 본 적 없는 사람이니까. 응, 그럴 수밖에. 뚜렷하다면 그게 더 이상한 거야. 수는 꿈속에서 혼자 중얼거렸다. 앞니가 크고 피부가 짙고 목소리가 경쾌한 친구였다. 보는 사람을 절로 웃게 만드는 웃음. 그녀를 따라 수도 꿈속에서 웃었다. 뭔가 신나는 장면이었다.

그날 간병인이 돌아가고 난 뒤 수는 얼른 잠들지 못했다.

수는 걸어 다닐 수 있었고, 다음 성형수술 전까지는 혼자 생활하는 것이 가능했다. 수술 뒤에 다시 그녀를 부르더라도 당장은 간병인과 헤어질 수밖에 없었다.

병원 측에서는 그동안 자원봉사자를 권했으나 수는 받아들이지 않았다. 수에게 필요했던 건 '간병'이 아니었다. 수는 정금자 간병인도 자원봉사자도 없이 얼마간 혼자 지내게 되었다. 정금자 간병인은 직업 간병인이었다.

계약대로라면 정금자 간병인은 석 달 전에 일을 마쳤어야 했다. 그러나 수의 안타까운 사연이 워싱턴 주요 신문에 전격 보도되면서 병원이 계약 해지를 석 달 뒤로 미뤘던 것이다.

간병인 계약은 보통 간병인과 환자의 보호자 사이에 이루어지는 것이지만 수와 같이 연고가 없는 환자일 경우에는 병원이 계약 주체였다. 이틀 뒤 정금자 간병인은 병원을 떠나기로 돼 있었다. 수는 잠이 오지 않았다.

다른 병동에서 다른 환자를 간병하더라도 수는 정 간병인이 병원에 나오게 되기를 바랐다. 정원을 거닐다 그녀와 마주치는 장면을 상상해야 숨을 쉴 수 있을 것 같았다. 그녀의 환자가 있는 병동으로 찾아가 그녀를 보게 될 거라는 확신이 들어야 잠이 올 것 같았다. 그 모든 것은 이신지의 어머니 정 간병인이 다시 정원 넓은 병원으로 출근해야 가능한 일이었다.

그러다 잠이 들었기 때문일까. 꿈속에서 수는 이신지를 보았다.

그녀는 거대한 유리 돔 건물 안에 있었다. 수도 그녀와 함께였다.

사람들이 북적거렸고 온갖 향기가 건물 안에 가득했다. 수는 그것이 커피 향일 거라고 짐작했다. 스피커에서는 그곳에 모인 사람들을 관중이라고 불렀다. 티브이 카메라와 조명이 바쁘게 움직였다.

그녀와 수는 관중과 마주보는 자리에 서 있었다. 관중이 그녀와 수를 바라보았다.

그녀와 수 옆에는 그녀와 수를 닮은 여성들이 나란히 서서 어떤 순서인가를 기다렸다. 그녀와 수도 여성들이 서 있는 긴 줄의 일부였다. 줄에는 흰 드레스 셔츠에 검은 조끼를 입은 남자들도 띄엄띄엄 보였다.

실내는 웅성거렸고 북적거렸다. 어떤 일인가 곧 벌어지려는 분위기였다. 명료한 것은 아무것도 없었다. 그곳이 어디인지 어떤 사람들인지 알 수 없었다. 저마다 차트를 손에 든 수십 명의 인원들이 홀 한쪽에 모여 머리를 맞댔다. 수는 그 모든 것의 한복판에 서 있으면서도 자신이 무슨 일로 그곳에 서 있는 것인지 알지 못했다.

이신지라고 생각되는 그녀는 연신 웃었고 수도 따라 웃었다.

누군가 한 사람씩 이름을 부르기 시작했다. 이름은 스피커에서 폭발하듯 커졌다. 호명된 사람들은 몇 걸음 앞으로 걸어 나아가 차례로 손을 치켜들고 흔들었다.

여기저기서 환호와 갈채가 쏟아졌다. 카메라 플래시가 번쩍거렸고 이름 불린 사람들은 둥글고 반들거리는 병 모양의 목각 제품을 받았다.

이름 불린 사람들은 환호와 갈채에도 온전히 행복한 표정을 짓지 않았다. 웃는 낯이었으나 서운한 빛이 역력했다. 수는 그들을 바라보며 자신은 어떤 표정을 지을지 망설였다.

마침내 이신지라고 생각되는 그녀가 두 팔을 번쩍 들며 앞으로 걸어 나아가 관중의 환호에 답했다. 남들과 다르지 않은 동작이었으나 그 어떤 이들보다 그녀는 크고 밝고 만족스런 웃음을 지었다.

그러나 그녀의 이름은 이신지가 아닌, 엘린이었다. 엘린이라고 했다. 엘린. 스피커에서 터져 나온 이름도 엘린이었다. 엘린 플레처. 수는 그 이름을 분명하게 들었다.

엘린이 관중의 환호에 답하고 제자리로 돌아와 섰다. 그리고 수에게 빠르게 속삭였다.

—수. 이젠 네 차례야.

그때까지 수는 수가 아니었다. 꿈꾸는 것은 수가 아니라 주디스였다. 꿈꾸는 주디스가 꿈속의 수를 만난 것은 그때가 처음이었다.

엘린의 속삭임이 끝나자마자 스피커에서 수전 요한슨이라는 이름이 터져 나왔다. 수는 조금 전의 엘린처럼 관중을 향해 나아가 손을 치켜들었다.

더는 그녀에게서 망설이는 모습이 보이지 않았다. 엘린과 수에게 주어진 병 모양의 목각 제품은 다른 사람들 것보다 훨씬 컸다.

이신지는 엘린이었고 주디스는 수전이었다.

꿈에서 깨어나 다시 잠들지 못했다. 병실 창밖으로 회청색 새벽하늘이 낯선 손님처럼 와 있었다. 수는 손을 들어 정 간병인이 그려준 손톱 그림을 바라보았다.

자신이 누구인지, 수는 아무에게도 물을 수 없었다. 당직 간호사가 병실을 한 바퀴 돌아보고 나갔다. 어떤 병상에서인가 한숨 소리가 났다.

4인실로 옮긴 뒤로 수는 다른 환자들에게서 많은 질문을 받았다. 어디서 왔는가. 어쩌다 다쳤는가. 한국말을 왜 못하는가. 병원에서 나가면 어디로 가는가. 수는 어떤 질문에도 쉽게 대답할 수 없었다.

대답은 할 수도 들을 수도 없는 것이었다. 내가 어디서 왔는지, 어쩌다 다쳤는지, 한국인의 모습을 하고도 어째서 한국말을 못하는 것인지. 아무도 대답해 주지 않았다.

대답을 할 수도 들을 수도 없다는 사실을 알 때 가장 견디기 힘들었다. 창밖의 나무와 병원 복도를 오가는 사람과 휴게실의 컴퓨터와 음료수 자판기들이 자신과 하등의 관계도 없어 보였다.

그럴 때 수는 투명인간이었으나, 절망감만큼은 끝내 투명해지지 않았다. 허공에 대롱대롱 매달린 자신의 검은 절망 덩어리를 제 눈으로 보는 것만큼 슬프고 끔찍한 일은 없었다.

한밤중보다 새벽이 훨씬 고요했다. 적막 속의 한숨 소리가, 묻고 대답하는 말들보다 진실되다는 생각이 문득 들곤 했다. 한숨이 자신의 목구멍에서 흘러나온 것은 아닐까, 수는 손끝을 입술에 가져다 댔다. 한숨. 그것을 듣는 게 자신인지 쉬는 게 자신인지 분간되지 않았다.

꿈에서 이신지를 봤고 이신지는 엘린이었으며 엘린은 주디스를 수라고 불렀다. 누가 누구인지 알 수 없었을뿐더러, 주디스가 꾸는 수인지 수가 꾸는 주디스인지 알 수 없었다. 수는 새벽 창가에 아직은 주디스라는 환자명으로 놓여 있는 하나의 사태에 불과할 뿐이었다.

누구일까, 엘린은.

수는 창밖을 바라보았다.

주디스보다 수이고 싶은 까닭은 무엇일까.

아침은 더디게 왔다.

수는 정 간병인이 그리웠다. 그녀가 놓고 간 세 알의 모과가 창가의 푸른 어둠에 잠겨 있었다. 아침은 쉬 오지 않았다.

03/This Year.

"엘린이 누군지 몰랐다고?"

"수가 누군지도 몰랐으니까."

"그랬겠네."

"내 이름을 불러준 첫 사람이 엘린, 너였던 거야."

"음."

"다들 나를 노엘이라거나 주디스라고 불렀으니까."

엘린과 수는 마당에 앉아 옥수수 껍질을 벗겼다. 톰보지 나무 끝에 걸렸던 해가 빠르게 지표면으로 내려앉았다.

지면에 가까워질수록 해는 무섭게 커졌다. 하늘은 자꾸 붉었고 바람은 없었다. 집 안쪽에서 리의 콧노래가 들렸으나 그의 모습은 보이지 않았다.

"시애틀 워싱턴 컨벤션 센터야."

엘린이 말했다.

"거대한 유리 돔?"

"유리 돔이 아니라, 두 개의 빌딩 사이를 선 실드(sun shield)로 연결한 통로가 있을 뿐이야."

"실내가 아주 넓고, 높았어."

"SCAA 이벤트 홀이니까."

"SCAA……."

"스페셜티커피협회 엑스포."

"콘테스트처럼 보였어, 엘린. 굉장하던데."

"월드 바리스타 챔피언십이었으니까."

"어쩐지."

"우리가 거기서 나란히 파이널에 올랐던 걸 기억해야 돼, 수. 미 전역에서 지역 예선을 통과한 최고의 바리스타들이 참가한 대회였으니까. 정말 기억해 내야 해. 정말. 그 기막힌 순간을 넌 반드시 기억하게 될 거야. 그걸 어떻게 잊겠니. 어떻게 잊어. 네 뼈에 각인되어 있을 테니까 반드시 떠올릴 수 있을 거야. 제발 그래 줘, 수. 그래야 한다고. 너와 내가 끝까지

오른 거야. 나란히."

앉은 채로 엘린이 엉덩이를 들썩거렸다.

해가 땅속으로 쑥 내려갔다.

"그러니까 내가, 말하자면, 라테 아트 같은 걸 잘했다는 거야?"

"최고였지. 그뿐 아니야. 브루어스 컵에서라면 널 따를 자가 없었어, 수."

"기계 말고 손으로 하는 거?"

"전부 손으로 하지. 그라인딩도."

"너도 나란히 파이널에 올랐었다며, 엘린."

"나는 캐러멜과 과일 향이 아니면 맛을 못 내지만 넌 그런 것 없이도 크림 같은 바디감을 만들어냈어. 끝내줬지."

"믿을 수 없어."

"내 커피는 맛의 변화를 느껴갈 수 있다는 게 특징이었고 네 것은 맛의 처음과 끝이 한결같다는 게 특징이었어. 하여튼 우리는 나란히 파이널에 올랐고 가장 친한 친구끼리 한탕 멋지게 붙을 판이었지."

"누가 이겼어?"

수가 엘린을 빤히 바라보았다.

"정말 생각 안 난단 말이야, 수?"

"응."

리의 콧노래는 멈춰 있었다.

"그 일을 어떻게 잊을까."

"내가 이겼구나?"

수가 웃었다. 엘린은 웃지 않았다.

마당이 어두워졌다. 집 안쪽의 불빛이 조금씩 환해졌다. 리가 움직일 때마다 그의 긴 그림자가 창문을 넘어와 마당에 어른거렸다.

"널 따를 사람이 없었다니까, 수."

"이겼다니 너한테 좀 미안해지네."

수가 다시 웃었다.

"우리는 에스프레소와 카푸치노 경합에서 큰 점수 차이를 보이지 않았어." 엘린이 말했다. "하지만 나는 알고 있었지. 시그니처(signature) 드링크 부문에서는 너한테 당할 수 없다는걸."

"해보지도 않고?"

"너의 창작 음료 전략을 알고 있었거든."

"전략?"

"응, 네 전략은 스토리였어."

"스토리라니?"

"아무도 생각지 못한 걸 넌 하려고 했어, 수. 전략이라는 건 대회에 나가는 사람에겐 일급비밀과도 같은 건데 넌 그걸 미리 나한테 알려준 거야."

"왜?"

"친구니까."

"친구니까?"

"너는 우리가 나란히 결승에 올라갈 거라곤 생각하지 못했을지도 몰라."

"너도 나에게 네 전략을 얘기했니, 엘린?"

"그러진 않았어."

"그럼 네가 이겼겠네. 상대의 전략을 알았으니까. 오, 내가 아니라 네가 챔피언이 됐던 거구나."

"그렇지 않았어, 수."

"그렇지 않았어?"

"응."

"그럼 내가?"

"아니."

"아니라고?"

"아니야."

"뭐지, 그럼?"

이번에는 엘린이 수를 빤히 바라보았다. 두 사람은 말없이 한동안 서로를 응시했다.

"너는 평가 위원단 앞에서 훌륭한 커피를 만들고자 하는 세 사람에 대한 얘기를 하려고 했어."

엘린이 말했다. 수는 들었다.

"세 사람. 먼저 수, 너 자신을 소개하고, 그다음은 로스터

(roaster)인 휴라는 남성, 마지막으로 커피를 재배하는 이스라엘 출신 농장주 얘기를 평가단 앞에서 하려고 했지."

"나는 결과가 궁금한 걸."

수의 말을 무시하고 엘린은 계속했다. 리가 그들 곁에 와 있었다. 어둠이 짙어졌다.

"너는 말할 참이었지. 세 사람은 커피에 남다른 열정을 가지고 있다고. 그리고 농장주가 커피 꽃을 직접 채집해 그것에서 꿀을 추출했고 그 꿀로 시럽을 대신할 거라고 말이야. 커피 꽃에서 추출한 꿀을. 내 앞에서 미리 시연해 보이는 너의 동작은 우아하고 세련됐었지. 너는 농장주의 열정인 꿀에다가 너 자신의 상징인 에스프레소를 붓는 거야. 따를 때 손과 팔의 우아한 각도를 유지하기 위해 너는 손에 쥔 벨크리머의 높이에 끝없이 신경 썼지. 진정한 프로였으니까. 그다음이 베스트 파트였어."

"엘린의 묘사야말로 오늘 저녁의 베스트 파트야."

리가 끼어들었다. 엘린은 리의 말도 무시했다. 밤기운이 쌀쌀했다.

"다음에 넣을 재료가 연기라는 거야. 연기. 누가 그런 생각을 할 수 있었겠어. 너는 그런 바리스타였지. 커피의 재료가 연기라니. 그걸 커피에 쏘여주는 거였어. 다른 나무를 태워 만든 연기도 아닌, 방금 머신에서 뽑아낸 에스프레소, 그 에스프레소를 키워낸 커피나무를 태워 만든 연기라니. 연기는 로스터 휴의 노력의 결과였던 거야. 결국 커피를 사랑하는 세 사람의 열정을 한 잔의 시그니처 드링크에 고스란히 담아내는 훌륭한 연출을 너는 준비하고 있었던 거지. 이게 너의 전략이었고 나는 너를 당할 수 없다는 걸 알았어."

"이야기 끝났으면 저녁 먹자."

리가 보챘다. 엘린은 움직이지 않았다. 수도 움직이지 않았다.

"그런데 파이널 스테이지에…… 네가 나타나지 않았던 거야, 수."

"……."

"끝내 나타나지 않았어."

"끝내?"

"끝내."

"맙소사."

"정말 맙소사지."

"어떻게 된 거였을까?"

"알 리 없었지."

"경기는?"

"나의 슬픈 부전승, 젠장."

"어디로 간 걸까, 왜 그랬던 걸까, 나는?"

"이유와 사정이 있었던 거지."

"무슨 이유와 사정?"

"친구를 챔피언으로 만들려는, 너의 그, 매우 불손하고 불

공정하고 부적절한 이유."

"그렇다면 나는 집에서 감자칩 먹으며 티브이 보고 있지 않았을까? 경기가 끝나기만을 바라며?"

"그랬겠지. 그랬다면 경기 끝나고 너에게 달려가서 왜 그랬어? 하고 큰 소리로 따지며 널 물어뜯었겠지."

"집에도 없었구나."

"네가 어디로 간 줄 알아?"

"설마……."

"며칠이 지나서야 알았지. 너한테서 전화가 왔으니까."

"공항이었어?"

"기억나?"

"추측이야."

"아프리카로 간다지 뭐야. 기가 막혀서."

"그랬구나."

"뻥인 줄 알았어, 처음엔."

"그럴 리가."

"그래, 뻥이 아니더라고. 그래서 더 기막혔던 거야."

"고약해서 슬프지도 않았겠다."

"슬프긴. 화가 나서 머리가 익었는걸."

"갑자기는 아니었을 거야, 엘런. 아프리카. 준비하고 있던 중이었겠지."

"준비라기보다는 갈등 중이었다고 했어."

"전화로 그래? 갈등 중이었다고?"

"아프리카에 도착해서 보낸 편지에서."

"그랬구나, 편지에서……."

"갈까 말까 초번민 중이었다고 했어."

"초번민이 뭐야?"

"알게 뭐야."

"아프리카에 갈까 말까 초번민, 초번민……."

"결승에 진출해서 챔피언이 되면 아프리카에 못 갈지도 모른다고 생각했대. 챔피언이 되면 미국을 대표해서 세계 대회에도 나가야 하고 늘 언론의 주목과 감시를 받아야 하고 어쩌고 하면서."

"그래서 내뺀 건가?"

"그런 거라고 했어. 하지만 나는……."

"너는?"

"나한테 챔피언을 양보하기 위한 걸로 알았지."

"그랬을까, 설마?"

"그러고도 남을 게 수, 너라는 인간이잖아."

"기분 나빴어?"

"난 네가 완전 미쳤다고 생각했지."

"기분 나빴다면 지금이라도 사과할게, 엘린. 그럴 의도는 아니었을 테지만."

"생수통만 한 챔피언 트로피를 받아들고, 내가, 얼마나 울었는지 알아?"

"화가 안 풀려서?"

"젠장, 그랬으면 정말 좋았겠지만."

"아니면?"

"네가 미치도록 보고 싶어서."

"……."

"우리가 어떤 사이니?"

"……."

"그런 식으로 날 버려두고 가다니."

"아, 정말 나는 초번민이었던 것 같다. 이해해 줄 수 없겠니?"

"바보야. 이미 네 편지 받은 직후에 모든 걸 이해했어."

"고마워, 그리고 미안해."

"내 친구가 어떤 친구인데 내가 오해를 해?"

엘린과 수 곁에 옥수수 껍질이 수북이 쌓였다.

날이 많이 어두웠다.

수는 어둠 속에서 엘린을 바라보며 소리 없이 웃었다. 꼼짝없이 웃기만 했다. 그렇게 화석으로 굳어갈 것처럼.

리는 말없이 움직였다. 식탁 위에 콩 조림과 이름을 알 수

없는 생선을 가져다 놓았다. 생선은 작고 칼날처럼 얇고 은박지처럼 빛났다.

"훌륭해, 리."

엘린이 신나서 큰 소리로 말했다. 리는 별다른 반응 없이 식탁과 부엌을 오갔다. 엘린과 눈을 마주치지 않았다.

"저런 적이 없었잖아?"

수가 리 쪽을 바라보며 엘린에게 물었다. 리는 수와도 눈을 마주치지 않았다.

"우리 둘만 너무 다정했던 걸까?"

"언제?"

"조금 전, 밖에서."

"설마 그래서일까?"

"이상하긴 하네."

엘린은 리의 표정에 어린 알 수 없는 그늘을 읽었다.

"멋진 식사, 고마워요." 수가 큰 소리로 말했다. "언제나, 늘."

리가 식탁 쪽으로 몸을 돌렸다.

"어서 들어요." 리가 말했다. "호수 고기라서 식으면 비린내 나요."

그는 웃었으나 웃는 게 아니었다. 엘린은 그걸 알았다.

리가 식탁으로 다가와 앉았다.

"우리끼리만 속삭였나? 내 사랑은 수고만 하고?"

엘린이 말했다.

“하던 얘기나 마저 해, 엘린.”

“무슨 얘기?”

“밖에서 하던 얘기.”

“그건 나와 수만의 얘기잖아.”

“흥미로워.”

“정말?”

“정말.”

엘린은 수를 바라보았다. 수도 엘린을 바라보았다. 리는 고개를 숙이고 콩을 집어 먹었다.

바람이 지나갔다. 바람이 불면 축구공만 한 건초 더미들이 들판 위를 굴렀다. 바람 소리라기보다는 건초 공 구르는 소리였다. 작은 곤충이 우는 소리 같았고, 밤에만 이동하는 동물의 빠른 발소리 같았다.

세 사람의 숨소리가 건초 공 구르는 소리와 겹쳤다. 리가 몸을 움직일 때마다 의자에서 삐걱거리는 소리가 났다. 리의 그림자는 먼 부엌 벽에 닿아 어른거렸고 수와 엘린의 그림자는 가까운 뒷벽에서 어른거렸다.

램프는 엘린과 수 중간에 놓여 있었다. 나이프로 호수 생선을 발라낼 때마다 램프가 조금씩 흔들렸고 세 사람의 그림자는 많이 흔들렸다.

“생각해 봐요, 리.” 수가 말했다. “꿈속에서 이신지라는 한국 사람이 갑자기 엘린이라는 사람으로 바뀌는 거예요. 그때까지 저는 엘린을 떠올리지 못하고 있었어요."

"꿈이 떠올린 거군요. 엘린을."

리가 대꾸했다.

"그런 거죠. 그때부터 엘린이 누굴까 엘린이 누굴까 생각했어요. 일부러 잠을 청해서 꿈을 꾸고 싶었죠. 하지만 꿈도 제대로 꾸어지지 않았고 엘린도 나타나지 않았어요."

"네."

리가 고개를 끄덕였다. 엘린은 수와 리를 번갈아 바라보았다.

"생각해 봐요, 리."

수가 말했다. 생각해 봐요, 리. 똑같은 식으로 서두를 꺼내는 수가 엘린은 조금 이상했다. 수는 그 사실을 의식하지 못하는 것 같았다.

"한국에서 어느 날 한 통의 전화를 받았어요. 미국에서 온 거였고, 전화를 걸어온 사람은 여성이었어요. 그분이 뭐랬는 줄 알아요?"

"말해 봐요."

리가 고개를 들어 수를 바라보았다. 엘린은 리를 바라보았다.

"수! 나 엘린 엄마다! 그러는 거였어요. 아주 큰 소리로. 수! 나 엘린 엄마야!"

"꿈속의 엘린이 튀어나오는 순간이었단 말이지?"

엘린이 말했다.

"생각해 봐요, 리. 제가 얼마나 놀랐겠어요. 감전돼 죽는 줄 알았어요."

리가 고개를 끄덕였다. 엘린이 그를 바라보았다. 하나도 흥미롭지 않은 모습.

"아무도 모를 거야. 정말 그때의 기분은."

수가 절레절레 고개를 저었다. 어느새 접시에는 콩도 생선도 없었다.

"마침내 나와도 연결된 거였지, 그렇게."

엘린이 말했다. 리에게서 눈을 떼지 않았다. 흥미롭다고 한 리의 말은 무슨 뜻일까. 리의 흥미란 어떤 것일까.

리와 눈이 마주쳤다. 리가 희미하게 웃었다. 엘린도 웃었다. 뭐지? 엘린은 한 번도 경험하지 못했던 서늘한 기운이 낯설었다.

리가 자리에서 일어섰다. 빈 접시를 들고 부엌으로 향했다. 그의 커다란 그림자가 바닥과 벽과 천장에서 너울거렸다.

침대에 누워 수는 엘린을 바라보았다. 엘린은 저녁을 끝낸 식탁에 앉아 있었다.

리는 설거지를 끝내고 방으로 들어가 나오지 않았다. 거실에는 램프 불 혼자 흔들렸다.

엘린도 방으로 들어갈 시각이었다. 곧 그럴 거라고 수는 생각했다. 수는 천장을 바라보고 엘린을 바라보고 램프를 바라보았다.

입안에 들큼한 침이 고였다. 호수 생선은 비리지 않았다. 양치하고 누웠으나 입안에서 호수 생선의 여운이 가시지 않았다.

엘린도 그걸 느끼는 걸까. 고기는 부드럽고 고소했다. 금방 벤 나무에서 풍기는 짙은 향기가 났다. 그런 물고기였다. 양치를 해도 향이 가시지 않았다.

엘린이 자리에서 일어섰다. 앉았던 의자 등받이를 손으로 쓰다듬었다. 걸쳤던 숄을 벗어 의자 등받이에 걸었다. 그리고 다시 의자에 앉았다. 손바닥으로 식탁 위를 더듬었다. 식탁 위에는 아무것도 없었다. 수는 엘린을 물끄러미 바라보았다.

"리가…… 기다리는 거 아닐까?"

수가 물었다. 엘린은 아무 대답도 하지 않았다. 고개를 들어 수를 바라보다가 미소 지었을 뿐.

엘린의 미소는 언제나 아름다웠다. 엘린의 웃음 때문에 수는 열아홉 살이 되었고 스무 살이 되었다. 수는 의심의 여지없이 그렇게 믿었다. 엘린은 늘 수 곁에 있었고 웃음 지었다. 그것에 힘입어 수는 많은 것을 지나고 많은 것을 건넜다.

언제나 웃기만 했던 엘린이 생수통만 한 챔피언 트로피를 받아들고 하염없이 울었다고 했다. 미안해지며 가슴이 아렸다. 수는 깊은 숨을 들이켰다. 엘린이 아프리카까지 왔어. 내 탓이야. 수는 속으로 중얼거렸다. 아프리카까지 달려와 엘린이 내 곁에서 웃어주고 있다니.

숨이 잦아들기를 기다려 수는 다시 엘린을 바라보았다. 엘린도 수를 바라보았다. 아까부터 수를 바라보고 있었던 것 같았다.

"수는 말이야……."

엘린이 입을 뗐다가 곧장 다물었다.

"말해, 엘린."

엘린은 얼른 말하지 않았다. 입가와 눈가에 미소를 머금을 뿐이었다. 어딘가 슬픈 듯했으나 따사로운 느낌의 미소.

엘린은 의자 등받이에 걸어놨던 숄을 어깨에 걸쳤다. 건초공 구르는 소리가 들렸다. 램프 불이 깜빡거렸다.

"옛날 기억 같은 것은 아무래도 상관없다고 여기는 건 아닐까." 엘린이 말했다. "수를 보고 있으면 왠지 그런 느낌이 들어."

"그래?"

수는 상체를 일으켜 세웠다. 엘린이 수를 향해 자세를 고쳐 앉았다.

"수만 괜찮다면……."

"응, 말해."

"보스턴 협회에 편지를 써서 아프리카에서의 수의 활동 정보를 좀 보내달라고 해 보는 건 어떨까."

"그, 기준을 바꾸는 것이 어쩌고 하는?"

"기준을 바꾸는 것이 혁명이다."

"반대야."

엘린의 당황하는 눈빛을 수는 놓치지 않았다. 너무 단호했다고 수는 후회했다.

이번에는 엘린 쪽에서 깊은 숨을 들이켰다.

"도움을 받는 것도 좋겠지만." 수가 목소리를 누그러뜨렸다. "스스로 기억해 내고 싶어, 엘린."

"협회 주소는 엄마가 알고 있을 거야." 엘린이 말했다. "기억을 회복하는 데는 아무래도 행적을 참고할 만한 기록이 큰 도움이 될 것 같아서."

"혼자 애써보는 게 중요하다고 생각해, 엘린. 정보들이 내 기억을 촉발시킬 수도 있겠지만, 나 자신에 대한 지식으로만 굳어버릴 수도 있으니까."

"지식으로 자신을 아는 거라면…… 이상하긴 하지."

"위험하고 끔찍할 것 같아."

"내 생각이 짧았어, 수."

엘린이 한 손을 자신의 가슴에 얹으며 말했다. 천장의 그림자도 따라 움직였다.

"엘린. 네 진심을 알아."

수가 말했다.

“나는 수가 적극적이지 않다고만 생각했거든.”

“나도 실은 어떤 쪽이 옳은지 모르겠어.”

“네 방식을 지지해, 수. 스스로 기억해 내는 쪽.”

“그러려고.”

“이제야 네 맘을 알았어.”

“넌 언제나 내 편이라는 거 잘 알아.”

수는 엘린을 보며 웃었고 엘린은 수를 보며 웃었다.

방 쪽에서는 기척이 없었다. 엘린은 곧 방으로 들어가 리 곁에 누울 것이다. 이 문장이 바람처럼 지나갔다. 건초 공처럼 굴렀다. 엘린은 곧, 방으로 들어가, 리 곁에 누울 것이다…….

리는 스포츠 카페 밖에서 서성거렸다.

5월 들어 리는 백만 크와차를 잃었다.

므와세가 어둠 속에서 나타나 리에게 손을 들어보였다. 리도 손을 들었다가 내렸다. 리버풀 경기가 열리는 날이었다.

여섯 경기만에 리가 백만 크와차를 잃었다는 걸 므와세도 알았다. 그는 어색한 웃음으로 리를 위로하려 했으나 리는 므와세의 눈길을 피했다.

2주 연속 승리가 없는 리버풀 때문인 걸까. 리는 자신에게 물었다. 카페 바깥마당에 풀이 듬성듬성 자랐다. 경기를 볼 마음이 없었다.

리는 카페 외벽에 몸을 기댔다. 물결 모양의 양철판 벽이 등뼈에 닿았다. 날은 어두워지기 시작했고 서쪽 하늘에서 별이 돋았다.

언제나 리버풀이 이긴다는 쪽에 걸지는 않았지만 리버풀이 진다는 쪽에도 리는 걸지 않았다. 리버풀의 선발 명단으로 전략을 충분히 예측할 수 있을 때와 홈경기일 때 리버풀에 걸었다.

배당률을 고려해 레드 더비 상대인 맨유와의 경기 때 크게 걸었다. 리는 리버풀 경기에서 돈을 따지 못했다. 리버풀은 그에게서 돈을 앗아갔다. 응원하는 마음으로 리버풀에 걸었을 뿐이다. 그의 베팅 승률을 높인 것은 애스턴빌라와 토트넘이었다.

아무리 크게 걸어도 한 판에 10만 크와차를 넘지 않았고 한 주에 50만 크와차를 넘지 않았다. 그는 자기 원칙을 어기지 않았다. 그렇다는 걸 엘린도 알았다. 경기를 즐기려고 돈을 걸었을 뿐 따기 위해 경기를 보지 않았다.

백만 크와차가 적은 돈은 아니었으나 그것 때문에 우울할 리도 아니었다. 므와세는 카페 안으로 들어갔으나 리는 여전히 양철 벽에 기대어 어두워지는 하늘을 바라보았다.

등에 닿은 양철 벽은 차갑고 딱딱했다. 몇 겹으로 이루어진 벽이라는 걸 리는 알았다.

스포츠 토토 사이트는 물론 종일 컴퓨터 근처에도 접근하지 않았다는 사실을 그는 떠올렸다. 경기를 안 볼 이유가 없었다. 퇴근하자마자 카페로 달려온 그였다.

저녁은 엘린이 준비하기로 했다. 수에게는, 스포츠 카페 LED 티브이가 한국산이에요! 라며 늦겠다는 말을 대신했다. 주말이면 자주 있는 일이었다.

돈을 걸지 않았으므로 편안한 마음으로 경기를 볼 수 있었다. 그러나 그는 카페 밖에서 서성거렸다. 무언가 그의 마음을 찍어 눌렀다. 그러는 것 같았다.

토토 때문도 백만 크와차 때문도 아니었다. 별이 점점 밝아졌다. 리버풀 때문도 아니었다.

정오부터였던가. 속이 불편했다. 두 시쯤이었던가. 언제부터였는지 명확하지 않았다. 정신이나 신경 같은 것이 몸의 어느 한구석으로 쑤욱 빨려드는 것 같았다. 그곳이 어디인지 분간하기 힘들었다.

몸속 어딘가에 끝없이 깊고 검은 홀이 생겨 생각과 상념이 그곳에서 나오고 그곳으로 들어가기를 반복했다. 불편하고 메슥거렸다. 시장통에서 므와세와 먹었던 카사바 튀김이 떠올랐다.

리버풀 경기 다음 날이었다. 제라드가 실축했던 것이 억울하고 분했던 날이었다. 카사바를 많이 먹긴 했으나 몇 달이 지나 그날 일이 자꾸 생각난다는 것이 이상했다. 눈이 부실 만큼 맑은 날이었다.

차이나 위브의 쇼팅 냄새도 떠올랐다. 그날 시장통에서 므와세를 만나 카사바를 먹었던 것도 실은 리버풀의 패배 때문만은 아니지 않았던가. 제라드의 억울한 실축은 핑계에 지나지 않았다.

그랬던 것 같았다. 엘린과 수와 함께 시장엘 가고 싶어서였을 것이다.

멀리서 수를 바라보고 싶어서였겠는데, 왜 그래야 했는지 알 수 없었다. 수를 바라보는 데 시장 풍경이 필요했던 것 같다. 역시 이유는 알 수 없었다.

리는 므와세와 카사바를 먹으며, 므와세가 가고 난 뒤에도 혼자 카사바를 먹으며, 수와 엘린을, 나중에는 수만을 바라보았다.

경기가 시작된 모양이었다. 카페 안의 열기가 벽을 통해 전해졌다. 리는 서성거림을 멈추고 양철 벽에 등을 기댄 채 움직이지 않았다.

가뭄이 들고 먹을 것이 없을 때 음바니에서는 아이고 어른이고 자신들의 집 양철판 벽을 뜯어 현금처럼 사용했다. 가게들은 그것을 받아 벽의 두께를 넓혔다.

녹슬고 구멍 난 양철 판을 저마다 머리에 이고 먹을 것으로 바꾸러 가는 아이와 어른들을 유럽 여행객은 윈드서핑족으로 오해했다. 양철 판은 은시마를 파는 가게에 쌓이거나 채소와 보드카가 있는 스포츠 카페 벽에 겹겹이 세워졌다.

카페 안의 열기를 등으로 느끼며 리는 수를 떠올렸다. 엘린과 함께 옷 가게를 돌며 고개를 끄덕이던 수. 검은 후드 티에 새겨진 은빛 글자를 매만지던 수. 목각 제품 파는 가게 앞 노점에서 유화 그림 속 여인들의 포즈를 흉내 내던 수.

리를 에워싼 것은 초저녁의 어둠과 선선한 바람이었으나 그는 무덥던 한낮의 시장통 한가운데 있었다. 수의 작고 동그란 콧구멍은 멀리서도 또렷했다.

수는 걸음의 방향을 바꿔 엘린이 있는 옷 가게로 향했다. 수가 보였던 모습은, 걷는 것, 뒤돌아 걷는 것, 캔버스의 인물을 흉내 내는 것, 다시 뒤돌아 걷는 것, 나무 그늘을 몇 차례 오간 것이었다. 그것밖에 없었다. 그랬다는 것을 리는 누구보다 잘 알았다. 한순간도 그녀에게서 눈을 떼지 않았으니까.

엘린이 내민 스카프를 수가 손끝으로 매만졌다. 리는 그녀를 바라보았다. 스카프는 저녁 하늘 같은 짙푸른 색이었다. 지금 리가 바라보는 카페 지붕 위의 하늘빛. 스카프에는 희고 작고 둥근 점이 촘촘히 박혔고 그것들 사이에 역시 흰색의 작은 별들이 찍혀 있었다.

수의 웃음과 손의 움직임, 어깨며 허리에서 이는 파동이 주변 공기의 밀도를 교란했다. 그런다고 리는 생각했고 그러는 이유를 알았다.

수와 엘린에게 다가가야겠다고 생각하면서도 리는 자리에서 일어나지 못했다. 카사바만 집어 먹었다. 일어나지 못하는 까닭도 알았다. 한순간 한꺼번에, 쏟아지듯 그런 것들의 이유를 모두 알았다.

카페 안쪽에서 탄성이 터져 나왔다.

생각해 봐요, 리!

수의 목소리가 들렸다.

리는 짐승처럼 땅을 박차며, 카페 출입문 쪽으로 뛰어갔다.

문을 열어젖혔다. 실내는 어둡고 자욱했다. 후끈거렸다. 커다란 티브이 화면만 번쩍거렸다. 붉은 유니폼을 입은 리버풀 선수들이 뒤엉켜 골 세리머니를 펼쳤다.

리는 카운터로 걸어가 전화 송수화기를 움켜쥐었다.

“난데. 나야. 리라고, 리. 그냥 들어.”

티브이 앞의 므와세가 리를 바라보았다.

“부탁할 게 있어. 알아봐야 할 게 있어. 일단 그냥 들으라구.”

리는 전화 송수화기 안으로 말을 우겨 넣었다.

리버풀 선수들이 토트넘 진영을 향해 물밀 듯 달려들어갔다. 북런던의 환호가 음바니의 작은 스포츠 카페에 가득했다.

06/This Year.

수는 서랍을 더듬어 열였다.

그리고 쥐를 꺼내먹었다.

밤이 깊을수록 공기는 시원했고 주변은 조용했다.

쥐 먹는 소리와 옆방의 기척이 전부였다.

딱딱한 고기를 수는 힘주어 씹었다. 턱뼈 움직이는 소리 사이사이로 엘린과 리가 나누는 사랑의 기척이 끼어들었다.

눈을 떠도 감아도 집 안의 어둠은 다르지 않았다. 수는 혼자였고 옆방은 지나치게 가까웠다. 천천히, 그러나 쉬지 않고 수는 쥐를 깨물었다. 엘린은 낮이든 밤이든 사랑스러웠다.

한밤의 턱 운동은 관자놀이 부근의 근육과 뼈조직을 자극했다. 잠든 뇌를 부풀렸다. 지금까지 스무 마리를 먹었다. 마른 고기를 한 번 씹을 때마다 두 개의 단어와 한 개의 에피소드가 새로 떠올랐다.

수는 눈을 감고 천천히 턱을 움직였다. 가늘고 날카로운 엘린의 스크리밍과 다급하게 속삭이는 리의 음성이 문틈으로 새어나왔다.

다급하게, 속삭이는, 리의 음성……. 이것도 턱 운동이 떠올린, 잊혔던 기억이었다.

수는 펠란투니의 작은 얼굴을 떠올렸다. 입속으로 두 번 이름을 불렀다. 펠란투니. 펠란투니—빨리 죽여주세요. 음바니에는 그런 이름이 많았다. 심칼리차—난 어차피 죽을 거예요. 말라자니—날 없애주세요.

먹고 사는 것이 고통인 나라. 어린애들도 죽음을 두려워하지 않았다. 피할 수 없는 거라고 여겼다. 부모도 아이도 태어난 게 실수며 잘못이라고 생각했다.

펠란투니. 수는 아이의 이름을 불렀다. 펠란투니. 말린 쥐를 팔러 다니는 그 아이에게 겨우 50크와차를 주고 두 마리나 얻은 것이 미안했다. 수는 부쩍 쥐 욕심을 냈다.

옆방의 사랑이 끝났다.

"자?"

엘린의 젖은 목소리가 벽 너머에서 들려왔다. 수는 턱 운동을 멈추었다.

"자?"

수는 숨도 멈추었다.

"잘 자, 어-니."

더는 아무 소리도 들리지 않았다. 수는 턱 운동을 아주 멈추었다. 바람이 어둔 들판을 달리며 우는 듯했으나 귀 기울이면 아무 소리도 아니었다. 몸 안의 것이었다. 수의 기억들이 몸 안에서 창궐하려는 수런거림이었다.

리와 사랑을 끝내고 엘린은 나를 불렀어. 수는 속으로 그 말을 되풀이했다. 리와 사랑을 끝내고 엘린은 나를 불렀어……. 자? 라고 소리 내어 물었어. 나른한 목소리로. 두 번 연속해 물었어. 깨어 있어도 대답할 수 없다는 걸 엘린은 모르고 물었던 걸까. 우리의 사랑을 들었어, 수? 라고 묻는 거였을까.

완전한 적막이었다. 눈을 뜨고 있었으나 수는 아무것도 보지 못했다. 완전한 적막에 어울리는 완전한 어둠뿐.

수는 자신의 숨이 기도로 흘러드는 것에 주의를 기울였다. 담요를 턱 밑까지 끌어올렸다. 그리고 입술 위까지 끌어올렸다. 이마까지 끌어올렸다. 수는 자신의 가느다란 숨소리를 들었다.

수는 속삭였다.

—리는…….

침이 목구멍으로 넘어갔다.

침을 삼키고 속삭였다.

—나의 남자였어.

얼마 전 리는 수에게 말했다. 동양인 여성에 관한 거였다. 실은 억울하게 추방당한 오스트레일리아 볼런티어 얘기였다.

정직한 의사의 늑골을 부러뜨린 장관 수행원을 대통령 직속 비리 척결 위원회에 제보했다가 자국으로 쫓겨난 오스트레일리안. 그 얘기를 리에게 전해주었던 사람이 동양인 여성이었다. 얘기를 들으며 수는 '그 동양인이 내가 아니었을까'라는 생각에 빠져들기 시작했다.

그 생각에서 수는 쉽게 헤어나지 못했다. 그것에 집착하고 골몰하는 것이 안온했다. 이상하지만 그랬다. 오래 서 있거나 오래 앉아 있거나 많은 말과 생각을 해서 고단한 날 수는 그 생각 하나만 안고 자리에 누웠다.

'그 동양인이 내가 아니었을까'에서 '나는 리에게 무엇이었을까'로 의문이 바뀌었다. 생각과 의문이 저 혼자 비약했다. 그러는 까닭을 수는 알게 되었다. 쥐를 열 마리쯤 먹었을 때 확연해졌다.

펠란투니의 허풍을 믿었던 것은 아니었다. 쥐가 파나세아일 리 없었으나 잊힌 기억의 싹이 돋았고, 돋은 것이 쥐를 입에 댄 시기와 같았다. 수는 조금씩 쥐를 먹었고, 예감이 적중하는 순간과 마주쳤다.

수가 예상한 순간, 예상한 몸짓으로 리가 움직였다. 낌새를 미리 알아채고 주시하지 않으면 볼 수 없는 동작. 수는 정확히 예감했고, 자신의 발바닥을 흘깃거리는 리의 동작을 놓치지 않았다.

생각과 의문이 저 혼자 비약했던 까닭은 하나였다. 리가 수의 남자였기 때문이라는 것. 그보다 더한 근거는 불필요했다. 수가 그것을 잊고 있었을 뿐.

기억이 돌아오는 한 그것은 비약도 뭣도 아니었다. 동양인 여성은 수였고, 수는 리의 여자였다.

쥐의 효능과 상관없다고 생각하면서도 수는 쥐를 먹었다. 그것을 씹으면서 기억이 되돌아오기 시작했으니 펠란투니가 거짓말한 것은 아니었다. 수는 그것의 묘한 맛에 익숙해졌다.

관자놀이께의 근육과 뼈에 자극이 되는 것도 나쁘지 않았다. 한 번 씹을 때마다 잊혔던 에피소드들이 하나씩 떠오른다고 생각하기로 했다.

—나는 잠들지 않고 듣고 있었어, 엘린.

수는 다시 침을 삼키고, 속삭였다.

—듣고만 있었으나 모든 게 또렷해.

수의 숨결이 담요 끝을 살짝 흔들었다.

—리의 모든 게 또렷해.

얼마나 자신에게 고대하던 말이었던가. 수는 그 말을 반복하고, 스스로 들었다. 모든 게 또렷해, 모든 게…….

모든 게 흐릿하고 막막했던 수였다. 실은 아직 모든 게 또렷하지는 않았다. 리에 관한 몇몇 기억은 새로 산 스테인리스 포크와 나이프처럼 선명했으나 다른 어떤 기억은 탁한 물속이었다.

지금 수에게 또렷한 것은 리의 손짓. 수의 이마와 눈썹을 더듬던 손길이었다. 따뜻하고 매끄러운 감촉이었다. 몇 번이나 수의 뺨을 쓰다듬고, 어깨와 겨드랑이와 옆구리를 더듬던 손끝이었다.

리는 코끝으로 수의 눈두덩을 간질였다. 리는 그랬다. 느린 그의 몸놀림이 수의 피부에 애틋한 흔적을 남겼다. 그의 숨결 하나마저 세상 무엇과도 바꿀 수 없었다. 바꿀 수 없다고 수는 생각했다.

수는 간절하고 간절하고 간절해졌다. 그의 손끝과 눈빛과 숨결의 어마어마한 느낌이 육박해 올 때마다 수는 목숨을 놓아버리고 싶었다. 간절하게, 그러고 싶었다. 그의 모든 존재가 자신의 몸 안에 벅차게 들어차 있는 현재의 순간이 언제까지고 계속되었으면 좋겠다고 간절히 바랐다. 그랬었다.

—주디…….

리는, 다급하게, 속삭였다.

오래전 어느 날의 다급함이 귓전에 살아나, 어둠 속에 홀로 누워 있는 수의 귓불이 귀뚜라미 울음처럼 떨었다. 리와 수는 케냐에 있었다. 그곳은 케냐였다.

수에게 지금 또렷한 것이란 그런 거였다. 리의 손길과 눈빛과 숨결의 감촉이 그대로 살아나는 것. 모든 기억이 돌아오지 않아도 좋았다. 리와의 느낌, 리와의 명징한 순간들이면 충분했다.

—주디에게, 고백하고 싶은 게 있어…….

리의 충일한 기운으로 터져버릴 것 같던 수는 어떤 말도 할 수 없었다. 리의 어깨를 필사적으로 부둥켜안고 간신히 고개를 끄덕였다.

다급하게 속삭이는 것의 징후를 수는 알고 있었다. 리가 어떤 말로 다급해지든 수가 할 수 있는 것은 오직 힘껏 고개를 끄덕여 리의 모든 의도를 허여하는 일이었다.

그의 범람을 허락하는 것이었다. 둑이 터지고, 그와 함께 한없이 무기력하고 나른하게 급류에 휩쓸리는 일이었다. 수는 고개를 끄덕였다. 끄덕이고 끄덕였다. 언제나 그랬고 그날도 그랬다.

하지만 그날의 징후는 범람과 나른한 표류 이후로도 지속되었다. 어딘가 묘하다는 느낌은 들었으나 수는 나쁘지 않다고 생각했다. 리와 함께라면 어떤 것도 나쁘지 않았다. 리는 수의 어깨를 끌어안았고 수는 그의 가슴에 귀를 댔다.

—고백하고 싶은 게 있어.

리의 말이 그의 가슴안에서 우렁우렁 울렸다. 수는 리의 가슴에 귀를 붙이고 움직이지 않았다. 리의 고백을 파정하겠다는 뜻으로 알았던 수는 리의 말을 다시 떠올렸다.

고백하고 싶은 게 있어……. 고백하겠다는 말이 아니라, 고백을 허락해 달라는 말이었다.

파정은 이미 범람한 뒤였다. 허락할 무엇이 더 남았을까.

—말해, 내 사랑.

수는 리의 등을 쓰다듬었다.

—용서해 주지 않는대도 이제는 주디에게 뭐든 고백하고 싶으니까. 그래야 하니까.

—리…….

—응.

—말해.

수는 눈을 감고, 리를 더 깊이 파고들었다.

—…….

—말하라니까, 리.

—진지하게 들어줬음 좋겠어.

—진지하게 들을게.

—추방당한 오스트레일리아 볼런티어 말인데.

리가 말했다.

—내가 리한테 들려주었던 것?

수가 말했다.

—응. 그 일이라면, 주디보다 내가 먼저 알고 있었어.

—무슨 상관이야, 누가 먼저 알았건.

—오스트레일리아 볼런티어를 내쫓은 건 케냐 국가정보원이었어.

—그랬겠지.

—오스트레일리아 볼런티어의 행적과 신원을 국가정보원에 제공한 건 나였고.

—……리가?

—응.

수가 리의 가슴에서 얼굴을 뗐다. 리의 얼굴을 바라보았다. 리는 수의 눈을 피하지 않았다.

—고자질?

—말하자면, 그래.

—그걸 리가?

—그랬어.

—리가 왜?

—국가정보원의…… 정보 요원이니까.

—리가?

리가 고개를 끄덕였다.

수가 한참 동안 리의 얼굴을 바라보았다. 한밤중이었고 둘은 벗고 있었다. 사랑의 열기가 식지 않았다는 것을 두 사람은 모르지 않았다.

—왜 말하지 않았어, 리?

—지금 말하고 있잖아.

—지금까지 말하지 않았어. 그랬잖아, 리.

—아까도 말했지만 이제는 주디에게 뭐든 고백하고 싶은 거야. 그래야만 하니까.

—용서받지 못한대도?

—양심 고백.

—그런 건 세상에 대고 하는 것 아닌가? 은밀하게 하는 게 아니고.

—그러려고 해. 곧.

—직업을 잃고 고립되고 위험에 처하게 될 텐데.

—하지만 그러려고.

—어째서, 리?

—더는 그런 일 안 하기로 했어.

—왜냐니까?

—널 사랑하니까. 널 목숨보다 사랑하게 됐으니까. 널 사랑하지 않는 나는 아무것도 아니게 되었으니까. 이것이, 무엇으로도 대신할 수 없는 나의 진심이니까.

—리…….

—주디 마음에 안 든다고 해도 어쩔 수 없어. 양심의 일이니까. 고백해서 쓰레기처럼 버려진대도 어쩔 수 없어. 나는 주디, 네 앞에서 한순간만이라도 떳떳해질 수 있다면 내 존재를 다 걸고 싶었어. 내 가치가 제로가 되어도 좋다고 생각했어. 날 이렇게 만든 것은 너야. 그런 너를 나는 사랑해.

—리…….

—주디.

—알고 있었구나. 내가 당신의 진심을 받아들일 거라는걸.

—그렇지 않아. 나는 버려질 수도 있어.

—정말 그렇게 생각해?

—오스트레일리아 볼런티어 일 말고도 나는 해서는 안 되는 일들을 했어. 그것도 많이. 주디는 상상도 못 할 거야.

—리…….

—옳지 않고, 비겁한 일들. 용서받지 못할 일들.

어둠은 더 짙어지지도 옅어지지도 않았다. 여전히 수의 손은 리의 어깨에, 리의 손은 수의 겨드랑이에 놓여 있었다. 숨을 쉴 때마다 그의 어깨와 겨드랑이가 조금씩 오르내렸다.

지난 일들이 수의 머릿속을 파노라마처럼 스쳤다. 시애틀을 떠나던 일. 케냐에 당도하고, 탄자니아, 부룬디, 르완다, 우간다를 순회하던 날들. 의욕적으로 말라위, 모잠비크, 짐바브웨, 잠비아로 활동 범위를 넓혀 가던 일. 리를 만나 사랑했던 순간들.

—내가 어찌해야 할까, 리?

수가 물었다.

—나의 지난 사정들을 고백하고 싶은 거야. 주디가 그걸 들어주었으면 좋겠다는 거고.

리가 말했다.

—그리고?

—거기까지야.

—그렇지 않잖아, 리.

—물론 내가 원하는 건…… 주디가 나의 지난 사정을 이해하고, 나의 비겁함을 용서해 주었으면 좋겠다는 거야. 주디 곁에 언제까지고 있었으면 좋겠다는 거야.

—내가 이해하지 않고 용서하지 않아도 리는 다시 정보원으로 돌아가지 않을 것 같은데, 맞아?

—응.

—돌아가지 않으면?

—그건 나도 몰라.

—모른다고?

—네가 없다면 내 삶 따위 어찌 되든 상관없으니까.

—리.

—네가 이해하고 용서하고 받아주면 나는 주디와 주디의 일을 위해 살 거야.

—내가 아프리카에서 무슨 일을 하는지 나도 당신에게 고백하지 않았어, 리. 나의 일을 모르면서 나의 일을 위해 산다는 건 좀 이상해.

—국가정보원의 정보 요원이었어, 내가.

—내 일을 안다고?

—뿐만 아니라, 그것이 정의로운 일이라는 것도 알아.

수는 리의 눈을 똑바로 바라보았다.

리의 눈빛이 간절하게 깊어갔다.

—그렇게 생각해?

—진심으로 그렇게 생각해.

—어디까지 아는 거야, 리?

—미안해, 주디. 알 만큼은 알아.

—맙소사.

수는 이마를 짚었다.

—내일부터 주디, 나는 정보 요원이 아닐 거야.

리가 고개를 숙였다.

—리.

—응.

—나를 사랑한 거야 나에게 접근한 거야?

—너 말고는 모든 것을 버리기로 했어. 너를 사랑해.

—리.

수가 음성을 낮추었다.

—응.

—내 이름을 말해 봐.

—이름?

—응.

—주디.

—주디?

—주디스 노엘.

수는 소리 없이 웃었다. 그리고 차분하게 말했다.

—2주 동안 나, 말라위에 다녀와야 해.

—2주?

—그때라면 말할 수 있겠지, 리. 2주 뒤면. 당신을 받아들여야 할지 차버려야 할지.

나도 당신을 속이는 게 있거든……. 수는 속으로 말했다.

—앞으로의 삶을 주디와 함께 하길 원해.

—다녀올게, 리.

나도 리에게 밝혀야 하는 걸까. 그걸 고민하기에 2주면 충분할까. 수는 자신에게 물었다.

—기다리고 있을게. 24일.

리가 말했다.

—24일?

수가 물었다.

—2주 뒤면 24일 목요일이니까.

—…….

—나이로비 KICC TOP에서 기다릴게. 나를 받아준다면 주디, 그곳으로 이것을 가지고 와줘. 전망대에서 종일 기다릴 거야.

리는 수에게 동전만 한 청동 별 조각을 건넸다.

—뭔데?

—'돌아오는 별'이야. 전쟁에 나가는 사람들의 목에 걸어주던, 우리 부족의 애뮬릿(amulet).

—내가 KICC TOP에 가지 않겠다면?

—버리면 돼. 그러면 별은 떨어지는 거고. 그리고.

—그리고?

—나도 떨어지는 거지. 그러기에 좋은 곳이잖아. KICC TOP.

—협박이잖아.

—주디가 그곳에 나타나준다면 가슴이 터질 만큼 좋을 거야. 새로 태어나는 걸 테니까. 제발 그래 줘, 주디.

수가 나이로비를 떠나던 날 한차례 큰비가 내렸다. 도로 곳곳에 붉은 빗물이 흘러넘쳤다. 수는 나무 그늘 밑에 차를 멈추고 비가 지나가기를 기다렸다.

약간 추웠던 것을 수는 기억해 냈다. 얇은 핑크빛 카디건도 떠올랐다. 수는 렌터카 스티어링 핸들에 팔을 걸치고 낮게 드리운 비구름을 올려다보았다.

얇은 그 카디건은 어떻게 되었을까. 침대에 누워 수는 그것의 색깔을 떠올렸다. 살구색 같았고 피타야색 같았고 커스터드 애플색 같았다. 가볍고 부드러운 촉감이 당장 수의 피부에 닿는 듯했다. 수는 소리 나지 않게 긴 숨을 들이켰다.

비는 그쳤으나 수는 곧장 차를 출발시키지 않았다. 차도의 붉은 물이 돼지 울음소리를 내며 배수구로 빨려 들어가는 것을 지켜보았다. 머리 위에서 구름이 회오리쳤다. 쪼개지듯 벌어지는 구름 사이로 희고 푸른 하늘이 얼핏 보였다. 그런 순간들이 모두 떠올랐다.

수는 이마까지 끌어올린 담요를 내버려두었다. 아무 소리도 들리지 않았고 아무것도 보이지 않았다. 음바니는 한밤중이었다. 깜깜할수록 카디건의 빛깔과 그날의 하늘이 선명하게 떠올랐다.

시원한 바람이 가로수를 흔들며 지나갔다. 나뭇잎에 묻어 있던 빗방울들이 작은 열매처럼 우수수 떨어져 내렸다. 구름이 빠른 속도로 흩어졌고 하늘이 높아졌다. 건물들이 제 모습을 드러냈다. 수는 시동을 걸었다.

시동 거는 장면에서 수의 발끝이 저절로 움직였다. 담요가 흔들렸다. 다시 운전을 할 수 있을까. 수는 길게 들이켰던 숨을 내뱉었다. 숨소리를 들을 사람은 아무도 없었으나 소리를 숨겼다.

컨퍼런스 센터 앞을 지나며 하늘을 바라보았다. 초대 대통령이라는 사람이 석주 끝에 앉아 있었다. 비 맞은 동상이 추워 보였다.

그 모든 것들이 선명하게 떠올랐다. 컨퍼런스 센터를 지나치며 수는 KICC TOP을 바라보았다. 멀었으나 위용은 여전했다. 주머니 속의 청동 별 조각을 만지작거렸다. 하늘로 솟은 TOP을 바라보며 24일이 목요일이라는 것을 떠올렸다.

2주가 지난 24일의 목요일에, KICC TOP, 수는 그곳에 가지 못했다.

안 갈 수는 있었으나 못 갈 줄은 몰랐다. 그녀는 엉뚱한 곳으로 갔다. 그녀를 실은 비행기가 구름을 뚫고 하늘로 솟구쳤다. 비행기는 동쪽으로 하염없이 날았으나 수는 그 사실을 몰랐다.

아프리카로 다시 돌아오는 데 2년이 걸렸다. 수는 어둠 속에서 쓸쓸하게 웃었다. KICC TOP의 위용이 다시 한 번 그녀의 머릿속을 스쳤다. 그곳에서 만났어야 할 사람을 음바니의 시골 마을에서 낯모를 사람으로 만났다.

그와 몇 달 동안 한 집에 기거했다. 밤이 되면 그는 방으로 들어갔고 수는 거실 한편의 유칼립투스 나무 침대에 홀로 누웠다.

벽 저쪽은 그와 그의 연인인 엘린의 공간이었다. 그들은 자주, 마땅하게 뜨거웠다. 사랑의 기척은 두꺼운 벽도 막지 못했다. 수는 무엇도 원망하지 않았다.

엘린이 혼곤한 목소리로 벽 저쪽에서 물었다.

—자?

어쩌란 말인가.

—자?

수는 어둠 속에서 간신히 숨 쉬며, 기억을 가로지르는 KICC TOP을, 실제인 양 물끄러미 바라보았다.

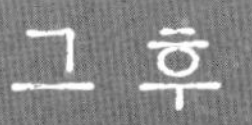
그 후

레베카가 엘린 쪽으로 다가왔다. 소크라테스는 자리에서 움직이지 않았다. 레베카의 걸음은 진격에 가까웠다. 엘린은 창문 너머로 몇 분 동안 두 사람을 건너다보던 중이었다.

그들은 커다란 시멘트 벽 아래서 무슨 말인가를 열심히 주고받았다. 엘린은 그들과 멀어서 목소리를 들을 수 없었다.

병원 서쪽 건물 후면에는 창문이 없었다. 건물 외벽이 중세 성곽의 돌절벽 같았다. 레베카와 소크라테스는 종종 돌절벽 아래서 마주쳤다.

하루에 햇빛이 두 시간밖에 들지 않는 곳이었다. 소크라테스는 사람들의 눈치를 보며 그곳에서 종종 담배를 피웠고,

그럴 때마다 레베카에게 들켜 잔소리를 들었다.

잔소리가 길어지고 있었다. 엘린은 그들 쪽을 자주 바라보았다. 레베카는 손바닥을 하늘 쪽을 향해 벌려 보이는 버릇이 있었고, 소크라테스는 고개를 외로 틀며 어깨를 으쓱하는 버릇이 있었다.

레베카는 공격적이었고 소크라테스는 방어적이었다. 그들의 제스처만 보고도 엘린은 대화의 내용을 짐작했다. 세 사람은 병원 동료 중 가장 가까운 사이였다.

이번에는 잔소리가 아닌걸. 엘린은 생각했다. 그들을 자꾸 바라본 것도 그래서였다. 레베카는 손바닥을 치켜들지 않았고 소크라테스도 어깨를 으쓱하지 않았다.

돌절벽 건물 위로 높고 맑은 하늘이 펼쳐져 있었다. 비늘 같은 구름이 촘촘하게 박혀 있었다. 바람이 레베카의 머리카락을 흔들었다. 그늘의 잔디는 새싹처럼 여리고 푸르렀다.

히잡을 두른 여성 둘이 그들 곁을 지나쳤다. 엘린은 그녀들의 등에 새겨진 희미한 불꽃 문양이 낯설다고 생각했다. 식당에서 직원을 부르는 호출 신호가 두 차례 둔탁하게 이어졌다. 레베카와 소크라테스는 아랑곳 않고 얘기에 열중했다.

그러다 어느 순간 레베카가 몸을 돌려 엘린 쪽으로 다가왔다. 소크라테스는 자리에서 움직이지 않았다. 씩씩한 레베카의 걸음을 보며 엘린은 깨달았다는 듯 속으로 외쳤다. 아, 철인 삼종 경기!

레베카는 어깨도 허리도 다리도 튼튼했다. 빠르게 걸어 돌절벽 건물의 그늘을 벗어났다. 엘린에게 가까워질수록 그녀의 표정이 드러났다.

"나는 말야, 엘린." 엘린의 근무처로 들이닥치자마자 레베카가 큰 소리로 말했다. "소크라테스라는 인간이 맘에 들지 않아. 답답해."

사무실 안에 자기 이외에는 아무도 없다는 사실을 알면서도 엘린은 놀라서 주위를 둘러보았다.

"그러면서도 끼니는 거르지 않고, 망설이지 않고 척척 먹는 걸 보면 바보인 게 분명해." 레베카는 쉬지 않고 말했다. "끼니 앞에서도 먹을까 말까 고민해야 하는 거 아닐까? 소크라테스라면 그래야 하는 거잖아. 친구를 카페에서 만날까 시장에서 만날까 식당에서 만날까를 20시간쯤 생각하는 타입이니까, 그치가. 그러고도 결정을 못 내리는 인간이니까. 그러니까 끼니를 앞에 놓고도 최소한 2분쯤은 고민해야 하는 거 아니냐고, 응? 최소한 2분. 먹을 건지 말 건지. 그래야 조금이라도 양심적인 거잖아, 엘린. 안 그래? 내 말이 틀려? 어떻게 먹는 것 앞에서는 1초도 머뭇거리는 법이 없느냐고?"

"레베카. 소크라테스가 맘에 안 든다는 말 말인데." 엘린이 차분하게 말했다. "지금까지 나에게 몇 번이나 그 말을 했을 거라고 생각해?"

"무슨 얘기를 하려는 거야?"

"널 비난하려는 게 아니야, 레베카."

"그럼?"

"지나치게 여러 번 했다는 말을 하려는 거야."

"비난하는 거잖아, 그게."

"천만에."

"그럼 뭐야?"

"맘에 안 드는 게 있긴 한데 맘에 드는 것에 비하면 아무것도 아니라는 거지."

"너 말 묘하게 한다, 엘린."

"네가 묘하게 했어."

"하, 참."

"허, 참."

"따라하지 마. 신경질 나니까."

"말해 봐. 오늘은 뭐가 문제인지."

엘린이 웃었다.

"정말 네 눈에 소크라테스가 그렇게 보여?" 레베카가 물었다. "맘에 드는 것들에 비하면 맘에 안 드는 것쯤은 아무것도 아니게 보여?"

"입 아파서 두 번은 말 못하겠다."

"그래도 소크라테스는 너무 답답해. 미치겠어."

"생각이 많아서 그래. 괜히 소크라테스겠어?"

"먹을 것에 대드는 걸 보면, 생각 많은 인간은커녕, 짐승 같아."

"그럼 됐네."

엘린이 말했다.

"뭐가 돼?"

레베카가 물었다.

"소크라테스 앞에서 네가 음식이 되는 거야. 먹음직스런. 향신료 잔뜩 바른. 섹시한."

"끔찍해."

"그럴 생각이나 해 봤어?"

"미쳤어?"

"그러면서 소크라테스를 답답하다고만 하다니."

엘린은 레베카의 눈치를 살피며 웃었다.

"엘린."

레베카가 목소리를 쑥 낮추었다.

"왜?"

"넌 말이지."

"말해."

"마녀야."

"그러니?"

"응. 나쁜, 엉큼한, 얄미운, 괘씸한 마녀."

"상관없어."

레베카는 자기가 걸어왔던 잔디밭을 창밖으로 내다보았다. 어느새 엘린의 존재 따위 잊은 것 같았다. 레베카는 조용해졌다.

이제껏 아무 말도 하지 않은 사람 같았다. 고개를 들어 하늘을 올려다보았다. 소크라테스 앞에서 옷 벗는 상상에 빠진 거라고 엘린은 생각했다.

비늘 같던 구름이 자취를 감추었다. 그저 높고 밝고 푸른 하늘이 거기에 있었다. 돌절벽 건물 아래에 소크라테스의 모습은 보이지 않았다.

얼마 뒤 레베카가 잠에서 깨어난 목소리로 불렀다.

"엘린."

"응."

"소크라테스한테 부탁한 게 있었잖아, 네가."

"부탁?"

"He knows what Lee did in Kenya."

"아."

"들었어?"

"아니."

"왜?"

"소크라테스가 말해 주지 않았으니까."

"소크라테스는 네가 듣고 싶어 하지 않는 것 같다고 했어."

"그렇게 말한 적 없어."

"알고 싶어? 엘린."

"물론."

"그럼 이번엔 내가 마녀가 돼야겠네."

"마녀까지……."

"내용이 좀 그래서."

"돌절벽 아래서 둘이 나눈 얘기가 그거였니?"

"네가 소크라테스한테서 직접 들으려면 20년은 걸릴 것 같았어."

"그랬으면서 소크라테스와 다툰 것처럼 군 것은 디시뮬레이션(dissimulation)?"

"조금은."

"넌 이미 마녀였던 거구나."

"그런가?"

"말해 봐. What did Lee do in Kenya?"

"리가 케냐 국가정보원의 정보 요원이었다는 건 알고 있었어?"

"대략."

"추방되는데, 그 배경에, 한 여자가 있어."

"여자?"

"그 때문에 리도 소크라테스도 말하고 싶지 않았던 걸지도 몰라."

"추방을 무릅쓸 만큼, 사랑했던?"

"명품 스나이퍼 라이플을 갖고 있다는 소크라테스의 케냐 친구에 의하면 뭐…… 그렇대."

"그런 일이라면…… 응, 있을 수 있는 거지."

"그렇게 말할 줄 알았어, 엘린. 그래서 내가 얘기를 전하는 거고. 소크라테스는 이런 널 잘 몰라."

"케냐에서 두 사람이 그 정도였는데 어째서 지금 리 곁에 그 여성이 없는 걸까? 레베카."

"그러게."

"왜 내가 리 곁에 있는 거지?"

"스나이퍼 라이플 친구도 그 여자의 행방을 모른다나 봐."

"흥미로운데."

"그럴 줄 알았어. 너니까."

"리가, 지금, 내 곁에 확고히 있으니 흥미로운 거지."

"너희들은 정말 잘 어울려."

"들은 대로 다 말해 봐, 레베카."

레베카가 엘린 쪽으로 고개를 돌렸다. 돌절벽 건물의 그림자가 그들이 있는 창가까지 와 닿았다. 하늘이 천천히 붉게 물들기 시작했다. 엘린은 시계를 보았다. 퇴근 6분 전이었다.

리는 엘린에게 화덕의 숯불을 가져다주었다. 저녁이었고,

수는 마당가 의자에 앉아 있었다. 붉게 물들었던 하늘이 빠르게 회청색으로 변해갔다.

엘린에게 숯불을 건넨 리가 고개를 들어 바깥을 내다보았다. 거기에 작고 가냘픈 수의 실루엣이 있었다.

엘린은 화덕의 숯불을 한동안 그대로 두었다. 거실 한가운데서 숯불이 조금씩 식어갔다. 이글거리던 불빛이 흰 재 속으로 숨어들기를 기다렸다가 엘린은 볶음판을 얹었다. 리는 엘린의 동작을 말없이 바라보았다.

발갛던 숯불이 사그라드는 어느 순간 엘린은 살짝 긴장했다. 그녀가 긴장하는 순간을 리는 놓치지 않았다. 맛있는 커피의 비밀이 그녀의 긴장에 있다고 리는 믿었다. 엘린의 긴장은 2, 3초 동안 이어졌고 그 사이에 볶음판을 불 위에 얹은 것이었다.

날커피 한 줌을 볶음판에 붓고 나무 막대기 끝으로 젓는 동작부터는 거침이 없었다. 긴장은 사라졌지만 숯불과 볶음판과 커피콩을 내려다보는 엘린의 눈빛은 진지했고, 손놀림은 단호했다. 리는 엘린이 커피를 볶아내는 숨 가쁜 과정을 즐겼다.

엘린이 볶아내는 커피콩은 검고 윤기가 흘렀다. 돌절구에 빻아 천으로 걸러내면 진하고 깊고 구수한 커피가 고였다.

그녀가 시장에서 직접 산 볶음판은 수십 년 된 중고 제품이었다. 두 손을 오므려 모은 정도의 용량이었고, 살이 두툼한 무쇠 볶음판이었다.

엘린은 볶음판을 아꼈다. 이 집에서 저 집으로 팔려 다녔을 무쇠 볶음판에는 세월의 더께가 잘 볶은 커피콩만큼이나 까맣게 반들거렸다.

볶은 콩을 빻을 때마다 엘린은 돌절구 아가리에다 코끝을 저으며 향기를 맡았다. 그럴 때마다 리는 자꾸만 오금이 저리고 숨이 가빠졌다. 가쁜 숨은 자주 저녁의 은밀하고 애틋한 시간으로 이어졌고, 격정의 순간에는 어디선가 어김없이 커피 향이 폭발했다.

천으로 여과한 커피는 거친 대신 바디감이 좋았다. 남아도는 페이퍼 필터가 병원에 있었으나 엘린은 얌(yam) 줄기섬유로 촘촘하게 짜 만든 천을 고집했다.

리는 엘린의 고집이 사랑스러웠다. 그러나 최고의 창조적인 바리스타였다는 사실을 알고 나서는 오히려 맥이 빠지는 기분이었다.

엘린은 볶은 콩을 돌절구에 넣고 빻았다. 리는 바깥의 수를 내다보았다. 마당이 어두웠으나 수는 움직이지 않았다. 달이 뜨기를 기다리는 것일지도 모른다고 리는 생각했다.

커피콩을 돌절구에 빻을 때 엘린은 끝까지 수직으로만 찧었다. 절굿공이를 돌리거나 밀거나 으깨지 않고 오로지 위에서 아래로, 일정한 힘과 속도로 내리쳤다.

"커피에는, 그러니까, 역시 전문가였던 거야, 엘린은."

리가 말했다.

"엄마가 르완다 커피 주산지 출신이었다는 건 말했을걸."

엘린은 절구에서 눈을 떼지 않았다.

"엘린이 시애틀의 최고 바리스타였다는 말은 안 했어."

"말라위 커피를 마시는 데 그런 이력은 필요 없어, 리."

"그럴까?"

"방해만 돼. 시애틀 커피는 이제 잊으려 해."

하지만 엘린……. 리는 속으로 말했다. 잊지 못하는 것이 있잖아. 지난번에 말했던 것. 너와 수가 함께 파이널에 오르게 되었던 순간. 그리고 수가 경합 무대에 나타나지 않아서 네가 최고의 바리스타가 되었던 기억.

실은 엘린……. 리는 계속 속으로 말했다. 나도 잊지 못하는 게 있어. 잊을 수가 없네. 수가 경합을 포기하고 아프리카로 날아왔다는 사실. 친구에게 최고의 바리스타 자리를 내주고 그 나라를 떠났다는 사실 말이야.

나는 그 사실을, 네가 이곳 아프리카로 오기 전부터 알고 있었어, 엘린. 그 얘기를 나한테 해준 사람은 주디스였지. 주디스 노엘.

그러니까 내가 알고 있었던 것은, 경합을 포기하고 아프리카로 날아왔던 사람은 수가 아닌 주디스였다는 거야. 네 기억과 다른 점이라면 그것뿐이지.

그런데 엘린. 똑같은 상황이 얼마 전 네 입에서 흘러나왔던 거야. 그날도 저녁이었고 너와 수는 마당에서 옥수수 껍질을 벗기고 있었어.

내가 저녁 준비를 마치고 너에게 갔을 때 네 입에서 그 얘기가 흘러나오고 있었던 거야. 처음에는 놀라지 않았어. 그 얘기를 언젠가 엘린에게서 들었던 거였던가 싶었지.

그런데 아니었던 거야. 아니었어. 그 얘기는 네가 아닌 주디, 그래, 오래전 주디스에게서 들었던 게 분명하다는 걸 알았어. 그때부터 나는 아무 말도 할 수 없었어, 아무 말도.

어떻게 된 건가. 이게 어떻게 된 건가. 네가 잊지 못하는 것과 내가 잊지 못하는 것이 일치하는 거라면 수는 주디여야 하고 주디는 수여야 해.

그래야 하는 거야, 엘린. 지금 나는 그것이 궁금해 미칠 지경이야. 하지만 너에게 확인할 수 없잖아. 수의 이름이 주디스이기도 하냐고 너에게 물었다가는 감당할 수 없는 사태가 벌어질 것 같으니까.

수가 주디스라는 사실을 내가 아는 것처럼 말하면 너는 묻겠지. 어떻게 아느냐고. 그러면 나는 너에게 거짓말을 둘러대지 않을 수 없게 돼.

만일 수가 주디스라면, 어떻게 그걸 너에게 사실대로 말할 수 있을까. 그녀가 나의…… 사랑이었다는 걸. KICC TOP에서 내가 애타게 기다리던 사람이었다는 것을.

나를 받아들이지 않으려고 일부러 나타나지 않은 거라고

여겼던 그녀가 실은 끔찍한 사고를 당해 생사의 갈림길에 놓였던 수라는 사실을 어떻게 너에게 털어놓을 수 있을까.

그것도 모르고 나는 심한 열패감에 사로잡혀 수없이 그녀를 원망했었어. 그랬었어. 이 얘기를 네 앞에서 어떻게 밝힐 수 있겠니, 엘린.

"마셔, 리. 수를 불러야겠다."

엘린은 머그잔 세 개에 가득 커피를 내렸다. 집 안이 커피 향으로 가득 찼다. 리에게 한 잔을 건네고 나머지는 탁자에 올려놓았다. 마당 쪽으로 나가려는 엘린을 리가 불러 세웠다.

"주디스라는 사람을 알았었는데……."

어쩌자고, 이 말을 꺼낸 걸까.

리는 커피 잔을 황급히 입으로 가져갔다.

"주디스?"

"케냐 아헤롭이라는 마을에서 전염병 퇴치 운동을 하는 사람이야. 그 마을은 배수가 안 된대. 1미터만 파도 물이 나와서 시체도 묻지 못한대. 물이 고여 썩고 있어."

"그런데?"

"연락이 왔어. 말라리아. 말라리아가 가장 문제야, 당장. 키니네, 클로로퀸, 프리마퀸이 필요하다는데 엘린의 병원에서 지원할 수 있을까?"

아헤롭에서 전염병 퇴치 운동을 하는 사람의 이름은 느과타였고 남자였다. 국제사회를 향한 호소문과 함께 그의 편지가 리에게 도착한 것은 이틀 전이었다.

ADMARC를 식량이 아닌 의료 관련 기관으로 잘못 알고 보내온 편지였다. 순발력 있게 거짓말을 둘러댄 자신이 기이하다는 생각이 들었다. 리는 엘린의 반응을 기다렸다.

"오피셜 페이퍼를 나한테 보내라고 해. 이름이 주디스라니까 금방 알아볼 수 있겠네."

엘린이 말했다. 리는 자신의 의중이 제대로 적중했음을 알고 놀랐으나 평정을 찾고 민첩하게 물었다.

"주디스라는 이름이 왜? 어떤데?"

"주디스잖아, 리."

"그러니까 주디스라는 이름이 어떻다는 거야?"

리는 자신이 국가정보원의 요원이었다는 사실을 떠올렸다. 스스로 떠올리기는 싫었으나 반사적으로 떠오르는 것은 어쩔 수 없었다. 시침 떼는 일이 기이할 것도 없었다. 한때는 그것이 그의 직업이었다.

"나는 알고 있는 줄 알았지."

엘린이 말했다.

"뭘?"

"몰랐어?"

"그러니까 뭘 말이야? 엘린."

리는 자신에게 소름이 끼쳤다.

"수가 아프리카에서는 주디스였다잖아."

"그랬……었어?"

"그랬대."

"그랬구나."

"지난번에 못 들었나?"

"지난번?"

리는 탁자 위의 커피를 맹렬히 바라보았다.

"옥수수 껍질 벗길 때. 그때 그랬잖아, 리. 내가 수의 꿈속에서 나타나 수의 이름을 불렀다고. 그런데 그게 주디스가 아니라 수라는 이름이어서 이상했었다고."

"내가 마당으로 나가기 전이었나?"

리가 말했다.

"그랬나?"

"식탁의 커피…… 식겠어, 엘린."

무언가 몸 밖으로 터져 나올 것 같았으나 리는 커피 한 모금을 급히 들이켜 자신의 입과 목구멍을 막아버렸다. 잠시 숨이 멎었고 옆구리가 떨렸다.

"커피 마시자, 수!"

바깥으로 나가며 수를 부르는 엘린의 목소리가 경쾌했다. 리는 식탁 귀퉁이를 짚고, 다른 한 손으로는 옆구리를 감싸 쥐었다. 허리를 꺾은 채 숨을 몰아쉬었다.

엘린의 실루엣이 수의 실루엣으로 다가갔다. 그들은 언제나 자매 같았다. 붉은 달이 떠오르기 시작했다. 고통으로 크게 벌어진 리의 눈에 엘린과 수 몫의 커피가 비쳐들었다. 순명하게 검은 커피의 수면 위로 파문이 일었다.

✿

수는 가게 앞 공터에 앉아 있었다. 리와 엘린과 종종 오는 곳. 이번엔 레베카와 소크라테스도 함께였다.

호숫가 마을이었다. 호수는 바다보다 크고 넓어서 수평선밖에 보이지 않았다. 소크라테스는 두 시간 넘게 물에 낚시를 드리웠고 엘린과 레베카는 발에 물을 적시며 먼 곳까지 달려갔다 달려왔다.

리는 가게와 물가를 오가며 먹을 것을 준비하거나 차를 끓였다. 리가 오가는 길목 한쪽 공터에 수 혼자 앉아 있었다.

수는 바다를 등지고 마을 앞 가게 쪽을 바라보았다. 가게는 한 칸짜리 흙담집이었다. 너비는 어른 걸음으로 넷, 폭은 둘, 높이는 어른 키 하나였다.

창틀과 창 안에 이런저런 물건들이 진열되어 있었다. 사람이 들어앉을 공간은 없었다. 작은 집이었다. 가게 주인 남자는 종일 가게 밖에 서 있었다.

수는 가게를 둘러싼 세 그루의 나무를 바라보았다. 오랫동안 바라보았다. 탐스런 꽃나무였다. 어른 키 셋 정도의 높이였는데 잘 차려입은 옛 동양 왕후의 머리처럼 풍요롭고 화려했다.

가게는 세 그루의 꽃나무 사이에 들어앉아 있었다. 가게 양쪽에 한 그루씩, 그리고 뒤쪽에 나머지 한 그루가 자리하고 있었다.

자신이 그런 풍경 속에 놓여 있다는 사실을 수는 거듭거듭 자각했다. 이제 많은 기억이 되돌아왔으나 꽃나무가 있는 풍경에 놓여 있다 보면 무언가를 기억한다는 것이 부질없어졌다. 과거라는 것도 개인의 역사라는 것도 은박지처럼 얇아졌다.

꽃 속에 놓여 있는 현재의 순간을 빼고는 과거도 미래도 공터의 모래처럼 하얗게 지워지는 것 같았다. 그런 현재의 시간이 좋았다.

수는 모래 위에 앉아 있었다. 모래는 따뜻하고 바람은 시원했다. 리는 꽃나무 그늘을 오가며 점심을 준비하고 해먹을 걸고 물을 끓였다. 수는 리가 오가는 모습을 바라보았다.

리는 필요한 것을 한꺼번에 나르지 않고 따로따로 조금씩 옮겼다. 집에서도 그랬고 호숫가에서도 그랬다. 케냐에서도 그랬다는 걸 수는 알았다. 잠시도 쉬지 않고 몸을 움직여 이동하는 리를 바라보며 수는 혼자 웃었다.

주변이 고요하고, 아름답고, 이보다 더 좋을 수 없다는 느낌이 들었다. 그러고 있으면 리가 나타났고 리가 움직였고 리가 이쪽을 넘어다보았다.

리가 보이지 않으면 수가 그의 모습을 찾았다. 풍경에 빠진 수에게 과거 따위는 은박지처럼 얇은 거였으나, 은박지에 비치는 것은 역설적이게도 리였고 과거였다. 그럴 때마다 수의 입 끝에서 웃음이 흘러나왔다.

무슨 나무냐고 가게 주인에게 물은 적이 있었다. 머틀(myrtle)이라고 대답했던 것을 수는 기억했다. 가게 주인은 짧게 말했다. 머틀. 나무줄기는 가게 주인의 손발처럼 단단하고 검고 울퉁불퉁하면서 매끈거렸다.

모두 같은 종류인데 꽃의 색깔만 다르다고 했던가. 두 그루의 꽃 색깔은 마젠타였고 나머지 한 그루는 크림슨이었다. 두 빛깔 모두 너무 선연해서 오래 보고 있으면 눈이 얼얼했다. 그럴 때마다 리가 움직이는 쪽으로 눈길을 돌렸다.

걸음을 내디딜 때마다 리는 고개와 어깨를 끄덕였다. 고개와 어깨를 끄덕끄덕. 그러는 습관이 있었다. 끄덕거림은 허리에서 살짝 튕겨져 나오는 묘한 리듬에 맞춰졌다. 리가 걷는 모습은 은밀한 춤 같았다. 그의 걸음이 무척 사랑스러웠던 적이 있었다.

—이게 말이야. 이렇게 걷는 게 말이야. 이게 말이야.

걸음을 보며 웃는 수에게 어느 날 리가 말했다. 오래전 어느 날이었다. 리는 아무것도 걸치지 않은 몸이었다. 사랑을 나누고 혼곤한 잠에 빠졌다가 깨어난 뒤였다.

리가 자리에서 일어나 창가로 걸어갔고 수가 깨어나며 그 모습을 보았다. 리의 움직임이 귀여워서 수가 웃었다.

리는 과장되게 고개와 어깨를 끄덕였다. 그리고 일부러 좀 더 걸었다.

—이게 말이야. 이렇게 걷는 게 말이야. 이게 말이야.

리는 자신의 말과 동작에 리듬을 넣었다.

—그렇게 걷는 게 어떻다는 거야, 리?

수는 잠에서 완전히 깨어나지 않은 상태였다. 완전히 깨어나고 싶지 않았다. 리와 사랑을 나눈 뒤에는 잠과 각성이 반반 뒤섞인, 달콤하고 혼몽한 상태가 언제까지고 지속되길 바랐다.

—이게 말이야. 이렇게 걷는 게 말이야. 이게 말이야.

리는 익살스럽게 몸을 끄덕이며 수에게 다가왔다. 서로가 서로를 '완전체'라고 여기고 말하던 시절이었다. 함께라면 그 무엇도 아쉽지 않던 시절.

리가 춤추듯 수의 곁으로 미끄러져 왔다. 리의 입술이 수의 귀에 닿았다. 입술에 닿았고 뺨에 닿았고 다시 귓불에 닿았다.

—말해 줄까. 말해 줄까. 이렇게 걷는 이유. 기원.

—기원?

수는 잠에서 완전히 깨고 싶지 않았으나, 웃음이 나왔다.

—주디에게만 말하는 거야. 주디에게만.

그날처럼 리는 가게와 물가를 오갔다. 어깨와 고개를 끄덕이며. 허리를 묘하게 튕기며.

이제는 소용없어진 날들의 기억이었다. 아무 까닭이나 쓸

모가 없어진 것. 공허한 버릇으로밖에 남지 않은 것. 리는 엘린의 연인이었고 수와의 옛일 따위는 여기에 있지 않았다.

수는 다시 고개를 들어 머틀을 바라보았다. 풍성한 꽃 무더기를 머리에 인 세 그루의 나무 때문에 가게 주변이 무대처럼 환했다.

푸른 반바지를 입은 아이가 가게 흙벽에 기대 앉아 있었다. 아이는 가끔 수와 눈을 마주쳤다. 그럴 때마다 아이는 수줍어 고개를 숙였다.

가족이냐고 물었으나 가게 주인은 대답하지 않았다. 아이는 두 다리 모두 무릎 아래쪽이 없었다. 수는 더 묻지 않았다. 리가 가게를 오가며 아이에게 이런저런 먹을 것들을 주었다.

아이는 종일 그곳에 있었다. 가게 주인은 종일 서 있었고 아이는 종일 앉아 있었다. 그들은 말을 나누지 않았다. 아이가 앉은 흙마당에는 꽃나무에서 떨어진 꽃잎들이, 여린 피부에 돋은 성난 발진처럼 흩어져 있었다.

바닥에 떨어져서도 꽃잎은 오래도록 산뜻하고 밝았다. 어딘가 묘하긴 하지만 평화로운 풍경의 일부가 돼 있는 자신의 현재가 수는 흡족했다.

—이렇게 걷는 게 말이야. 파란트로푸스 워킹이거든. 파란트로푸스 아에티오피쿠스.

그날 리는 말했다. 수의 귀에 대고 속삭였다. 높낮이 없이,

길고 진지하게. 리듬감이 살아 있었다. 그의 언어도 끄덕끄덕, 래퍼의 가사처럼 흔들렸다.

그러거나 말거나 수는 눈을 감았다. 리의 목소리는 수의 달콤하고 혼곤한 가수면을 방해하지 않았다. 수는 간간이, 꿈을 꾸듯 희미하게 미소지었다.

—내 고향은 투르카나 호 북서쪽 기슭. 나는 그곳에서 태어났고 내 아버지도 그곳에서 태어났고 내 아버지의 아버지의 아버지의 아버지도 그곳에서 태어났고, 어떤 조상도 그곳에서 한 번도 이사하지 않았을 것. 그랬을 것. 살기에 아주 좋았을 것. 내 사촌도 그곳에서 태어났고, 내 조카도 그곳에서 태어났고, 그래서 그곳의 우리는 다 같은 형제였고 자매였어. 지금도 그곳에는 말이지, 아버지와 어머니가 살고 있고, 큰아버지와 큰어머니가 살고 있고, 작은아버지와 작은어머니 사촌들이, 조카들이, 땅을 경작하고 노래하고 사랑하며 차를 마시지…….

수도 언젠가 투르카나 호를 지난 적이 있었다. 해가 지평선 너머로 숨던 저녁이었다. 지평선과 가까운 하늘은 눈부시게 붉었고, 하늘 가운데로 갈수록 구름은 검게 식어갔다. 그 모든 것들을 투르카나 호의 거대한 수면이 반사해 냈다.

—투르카나 옛집에서 화석이 발견되었지. 화석. 완전한 형태의 두개골이었지. 사람들은 검은 두개골이라 불렀지. 놀랍게도 그것은 250만 년 전의 유골이었어. 우리 집 앞마당 넓

지고 깊지도 않은 곳에서 나왔어. 나의 아버지의 아버지의 아버지의 유골이거나, 나의 어머니의 어머니의 어머니의 유골일 거라 생각했지. 그럴 거라 생각했어. 거기서 살다 거기서 죽고 거기에 묻힌 거라 생각했지. 그러나 그것은 그러면서도 아니었지. 내 조상의 유골이면서 인류의 유골이었지. 그래서 나는 알게 되었어. 내가 인류의 엘디스트 그랜드선(eldest grandson)이라는 걸 흐흐. 내가 그렇다는 걸.

수는 투르카나의 수면을 떠올렸다. 호수 안에도 붉은 하늘과 검은 구름이 펼쳐져 있었다. 완벽한 데칼코마니의 한가운데를 빠르게 가로지르던 기억이 선명했다.

주변에는 교목도 관목도 보이지 않았었다. 평평한 모래와 펄 위에 짐승들의 발자국이 어지럽게 찍혀 있었다.

―내 아버지와 어머니, 그 아버지의 아버지의 아버지나, 어머니의 어머니의 어머니를 거슬러 올라가면, 올라가면, 거기에 파란트로푸스, 검은 두개골의 주인공과 만나. 한곳에서 만나. 내 고향집 마당에서 만나. 그러니까 내 걸음걸이는 그들의 걸음걸이. 파란트로푸스 직계 자손의 걸음걸이. 어깨 끄덕, 고개 끄덕, 허리 끄덕끄덕.

짐승들의 발자국을 지날 때마다 수가 탄 차량이 흔들렸다. 호수 한가운데 작고 검은 것들이 수면 위로 비죽비죽 솟아 있었으나 어둡고 멀어서 수는 그것이 새인지 수초인지 가늠하지 못했다. 흔들리며 내닫는 차량에 몸을 맡겼을 뿐이었다.

흔들흔들. 끄덕끄덕.

투르카나 호수는 리의 속삭임과 함께 수의 기억 속에서 그렇게 지나갔다. 자신의 걸음걸이가 250만 년 전 파란트로푸스의 몸짓이라고 우기는 리의 긴 농담의 리듬을 타고, 그렇게 지나갔다. 그리고 투르카나 호수는 지금 눈앞의 거대한 말라위 호수로 다시 살아나고 있었다.

숨 가쁘게 물가를 뛰어다니던 엘린이 부딪히듯 리에게 다가와 쓰러졌다. 엘린은 리에게 어린애처럼 굴었다. 흰 모래가 엘린의 몸에 묻었다.

소크라테스는 낚싯대를 잡고 꿈쩍도 하지 않았다. 푸른 물이 하늘과 맞닿았다. 물가에 웃자란 풀들을 부드러운 바람이 스치고 지나갔다.

리가 엘린을 부축해 일으켰다. 두 손으로 그녀의 젖은 머리를 이마 뒤로 쓸어 넘겼다. 그리고 귀 밑에 키스했다.

엘린이 리의 품에 가볍게 안기는 것을 수는 건너다보았다. 거기엔 푸른 바다와 부드러운 바람과, 서로를 사랑하는 엘린과 리가 있었다.

말라위 호수 은카타 만의 물빛과 그들은 잘 어울렸다. 말뚝처럼 꿈쩍 않는 소크라테스와 물속의 어떤 것을 보고 야, 야, 소리 지르는 레베카의 풍경도 그럴싸했다.

세 그루의 풍성한 머틀. 말이 없는 가게 주인 남자와 발 없는 어린아이. 가게 창틀에 나란히 걸린 밝은 스카프와 튀김

과자 봉지도 나무랄 데 없는 정경이었다. 모든 것들이 그대로 온전할 권리가 있는 듯.

수는 기원했다. 이대로 온전하기를. 그 모든 것을 사랑할 수 있기를. 이대로 아름답고, 평화로우므로.

엘린이 리에게 입 맞춘 뒤 말괄량이처럼 뛰어 레베카 쪽으로 달려갔다. 풍덩 물속으로 들어가 레베카가 가리키던 어떤 것을 집어 들었다. 항아리만 한 소라 껍데기였다. 수는 고개를 돌려 머틀을 바라보았다. 꽃은 볼수록 선연했다.

리가 아이 곁을 지나갔다. 아이는 잠깐 리와 눈을 마주치고 곧장 고개를 떨구었다. 먹고 싶어도 갖고 싶어도 아이는 입을 열어 말하지 않았다. 수줍은 미소만 보였다. 부끄럽고 창피하고 미안한 미소였다.

다리가 없어 미안하고 얻어먹어 미안하고 종일 가게 그늘 신세를 지어 미안하고 떳떳할 수 없어 미안하다는 미소. 리가 무언가를 내밀면 아이는 망설이며 천천히 손을 뻗었고, 간신히 받아들고 얼른 고개를 숙였다.

리가 수 곁으로 다가왔다.

"고구마가 곧 익어요. 저리로 가요 슬슬."

데친 토마토를 삶은 고구마와 으깨는 리의 독특한 요리법을 수는 알고 있었다. 오늘 리는 그것들을 호숫물로 씻고 호숫물로 삶았다. 짜이도 호숫물로 끓였다.

"고향도 이런 호숫가였으니까요."

리가 말했다.

"네."

수가 대답했다.

"케냐 북부…… 투르카나 호수였지요."

리가 수를 빤히 바라보았다.

"네."

수는 리의 눈길을 피했다.

호숫가 정경은, 온전할 권리가 있는 거라고, 수는 거듭 생각했다. 온전하기를 기원했다. 엘린과 리와 자신의 풍경도 이대로이기를. 언제까지고 이대로이기를.

엘린과 레베카가 떠들며 물가에서 돌아오고 있었다. 수가 크고 밝은 소리로 리에게 말했다.

"알아요? 저 나무가 머틀이래요."

리가 끄덕였다. 250만 년 전 전의 몸짓으로.

엘린은 바나나와 파인애플을 먹기 좋은 크기로 잘라 비닐 매트 위에 나란히 놓았다. 해먹 그늘 아래에는 바나나와 파인애플 말고도 자주색 양파와 피망과 당근이 펼쳐져 있었다. 리가 호숫물에 씻어놓은 거였다. 씻어놓은 모양만 봐도 리의 솜씨라는 걸 엘린은 알았다.

고구마와 짜이를 가운데 두고 엘린과 리, 레베카와 수가 둘러앉았다. 냄비에서 커리가 익어갔다.

소크라테스가 이쪽을 향해 뒤뚱거리며 나무다리를 건넜다. 양손에 낚싯대와 몇 마리의 산호빛 시클리드가 들려 있는 것을 엘린은 바라보았다. 그가 건너는 것은 모래사장과 가게 마당 사이에 놓인 세 개 중 한 개의 나무다리였다.

우기에만 물이 흐르는 개천이 해변과 마을 사이를 가로질렀다. 폭이 넓지 않았고 깊이도 깊지 않았다. 마른 개천 바닥에 커다란 풀이 자랐다. 마을 사람들은 다리를 이용하지 않고 개울 바닥으로 건너다녔다. 나무 다리는 개인이 설치한 유료 다리였다.

외지에서 온 사람들이 다리를 건너다닐 때마다 5크와차를 냈다. 외지에서 놀러 왔으면서 다리를 이용하지 않으면 마을 청년들이나 애들이 다가와 비닐봉지로 만든 축구공을 거칠게 찼다. 모래가 바람에 날리고 시끄러웠다. 소크라테스가 뒤뚱거리는 것은 다리의 지지대가 성치 않고 상판도 고르지 않기 때문이었다.

"그만 해도 될 것 같아, 엘린."

리가 말했으나 엘린은 고집스럽게 바나나와 파인애플을 잘랐다.

"내 말 들어. 미리 잘라놓으면 색도 맛도 변해."

"소크라테스가 좀 많이 먹는 편이잖아, 리."

대답하면서 엘린은, 무슨 말을 해도 리의 음성은 언제나 저토록 부드럽다는 사실을 떠올렸다. 그녀는 리의 그런 목소리가 좋았다.

소크라테스가 다리를 다 건넜다. 엘린은 소크라테스 쪽을 바라보았다. 리는 모든 사람에게 그런 목소리로 말했을 거라고 생각했다. 요즘 엘린은 자주 그런 생각을 했다.

바나나와 파인애플 자르기를 멈추지 않았다. 모든 사람에게 그랬을 거라고, 그런 목소리로 말했을 거라고 자꾸자꾸 생각했다.

모든 사람 중에 특히, 한 여성에게, 더욱 그랬을 거라고. 실직과 추방과 위해의 위협을 무릅쓰고 사랑했던 여성. 그러나 지금은 그의 곁에 없는 여성.

"이러다간 다 썰고 말겠어, 엘린."

리가 엘린의 손을 움켜잡으며, 그녀의 귀밑에 키스했다. 고개를 들던 엘린은 맞은편 레베카와 눈이 마주쳤다. 레베카가 어깨를 으쓱거렸다.

귀밑에 닿는 리의 숨결이 따뜻했다. 엘린은 꼼짝할 수 없었다. 움켜잡은 손도 따뜻했다. 엘린은 온몸에 힘이 빠졌고 써는 동작을 멈추었다.

"소크라테스. 이것 좀 봐. 당신 준다며 엘린이 이걸 다 썰어놓았어."

리가 큰 소리로 말했다. 바다 쪽에서 끝없이 따뜻한 바람이 불어왔다. 엘린은 여전히 맞은편의 레베카를 바라보았고, 레베카는 어딘지 슬픈 표정을 지었다. '아무래도 엘린에게 말하지 않는 건데 그랬나?' 엘린에게는 레베카가 그렇게 중얼거리는 것처럼 보였다.

과거에 리가 어떤 여성을 사랑했든 상관없다고 엘린은 생각했다. 그것은 진심이었다. 리는 지금 내 곁에 있고 내 사랑이라는 확신에 조금의 흔들림도 없었다.

그러나 리가 어떤 여성인가를 몹시 사랑했었다는 것은 사실이었고 그 사실을 엘린은 종종 떠올렸다. 상관하지 않았으나, 떠오르는 것을 어찌할 수도 없었다.

"엘린이? 나 준다고? 이걸 다?"

소크라테스가 소리 질렀다. 해먹을 매달아놓은 느쾨제 나무의 이파리가 바람에 흔들렸다. 구수한 커리 냄새가 바람에 묻어왔다.

"그래요. 그랬어요."

수가 웃으며 말했다.

엘린과 레베카는 아무 말도 하지 않았다. 리가 공개적으로 자신의 신분을 밝히고 정보 요원으로서의 활동과 국가정보원의 반인권적 기밀을 폭로했던 것, 그래서 케냐 정부가 세계 구호단체들과 특히 오스트레일리아 정부로부터 강력한 항의를 받고 외교적 고립에 처하게 됐던 사정들이 바나나와 파인애플과는 전혀 어울리지 않는 일이라는 것을 엘린은 알았다.

자신의 진심과 진실이 그 여성에게 받아들여질 거라는 확신도 없이 서둘러 만천하에 양심을 고백한 리의 사정이 어떤 것이었든, 그것 또한 지금 이 은카타 만의 호수바람과 맑은 햇빛과는 전혀 상관없다는 것을 엘린은 잘 알았다.

엘린은 레베카를 뚫어져라 바라보았다. 레베카는 조용히 고개를 가로저었다. '지금 네 곁에 있는 사람이 하느님이 정해주신, 둘도 없는 네 사랑이야.' 레베카가 전하는 듯했고, '그건 누구보다 내가 가장 잘 알아, 레베카.' 엘린도 눈으로 응답했다. 두 사람은 한동안 더 서로를 응시했다.

"나를 위해? 눈물 날 것 같아, 엘린."

소크라테스가 소리 지르면서 레베카의 눈치를 살폈다. 레베카가 웃었다.

리도 웃었고 수도 웃었다.

엘린도 웃었다.

햇볕이 나뭇잎 사이를 비집고 내려와 그들의 맨 어깨에 떨어졌다. 엘린의 어깨는 검었고 리와 소크라테스도 검었고 수는 옅었고 레베카는 더 옅었다. 북유럽 출신의 레베카는 빨간색에 가까웠다. 리와 소크라테스는 아프리카, 수는 동아시아, 엘린은 북아메리카였다.

소크라테스를 제외하고는 누구도 이곳에서 태어나거나 자라지 않았다. 그들에게 음바니는 타향이고 이국이었다. 멀리서 온 그들은 그러나 음바니의 작은 호수 마을에 함께 앉아,

커리 냄새를 맡으며 토마토에 으깬 고구마를 먹었다.

엘린은 기원했다. 이대로 좋기를. 바다, 나무, 바람, 꽃, 리, 수, 레베카, 소크라테스, 하늘, 피망과 토마토……. 이대로이기를. 수의 기도와 다르지 않았다.

엘린이 수를 불렀다.

"수! 2시시씩 마시고 있는 거야?"

수는 웃기만 했다.

"왜 변화가 없을까?"

소크라테스와 레베카가 엘린과 수를 번갈아 바라보았다. 리는 당근과 피망을 썰어 끓는 커리에 넣었다.

"새로 떠오른 기억 같은 거, 없단 말이야, 수?"

수가 고개를 끄덕였다.

"뭔데? 2시시가 뭔데?"

레베카가 물었다.

"있어. 호리병."

엘린이 말했다.

"호리병?"

"그거 정말 괜찮은 거라던데. 그걸 먹은 토끼 얘기 해줄까, 수?"

레베카의 궁금증을 뒤로하고 엘린이 수에게 물었다.

수가 고개를 끄덕였다. 레베카가 쌜쭉했다.

"이페 연못 물이야, 레베카."

엘린이 말했다.

"이페 연못 물?"

"이페라는 곳이 있어, 나이지리아에. 그곳에 비둘기와 암탉이 대지를 만들다 남겨둔 연못 두 개가 있어. 그 물을 먹으면 기억이 되돌아와."

"비둘기와 암탉이 대지를 만들어?"

"그런 신화가 있는 거야, 레베카, 제발. 이건 무조건 믿어야 해. 수도 믿는다고 했어."

"알았어, 알았어. 그걸 먹은 토끼가 어떻게 됐는데?"

"머리가 좋아진 거지. 그런 물이니까." 엘린이 말했다. "휴일 피크닉에서는 이런 얘기를 하는 거야. 음식과 차를 마시면서는 토끼 거북이 염소 얘기를 하는 거야. 원숭이 악어 기린."

"알았다니까."

레베카가 고개를 끄덕였다. 소크라테스가 레베카를 바라보았다. 리는 등을 돌리고 앉아 커리를 저었다.

"숲의 동물들이 회의를 했어." 엘린이 얘기를 시작했다. "사자가 이놈 저놈 닥치는 대로 잡아먹으니까 숲의 동물들이 의견을 모아서 사자에게 간청한 거야. 매일 딱 한 마리씩만 잡아먹어준다면 동물들 스스로 하루에 한 마리씩 꼬박꼬박 대령하겠노라고.

사자가 그러겠다고 했고 동물들은 제비뽑기로 순서를 정한 거야. 사흘째 되던 날 마침내 토끼가 뽑히고 말았지. 이 얘기가 토끼 얘기잖아. 피크닉에서는 토끼 얘기가 최고라니까.

제비뽑기에 걸린 이 토끼가 뭐라고 했냐면, 제 발로 걸어가 잡아먹히겠다고 한 거야. 혼자 가겠다고. 그러고서는 슬쩍 딴 데로 도망을 쳤지. 얘가 이페 연못 물을 먹은 놈이거든.

그러니까 사자가 배가 고프잖아. 때가 되도 안 오니까 어슬렁어슬렁 찾아 나섰지. 얼마를 가다보니 토끼라는 놈이 우물 위의 나뭇가지에 앉아 있는 거야. 뭐하냐? 사자가 물으니까 이러는 거야. 내가 제비뽑기에 걸려서 사자 왕한테 몸 바치러 가는데, 이왕이면 맛있게 바치려고 꿀까지 따서 가져가는데……."

리가 커리를 저으며 빙긋이 웃었다. 엘린도 빙긋이 웃었다. 리가 해준 이야기였다. 엘린은 시치미를 떼고 얘기를 계속했다.

"그런데 다른 사자가 나타나서 빼앗아 갔습니다요, 이랬던 거야, 토끼가. 그 사자 어디 있는데? 하고 사자 왕이 물었어. 그러자 토끼가 말하지. 저 우물 안에 있는데 사자 왕님을 무서워하지 않을 거라고 말야. 사자 왕님보다 훨씬 세다고 생각하는 사자라고.

사자 왕은 우물 속 사자를 조용히 타일렀지. 까불지 말고 어서 꿀을 내놓으라고. 그랬더니 끄떡도 없잖아.

무슨 수를 써도 비웃기만 하고 아무 대꾸도 안 해, 그놈이.

사자 왕이 돌아버렸어. 우물 속에 있는 사자에게로 뛰어든 거야. 죽었지 뭐. 토끼는 다른 동물들에게 돌아갔지. 가서 말했어. 자기가 사자를 죽였으니까 이제부터는 자기가 백수의 왕이라고."

"박수!" 커리를 젓던 리가 돌아서며 손뼉을 쳤다. "재밌잖아. 박수를 쳐야지."

"응, 토끼 얘기니까."

레베카가 따라 손뼉을 쳤다.

"피크닉이니까."

소크라테스가 따라 손뼉을 쳤다.

"사자는 좀 안됐지만."

수도 웃으며 손뼉을 쳤다.

엘린은 리의 턱에 콧등을 댔고 리는 엘린의 이마에 키스했다. 서로의 몸에 두르는 팔 동작이 자연스러웠다. 엘린이 힘차게 말했다.

"우리 그곳에 가자!"

"이페? 설마."

소크라테스가 말했다.

"멀지만 못 갈 것도 없지."

레베카가 소크라테스를 흘기며 말했다.

"은밀한 곳을 알아. 두 개의 크고 깊은 돌 구덩이. 은라의 눈이라고 해."

엘린이 말했다.

"은라……."

"요루바 부족의 두 번째 신. 돌 구덩이는 이페 북동쪽 산속에 있어. 아무나 쉽게 못 가지만, 그곳에 들어가 소원을 빌면 무엇이든 이루어진대."

"무엇이든?"

"응. 무엇이든."

"와아아아아. 꼭 갈 거야."

레베카가 소리쳤다.

"물 마시러 가는 거 아니고?"

소크라테스가 물었다.

"기억력 멀쩡한 사람이 마시면 바보가 돼."

엘린이 말했다.

"기억력 멀쩡한 토끼도 마셨잖아."

"토끼는 사람이 아니잖아."

"끙…… 말라위 밖으로 한 번도 안 나갔었으면서 엘린은 그곳을 어떻게 알아?"

뜨거운 커리를 입으로 불며 소크라테스가 물었다.

"아는 사람을 알아."

"그래도 너무 멀다."

"평생 두 번 갈 필요는 없어. 모든 소원이 이루어지니까. 그러니 일찍 갈수록 좋지 않겠어?"

"와아아아아아. 꼭 갈 거야."

레베카가 소리쳤다.

"리는?"

엘린이 묻고

"갈 거야."

리가 대답했다. 이페에 관한 모든 얘기는 사실은 리에게서 나온 것이었다. 이페의 물도 은라의 눈도. 엘린이 '아는 사람'이라고 했던 게 리였다.

"수는?"

엘린이 묻고

"……."

수는 웃기만 했다.

"좋아. 다 됐어. 소크라테스는 가도 그만 안 가도 그만."

"갈 거야."

소크라테스가 말했다.

모두 뜨거운 커리를 먹기 시작했으나 리는 먹지 않았다. 엘린은 리를 바라보았다. 바라본다는 걸 리는 알지 못하는 듯했다. 리는 가끔 알 수 없는 먼 곳에 눈길을 던져두곤 했다. 그런다는 것을 엘린은 알았다.

엘린이 리를 불러 커리를 한 입 먹여주었다. 그리고 그의 콧잔등에다 노란 커리를 짓궂게 찍어 발랐다. 수가 그 광경을 물끄러미 지켜보고 있었으나 엘린은 알아차리지 못했다.

꽃

리는 유리창 밖을 내다보았다. 책상과 의자들을 등진 채 커다란 창 가까이 혼자 서 있었다. 종일 구름이 걷히지 않았다.

오후 4시. 바깥이 밝은 편은 아니었으나 실내에 모든 전등이 꺼져 있었으므로, 리의 등과 허리에 짙은 음영이 어렸다. 불을 밝힌 곳은 곡물 창고뿐이었다.

언제부터 창가에 서 있었던 건지 리 자신도 알지 못했다. 그는 사무실 창가에 오랫동안 서서 곡물 창고 입구 쪽을 바라보았다. 그가 일하는 ADMARC 사무실 건물은 곡물 창고와 50미터쯤 떨어져 있었다.

곡물 창고 입구에서 불빛이 새어나왔다. 사무실 직원들까지 창고로 달려갔다. 새벽 1시에 옥수수 50톤이 입고되었다. 오후 5시까지 방출을 마치려면 바삐 움직여야 했다.

리는 몸이 아프다는 핑계로 창고에 가지 않았다. 실제로 그는 아팠다. 혼자 어두운 사무실에 남았다.

불빛이 새어나오는 곡물 창고 입구에 사람의 행렬이 잇닿았다. 행렬의 뒤끝은 보이지 않았다. 희미하고 아득했다. 새벽 3시부터 빈 자루를 들고 달려와 자리를 잡은 사람들이었다.

ADMARC에서는 곡물을 시중가의 반값에 방출했으나 1인당 20킬로그램으로 제한했다. 난민 행렬처럼 줄이 길어진 이유였다. 기근으로 많은 사람이 죽어갔다.

바깥 풍경 어딘가에 리는 눈길을 던져두고 있었다. 묵묵히 그러고 있었다. 그가 등진 사무실 풍경은 쓸쓸했다. 커다란 유리가 외부의 소음을 차단했다. 입고와 방출이 있는 날마다 벌어지는 창고 앞의 아비규환은 사일런트 필름 같았다.

리의 책상에는 케이스가 낡은 전화기 한 대가 놓여 있었다. 절전 주간이어서 어두웠으나 엘린의 모습이 새겨진 작은 스티커가 보였다. 그것은 서류꽂이 옆면 아래쪽 구석에 수줍게 붙어 있었다. 사진 속 엘린이 하얀 이를 드러내며 웃었다.

리의 책상은 서류들로 어지러웠다. 창밖을 내다보는 리의 뒷모습에 어린 것처럼, 책상 위의 종이에도 음영이 어렸다. 구겨지지 않은 평평한 종이에는 그림자가 지지 않았다. 접혔다가 반쯤 펴진 네 장의 우편물에만, 놓인 각도에 따라 각기 다른 농도의 어둠이 스며들었다.

…… 아프리카에서의 그녀의 관심은 새들백 교회와 베다니 그리스도교복지회의의 아프리카 사업에 집중되었으며, 복음주의자들과 미국의 보수 정치인들과 연계가 있는 또 다른 대형 입양 기관인 텍사스의 글래드니 입양 센터의 활동에 맞추어져 있었다.

그녀의 역할은 감시와 보고였다. 2008년 국제아동복지회공동위원회가 르완다로 보낸 대표단에 새들백 교회와 글래드니 대표들이 섞여 있었다는 사실을 처음으로 적발하여 본

국의 '보스턴 협회'에 보고한 것도 그녀가 한 일이었다. 그녀는…….

네 장의 종이에는 같은 폭으로, 두 번씩 접혔던 자국이 있었다. 글씨는 작았으나 또렷했다. 리는 여전히 등을 보인 채 창가에서 꼼짝도 하지 않았다. 그는 곡물 창고에서 벌어지는 광경을 바라보았다.

리는 한숨을 쉬었다. 우편물에는 그가 예상했던 내용과, 예상했으나 예상보다 더 아픈 사연과, 차라리 모르면 좋았을 것들이 적혀 있었다. 스포츠 카페에서 리는 케냐의 옛 동료에게 협박하듯 전화했었다. 부탁할 게 있어. 알아봐야 할 게 있어. 일단 그냥 들으라구!

그날 리버풀이 대승을 거두었으나 리는 기쁘지 않았다. 동료의 답신은 늦어지고 있었다. 주디스에 관한 새로운 정보에 접근하는 데 그만큼의 시간이 필요하다는 것을 리는 모르지 않았다. 기다리다가, 리는 답신이 오지 않기를 바라기도 했다. 한동안은 잊고 지냈다.

방출 마감 시각이 다가오면서 곡물 창고 앞에는 일대 혼란이 일었다. 목숨 건 새치기가 시작되었다. 줄은 파도처럼 요동치며 무너졌고 약한 자들이 넘어졌다. 넘어진 사람 위에 사람이 엎어졌고, 또 다른 사람들이 그 위를 밟고 지나가다 고꾸라졌다.

간신히 옥수수를 얻은 사람이 몇 발짝 뒷줄에 가서 비싸게 팔았다. 그나마 파는 사람이 적었다. 비싸게 주고도 살 수 없으면 빼앗았다.

곡물이 입고되고 방출되는 날의 풍경은 늘 같았다. 어떤 소리도 들리지 않았으므로 리에게는 그들의 소요가 나쁜 꿈 같았다. 하늘은 여전히 낮았고, 뒤섞여 사투를 벌이는 사람들 사이에서 부연 먼지가 일었다.

움직임 없는 리의 동공 안으로 소요의 풍경이 가감 없이 흘러들었다.

…… 그녀가 발견된 곳은 말라위 중부 데자살리마 보호림과 카상카 만 사이를 관통하는 M5 도로상이었으며 40미터 경사면을 굴러 차량이 전소되면서 신체의 거의 모든 표피 전층과 진피의 상당 부분이 화재에 의해 손상되었고 안면 부위는 피하조직까지 손상되는 부상을 입었다.

그녀가 속한 보스턴 협회에서는 그녀의 사고를 NBM의 소행으로 지적하고 있으나 그것을 입증할 정황과 자료가 충분치 않다.

사고 당시 그녀가 운전하던 차량은 나이로비 소재 렌터카 업체의 Toyota RAV4 2.4리터였으며 동승자는 없었다. 그녀를 수습하고 후송한 주체는 한국에서 파견된 HIV/AIDS 및 모자보건 사업 단기 관리 팀으로, 말라위 정부의 신속한 협조로 한국 서울 소재 Sanwoo 병원으로 긴급 이송하였다.

한국 이송 때까지 움켜쥐고 있던 오른손 안의 별 모양 청동 조각으로 신분 확인을 시도했으나 실패하고 검게 탄 반지에서 보스턴 학술 협회의 존재를 추측할 수 있는 단서를 발견, 사고 2개월 만에 신원이 확인되었다.

그녀는 미국 북서부 복음주의 그리스도교 가정에 입양된 한국 출신의 여성으로서…….

우편물은 네 페이지였다. 부분은 펼쳐졌고 부분은 접혀 있었다. 그것들은 리의 등 뒤, 그의 책상 위에 놓여 있었다.

곡물 창고 앞 소요는 계속되었다. 창고 문이 닫히고 더는 불빛도 새어나오지 않았다. 그러나 사람들은 흩어지지 않고 사투를 계속했다. 하늘은 점점 어두워졌다. 인파는 먼지로 가려졌다.

리도 한때 그런 소요에서 등을 밟힌 적이 있었다. 투르카나 호 북서쪽 마을도 가난했다. 먹을 게 없어서 기약 없는 휴교령이 내렸다. 매일 줄을 서도 창고 문은 열리지 않았다. 어쩌다 열리면 사람들은 광분했고 밟거나 밟혀 죽거나 다쳤다.

어른 남자의 커다란 발이 리의 등을 찍었다. 숨이 막혀 넘어져 있다가 겨우 정신을 차렸다. 주위에는 아무도 없었고 저녁이었다.

감자에 알이 배기 시작하면서 휴교령이 풀렸다. 감자 죽을 먹은 아이들의 얼굴이 조금씩 피어났다. 오랜만에 만난 아이들은 서로의 이름을 부르며 반겼다.

적지 않은 수의 아이들이 학교에 오지 않았다. '왜 안 와?'라고 물으면 '죽었어'라고 누군가 대답했다. 그리고 모두 책을 펼치고 곱셈 기초 공식을 큰 소리로 외웠다. 오, 만물의 하나님이시어—에 뭉구 웅우부 예투…… 국가를 부르며 어린 리는 케냐를 구하고 정의로운 케냐를 지키겠노라 다짐했다.

그는 지금 케냐가 아닌 말라위 북부 음바니 외곽의 작은 마을에 살며 ADMARC로 출근했다. 사연 뒤에는 한 여자가 있었다. 그는 한 여자를 사랑했다. 리는 등에 통증을 느끼며 숨을 몰아쉬었다. 이제 그는 다른 여자를 사랑하고 있었다.

창가에서 물러나며 리는 뒤돌아섰다. 사무실은 더 어두워졌고 직원들은 그때까지 돌아오지 않고 있었다. 리는 책상 위의 우편물을 물끄러미 바라보았다.

…… 그녀가 한국의 Sanwoo 병원을 떠나 말라위로 향한 것은 1년 전 9월. 여러 차례 복원 성형술을 받고 재활에 성공했으나 기억은 되돌아오지 않은 상태였다. 그녀의 이름은 주디스 노엘. 아프리카에서 활동하다 사망한 전임자의 이름을 승계했다. 보스턴 협회에 등록된 그녀의 본명은 수전 요한슨. 펫 네임 수.

⁂

나는 사랑하는 사람을 찾았습니다.

내가 사랑하는 사람이 아프리카에 있었습니다.

나는 아프리카에 와서 후에 알았습니다.

나는 기억이 나타났습니다.

기억은 나타난 것은 사랑하는 사람이 아프리카에 있었습니다.

정금자 씨가 나에게 한국어 공부 책 주었습니다.

나는 열심히 공부합니다.

정금자 씨 고맙습니다. 정금자 씨를 보고 싶어요.

안녕하십니까. 나의 사랑은 이름은 리입니다.

나의 사랑은 케냐에서 사람입니다.

아름답고 좋은 사람이고 언제나 나의 옆에 있습니다.

리는 음식을 만들고 책상을 만듭니다.

리는 나는 함께 있고 기쁩니다.

리는 지금 밭에서 도웨를 가져옵니다.

밭이 있습니다. 그것은 말려서 치타부를 만듭니다.

그것은 조금 달고 치타부는 맛도 조금 있습니다.

나는 리를 사랑할 수 없습니다.

그렇게 할 수 없습니다. 리는 다른 사람에게 키스합니다.

한국에서 말했던 엘린입니다. 엘린입니다.

여기 엘린이 있는 것 정금자 씨도 압니다.

엘린이 리의 사랑입니다. 이상하지만 그렇습니다.

리는 주디스 알고 수 모릅니다.

그동안 정금자 씨에게 편지를 쓰지 않았습니다.

슬퍼서 편지를 쓰지 않았습니다.

지금은 슬프지만 평화합니다. 리가 곁에 있습니다.

리는 많이 웃어요. 리의 눈은 아름답습니다.

정금자 씨의 눈도 아름답습니다.

리의 눈을 보고 정금자 씨를 생각합니다.

나는 건강하고 음식을 잘 먹어요. 한국이 자꾸 생각납니다.

리는 나를 바라보고 웃었습니다. 지금 바라보고 웃었습니다.

나를 바라봅니다. 우리는 둘이 함께 있습니다.

밤이 오고 있습니다. 나는 아프리카에서 나쁘지 안습니다…….

식탁에 세 개의 푸른 망고가 놓여 있었다. 식탁에 푸른 망고가 있습니다, 라고 한국어로 쓰려다 수는 고개를 들었다. 허리를 폈다. 리가 만든 식탁 의자는 너무 튼튼해서 엉덩이가 아팠다.

수는 그곳에 오래 앉아 있었다. 한국어 문법 책을 보고 한국어 사전을 찾았다. 문장을 이어가는 데 오랜 시간이 걸렸으나 피로하지는 않았다.

한 문장 한 문장 완성할 때마다 정금자 간병인을 떠올렸다. 병원 뜰 앞의 화초와 유실수를 떠올렸다. 가을 하늘과, 가마우지가 헤엄치던 하천을 떠올렸다.

식탁에 푸른 망고가 있습니다. 의자가 굳었습니다.

어느 날 내가 생각한 걸음으로 리가 걸어갔습니다.

조금씩 기억이 나타났습니다.

리는 나를 몰랐습니다. 나는 얼굴도 다르고 이름도 달랐습니다.

나는 리를 몰랐고 리는 나를 몰랐고 여러 달이 지나갔습니다.

나는 기억이 나타났고 리는 나를 아직 모릅니다.

엘린은 나의 가장 친한 친구이고 동생입니다.

리는 엘린의 사랑이 되었습니다.

나는 리를 알았고 두 달이 지났습니다.

기쁜 소식이지만 슬픈 소식을 정금자 씨에게 보냅니다.

그동안 편지를 보내지 못했습니다…….

리가 이쪽으로 왔다. 손을 주춤했으나 수는 글쓰기를 멈추지 않았다.

종이 위에 그려지는 낯선 글자를 리는 수의 어깨 너머로 바라보았다. 그리고 다시 거실 저쪽으로 걸어갔다. 엘린은 방에서 나오지 않았다. 이른 저녁을 먹은 뒤 세 사람은 함께 커피를 마셨다. 그리고 미루어두었던 일을 시작했다.

수는 편지를 쓰고 리는 도웨를 나르고 엘린은 방 안에서 라디오를 들었다. 엘린은 말라위 레게 음악과 미국식 리듬 앤 블루스가 흘러나오는 주파수를 알았다. 실내가 더 어두워졌다.

리가 다시 이쪽으로 걸어왔다. 배터리를 탁자 가운데 올려놓고 꼬마전구를 연결했다. 좀 더 밝은 빛이 필요할 때 등유 램프나 촛불 대신 사용하는 거였다. 며칠 전 리가 당근과 토마토를 사러 시장에 다녀오면서 충전해 왔다. 어딘가 마모된 벽돌 같다고, 수는 배터리를 볼 때마다 생각했다.

"가득하니까, 얼마든지 써요."

리가 말했다.

"촛불로 충분해요."

수가 말했다.

"촛불은 흔들려요. 바람이 없어도 작은 기척에도 흔들려요. 그러면 손 그림자가 글씨를 가려요. 꽉 찬 거니까 얼마든지 써도 돼요."

리가 엄지와 검지로 촛불을 지그시 잡아 껐다. 꺼진 촛불의 심지에서 흰 연기 한 가닥이 천장 쪽으로 가느다랗게 피어올랐다. 수의 눈길이 그것을 좇았다.

리는 문밖으로 나갔다. 더 어두워지기 전에 도웨를 마저 집 안으로 들일 모양이었다.

나는 별이 있습니다. 정금자 씨도 별을 보았습니다.

그것은 리가 준 청동 별이었습니다.

그것을 버리려고 싶었습니다.

리와 엘린과 말라위 호수에 놀러갔습니다.

아름다운 머틀 꽃이 있습니다.

시클리드가 사는 푸른 호수가 있습니다.

그 물속에 청동 별 던지려고 싶었습니다.

청동 별은 위험합니다. 수와 리와 엘린이 다 위험합니다.

청동 별을 버리지 못했습니다. 버리지 못했습니다.

나는 위험합니까? 나는 슬프고 행복하고 위험합니까?

나는 리를 사랑하고 엘린을 사랑합니다. 진심입니다.

지금을 사랑합니다. 그런데 지금은 위험합니다.

별을 바다에 던지고 백 살까지 리와 엘린과 아프리카에서 평화롭게 살까요?

그러고 싶습니다. 진심입니다…….

"글씨가 재미있어요."

리가 수의 등 뒤에 와 있었다.

"재미있다고요?"

수가 물었다.

"응, 재미."

"내가 쓸 줄 몰라서 그래요. 써야 하는데 자꾸 그려져요."

"한국어 책에 쓰여 있는 글자도 재미있어요."

"과학적이고 배우기 쉬워요."

"그런가요?"

"하나의 한글 자음에 알파벳 자음을 대입하면 되고 하나의 한글 모음에 알파벳 모음을 대입하면 돼요."

"음."

"여기 보이는 ㄴ은 n, ㅏ는 a, 이렇게."

"그러면 ㄴ ㅏ는 na가 되나요?"

"맞았어요."

"쉽네요, 정말."

"쉬워요."

"한번 읽어봐요, 수."

"나-는-……."

수는 잠깐 숨을 멈추어, 침을 삼키고, 작게 소리 내어 읽었다.

"사-랑-하-는-사-람-을-찾-았-습-니-다."

"na가 많네요. 여기, 여기, 여기도."

"na는 I니까. 그래서 많아요. 서브젝트니까."

어두워지는 만큼 탁자 위의 꼬마전구가 빛났다.

"사-랑-하-는-사-람-이-아-프-리-카-에……."

한 글자 한 글자 수는 또박또박 끊어 읽었다. 한국에서는 모든 사람이 알아듣는 말이었다. 음바니에서는 의미 없는 소리 조각들이었다.

온 곳도 갈 곳도 없이 외로이 떠도는 소리. 꿈으로도 수신되지 않을 소리의 입자들이 꼬마전구로 간신히 어둠을 밀어낸 탁자 위 공간을 작은 곤충처럼 날아다녔다.

"아프리카?" 리가 탄성을 지르듯 말했다. "방금 아프리카라고 했어요."

수는 깜짝 놀랐다. 의미 없는 조각들이 아니었던 것이다.

"네……." 수는 그 부분을 다시 읽었다. "내-가-사-랑-하-는-사-람-이-아-프-리-카-에-있-었-습-니-다."

"무슨 뜻이에요?"

"……."

수가 고개를 돌려 리를 바라보았다.

"재밌고 신기해서 그만……."

"알아요."

"프라이버시잖아요."

"아프리카에서…… 내가 사랑하는 엘린과 함께 산다는 내용이에요."

"아."

리가 고개를 끄덕였다. 파란트로푸스의 끄덕끄덕.

"엘린은 아름다운 남자를 사랑한다고 적었어요. 이름은 리이며 우리 셋은 함께 지낸다고."

"그……래요?"

"여기에요. 나-의-사-랑-은-이-름-은-리-입-니-다…… 아-름-답-고-좋-은-사-람-이-고-언-제-나-나-의-옆-에-있-습-니-다."

수는 글자들을 짚었다.

"편지를 받는 사람이 수를 간병했던 사람이랬나요?"

"어머니보다 기억에 남는 분. 이신지라는 딸이 있는데 어렸을 때 헤어졌대요."

리는 고개를 끄덕였다.

"헤어진 뒤로 다시 보지 못했대요."

끄덕끄덕.

"왜 헤어졌냐는 건 묻지 않았어요."

"음, 아, 예."

"청-동-별-을-버-리-지-못-했-습-니-다. 버-리-지-못-했-습-니-다. 나-는-위-험-합-니-까?"

수는 그 부분을 읽어버렸다.

"무슨 뜻인지 알아도 돼요?"

"물론." 수는 깊게 숨을 마셨다가 천천히 내쉬었다. "나는 엘린을 사랑하고 리를 사랑합니다. 진심입니다. 백 살까지 엘린과 리와 이렇게 평화롭게 살까요?"

리가 더는 끄덕이지 않았다. 말없이 종이 위의 글자들을 내려다보았다.

왠지 그는 한사코 탁자를 떠나지 않을 것처럼 보였다. 수의 느낌이 그랬다. 전구가 발하는 빛의 반경이 시간이 갈수록 줄어들어 수와 리의 얼굴만 간신히 비추었다.

수가 고개를 돌려 그를 바라보았으나 그는 글자에서 눈을 떼지 않았다. 눈동자가 움직이지 않았다. 그의 홍채에 작은 전구가 비쳤다. 그 순간을 수는 모면하고 싶었다.

모든 게 멈춘 듯했다. 온몸을 절벽 아래로 던지지 않고는 멈추고 막히고 적막한 순간이 깨지지 않을 것 같았다. 그러나 꿈속처럼 꼼짝할 수 없었다.

숨이 경각에 이르렀을 때 어떤 기척이 있었다. 마법에서 깨어나듯 리의 몸이 살짝 움직였다. 기척 때문에 응결에 균열이 생긴 거였다.

수도 어깨를 움직였다. 리가 한 걸음 뒤로 물러섰다. 옥죄던 투명 막이 허물처럼 흐무러졌다. 기척은 방에서 새어나온 것이었다. 엘린의 목소리였으나 내용은 알 수 없었다.

수가 방 쪽으로 고개를 돌렸고 리가 그쪽으로 걸어갔다. 음악 소리가 문틈으로 새어나왔다. 리에게 묻는 엘린의 목소리가 묻어 나왔다. 리가 문을 열고 방 안으로 들어갔다. 다시 조용해졌다.

수는 눈을 감고 숨을 들이켰다. 천천히 내뱉고 눈을 떴다. 탁자 위의 쓰다 만 문장을 내려다보았다.

아프리카에서 평화롭게 살까요? 그러고 싶습니다. 진심입니다.

엘린은 업무실 책상에 앉아 있었다. 그녀의 책상은 비좁아서 컴퓨터 한 대와 머그컵 두 개를 놓으면 여유가 없었다. 서랍도 좁았고 무릎 넣는 공간도 작았다. 다행히 엘린은 몸집이 크지 않았다.

레베카가 출입문 안쪽에 서 있었다. 가끔씩 목을 빼고 바깥을 내다보았다. 엘린은 레베카를 바라보았다. 가끔씩 눈이 마주쳤다.

"괜찮아졌어, 레베카?"

"어."

"정말 그런 것 같아?"

"응."

레베카는 바깥에 눈길을 던져둔 채 대답했다.

"커피 더 줄까, 레베카?"

"아니."

컴퓨터 옆의 빈 머그컵 두 개는 엘린과 레베카가 마신 커피 잔이었다.

"응쿵구는 다 갔어?"

"응."

"다 갔다고?"

"그런 것 같아."

똑같은 질문과 대답을 반복했다.

레베카는 대답할 뿐 움직이지 않았다. 응쿵구가 날아올 때는 무조건 가장 가까운 실내로 대피했다. 방충망을 내리고 응쿵구가 사라질 때까지 기다렸다. 병원의 모든 사람이 그랬다. 레베카는 엘린의 업무실로 도망쳐 들어왔다.

응쿵구가 지나가기를 기다리며 레베카는 엘린과 커피를 마시고 소크라테스를 흉보고 자라나는 팔 근육을 고민했다.

응쿵구는 다 갔다. 지나간 것 같았다. 업무로 복귀해야 할 레베카가 문밖을 기웃거릴 뿐 돌아가지 않았다. 엘린이 레베카에게 자꾸 똑같은 질문을 했다.

"지나가버렸단 말이지?"

"어."

엘린은 보스턴 협회로 보낼 메일을 쓰던 중이었다. 레베카가 돌아가면 문장을 이어나갈 생각이었다.

응쿵구는 작은 날벌레였다. 그것을 처음 봤을 때 엘린은 큰 화재가 난 줄 알았다. 회색 연기가 하늘로 솟구치고 건물을 뒤덮었다. 하늘이 어두워졌다. 거대한 날파리 떼였다.

저는 음바니 HOL의 엘린 플레처이고 구체적인 신분은 별첨과 같습니다. 귀 협회가 수전 요한슨(주디스 노엘)의 거취를 시애틀의 미세스 플레처에게 통보한 바 있다는 사실을 알고 있습니다.

예상했겠지만 저는 그분의 딸이며 현재 수전 요한슨과 말라위에 함께 머물고 있습니다. 이미 알고 있겠지만 요한슨 양은 사고로 인한 충격으로 기억을 잃고 아직 그것을 회복하지 못하고 있는 상태입니다.

그녀의 원만한 기억 회복을 위하여 저는 귀 협회가 소장하고 있을 그녀의 아프리카에서의 활동 정보(흔적이며 기억일 테니까요)가 필요하다는 생각이 들었습니다.

그리하여 그녀에게 몇 차례 동의를 구했으나 그녀는 스스로 기억해 내는 것이 필요하고 자칫하면 자신에 대한 정보가 기억이 아닌 지식으로 고착될까 우려하였습니다. 저는 그녀의 우려에 전적으로 공감하여 귀 협회에 대한 활동 정보 요청을 스스로 거두어들였습니다.

여기까지 썼을 때 경보음이 울렸고 갑자기 어두워졌다. 짙은 안개 같고 엄청난 꽃가루 같고 알래스카 눈보라 같은 회오리가 시야를 가렸다.

가까운 건너편 건물이 보이지 않았다. 여기저기 문 닫는 소리가 요란했다. 레베카가 엘린의 업무실로 뛰어들었다. 신속하게 건물 안으로 도피해 문을 닫는 것이 직원의 수칙이었다.

웅쿵구는 수 혼자 머무는 집에도 머지않아 닥칠 것이었다.

엘린은 급히 수화기를 들고 버튼을 눌렀다. 응쿵구야, 응쿵구. 문을 다 닫고 집 안에서 꼼짝도 하지 마! 수는 서두르느라 대답도 못 하고 전화를 끊었다.

수는 집 안에 웅크리겠지만 마을 사람들은 바구니를 들고 밖으로 뛰쳐나갈 게 뻔했다. 곧 그럴 거라는 걸 엘린은 알았다. 마을 사람들은 엄청난 날파리 떼의 회오리 속에서 대나무 바구니를 사정없이 휘둘렀다.

그러면 바구니에 응쿵구가 차츰 쌓였다. 그것은 새콤하고 달콤했다. 모기만 한 그것을 엘린은 세 마리쯤 입에 넣고 씹다가 뱉은 적이 있었다.

마을 사람들은 날것으로 한 움큼씩 먹거나, 쪄서 검게 덩어리진 것을 뜯어먹었다. 저마다 큰 베개 분량의 응쿵구를 잡았다. 레베카가 가장 두려워하는 것이 날파리 떼였다.

하늘이 다시 맑아졌으나 레베카는 자신의 근무처로 돌아가지 않았다. 병원 밖 여기저기 잔설처럼 남아 있는 응쿵구를 그녀는 밟지 못했다. 엘린이 그걸 모를 리 없었다. 날파리를 보기만 해도 레베카의 빨간 피부는 군데군데 허연 두드러기 얼룩이 졌다.

그래도 엘린은 레베카가 자신의 근무처로 돌아가야 한다고 생각했다.

"밖이 다시 밝아졌네."

엘린이 말했고,

"정말 갈게, 엘린."

레베카가 침통하게 말했다. 엘린은 그녀를 바라보았다.

"커피 고마웠어, 엘린."

레베카는 말 한마디의 시간을 더 벌려고 했고,

"……."

엘린은 대답할 시간도 아꼈다.

레베카가 멋쩍게 방충망을 열었다.

"나 로베르토 베니니 같지 않니?"

레베카가 과장된 웃음을 머금고 두 팔을 힘차게 휘두르며 바깥으로 나섰다.

"Life is beautiful!"

그녀는 비명을 질렀다.

'맥락이 아니잖아, 레베카.'

엘린은 속으로 중얼거렸다.

레베카가 비틀비틀 건물 마당을 가로질렀다. 더는 Life is beautiful을 외치지 않았다. 철인 삼종 경기 선수의 건강한 종아리가 핏기 없는 종잇장 빛으로 변해 있었다.

엘린은 눈길을 거두어 모니터로 향했다. 마우스를 손에 쥐자 화면이 밝아졌다.

제가 말씀드릴 수 있는 것은 그녀의 기억이 오늘까지도 돌아오지 않고 있다는 것입니다.

엘린은 이어 썼다.

저는 아프리카에서의 그녀의 활동 정보가 그녀의 기억 회복에 효과적일 것이라고 확신합니다. 다만 요한슨 양이 우려하는 바를 충분히 이해하는 저로서는 귀 협회에 외람된 협조를 부탁드리지 않을 수 없습니다.

그녀의 과거 활동 정보가 그녀에게 지식으로 기능하거나 고착되게 하지 않으면서도 기억 회복에 효과적일 수 있기 위해서는 그녀의 활동 정보를 저만 알고 있어야 한다는 점입니다. 이 사실을 알리고 양해를 얻어내는 일이 제가 귀 협회에 요청하는 협조의 핵심입니다.

저와 제 어머니인 미세스 플레처에 대해 이미 귀 협회에서도 파악하고 계시겠지만 저와 제 어머니 미세스 플레처는 오랫동안 요한슨 양의 친구였으며 지금까지도 가족과 다름없는 관계를 유지하고 있습니다. 더구나 저는 현재 요한슨 양과 함께 아프리카에 기거하며 그녀의 건강과 삶 전반에 대한 책임을 저 스스로에게 부여하고 있습니다.

그녀의 과거 기억을 그녀에게 단순히 주입하는 것은 아무 의미도 없으며 바보 같은 일에 다름 아니라는 사실을 저는 누구보다 잘 알고 있습니다. 만일 귀 협회에서 도움이 될 만한 그녀의 활동 정보를 저에게 보내주신다면 그것은 그녀가 스스로 기억을 회복할 수 있도록 유도만 하는 데 요긴한 자료로 쓰일 것을 확신합니다.

타이핑을 멈추고 엘린은 창 쪽을 바라보았다.

웅쿵구로 어두워졌던 하늘이 거짓말처럼 깨끗했다. 협회는 과연 수의 정보를 보내줄까. 수 모르게 보내야 한다는 나의 이유를 얼마큼 신뢰할까.

창틀 바깥에 몇 마리의 웅쿵구 사체가 묻어 있었다. 그것들은 너무 작고 희미해서, 유리 한가운데를 위태롭게 가로지르는 한 마리의 웅쿵구가 아니었다면, 빗방울의 흔적으로나 비쳤을 것이다.

엘린은 자세를 바로잡고 자판 위에 손을 얹었다. 손가락 끝에 자판의 열기가 묻어났다.

저는 요한슨 양이 아프리카에서 펼쳤던 활동에 대해 전혀 모르지는 않습니다. 자주는 아니었으나 그녀와 저는 각자의 사정을 엽서나 이메일로 나누었습니다.

그녀는 교통과 통신이 여의치 않은 아프리카에서 몹시 바빴고, 저 또한 시애틀의 생활이 즐거웠으나 그만큼 여유는 없었습니다. 일의 세부에 대해서는 서로 충분한 이야기를 나누지 못했습니다. 요한슨 양이 입양과 관련된 미국 기독교 단체의 아프리카 현지 활동에 관심을 갖고 있다는 것과, 그것이 어느 정도는 비밀이 요구되는 일이라는 사실만 알았을 뿐 더 구체적인 사항은 묻지 않았습니다.

귀 협회에 이익이 되지 않는 정보까지 알고자 하는 것이 아닙니다. 요한슨 양의 기억을 촉발시킬 수 있는 구체적인 사물과 에피소드 혹은 인물 중에 귀 협회의 이해와 무관한 정보라면 좋겠습니다.

제 서신에 포함된 제 의도가 긍정적으로 읽히기를 바라며, 그녀를 향한 저의 진심이 귀 협회의 기쁜 응답으로써 인정받게 되기를 소망합니다.

말라위 음바니 HOL 엘린 플레처.

별첨: 엘린 플레처 신분확인서.

수가 고개를 들 때마다 리는 그녀의 눈과 마주쳤다.

우연히 마주친 것이 아니었다. 도심 외곽의 작은 레스토랑에는 아무도 없었고 손님이라고는 리와 수뿐이었다. 그들은 마주한 채 앉아 있었다.

창밖은 어두웠다. 이야기를 하다가 수는 고개를 숙였고, 숙였던 고개를 들고 그녀는 이야기를 이어 나갔다. 수가 고개를 들 때마다 리는 그녀의 눈과 마주쳤다.

그럴 수밖에 없었다. 아주 드물게 레스토랑 밖에서 차량이 지나가는 소리가 들렸다. 리는 수의 검고 깊은 눈에 조금씩 빠져들었고, 빠져들고 있다는 걸 알았다.

—술을 좋아하지 않았던 것도 그 때문이었어.

수가 말했다.

—술?

리가 물었다.

—술을 마시면 얼굴이 빨개지고, 빨개지면 짙어지니까.

그녀 앞에 보르도 전용 와인 잔이 놓여 있었다. 잔의 베이스 부분에 검지 끝을 가져다 댔다.

—피부색 얘긴가?

—이놈의 외모 때문.

수가 웃었다. 길고 우울한 이야기에서 빠져나오려 애쓰는 모습이 리의 눈에 읽혔다.

—외모가 어때서?

리 앞에도 같은 와인 잔이 놓여 있었다. 리는 수를 부추겼다.

—엄마처럼 하얘질 거라고 믿었다고 했잖아. 바보처럼.

—저기, 수, 그거 알아?

리가 정색했다. 바깥은 더 어두워졌다.

—뭘?

—외모 말이야…… 그게 내가 당신을 무지 좋아하는 많은 이유 중에 중요한 하나라는 거.

—지금 날…… 좋아한다고 했어?

—엄청.

—지금, 이, 비싼 와인이 그런 뜻인 거야?

—내 생애 가장 비싼 거긴 해.

—장난치면 쏴버릴 거야.

수가 위협했다. 웨이터가 이쪽을 바라보았다.

—총 맞아도 난 죽지 않아. 정말 좋아하니까.

—어떡하지? 장전했는데.

와인 잔 베이스를 쓰다듬던 검지를 리의 정면에다 겨누었다.

—안 죽는다니까. 장난이 아니거든, 좋아하는 거.

리도 검지를 곧게 펴서 수의 정면을 겨누었다.

—되레 나를 쏘려고?

—그래.

—이유는?

—목숨 바칠 만큼의 이유.

리는 표정을 풀지 않았다. 수를 노려보았다.

—뭔데, 그게?

—내껀 총알이 아니라, 아모르의 황금 화살이니까.

—진-짜 유치하네.

—맞아봐, 유치한가.

퓩, 하는 소리를 내며 리가 쏘아버렸고, 멋쩍게 웃던 수는 뒤늦게 픽, 소리를 내며 옆으로 쓰러졌다. 지켜보던 웨이터가 멀리서 딱, 딱, 손뼉을 쳤다.

수는 그렇게 얼마간 있었다.

—고마워, 리.

천천히 상체를 일으키며 수가 말했다.

리는 그녀의 촉촉한 눈을 바라보았다.

수가 고개를 들 때마다 리는 그녀의 눈과 마주쳤다.

우연히 마주친 것이 아니었다. 수 앞에 와인 잔이 놓여 있었고 그것은 보르도 잔이었다.

엘린은 자주 자리를 비웠다. 엘린은 수보다 술에 약했다. 카야파파야 식당 밖 화단석에 앉아 엘린은 후우후우 숨을 쉬었다. 가끔 유리창으로 리와 수를 들여다보며 익살스럽게 웃었다.

수가 아프리카로 돌아와 엘린과 리를 만난 지 1년이 되는 날이었다. 엘린은 수에게 코끼리수염 팔찌를 선물했고 리는 카야파파야에서 고급 와인을 샀다. 리는 아무 생각 없이 보르도 잔을 주문했고 신중하지 못한 행동이었음을 나중에야 깨달았다.

손님은 많지 않았다. 말쑥한 옷차림이라야 어울리는 식당이었다. 올리브유를 듬뿍 넣은 샐러드와 오븐에 구워 생크림을 바른 감자가 맛있는, 많아야 1년에 세 번 정도 오는 식당이었다. 한가한 창 쪽에 리와 수는 마주한 채 앉아 있었다.

수는 그럭저럭 와인을 마셨다. 리를 만나고부터 외모 콤플렉스가 없어졌다. 얼굴이 붉든 짙어지든 그녀는 상관하지 않았다. 그랬다는 것을 수가 알고 있을까. 기억할까. 리는 그녀에게 묻지 못했다.

'그랬던 것, 기억나요?'

수없이 속으로 물었으나, 입 밖으로 물을 수 없는 질문이었다. 서로 모르는 사람이 기억을 공유할 리 없었다.

이전의 수와 지금의 수는 전혀 다른 모습이었다. 다른 외모가 리에게는 매우 슬프면서 다행스러웠다. 기억을 잃은 수가 다행스러우면서 슬펐다. 그래서 수 앞에서 리는 언제나 복잡했다.

비강이 녹아내려 음색도 달라졌으나 고개를 숙이고 드는 모습에는 변함이 없었다. 검은 눈은 여전히 깊고 그윽해서 리의 어떤 것이 자꾸만 빠져들었다.

수가 보르도 잔의 베이스 표면을 손끝으로 살짝 긁었다. 리는 그녀가 검지를 뻗어 자신을 겨눌 것 같았다. 장난치면 쏴버릴 거야! 보르도 잔을 주문하는 게 아니었다고 거듭 후회했다. 하지만 리는 그녀의 손끝을 바라보는 것이 싫지 않았다.

창밖은 오후의 햇빛으로 고즈넉했다. 엘린은 꽃밭 옆에 앉아 무슨 노래인가를 불렀다. 엘린의 어깨와 고개가 리듬을 타고 흔들렸다. 수는 조금씩 와인을 마셨다. 카야파파야는 알맞게 한가로웠다.

외모와 목소리가 달라진 수를 마주하는 일은 언제나 쉽지 않았다. 그녀는 기억을 잃고 기억을 잃은 장소에 돌아온 것이다. 옛 친구 옛 연인과 함께이지만 그녀의 기억이 되돌아오면 모두 혼란에 빠질 수밖에 없었다.

모든 것이 운명과 신의 의지에 달렸겠으나, 리는 지금과 같은 오후의 한때가 간절했다. 모두 한곳에 있고, 햇빛이 있고, 노래가 있고, 와인 향 흐르는 이 오후의 한때만큼이라면 더 바랄 게 없겠다고 생각했다. 슬프고 안타깝더라도, 미안하더라도, 이 오후의 한때만큼이라면.

"괜찮아요?"

리가 물었다.

"이곳이라면, 네, 언제나 좋았고 지금도 좋아요."

"술은…… 좀 했었나요?"

수가 고개를 가로저었다.

"기억나진 않지만, 맛은 느낄 수 있어요. 고마워요, 좋은 와인."

얼굴빛 짙어진다고 처음엔 술 별로 안 좋아했었어. 리는 속으로만 말했다.

"어머니는요?"

"예?"

"아, 누구에게나 어머니에 대한 기억이 가장 많고 먼저 떠오른다고 해서요."

"기억에 관한 거라면……."

말을 끝맺지 못하고 수는 웃었다.

묻고 나서 리는 자신의 짧은 질문에 여러 의도가 겹쳤다는 것을 알았다. 나와 함께 와인을 마시며 당신의 어머니를 말하던 때가 생각나는가? 당신의 생모에 관해 아는 바가 있는가? 양어머니의 기억이 아직도 떠오르지는 않는가?

수는 아무 말 하지 않았다.

리는 자신에게 물었다. 왜 그녀의 기억을 점검하려는가. 불안한가. 이 오후의 한때가 지속되기를 바라기 때문에, 지속될 수 없을지도 모른다는 불안을 함께 키우는 것은 아닐까. 리는 다시 간절해졌다. 이대로, 이대로이기를. 자신과 수, 엘린. 모두를 위해.

나이로비 외곽 작은 레스토랑에 손님이라고는 리와 수뿐이었다. 리는 그때를 떠올렸다.

도심에서 그다지 멀지 않았으나 레스토랑의 분위기는 세잔의 풍경 속에 들어와 있다는 느낌을 주었다. 아무도 모르는 곳으로 둘이서 멀리 떠나왔다는 감상에 젖게 했다. 리는 그런 곳을 꿈꾸었었다.

프렌치 레스토랑이었고 리는 보르도 잔을 주문했다. 그날 수가 했던 얘기는 육아일기에 얽힌 거였다. 개략적인 것만 듣고도 리는 수가 어째서 구체적인 내용을 피하려는지 알 수 있었다. 양어머니가 쓴 일기는 슬프고 무섭고 허망했다.

육아일기의 내용도 내용이지만 그것을 어린 딸에게 건넨

아버지라는 사람도 리로서는 이해할 수 없었다. 당시 그녀의 아버지는 아내와 사별한 뒤 한 여성과 새로운 관계를 시작하던 때였고 수는 기숙학교에 있었다.

어머니의 육아일기를 읽으면서 영혼까지 버림받았다고 느꼈던 수는, 다 읽고 나서 아버지에게마저 버림받았다는 걸 알았다. 아버지라면 딸에게 그런 글을 읽게 해서는 안 되는 것이었다.

수는 철저히 혼자라는 걸 깨달았다. 버려진 혼자. 아무 잘못 없이 세 차례나 팽개쳐진 혼자. 한국에서, 어머니에게서, 아버지에게서.

수의 어머니는 수를 사랑했다. 누구보다 지극히 딸을 사랑하는 어머니였다. 육아일기에 그렇게 적혀 있었다. 그렇게 적혀 있었다고 수는 리에게 말했다. 리는 그날 프렌치 레스토랑에서 들었던 것들을 기억했다.

일기의 세부를 보면 어머니의 사랑이 매우 절실했음을 알 수 있었다. 수는 그날 몇 개의 인상적인 세부를 리에게 들려주었고 괴로움을 감추지 못했다. 더 구체적인 사례는 말하지 않았다.

자신에 대한 어머니의 절실한 사랑을 말하면서 수는 괴로워했다. 돌아가신 어머니에 대한 미련과 아쉬움, 후회의 아픔이 아니었던 것이다. 리는 알 수 있었다. 수가 말했던 것은 사랑이라는 이름으로 행해진 어머니의 폭력이었으니까. 기록의 세부는 절실한 사랑이었으나, 기록의 전부는 반종교적 인격 장애였다.

그녀의 어머니가 속한 교회는 어려운 처지의 사람들에 대해 봉사와 신념을 동시에 간직하라는 그리스도교적 소명을 받들었다. 그 소명은, 원치 않는 아이를 성벽 밖에 버리는 것이 합법이었던 로마 시대에 그런 아이들을 구했던 그리스도인들의 봉사와 신념에 기원을 두고 있었다.

현대의 그리스도인이 입양을 하는 궁극적인 목적은 고아를 그리스도교 가정 안에 들임으로써 아이를 복음화시키고, 나아가 그것을 큰 사명의 출발로 삼으며, 따라서 교회가 이웃과 세상을 향해 실천하는 봉사를 명확히 하려는 데 있다고 그들은 믿었다. 교인들은 줄을 서서 입양을 신청했고 일 년 이상을 기다려 아이를 받았다. 육아일기에 기록된 내용이었다.

개인에게는 구원이었다. 수의 어머니에게 입양의 목적은 구원이었다. 그리스도교적 소명을 받든다는 것은 구원을 예비한다는 뜻이었으니까. 다른 사람은 몰라도 그녀의 어머니는 그렇게 믿었다. 육아일기의 전부를 구성하는 맥락이 그러했다. 수는 그것을 알았고 리도 그것을 느꼈다.

그녀의 어머니는 자신보다 더 수를 사랑했다. 수의 몸에 발진이 돋았을 때 그녀의 어머니는 열흘간 한잠도 자지 않고 수의 곁을 지키다 탈진했다. 그런 어머니의 간절한 희생은 여러 차례 계속되었고 수는 그것을 대체로 기억했다.

자신보다 남을 더 지극히 사랑하는 어머니였으므로 남편과 딸에 대한 사랑은 말할 것도 없었다. 그랬으므로, 남들은 물론 남편과 딸은 그녀의 사랑을 받아들이지 않으면 안 되었다. 받아들이지 않으면 그녀는 슬퍼졌고 우울해졌고 사나워졌다.

리는 이야기하는 수에게서 눈을 떼지 못했다. 그리고 리는 알게 되었다. 어머니 방식의 사랑과 희생을 일방적으로 받아들이지 않으면 안 되었던 수를. 그녀의 어머니는 자신의 구원을 위해 입양아인 딸의 희생이 필요했던 것이다.

그녀의 어머니는 타인의 희생을 필요로 하는 이상한 구원을 반성하지 않았고 따라서 죄의식도 없었다. 삶의 매순간 신의 뜻을 받든다고 확신하는 사람에게 죄의식이 있을 리 없었다.

오로지 자기만을 위해 자기 방식으로 사랑하고 봉사하고 희생했으면서 신의 방식이라고 믿었다. 그것은 탐욕과 충동 따위와 조금도 다르지 않은 것이어서 그녀가 믿던 신은 일찌감치 그녀에게서 떠나버리고 없었다. 신마저 희생당한 것이었다.

리의 생각은 그랬다. 리는 알 것 같았다. 신이 떠난 그녀를 엄습한 것은 불안밖에 없었을 것이라고. 하지만 신이 떠난 사실을 몰랐던 그녀는 불안의 원인을 끝내 알 수 없었을 것이라고.

신이 방어해 주던 불안이 쏟아져 들어왔고, 그것은 감당할 수 없을 만큼 무시무시했을 거라고 리는 생각했다. 더는 삶을 지속할 수 없을 만큼.

수의 원망은 자신의 운명과 어머니의 구원론 같은 것에서 신앙 사회의 구조 쪽으로 옮겨갔다. 그랬다고 수는 리에게 말했다. 해 지는 광경을 창밖으로 내다보면서 리는 수의 말을 들었다. 미국의 복음주의 종교 단체가 선교 입양을 위해 조직적으로 활동하고 있는 남동부 아프리카가 견딜 수 없어졌다고 수는 말했다.

견딜 수 없음. 리는 그 말의 뜻을 알았다. 그 말 한마디로 그녀가 아프리카로 온 이유가 확연해졌다. 리는 그녀의 일을 위해 마음을 바쳐야 할 것 같은 느낌이 들기 시작했다.

리는 자신이 몸담고 있는 일을 생각했다. 점점 견딜 수 없어질 것 같았다. 수의 얘기를 듣고 나서 리는 벼르고 있던 고백 의지를 더욱 다졌다. 밤은 자꾸 깊어갔다.

"저기, 수, 그거 알아요?"

리가 정색하고 물었다. 바깥에는 오후의 햇살이 남아 있었다. 밤이 아니었다. 엘린의 노랫소리가 작게 들려왔다. 리는 자신의 말에 깜짝 놀랐다.

"뭘요?"

수가 되물었다.

외모 말이야…… 그게 내가 당신을 무지 좋아하는 많은 이유들 중 중요한 하나라는 거. 리는 이 말을 입속으로만 머금을 수밖에 없었다.

리는 말을 못하고 허둥거렸다.

수가 리를 빤히 바라보았다.

리는 손가락을 뻗어 푹, 하고 쏘는 시늉을 했다. 그리고 물었다.

"이게 뭔 줄 알아요?"

수는 대답하지 않았다. 리를 멍하니 바라보았다.

수 앞에서 도대체 무슨 짓을 한 거지? 리는 침착하지 못한 자신을 탓했으나 이미 손가락을 뻗은 뒤였다.

수는 리를 물끄러미 바라보았다. 리는 깊이를 알 수 없는 수의 눈이 무서웠다.

알고 있다는 뜻일까, 저 눈빛은? 모르겠다는 뜻일까? 알고 있다는 걸 감추려는 눈빛일까? 수는 눈을 뜨고, 리를 바라볼 뿐이었다. 그럴 뿐이었다. 리가 알 수 있는 것도 그뿐이었다. 수가 눈을 뜨고, 자신을 보고 있다는 것.

수를 처음 안던 추억을 리는 떠올렸다. 세잔의 풍경은 어둠에 묻혔고, 밤은 따뜻했고, 길었다. 언제까지고 밤이 계속되기를 바랐었다.

그러나 말라위로 떠났던 주디는 돌아오지 않았고, 2년이 지나, 리를 기억하지 못하는 수로 돌아왔다. 그리고 또 1년.

수는 그때와 같은 보르도 잔을 앞에 두고 있었다. 리에게는 엘린이 있었다. 리는 엘린을 사랑했다. 엘린은 수의 자매와 같은 친구였다.

이대로. 이대로……. 리는 간절해졌다.

“그게 뭐죠?”

수가 물었다. 그녀는 리를 바라보고 있었다.

“손……가락.”

리가 말했다.

수는 더 이상 묻지 않았다.

“생각해 봐요, 리.”

수가 말했다.

리가 수를 바라보았다. 엘린도 수를 바라보았다. 리의 눈에 수심이 어렸다. 수는 그것을 놓치지 않았다.

수는 3초쯤 그것에 대해 생각했다. 리의 눈에 어린 수심. 그것의 정체.

그리고 다짐했다. ‘생각해 봐요, 리’ 같은 말은 다시 하지 않겠다고. 그것은 리 앞에서 수가 하던 말투였다. 수심의 정체가 그것이라고 확신할 수는 없었다. 수 혼자의 짐작이고 다짐이었지만 ‘생각해 봐요, 리’라는 말은 다시 하지 않기로 했다.

"무슨……?"

리가 물었다. 엘린이 고개를 끄덕이며 같은 궁금증을 내비쳤다.

엘린은 리 곁으로 돌아와 있었다. 엘린은 금방 취하고 금방 깼다. 그녀의 주량은 포도주 반 잔이었고 커피는 정해진 양이 없었다. 카야파파야 화단에 어둠이 내리고 있었다.

"이곳에 다시 온 지 1년 되었어요. 내가 아프리카에 있을 이유는 하나예요. 내가 해야 할 일을 할 때가 되었다고 생각해요."

"수!"

엘린이 목소리를 높였다. 웃음과 찡그림이 그녀의 얼굴에서 기묘하게 겹치는 것을 수는 바라보았다.

"엘린 뜻과 같아요, 나도."

리가 말했다.

"엘린이 뭐랬는데요?"

"말도 안 되는 소리라고 했잖아, 수. 리 앞에서 왜 바보처럼 굴어?"

"수! 가 그런 뜻이었니, 엘린?"

"마이 갓."

"정말 바보일까, 내가?"

"바보인 척하고 있잖아, 수. 더 그러면 우릴 바보로 만드는 거고."

"무리예요. 아직은."

리가 말했다.

"건강해졌어요. 움직일 수 있잖아요. 나이지리아에도 갈 수 있어요."

수는 나직하게, 천천히 말했다. 그래야겠다고 생각했다.

"덜 회복된 게 있잖아요."

"일은 협회의 도움을 받으면 돼요. 그리고 무엇보다, 내가 아프리카에 왔었고, 지금 다시 와 있는 이유가 너무 분명해요. 분명한 이유에 철저할 수 있다면 언제든 일을 시작해도 된다고 생각해요. 나는 그 이유에 철저해요."

"알아요."

"그런데요?"

"수……."

"말해 봐요, 리."

"생각해 봐요, 라고 나에게 말했죠?"

"……네."

"그러니까 내 생각을 말할게요."

"……."

"수는 지금까지 아프리카에서 만났던 사람들과 다시 만날 확률이 매우 높아요. 그런 일이었잖아요. 순회하고 독려하고 때로는 다투고 설득하고 화해하고 합의를 이끌어내곤 했어요. 그런데요. 상대는 수를 기억하는데 수가 상대를 기억 못하면 여러 가지로 어색해지죠."

"문제없어요. 그들에게 나는 초면이 되는 거죠. 완전 초면. 얼굴도 다르고 이름도 주디스가 아닌 수전을 쓸 거니까. 잘 됐죠. 일이 첩보적인 성격이 강하니까. 유리할 수도 있어요."

"주디……스였나요? 쓰던 이름이?"

수는 리에게서 눈을 떼지 않았다.

"네. 주디스 노엘."

"그랬다고 했잖아, 리."

엘린이 말했다.

"그랬……던가?" 리는 콧등을 훔쳤다. "수의 맘은 잘 알겠어요. 하지만 엘린도 나도 아직은 무리라는 생각이 들어요. 끝까지 반대할 생각은 처음부터 없었어요. 활동에 필요한 정보들은 협회로부터 도움을 받는다고 해도 인근 나라의 최근 지리며 현지 교통 상황 등에 익숙해져야 한다고 생각해요. 시간이 더 필요해요. 이게…… 내 생각이에요. 내 생각을 물었잖아요. 수의 결심에 내 생각을 반영하겠다는 뜻 아니었나요?"

"언제까지고 엘린과 리의 보호 아래 있을 수 없어요. 둘에게 미안한 것도 있지만 내가 해야 할 일이 있는 거니까. 그동안 보살펴준 것은 정말 고마웠어요. 진심으로."

"우리의 생각을 반영하지 않겠다는 뜻? 그럼 왜 나의 생각을 물었을까?"

리의 말에 서운한 감정이 실렸다. 리와 엘린을 서운하게 할 뜻이 수에게는 없었다.

"언제까지고 이렇게 보낼 수는 없다는 거예요, 리."

"이렇게 해요, 그럼."

"어떻게?"

엘린이 물었다.

"내년 5월……까지라도 기다려 봐요, 수. 지금이 9월이니까 딱 8개월이에요."

"5월까지요?"

수가 물었다.

"네. 5월 24일까지."

"24일은 뭐지?"

엘린이 물었다.

"그냥…… 그렇게 정한 거야, 엘린."

수는 리를 바라보았다. 5월 24일은 리가 KICC TOP에서 수를 기다리겠다고 한 날이었다. 수는 그날이 목요일이었던 것을 기억했다.

리는 왜 이러는 걸까. 아까는 손 권총을 쏘더니. 내가 영영 기억을 회복하지 못할 거라고 여기는 걸까. 아니면 훗날 엘린 앞에서 둘의 관계를 밝히겠다는 걸까. 그렇다면 지금 못 밝힐 건 뭘까. 수는 리의 속내를 알 수 없었다.

관계를 밝히는 데 내 동의가 필요한 걸까. 그런데 내가 지금 아무것도 동의할 수 없는 처지라는 것을 배려해 그는 고백을 유보하고 있는 걸까. 그러는 걸까.

수는 리를 물끄러미 바라보았다.

과연 고백이 의무이며 최선일까. 정당한 것일까. 혹시 엘린 모르게 옛 기억을 나와 단 둘이 공유하고 싶어 하는 것은 아닐까. 나와 다시 시작하고 싶은 걸까. 엘린은 어떻게 되는 걸까. 수는 잔 바닥에 남아 있던 와인을 마저 마셨다.

세 사람 모두 현재의 상황을 공개적으로 이해하고 받아들여야 한다고 생각할지도 모르지, 그는. 수는 리에게서 눈길을 거두어 어두워지는 창밖으로 옮겼다. 누구의 잘못도 아니며, 피할 수도 없는 사정이니까. 숨기거나 거짓을 말할 수는 없는 거니까. 리라면 그렇게 할 수도 있다고 수는 생각했다.

그런 뒤의 사태는 그러나 아무도 모를 거라고 수는 생각했다. 아무도 모를 거라고. 분명한 것은 '지금'보다 낫지 않을 거라는 것. 내 기억이 돌아오지 않는 게 더 좋았을 것을……. 수는 한숨을 쉬었다. 밤은 안개처럼 내려 카야파파야 앞마당에 고였다.

하지만 기억은 돌아왔고 더 많은 기억이 돌아오고 있었다. 그들과 함께 있으려면 언제까지고 모르는 척해야 하고, 모른 척할 수 없다면 그들 곁을 떠나야지. 그래야 한다고 수는 생각했다. 하물며 서로 다 알게 된다면? 리도 엘린도 다 알게 된다면? 함께 지낸다는 것은 상상할 수 없었다.

활동을 다시 시작해야겠다고 말한 것은 잘한 일이었다. 일 때문이라면 그들 곁을 떠나는 것이 자연스러웠다.

"5월 24일까지. 그래요. 그때까지만."

수는 리의 제안을 받아들였다. 자신도 깜짝 놀랐다. 마음과는 반대로 냉큼 받아들인 것. 어떤 것이 자신의 마음인지 헷갈렸다.

"고마워요, 수."

"말할 수 없이 고마운 건 저예요."

"수와 함께 있는 게 좋아. 언제까지고 그랬음 좋겠다."

엘린이 소리쳤다.

"5월 24일까지만, 엘린. 그 뒤로는 아무 이유도 조건도 없이 일을 시작할 거야."

밝게 말하면서, 수는 속으로 5월 24일을 되뇌었다. 그날이 올까. 5월 24일. 3년이 지났으나 수에게 그날은 아직 다가오지 않고 있었다. 5월 24일도, KICC TOP도.

이대로가 좋아. 지금이 좋아. 수는 유리창 안쪽의 엘린을 바라보며 웃었다. 엘린이 앉아 후우후우 숨을 뱉어내던 카야파파야 화단에 이번에는 수가 앉았다. 엘린과 리가 창밖을 내다보며 수와 마주 웃었다.

일을 하게 되더라도 엘린, 너랑 가까이 있고 싶어. 리와도 그래. 함께가 좋아. 일 때문에 내가 멀리 가게 되는 것과 상관없이 옛일은 없는 것이었으면 좋겠어.

수는 어둠에 대고 말했다. 정말 그랬음 좋겠다, 엘린. 나는 이렇게 참을 수 있겠어. 너를 위해 리를 위해, 그리고 나를 위해 견딜 수 있겠어. 언제까지나. 사랑하니까. 너도 리도.

수는 고개를 숙이고 손으로 얼굴을 감쌌다. 세상이 너무 어두워져서 다시 고개를 들고 손을 내렸다. 취하지 않았으나 엘린이 그랬던 것처럼 수는 하아하아 숨을 뱉었다.

창 안쪽에 나란히 앉은 엘린과 리가 자신의 등을 내다보고 있을 거라고 생각했다. 숨을 뱉으면 뱉을수록 짙은 어둠이 뜨거운 수증기처럼 목구멍을 막았다.

손가락 총을 쏘고 5월 24일이라고 하다니…….

리가 야속했으나 수는 문득, 아까와는 다른 생각을 했다. 나를 보고 있자니, 저도 모르게 손가락이 뻗어지고, 5월 24일이라는 말이 튀어나온 것은 아닐까.

자제할 겨를도 없이 충동되고 흘러나와서 본인도 당황한 것 아닐까. 그런 그를 안타까워할망정 원망하거나 야속해 하지는 말아야 하는 것 아닐까. 이것이 첫 번째 생각이었다.

수는 그가 자신의 정체를 알아차렸다고 확신할 수 없었다. 이 점을 잊어서는 안 된다고 그녀는 매번 다짐해 왔다. 수의 정체를 알아차린 게 아니라 수가 동양인이라는 이유만으로도 그가 주디스와의 추억을 얼마든지 떠올릴 수 있을 거라는 것. 이것이 두 번째 생각이었다.

식당 안과 바깥에서의 생각이 기온만큼 달랐다. 안은 따뜻했고 밖은 쌀쌀했다. 수는 몸을 돌려 창문 안의 두 사람을 바라보았다. 늘 그러듯이 엘린은 리의 팔에 자주 기댔고 그럴 때마다 리는 엘린의 어깨를 쓰다듬었다. 가끔 엘린이 흰 이를 드러내며 웃었다. 리는 파란트로푸스처럼 끄덕거렸다.

급히 나이로비로 돌아가야겠다고 서두르던 때를 수는 떠올렸다.

그날 아침. 눈을 뜨며 수는 문밖의 Toyota RAV4부터 확인했다. 날은 맑았고 해는 말라위 호수면 위로 성큼 떠올라와 있었다. 반짝이는 물결을 배경으로 차량의 실루엣이 어른거렸다. '물소 같아'라고 수는 엘린에게 보낼 그림엽서에 적었다.

> 나이로비 KICC TOP으로 급히 가. 갑자기 그가 너무 보고 싶어졌어. 엘린. 놀라지 마. 놀라 자빠져도 좋아. 멋진 남자가 생겼어. 룰룰루. 이름은 리…….

수는 쓰기를 멈추었다. 리는 아직 국가정보원의 정보 요원이었다. 그에 관해 말하는 것이 옳은 것인지 수는 생각했다.

나이로비 행은 서둘러도 리의 신분 노출을 서두를 건 없다고 생각했다. 엘린의 존재를 먼저 리에게 알리는 게 순서일 것 같았다. 수는 새 엽서에 다시 적었다.

엘린. Toyota가 물가에 서 있다. 그런데 꼭 물소 같아…….

수는 다시 멈추었다. 그리고 생각했다. 나는 어째서 갑자기 돌아가려는가. 리가 몹시 보고파서, 라는 답을 입 밖으로 조용히 흘려보았다. 이곳에서 일이 끝났으므로, 라는 말도 흘려보았다.

둘 다 아닌 것 같았고 둘 다 그런 것 같았다. 24일은 사흘 뒤였다. 수는 꿈을 꾸었다. 꿈에서 깨자마자 케냐로 돌아가고 싶어 견딜 수 없어졌다.

수가 없으면 나도 없었다. 꿈에서 어머니의 음성이 들렸다. 수는 여덟 시가 되어도 돌아오지 않았다. 경찰은 수배 범위를 네 개 주로 확대했다고 말했다……. 어머니는 자신이 쓴 육아일기를 읽고 있었다. 어머니의 음성은 낮고 음울하고 눅눅했다.

여섯 시간이 지나도록 경찰에서는 아무 소식이 없었다. 나는 수가 자주 들어가 깃들던 어두운 옷장에 코를 박고 꼼짝하지 않았다. 1초라도 수의 냄새를 맡지 않고는 숨 쉴 수 없었다. 아이는 정오에 학교를 나왔다. 그리고 없어졌다. 아이가 나타날 때까지 나는 옷장에서 고개를 들지 않았다. 옷이 모두 눈물로 젖었다.

수는 그때를 떠올렸다. 버려진 클레이 파이프에서 잠든 일이 어째서 끔찍한 일이 돼버린 것이었을까. 부모와 이웃이 놀라는 것을 보고서 큰일이었음을 깨달았다. 수가 품에 안기자 어머니는 무너져 내렸고 오랫동안 일어서지 못했다. 어머니의 사랑이 사무치던 순간이었다.

어머니는 그 순간을 기록했고 음울하고 눅눅한 목소리로 읽었다. 나는 어미로서 하느님 앞에 설 면목이 없었다. 하느님의 명호조차 부를 수 없었다. 온몸이 떨려 일어설 수 없었다. 그러나, 그러나 수는 내 곁으로 돌아왔다. 감사합니다 하느님. 하느님 감사합니다. 하느님에게 버림받지 않으려면 다시는 수를 놓쳐서는 안 된다. 수는 내 사랑 안에 있어야 하는 것이다. 내 사랑 안에. 영원히. 학교와 집 사이의 최단거리에서 한 걸음도 벗어나지 않겠다는 약속을 수에게서 받아내야 한다…….

꿈에서 깨자 어머니의 음성도 사라졌다. 아침 햇살이 눈부셨다. 수의 숙소가 호수에서 멀지 않았다. 어머니의 음성으로 읽힌 육아일기의 한 대목이 특별할 건 없었다.

수는 기지개를 켰고 하품을 했다. 어른거리는 차량의 실루엣을 바라보았다. 그것은 온순한 짐승 같았다. 특별한 것이 있었다면, 견딜 수 없이 리가 보고 싶었다는 거였다.

보고 싶은 정도가 예상을 넘었다. 폭발적이었고 감당할 수 없었다. 무엇으로도 수습되지 않았다. 꿈 때문에 보고 싶은 걸까. 아니면 리가 보고 싶어서 그런 꿈을 꾼 것일까.

궁금증은 부질없었다. 칼에 찔려 혼자 남겨진 것처럼 외로웠다. 죽을 것만 같았다. 수는 세 번째 새 엽서에 급히 적었다.

From Malawi, Sue.

그리고 호숫가의 물소에게 다가갔다. 나는 주디스가 아니라 수야. 수전 요한슨. 리가 앞에 있기라도 하듯 수는 차량을 쓰다듬으며 중얼거렸다. 이제부터 당신은 수를 사랑한다고 말해 줘야 해.

그 감정을 고스란히 안고 달려가고 싶었다. 1마이크로미터도 훼손당하고 싶지 않았다. 이유는 모르겠으나 지금이 아니면 안 된다는 생각에 자신을 온전히 맡겼다. 이유나 원인 따위 때로는 무시해야 하는 거야. 지금이 그럴 때야.

눈을 떴을 때 그녀의 눈에 들어왔던 것은 넓은 정원과 산책용 오솔길이었다. 병원의 낮은 건물들이었다. 그녀는 자신이 태어났다는 나라로 옮겨져 있었다.

그곳에서 2년. 다시 아프리카로 돌아와 1년이 지났다.

수 곁에는 음바니 밤의 냉기가 있었고 리 곁에는 엘린이 있었다. 저기, 창문 안에서, 엘린은 리의 어깨에 머리를 기댔다. 수의 손목에 엘린이 준 코끼리수염 팔찌가 끼여 있었다. 지난 1년의 일들이 스쳐 지나갔다. 수는 마당 가운데로 걸어 나갔다.

'얼마나 다행인가.' 수는 생각했다. '그때 엽서에 리의 이름을 적지 않았던 것이.'

그리고 간절히 원했다. 엘린과 리를 가까이에서 보며 아프리카에서 자신의 일을 지켜나갈 수 있기를. 지금처럼. 이렇게.

수는 돌아서서 멈추었다. 어둠 속에 웅크린 카야파파야는 거대한 스핑크스의 두상 같았다. 두 눈에서 불빛이 새어 나왔다. 리와 엘린은 불빛이 새어 나오는 창 안에 있었다.

이만큼만. 수는 중얼거렸다. 이만큼만 거리를 두고, 아무 일 없이.

…… 본 협회의 내부 규칙에 따라, 제한적이기는 하나, 귀하에게 주디스 노엘 양에 관련한 정보를 제공할 수 있게 된 사실을 알려드립니다. 아울러 본 협회의 정보 활동에 의해 귀하 엘린 플레처의 기본적인 신분 정보가 17개월 전에 본의 아니게 수집되었음을 밝히며, 이 사실은 당시 미세스 플레처와의 통화 시 그 불가피성을 알리고 양해를 구하기 위해 언급한 적이 있습니다. 이번에 따로 보내준 귀하의 신분확인서도 본 협회와 귀하 사이의 신뢰 형성에 매우 유용한 자료가 될 것이라고 믿습니다. 그리고 바라건대, 귀하의 자의로써 주디스 노엘 양의 병적 소견을 예의 관찰하고 그 차도 및 진전 상태를 본 협회에 통보해 주시어, 노엘 양의 회복을 위한 본 협회 차원의 노력에도 많은 참고가 되었으면 좋겠습니다.

무엇보다 시급히 귀하에게 제공해야 할 정보는 3년 전 데자 살리마 보호림 근처 M5 도로상에서 발생한 사건과 관련한 것으로서, 말라위 경찰이 밝힌 운전자 과실 혹은 차량 정비 부실의 원인이 아닌 제3의 원인 가능성입니다.

본 협회는 해당 사고를 사고가 아닌 사건으로 보고 있으며, 아프리카 남동부에서 암약하고 있는 약칭 NBM(No blocking my way)의 소행의 개연성에 무게를 두고 활발한 추적 활동을 벌이고 있습니다.

NBM은 아프리카 민족주의 해방 전선의 하부 조직으로 위장된 테러 조직으로서, 아프리카에서 활동하고 있는 세계 각국의 무수한 이익 단체로부터 다양한 폭력 청탁을 받아 수행하는 무자비한 비밀 범죄 집단입니다. 노엘 양은 이미 한 차례 그들에게 노출되어 위험에 처했으나 현지 지인의 극적인 도움과 보호로 고비를 넘길 수 있었으며 데자살리마 사건 십수 일 전까지도 노엘 양은 나이로비 지인의 보호 아래 있었던 것으로 파악됐습니다.

노엘 양이 공격을 받은 까닭은 노엘 양이 아프리카에서 본 협회가 후원하는 활동에 적극적이었다는 점 말고는 다른 특별한 이유가 있지 않습니다. 이로 미루어보건대, 노엘 양을 공격한 괴한들은 본 협회와 적대적이면서 우리와는 정반대의 이념을 아프리카에 실현하려는 과격한 종교 집단으로부터 사주를 받았을 것이라는 사실을 의심할 수 없습니다.

귀하께서는 특히 이 점에 유의해 주시기 바랍니다. 나이로비의 유능한 보호자로부터 노엘 양이 잠시 이탈한 틈을 그들이 노렸다는 점입니다. 그들은 매우 위협적이며 악독하고 잔인합니다. 탄자니아 모잠비크 등 인근 국가의 최고 치안 수장들조차 '그들의 손아귀에 잡히면 다시는 돌아오지 못한다'고 공공연하게 말하는 실정입니다. 이제는 귀하께서 언제 재개될지 모를 그들의 위협으로부터 노엘 양을 보호해 주시기 바랍니다. 아울러 본 협회는 노엘 양의 안전과 기억 회복을 위해 필요한 정보라면 최대한 귀하에게 제공해 드릴 것을 약속합니다…….

엘린은 커피 잔을 향해 오른손을 뻗었다. 쭉 뻗었다. 눈은 모니터에 박혀 있었다. 커피 잔은 책상 옆 투명 플라스틱 수납함 위에 놓여 있었다. 그녀의 손끝이 닿기엔 조금 멀었다.

엘린은 오른쪽 어깨를 낮추며 좀 더 손을 뻗었다. 모니터에서 눈을 떼지 않았다. 그녀의 손끝이 간신히 커피 잔에 닿았다. 커피 잔이 살짝 뒤로 밀렸다.

엘린은 어깨를 더 낮추었고 그만큼 팔이 늘어났다. 투명 플라스틱 수납함에는 카바페넴 계열의 항생제가 들어 있었다. 수납함이 조금 흔들렸고 그것들이 달그락거렸다.

간신히 커피 잔 손잡이에 오른손 검지를 걸었다. 가만히 가져다 입술에 댔다. 커피는 차가웠고 엘린은 그것에서 별다른 맛을 느끼지 못했다.

한차례 비가 지나간 뒤였다. 공기에서 흙냄새가 났다. 창문은 열려 있었고 바깥의 공기가 들어왔다. 병원 응급실 로비 쪽에서 어떤 여자가 '주는 나의 목자시니'를 애처롭게 불렀다. 엘린은 컴퓨터 자판 위에 손을 얹었다. 얹은 손이 떨렸다.

…… 노엘 양의 나이로비 현지 보호자가 어떤 사람이었는지 궁금하군요. 짐작 가는 분이 있습니다만 그 사람이 맞을지 모르겠습니다…….

엘린은 식은 커피 한 모금을 머금었다. 별맛을 느끼지 못했었다는 사실을 잊고 있었다. 입안에 머금고서야 잊고 있었다는 걸 깨달았다. 엘린은 입안의 것을 꿀꺽 삼켰다.

젖은 바람이 불었으나 비는 한 번 지나간 뒤로 다시 내리지 않았다. 수는 마당의 톰보지 나무 곁에 서 있었다. 그녀의 앞머리가 가볍게 흩날렸다.

그런 풍경은 정형이 되었다. 정형이 된 거라고 리는 생각했다. 그녀가 그곳에 그런 모습으로 서거나 앉으면 어떤 그림이 완성되는 것 같았다. 어떤 그림이라고 해야 할까. 리는 언제나 답을 얻지 못했다.

질문을 던지기만 할 뿐 답을 얻지 못하는 그림, 이라고 리는 혼자 생각하고 혼자 웃었다.

10월 둘째 주 월요일이었고 공휴일이었다. 엘린은 자신의 사무실에 다녀온다고 했다. 잠깐 갔다 오겠다며 나섰다. 리는 집 안에서 커피 분쇄용 나무 절굿공이를 만들었다.

무쇠공이는 커피콩이 튀었다. 으깨듯 나무공이로 밀어 빻으면 커피콩이 튀지 않을 것 같았다. 손잡이 끝을 둥글고 넓적하게 만들어 손바닥과의 밀착 강도를 높일 생각이었다. 엘린이 돌아오기 전 완성하고 싶었다.

공휴일인데도 엘린이 사무실에 나간 이유를 리는 알고 있었다. 시애틀 어머니와 화상 통화를 하려는 것이었다.

10월 둘째 주 월요일은 어머니날이었다. 10월이 되면 시애틀은 춥고 눅눅하고 어두워져, 리. 아련한 목소리로 엘린이 말했다. 커피로 날씨를 이겨낼 수 있겠지만 오늘 같은 날은 엄마한테 내 모습이 더 필요할지도 몰라……. 엘린은 리에게 키스하며 웃었다.

리는 예리한 칼날로 나무 몽둥이의 표면을 얇게 저며냈다. 그것들은 새의 깃털처럼 리의 무릎 위로 떨어져 수북하게 쌓였다.

리는 이따금 고개를 들어 마당의 수를 바라보았다. 작고 왜소한 동양인 여성의 실루엣은 종종 비현실이 되었다. 바람이 불었고 그녀의 머리카락과 옷깃이 흔들렸으나 붙박여 꼼짝 않는 듯한 그림.

말라위에서는 물론 아프리카를 통틀어 백인은 낯설지 않았다. 그들은 아프리카를 오랫동안 지배했다. 아프리카에서 동양인은 볼 수 없었다. 여성은 더욱 그랬다. 그만큼 생소했으나 리는 생의 첫 설레는 마음을 동양인 여성에게 송두리째 빼앗겼었다.

리는 칼질을 멈추고 수를 내다보았다. 그녀를 지켜주었어야 했다고 생각했다. 그때 그렇게 말라위로 보내는 게 아니었다고.

그녀를 막을 명분이 부족하다고 여겼던 자신을 탓했다. 수는 말라위에 다녀와야 한다고 했고 리는 그녀를 막지 못했다. 그는 그녀의 확실한 연인이 아니었다. 진심을 고백했으나 그녀에게 받아들여질지 알 수 없었다. 희망을 갖고 2주일을 기다린다는 것이 2년이 되었고 3년이 되었다.

수는 그에게 오지 못했고 리는 그녀에게 가지 못했다. 마당과 집 안의 거리는 지금도 멀었고, 리는 그녀가 주디라는 사실을 알면서도 다가가지 못했다. 그녀를 눈앞에 둔 채 이대로이기를 바라고, 이대로일 수밖에 없는 현실이 믿기지 않았다.

말라위 행을 막을 명분이 정말 없었던 걸까. 나무조각이 새의 깃털처럼 수북이 내려 쌓인 무릎 위에 리의 손이 한동안 멈추었다.

그의 눈길은 마당의 톰보지 나무에 머물렀다. 연인으로서의 명분만 명분이었을까. 한 사람을 위험으로부터 지킨다는 것은 그 자체가 정당한 명분이었을 텐데. 리는 한숨을 쉬었다. 나무조각들이 바닥으로 소리 없이 떨어졌다.

작고 까맣고 찌르는 듯한 그녀의 강렬한 눈빛이 낯설기는커녕 리는 처음부터 매혹 당했다. 그랬던 때를 떠올렸다.

매혹의 정체는 알 수 없었다. 그녀의 눈에 고여 있던 것은 상대를 경계하는 단호함과 상대를 파악하려는 집중력의 묘한 이중성이었다. 그것을 곧바로 매력이라 할 수 없었다.

리의 임무 중에는 '불명확한 동기의 활동가'로 분류된 외국인 거주자를 기획 사찰하는 일이 포함되어 있었다. 그녀를 관찰하면서 리는 그녀에게서 느껴지는 '매혹의 불명확성'에 놀라고 당황했다. 저 마당가의 수에게서는 단호함도 집중력도 거의 사라졌지만 그녀에게서 느껴지는 매혹의 불명확성만큼은 여전했다.

비가 지나간 뒤 젖은 바람이 불었다. 그 바람 한가운데 수는 머리카락을 날리며 서 있었다. 그것이 한 폭의 그림이라면 그녀를 바라보는 자신의 모습까지 포함되어야 완성된 전형이 될 것 같다는 생각이 들었다. 왠지 그런 생각이 들었다. 리는 손을 멈추고, 고개를 들어 바깥을 응시하는 현재 자신의 모습을 떠올렸다.

그의 사찰 임무가 그녀에 대한 매혹의 탐구였던 적이 있었다. 그녀를 만나고 얘기하고 위장 친구가 되면서 좀 더 그녀의 눈빛에 감정적으로 접근했다. 그때는 널 속일 수밖에 없어서 정말 미안했었어, 주디. 리는 마당을 바라보며 중얼거렸다.

그녀의 눈빛에 근접했으나 리는 여전히 설렘의 이유를 알 수 없었다. 아무에게도 설명할 수 없었다. 그녀가 짓는 환한 미소와 깊고 어둡고 강렬하고 단호한 눈빛의 부조화가 그의 탐구를 방해했다. 그러다가 리는 어느 날 알게 되었다.

눈빛의 아득한 이면을 캐고 탐구하려다가 그곳에 빠져버리고 말았다. 그 안에 빠져버린 순간 모든 것이 확연해졌다. 확연히 알게 된 그것은, 이해도 설명도 불필요한 것이었다. 사랑이라는 이름만 붙이면 되는 것이었다.

리는 마당 한가운데 서 있는 수를 계속 바라보았다. 네 안에 내가 깃들었었으니 네 안에 내가 없었다고는 할 수 없었겠지. 그랬겠지. 그렇게 믿었어야 하는 건데. 내가 소심하고 비겁했어. 너를 붙잡았어야 했어. 가지 말고 곁에 있으라고. 네 일을 내가 함께 할 거라고. 너를 지켰어야 했어.

리는 수가 위험에 처했던 한때를 떠올렸다. 그녀는 나이로비 시내 모이 가에서 정체 모를 두 명의 남자에게 쫓겼고 결국 스테이션 로드 끝까지 밀렸다. 그곳은 철로 근처의 갈고리처럼 휘어진 길의 막다른 곳이어서 괴한들이 일부러 그녀를 그곳으로 몰아넣었던 것이다.

그곳에서 수는 소지품을 모두 빼앗겼고 또 어떤 수모와 참변을 당할지 모르는 상황이었다. 일촉즉발의 위기에서 벗어날 수 있었던 것은 그녀가 리의 사찰 대상이었으며, 위장 친구인 줄 모르고 그를 만나던 날 중 하루였기 때문이었다.

뒤따르던 리의 신속한 조치로 두 명의 남자는 철도 공안에 의해 현장에서 체포되었다. 경찰에 신고했더라면 출동이 늦어져 변을 당했을 수도 있었다. 철로가 있는 역 주변이라는 점을 감안해 리는 가까운 철도 공안에 긴급 구명을 요청했다.

리가 어째서 그런 지략을 때맞추어 발휘할 수 있었던 건지 수는 알지 못했다. 빼앗겼던 물건을 찾아 든든한 보호자로 나타난 리가 수는 존경스럽다고 말했다. 분명 그렇게 말했던 것을 리는 기억해 냈다.

존경이라는 말에 쑥스럽고 미안했던 마음도 되살아났다. 수는 여전히 마당가 톱보지 나무 곁에 서 있었고, 리는 그녀를 내다보았다.

두 명의 괴한이 구속되어 재판받고 수감 완료될 때까지 수는 리의 보호 아래 있었다. 그러나 언제든 그런 위험에 또다시 노출될지 모른다는 깨달음은 수가 사라져버린 뒤에야 리에게 닥쳤다.

너무 늦은 거였다. 수가 없어지고 리가 국가정보원에서 퇴출된 이후 오랜 시간이 지나서 두 명의 괴한이 단순 강도범이 아닌 NBM의 일원이었다는 소식을 들었기 때문이었다. 그때는 이미 리 곁에 엘린이 있었다.

국가정보원 퇴출 뒤 리는 수개월 동안 구금 아닌 구금 상태로 지냈다. 외부와는 통화도 만남도 허용되지 않았다. 조직을 이탈한 정보 요원에게 관례적으로 부과되는 징벌적 과정이라는 것을 리는 모르지 않았다. 요원으로 활동할 동안 보고 들었던 모든 것에 함구했다.

감시에서 자유로워지기는 했으나 국가는 언제라도, 영원히, 리를 소환하거나 처벌할 수 있었다. 퇴출된 정보 요원은 반국가 단체나 반정권 조직의 회유의 표적이었기 때문이다. 자신의 의도와 행동이 실제와 다르게 왜곡될 위험성이 언제나 있었는데 그것은 조직을 이탈한 모든 정보 요원들의 숙명이었다.

리는 케냐를 떠나 탄자니아를 거쳐 말라위로 왔다. 소크라테스의 각별한 배려와 준비가 아니었다면 가능하지 않았던 일이었다.

리는 소크라테스의 이유 없는 친절과 수고를 의심하지 않을 수 없었다. 소크라테스는 말라위인이었으나 케냐를 비롯해 이웃 국가 사람들을 잘 아는 듯했다. 리는 케냐를 떠나는 것이 급선무였다.

그러나 소크라테스는 그뿐이었다. 리에 관해 그는 이상하리만치 묻지 않았다. 소크라테스는 리보다 엘린과 가까웠다.

엘린을 병원에 근무하게 한 것도 소크라테스였다. 레베카를 몹시 좋아하게 되면서 소크라테스는 리와 엘린에게 거의 관심을 두지 않는 듯했다.

어느 날 한 마디 한 것이 전부였다. 나이로비 스테이션 로드의 괴한들이 NBM 소속이었다는 것. 그것을 네가 어떻게 알지? 리가 놀라 물었고 소크라테스는 느물느물 웃었다. 뭘 그런 눈으로 바라봐? 케냐에 아는 사람이 좀 있다고 했잖아. 그러면서 그는 NBM에 지나치게 과장된 증오를 드러냈다. 사람을 해치는 것으로 돈을 버는 파렴치한들이라고.

소크라테스의 말을 듣는 순간 사라진 주디를 떠올리지 않을 수 없었다. 그때 그렇게 보내는 것이 아니었다고 후회했다.

처음부터 후회했던 것은 아니었다. KICC TOP으로 돌아오지 않은 그녀를 원망했었다. 퇴출 뒤 발이 묶이고 귀와 눈까지 가려지면서 원망이 깊어갔으나 NBM의 정보를 알고부터 원망은 자신을 향하기 시작했고 돌이킬 수 없는 후회가 되었다.

리를 케냐에서 구해준 것은 소크라테스였고 슬픔에서 건져낸 것은 엘린이었다. 주디를 막지 못한 것은 후회가 되나 그 후회를 지금 수 앞에서 털어놓을 수 없었다. 리에게는 엘린이 있었다.

수의 증발이 NBM과 관련 있을 거라는 생각을 리는 한동안 버리지 못했다. 차량 사고였다는 사실을 알게 된 뒤로도 리는 의혹을 떨치지 못했다. 말라위로 돌아온 수는 사고와 관련해 아무것도 기억하지 못했다. 그러면서 그녀는 아프리카에서 하던 일을 계속하겠다고 했다.

그녀는 보호받아야 해.

톰보지 나무와 그녀의 실루엣이 연출해 내는 정형의 의미가 그것이라고 리는 생각했다. 자신을 향해 자신이 명령하게 하는 것. 리를 향해 리가 명령하게 하는 것. 그것은 '그녀는 보호받아야 해'였다.

수는 그러겠다고 했다. 5월 24일이 어떤 날짜인지도 모르고 그날까지 두 사람의 보호 아래 있겠다고 했다. 리는 생각했다. 그 뒤로는 수의 활동에 이의를 달 수 없는 걸까. 리는 절굿공이 깎는 일을 잊었다. 그때 가서 어떻게 다시 수를 막고 붙잡아야 할까.

한 사람을 위험으로부터 지킨다는 것은 그 자체가 정당한 명분이라는 걸 다시 한 번 상기했다. 연인으로서의 명분만 명분이 아니라는 것을. 이 믿기 어려운 사태도 그때 그녀를 막지 못해서 비롯된 일이 아니던가. 후회는 한 번으로 족하다고 리는 다짐했다.

다시는 너를 다치지 않게 하겠어. 리는 나무 절굿공이를 깎기 시작했다. 눈은 칼끝에 머물렀으나 그의 머리를 가득 채운 것은 톰보지 나무 곁에 선 수의 외로운 실루엣이었다.

미국의 어머니날은 5월 둘째 주 일요일이었다. 말라위 어머니날인 10월 둘째 주 월요일에도 5월 둘째 주 일요일에도 엘린은 커다란 꽃을 들고 컴퓨터 화면으로 어머니와 대화했다.

애처롭던 '주는 나의 목자시니'가 끝났고 응급실 쪽은 한

동안 조용했다. 휴일에도 응급 진료실은 문을 닫지 않았다.

카바페넴 수납함 위의 머그잔에는 여전히 식은 커피가 조금 남아 있었다. 엘린은 더 이상 그쪽으로 손을 뻗지 않았다.

모든 것이 멈추어 있었다. 멈추어 있는 듯했다. 창은 열려 있었으나 바람은 드나들지 않았다.

화상 통화 때 엘린이 가슴에 안았던 허니서클 다발이 컴퓨터 뒤편으로 밀려나 있었다. 화려함이 완연히 꺾인 모습이었다. 그렇게 시간이 흘렀다.

프린터 용지 한가운데로, 연필로 찍은 점보다 작은 무엇이 더디게 움직였다. 벌레라고 하기에 너무 작은 그것은 분침보다 느렸다. 그것의 느린 움직임 때문에 다른 모든 것들이 정지해 있다는 착각이 더 들었다.

엘린도 의자에 앉아 꼼짝하지 않았다. 상체를 벽에 기댄 그대로였다. 옷깃 하나 움직이지 않았다. 낮잠에 빠져든 것 같았으나 그녀는 눈을 뜨고 있었다.

아무것도 보지 않는 눈. 눈동자가 움직이지 않았다. 마법에 걸린 얼음 인형 같았다. '주는 나의 목자시니'가 다시 들려왔다. 처음보다 애처롭지 않았다. 아까보다 더 멀리서 들려오는 듯했고 자주 끊겼다.

티스푼이 바닥에 떨어졌다. 어째서, 어디에서 떨어진 것인지 알 수 없었다. 엘린이 고개를 들었다. 그녀의 기척에도 사무실 안 집기들은 깨어나지 않았다.

엘린이 허리를 숙여 티스푼을 집어 들었다. 책상 위에 그것을 올려놓고 벽에다 다시 상체를 기대다가, 마우스를 건드렸다. 어둡던 모니터가 밝아졌다. 그녀는 다시 정지했다. 밝아진 모니터에서 몇 가닥 검은 글자들이 가물거렸다.

…… 맞습니다. 신분은 불명하고 신원은 다음과 같습니다. 주디스 노엘 양의 한시적인 나이로비 현지 보호자는 케냐 키쿠유족의 29세 남성으로서 모계의 성과 부계의 성을 합친 리음보야(Leigh Mboya)라는 이름을 쓰는 사람이었습니다…….

병원에 갔던 엘린이 일찍 돌아왔다.

성큼성큼 걸어서 집 안으로 들어갔다. 마당의 수를 보지 못했다. 보지 못한 거라고 수는 생각했다.

저렇게 건곤 했지……. 집 안으로 사라져버린 엘린의 자취를 눈으로 더듬으며 수가 중얼거렸다.

메리가 갔던 모든 곳에~
메리가 갔던 메리가 갔던~
메리가 갔던 모든 곳에~
양도 같이 갔지요~

속으로 수는 노래를 중얼거렸다. 메리가 갔던 모든 곳에, 정말 양도 같이 갔었구나. 내가 갔던 모든 곳에, 엘린이 갔었어. 엘린이.

이곳 아프리카에도 내가 왔고 엘린이 왔어. 그리고 엘린이 와 있는 말라위에, 내가 다시 찾아온 거야. 우린 지금 함께 있어.

데니 야드의 날들이 떠올랐다. 가시넝쿨 수북했던 브램블 숲에서 수는 언제나 엘린과 함께였다. 초막은 아늑했고 은밀했고, 불온했다. 땡땡과 밀루 매트에 엘린과 나란히 누워 가시넝쿨 사이로 하늘을 올려다보았다.

햇볕 따뜻하고 밝은 날에는 가시넝쿨 위로 희고 붉은 바늘꽃이 피었다. 꽃 장식 요람이 두 어린 여자아이를 싣고 하늘을 둥둥 떠다녔다.

떠다니는 것 같았다. 아무것도 아닌 일로 둘은 서로의 옆구리를 간질이며 숨넘어갈 듯, 그러나 숨죽이며 들쥐처럼 츠츠츠츠 웃었다.

누구에게도 그곳을 들키고 싶지 않았다. 흐리고 어두운 날이 끝도 없이 계속되는 계절에도 수와 엘린은 브램블 숲 가시넝쿨 초막으로 비단뱀처럼 기어들었다.

커피를 홀짝거리며 어른들을 흉보았고 집에서 읽을 수 없는 유령 만화를 읽었다. 흐린 11월에 엘린이 자주 했던 말은 날씨가 씨발 똥구멍 같아, 였다. 똥 묻은 똥구멍 같아, 라고 수가 맞장구쳤다.

오줌, 엉덩이, 똥, 씨발이라는 말에 까르르 웃었다. 수는 그곳에 웅크린 채 어머니의 육아일기를 끝까지 읽었고 엘린은 먼 곳에서 배달된 친부의 편지를 읽거나 찢었다.

둘이 나이를 먹어갈 동안 초막의 넝쿨은 더 무성해지고 가시는 더 날카로워졌다.

수에게는 브램블 숲의 가시넝쿨 초막과 엘린이 전부였다. 초막과 엘린이 아니었다면 무엇 하나 견뎌낼 수 없었을 것이다. 그랬을 거라고 수는 확신했다. 11월 같던 유년을 가로지를 수 없었을 거라고.

왜 양은 그렇게 메리를 사랑할까요~

메리를 그렇게 메리를 그렇게~

왜 양은 메리를 그렇게 사랑할까요~

아이들이 신나 외쳤어요~

어느 해 5월의 브램블 숲이었다. 8학년이 되기도 전에 수와 엘린은 장래의 꿈을 세계 최고의 바리스타가 되는 것으로 정했다. 그러기로 했던 5월이었다.

수는 그날의 햇볕을 잊지 못했다. 햇볕 없이 그날의 브램블 숲도 장래의 꿈도 떠올릴 수 없었다. 햇볕 때문에 브램블 숲은 눈물이 나도록 아름다웠고 햇볕 때문에 장래의 꿈이 여물었다.

하늘은 맑고 높았다. 데니 야드가 온통 신록으로 물들었다. 햇살이 가시넝쿨 사이로 부서져 내렸다. 수와 엘린의 맨 어깨가 뜨거워졌다. 햇빛 때문에 둘은 웃었고 햇빛 때문에 행복했다.

빛 때문이었다. 이 생각은 그때나 지금이나 변함없었다. 엘린은 수의 어깨를 만지고 셔츠를 끌어올려 작게 솟은 유두를 앞니로 깨물었다. 간지러워 웃었고 왠지 참아야 할 것 같았다. 수도 엘린의 배를 쓰다듬고 배꼽을 만졌다.

장난을 치다가, 수는 엘린의 낯선 표정과 맞닥뜨렸다.

수는 땡땡과 밀루 매트에 누워 엘린을 올려다보았다. 엘린은 수의 가슴 위에 엎어진 채 수를 내려다보았다.

엘린의 머리 뒤로 파란 하늘이 보였다. 가시넝쿨로 조각나 있었으나 하늘은 아름다웠다. 수는 그 하늘을 보았다. 하늘을 가득 채운 빛을 보았다. 그 빛 한가운데에 엘린의 낯선 표정이 박혀 있었다.

엘린의 표정은 이상했다. 그런 얼굴은 처음이었다. 장난스럽고 엄숙하고 비밀스럽고 어색해서 수는 속으로 몰라, 모르겠어, 중얼거렸다.

뭐야, 엘린? 쑥스럽고 거북해. 그러면서도 수는 엘린에게서 눈을 떼지 못했다. 입을 열지 못했다. 엘린의 눈이 수에게 말하는 것 같았다. 네 눈빛이 장난스럽고 엄숙하고 비밀스럽고 어색해, 수. 너야말로 왜 그러는데?

서로 응시할 뿐 꼼짝하지 않았다. 잠깐이었으나 그토록 기묘한 순간은 그 전에도 그 뒤에도 없었다.

수는 두려웠다. 하늘에 닿아도 결코 끝나지 않을 아득함이 엘린의 작은 얼굴에 드리웠던 것이다. 그것이 무엇인지 수는 알지 못했다. 기분 나쁘지 않은 두려움이 조용히 몸을 관통하는 것을 그냥 내버려뒀을 뿐이다.

순간이 지나자 그것은 잊힌 꿈 같은 것이 되었다. 가물거리기만 하는 것. 떠올리려 해도 다시 떠오르지 않았다. 너무 빠르게 과거로 날아가버렸다.

순간은 멋쩍은 웃음으로 끝났고 둘은 아무 말 하지 않았다. 생생하게 남은 것은 푸른 하늘과 쏟아져 내리는 햇볕이었다.

이상하고 알 수 없는 순간이었지만 햇볕 때문이었다고 생각해 버리면 더는 궁금하지 않았다. 그래서 수는 모든 게 햇볕 때문이었다고 생각했고 엘린도 그러는 것 같았다.

그 뒤로 수는 어머니의 죽음을 겪었고 아버지와 멀어졌다. 어머니의 일기를 읽으며 수는 어머니와 두 번 이별했다. 그럴 때마다 5월의 햇빛과 기묘했던 순간이 떠올랐다.

그냥 왔다 가버린 순간이 아니라 수와 엘린에게 엄청난 힘을 주고 간 순간이었다는 것을 알았다. 수는 여러 차례의 혹독한 이별을 이겼다.

수와 엘린은 그것으로 성장했고 그것으로 큰 길을 건넜고 그것으로 힘껏 달렸다. 그랬다는 것을 알았다. 스무 살을 넘기고 나란히 시애틀 최고의 바리스타 2인이 되었던 까닭도 그것 때문이라는 것을 알았다.

무엇에도 굴하지 않고 수와 엘린은 열여덟과 스물과 스물셋을 지났다. 그것. 빛 속의 짧은 응시가 모든 것을 바꾸어 놓았다.

햇빛의 순간이 수에게 한 번 더 있었다. 모이 가의 스테이션 로드에서 괴한들에게 가방을 강탈당했을 때 수는 생명의 위협을 느꼈다. 괴한들은 어두운 눈으로 말했다. 너는 곧 죽는다.

철도 공안이 그들을 제압해 떠난 뒤 경찰이 달려와 그녀를 호위했다. 그녀가 경찰서 정문을 들어설 때 부속 건물 꼭대기에서 엄청난 햇빛이 쏟아져 내렸다. 그것을 정면으로 받으며 수는 경찰서 앞마당을 가로질렀다.

마당은 넓었다. 검은 돌 깔린 평평한 마당을 수는 한참 걸었다. 눈을 뜰 수 없을 만큼 햇빛이 강했다. 작은 돌들이 바스락거렸다. 수는 발바닥으로 그것을 느꼈다. 마당을 걷는 동안, 매우 위험한 상황을 모면했다는 생각이 뒤늦게 떠올랐다.

빛을 뚫고 한 사내가 다가왔다. 그가 리라는 것을 알아보고 그와 만나기로 했던 약속을 기억해 냈다. 수는 정신이 없었다. 약속을 기억해 냈으면서도 그가 어째서 자신 앞에 나타난 것인지 수는 헷갈렸다.

정신을 차리기도 전에 수의 눈에 들어왔던 것은 리의 손에 들린 가방이었다. 녹색이지만 베이지에 가깝게 바랜 수의 숄더백. 정확하게 말하면, 수가 본 것은 바랜 숄더백에 떨어져 내리던 엄청난 햇볕이었다.

저건 내 가방이야……. 수는 속으로 중얼거렸다. 가방을 쥔 리의 실루엣 바깥 경계가 햇빛으로 이글거렸다.

철도 공안이 때맞춰 출동하여 괴한들을 제압하고, 뒤이어 경찰이 나타나 그녀를 호위하게 된 배후 사정을 수는 그때까지 알지 못했다. 햇빛과 함께 무작정 사무치는 각인과 맹세에 치여 비틀거렸다.

마당의 돌들이 발밑에서 바스락거렸다. 수는 정신이 들었다. 문득 브램블 숲 5월의 한순간이 눈앞에 겹치며 지나갔다. 그때처럼, 모든 것이 조용히 몸을 관통하도록 내버려두었다.

각인과 맹세라니. 불현듯 튀어나온 말의 뜻을 새겨볼 겨를도 없이, 무언가가 심중에 각인되고, 그 각인된 것에 무작정 맹세하는 자신이 놀라웠다.

발밑에서 바스락거리는 소리가 다시 들렸다. 마당은 걸어도 걸어도 줄어들지 않았다. 리에게 와락 존경심을 느꼈던 까닭도 알 수 없기는 마찬가지였다.

이상하고 알 수 없는 순간이었지만 역시 모든 게 햇볕 때문이었다고 여기면 더는 궁금해지지 않았다. 수는 그렇게 했다.

메리가 그 양을 사랑하기 때문이지요~

네가 아는 그 양을 그 양을~

네가 알듯이 그 양을 메리는 사랑하지요~

선생님이 대답해 줬어요~

6절로 이루어진 노래를 다 부르고도 수는 엘린이 사라진 빈 자취에서 눈을 떼지 않았다.

음바니 외곽의 낮고 작은 집을 수는 바라보았다. 막 엘린이 들어간 집. 그래서 그 안에, 지금 이 시각, 리와 엘린이 함께 있는 집. 수는 그 집을 바라보았다. 톰보지 나무를 움켜쥔 채.

집과 톰보지 나무 사이는 스무 걸음 정도였다. 마당의 흙은 붉었고 어떤 길도 나 있지 않았다. 바람이 불면 발자국 따위는 금세 지워졌다. 바람이 없어도 하룻밤 지나면 땅 위의 흔적들은 모두 사라졌다.

물기 어린 바람이 수의 뺨을 스쳤다. 스무 걸음. 집이 약간은 멀다고 느꼈다. 작은 소리로 수는 다시 노래를 부르기 시작했다. 메리는 작은 양이 있었어요. 작은 양. 작은 양……. 노랫소리를 젖은 바람이 남김없이 실어가 버렸다.

"뭐해, 리?"

집 안에 들어선 엘린이 소리쳤다.

리의 두 무릎이 뭔가로 수북했다. 나뭇잎처럼 얇고 콘칩처럼 휘고 비늘처럼 작은 나무조각들이었다.

"절굿공이."

리는 칼질을 멈추지 않았다.

"무쇠공이가 있잖아?"

"튀니까."

"나무공이는 안 튈까?"

"무쇠공이만큼은 아닐 거야."

"얼마나 튄다고."

"그래도 좀 낫지."

"뭐, 돌공이라도 상관없어. 날 위해 만드는 거라면."

"엘린을 위해 만드는 거야."

리의 이마에 땀이 돋았다. 엘린은 리의 정수리와 이마와 콧등을 내려다보았다.

"(리, 당신은 수가 주디스라는 걸 알고 있어.) 날 좀 봐, 리."

리가 땀이 밴 얼굴을 들었고 엘린과 눈이 마주쳤다.

"언제 봐도 눈부셔, 엘린."

"(농담 말고. 어째서 수를 모르는 척하는 거지?) 커피콩 몇 알이 절구 밖으로 튀는 게 아까웠던 거야?"

"그걸 다시 주워 넣는 엘린이 안쓰러웠던 것."

"(알고 있다는 걸 말해 버리면 우리 셋의 관계가 이상해지니까?) 정말?"

"정말."

"(지금처럼 이대로가 최선이라고 생각하는 거야, 리?) 그토록 사소한 것 하나도 그냥 지나치지 않는 나의 리."

"응."

"(관계가 깨지는 것을 원치 않는 거지, 리? 그건 어디까지나…….) 날 사랑하기 때문인 거고?"

"사랑한다는 말만으로는 부족하지만."

엘린은 고개를 들어 마당가의 수를 내다보았다. 수도 이쪽을 바라보는 것 같았다.

"(날 사랑하기 때문이라면 리의 모든 현재는 정당해. 거짓말도 침묵도.) 리."

"응."

"(나도 당신이 수의 옛사랑이라는 거 알아.) 케냐에서 나온 지 3년이야. 이제는 별일 없는 거지?"

"엘린만 곁에 있으면."

"(나도 모르는 걸로 할게, 리. 당신도 그러고 있으니까.) 내가 곁에 있으면 걱정 같은 건 없는 거야."

"있다가도 없어져."

"(당신을 사랑하지 않을 수 없어. 당신을 사랑하기 때문이니까 이런 나의 연기도 정당해.) 있긴 있다는 거야?"

"없어."

"(응. 이제부터 우린 침묵. 침묵은 당신과 나를 위해 필요한 것이야. 수를 위해서도.) 수와 셋이 지내는 거……. 괜찮은 거지?"

"정말 괜찮아."

"(침묵은 우리 모두에게 절실해. 모두에게 해가 되지 않아. 거짓일망정 선이야.) 수는 언제부터 저러고 있는 걸까?"

"엘린이 나간 뒤부터. 그대로 두는 게 좋겠어."

"(그게 필요하다는 거 알아. 그대로. 그리고 우리 모두는 이대로가 좋다는 것도.) 응. 수에게는 흘려보내야 할 시간이 아직 남았을 거야."

"그러니까 그대로."

엘린은 다시 마당으로 시선을 옮겼다. 수는 옥수수 밭 쪽을 향하고 있었다. 풍경이 잠깐 정지했다.

"(이대로. 지켜지지 않으면 파탄이니까. 반드시.) 고마워, 리."

"나무공이?"

"(당신을 사랑해. 수도. 이것이 지켜졌음 좋겠어.) 수북한 나무조각들을 보고 있자니 행복해. 마음이 부자 같아졌어. 종일 깎았겠네?"

"부지런히 하지는 못했어."

"(힘들었겠다. 그동안 모르는 척해주어서 고마워. 수를 곁에 두고 나를 위해 나무공이를 깎는 당신. 당신 얼마나 힘들까. 나는 오늘부터 얼마나 힘들어야 할까. 하지만 당신과 함께 견디는 것이니 반밖에 힘들지 않아. 아무것도 모르는 수가 낫겠다.) 좀 씻을게."

엘린은 거실과 안방 사이의 좁은 통로로 바삐 걸음을 옮겼다. 갑자기 몸을 움직이는 엘린을 리가 힐끗 바라보았다. 샤워실로 이어지는 통로는 어둡고 습했다.

'나와 리가 침묵한다고 다 지켜지는 건 아니야.'

엘린에게 떠오른 생각이었다. 수의 기억이 돌아온다면 두 사람의 노력은 허사가 될 것이 뻔했다. 수의 기억이 돌아와버린다면…….

엘린의 몸이 저절로 움직였다. 자기도 모르게 걸음이 한쪽 방향으로 쏠렸다. 씻을 생각도 없었으면서 엘린은 "좀 씻을게"라고 말했다.

자기도 모르게 걸음이 샤워실 쪽으로 향했기 때문이었다. 자신의 몸이 어째서 그쪽을 향하는지 엘린은 알고 있었다. 그녀는 가슴 두근거리는 소리를 들었다.

엘린은 샤워실로 들어섰다. 검은색, 붉은색, 초록색 굵은 줄 문양이 세로로 새겨진 태피스트리를 들치면 곧장 샤워실이었다. 천장에 둥근 구멍이 하나 나 있을 뿐 창문 같은 건 없었다. 뚫린 구멍으로 흐린 하늘과 커다란 함석 물탱크가 보였다.

먹구름이 낮게 떠갔다. 엘린은 고개를 들고 동쪽으로 빠르게 흘러가는 구름을 보았다. 비가 오면 구멍으로 비가 떨어져 내렸다.

아무도 비를 상관하지 않았다. 그렇게 지어진 집이었고, 샤워장이었다. 엘린은 하늘을 쳐다보다가 샤워실을 나섰다. 좁고 어둡고 습한 통로를 가만히 걸었다. 통로 중간에서 걸음을 멈추었다가 한 뼘씩 게걸음으로 움직였다.

통로 바닥에 발을 디딘 채 고개만 빼고 거실의 리를 바라보았다. 리는 어깨를 굽히고 공이를 깎았다. 그의 무릎은 다시 나무조각들로 수북했다. 나무 향이 거실에 떠돌았다. 열어놓은 현관 밖으로 톰보지 나무와 수의 모습이 보였다.

엘린은 고개를 거두어 뒷머리를 벽에 기댔다. 맞은편 벽에 밝은 오렌지빛 힙색이 걸려 있었다. 아프리카로 다시 오던 날 수의 등에 붙어 있던 한국산 백이었다. 수는 그것을 허리에 차지 않고 어깨에 걸치고 왔다.

여권과 지갑과 한국어 교본, 그리고 선글라스가 들어 있었다. 혼자 한국어를 공부하는 수를 엘린은 알 것 같기도 하고 모를 것 같기도 했다. 한국어를 공부할 때 수는 물 먹는 닭 같았다. 책 한 번 보고 천장 한 번 보고, 책 한 번 보고 천장 한 번 보고.

수의 모습은 엘린이 알아온 것과 어딘가 달랐다. 그러나 무엇이 다른지 엘린은 알지 못했다. 책 한 번 보고 바라보는 천장은 그녀만의 다른 세계일지도 모른다고 엘린은 생각했다. 그 세계 어딘가로 수가 가 있는 것인지도 모른다고.

엘린은 다시 고개를 빼고 거실의 리를 바라보았다. 숨을 멈추고 바라보았다. 현관문의 사각 프레임 안에 멀고 작은 수의 모습이 갇혀 있었다.

샤워를 할 것도 아니면서 샤워실로 향했던 이유를 엘린은 알았다. 자신의 몸이 어째서 저절로 그쪽을 향했던 것인지.

힙색이 걸린 벽 아래쪽에 수의 수납함이 놓여 있었다. 공작야자수의 수피를 찢어 말린 재료로 만든, 무릎 높이의 분홍색 수납함이었다.

그 안에 호리병이 있다는 걸 엘린은 알았다. 코카콜라 병과 모래시계의 중간쯤 되는 모양새. 검은 야자 잎이 표면에 새겨진 작은 유리병이었다. 엘린이 가려던 지점은 샤워실이 아니라, 수의 수납함 앞이었다.

이페의 물.

수는 그것을 마셨을까. 오후부터 엘린의 머릿속을 채웠던 생각이었다. 나무공이 깎는 리를 보며 물의 존재를 잠깐 잊었으나 곧 떠올랐고 엘린은 서둘러 샤워실 쪽으로 향했다.

마시고 얼마쯤 기억이 돌아왔다면, 수가 리를 몰라볼 리 없었다. 엘린은 수납함을 향해 손을 뻗었다. 뻗으려다 거두어들였다. 리가 볼지도 모른다는 생각이 들었다. 수납함의 위치가 그랬다.

수는 멀었지만 리는 가까웠다. 선뜻 손을 뻗지 못했다. 통로 안쪽 벽에 몸을 붙인 채 고개를 빼서 리와 수를 한 번 더 번갈아 바라보았다. 리는 열심히 나무공이를 깎았다.

엘린은 리에게서 눈을 거두지 않은 채 손을 뻗었다. 수납함을 더듬으며 리를 살폈다. 그는 어깨와 턱에 리듬을 넣어 끄덕거렸다. 그의 이마가 땀으로 번들거렸다.

리는 이페의 물을 구해 온 사람이었다. 엘린은 그것을 수에게 건넸고, 마실 사람은 수였다. 마시는 사람은 그것의 효과를 믿어야 한다고 강조했던 엘린이었다. 수의 기억이 돌아오기를 엘린은 누구보다 원했다. 수보다 더 물의 효능을 믿었다. 믿음이 두려움이 될 줄 모르고.

엘린의 손에, 그것이 잡혔다. 마지막 손질인 듯 리는 손끝에 힘을 모았다. 마당가의 수는 여전히 옥수수 밭 쪽으로 시선을 던져두고 있었다. 엘린은 손에 잡힌 것을 명치께로 끌어당겼다. 발소리를 죽여 샤워실로 향했다.

태피스트리를 들추고 들어가 샤워실 가운데 섰다. 천장의 구멍을 향해 호리병을 든 손을 들어올렸다. 손끝이 떨렸다.

엘린은 숨을 들이켰다. 병 너머로 구름이 흘러갔다. 반투명한 병 속의 내용물을 확인할 동안 구름은 흘러가고 흘러갔다.

내용물의 양이 처음 그대로였다.

수에게 건네던 때와 조금도 변함이 없었다. 어째서 마시지 않았던 건지, 엘린은 궁금하지 않았다. 궁금할 새가 없었다. 마시지 않은 것이 고마웠고 다행이라는 생각만 자꾸 들었다. 그리고 수에게 미안해졌다.

고맙고 다행스럽고 미안한 마음이 소용돌이쳤다. 어떤 사태를 예감하고 일부러 마시지 않았던 건 아닐까. 그럴 리 없었겠지만, 마시지 않은 수가 고마워 엘린은 어쩔 줄 몰랐다.

“사랑해, 어니.”

저도 모르게 말했다.

수가 가르쳐준 발음으로 고쳐 말했다.

“사랑해, 언-니.”

그리고

수의 슬픈 편지를 받고 정금자는 무슨 영문인지 궁금했어요.

수의 사랑 리가 엘린의 사랑이 되었다니 무슨 말인가요.

그동안 무슨 일이 있었던 것이군요.

하기야 시간이 많이 흘렀어요.

내가 그 사정을 알면 무엇 하겠어요. 마음만 아플 것 같아요.

수의 편지를 받아 기쁘기도 했지만 슬펐던 것도 사실이에요.

수가 영문을 말해 주면 듣겠지만 말하고 싶지 않다면 안 해도 돼요.

수의 마음이 평화로운 것이 우선이에요.

리와 엘린을 염려하는 수의 마음이 안타까워요.

그런 수가 대견하고 기특하고 불쌍해요.

그런 수를 생각하니 정금자는 자꾸 눈물이 나요.

정금자는 요즘 병원에 나가지 않는답니다.

병원에 나간다면, 수를 좋아했던 병원 사람들의 소식을 수에게 전할 텐데

정금자는 얼마간 더 집에 있을 거예요.

1년 정도 쉬다가 다시 일을 할까 생각 중이랍니다.

그러기를 바라고 있어요.

수는 정금자에게 옛사랑을 다시 만났다는 기쁜 소식과 함께

그 옛사랑이 둘도 없는 친구의 사랑으로 바뀌었다는

슬픈 소식을 전했어요.

정금자도 수에게 비슷한 소식을 전해야 할 것 같아요.

기쁘면서 슬프고 슬프면서 기쁜 이야기.

결국은 기쁜 일이에요. 안타깝지만 너무도 기쁜 일.

수의 편지에 늦게 답장을 쓸 수밖에 없었던 사정이 있어요.

아, 두렵고 벅차고 떨려서 잠깐 펜을 놓았었어요.

다시 이어 쓰고 있어요.

그래요. 내 평생의 꿈이 이루어졌어요.

이렇게 말하면 수도 짐작할 거예요.

정금자에게 남아 있던 간절하고 유일한 소망이 무엇이었는지

수도 알고 있으니까요.

맞아요. 그 일이 일어난 거예요. 딸이 돌아왔어요.

25년 만에 신지가 내 곁으로 돌아왔어요.

하지만, 처음엔 기쁘지만은 않았어요.

신지가 많이 아팠으니까요.

어떻게 아팠는지는 구체적으로 말하지 않을게요.

너무 참혹해서 말 못해요.

신지는 지금 신체의 25퍼센트가 훼손된 상태고 회복 중이에요.

정금자는 신지가 회복할 동안 곁을 지켜야 해요.

나쁜 사람들의 인신 거래가 있었고,

그중 더 나쁘고 심각한 사람에게 당한 거예요.

모든 게 멀쩡한데 한 가지에만 상상을 초월할 만큼 기이해지는 사람이 지구에 6만 명 정도 있대요.

그에게 희생되어 유기된 여성이 한두 명이 아니었어요.

수법이 잔인하고 끔찍해서 신문이나 방송에서도 범행 내용을 자세히 보도하지 않았어요.

범행 자체가 목적이었을 뿐 동기도 이유도 없는 소름끼치는 만행이었지요.

정금자도 심리 치료를 받았어요.

나라가 발칵 뒤집혔었지요. 티브이 앞에서 정금자는 안타까워만 했어요.

피해자가 누구인지 알 리 없었으니까요.

그게 신지일 거라고는 꿈에도 생각하지 못했어요.

피해자의 영상은 모자이크 처리되어서 아무도 몰랐지요.

신지가 죽음의 경계에서 어린 시절의 하루를 떠올리지 못했다면

살았더라도 정금자를 만날 수는 없었을 거예요.

피해자가 기적처럼 떠올린 기억 때문에 그것이 신지라고 믿게 되었지요.

내가 신지를 찾은 게 아니고, 신지가 나를 찾은 거예요.

아이의 이야기가 며칠에 걸쳐 전국에 퍼졌고

정금자가 그 애의 이야기를 들었던 거예요.

정금자뿐만 아니라 온 나라 사람들이 다 들었지요.

아이가 그토록 참혹하게 다치지 않았다면 정금자는 신지를 찾지 못했을 거예요.

그러니 그것은 잘 된 일일까요 잘못된 일일까요.

세상일은 알 수가 없어요.

신지를 찾은 것은 잘 된 일이나, 신지가 크게 다친 것은 잘못된 일이지요.

커다란 충격을 받거나 생사의 기로에 서는 절박한 상황이 되면

사람은 종종 까맣게 잊은 기억을 되살리기도 한대요.

신지가 그랬던가 봐요.

신음처럼 잠꼬대처럼 옷 냄새가 난다고 했다네요.

밑도 끝도 없이 옷 냄새가 난다고 했대요. 혼수상태에서.

그리고 어떤 꽃밭의 정경과 꽃 이름과 등에 나 있던 옷 주름과 가을볕의 기억을

순서 없이 되풀이했다고 그래요.

수사기관에서는 신지의 말에서 범인과 범행 장소에 관한 단서를 얻으려고만 했나 봐요.

신지의 말을 정금자가 아니면 누가 알아듣겠어요.

정금자만 알아들을 수 있는 말이었으니까요.

그리고 그것은 그 아이가 신지라는 뜻이었어요.

세 살밖에 안 된 아이의 어딘가에

그날의 기억이 박혀 있었던 모양이에요.

정말이지 믿기 어려웠던 것은, 아이의 기억에 박힌 것과

정금자의 머리에 박힌 풍경이 같다는 거였어요.

아이를 잃고 그 원망스런 가을날 꽃박람회 풍경을 수만 번도 넘게

떠올리고 떠올렸으니 정금자는 결코 잊을 수 없지요.

그런데 25년 동안 한 번도 떠올릴 수 없었던 풍경을 아이는 절박한 어느 한 순간에 번개처럼 생각해 낸 거고요.

아이는 내 옷에서 나는 세제 냄새를 좋아했어요.

등에 업을 때마다 어린 신지는 내 옷에 코를 박고 크게 숨을 들이켰답니다.

신지가 크게 다친 것은 잘못된 일이지만

신지를 찾게 된 걸 기뻐하며 살기로 했어요.

평생 신지를 보살피며 살게 된 것이 기뻐요.

힘들지라도 내게는 기쁜 일이지요. 신지가 내 곁에 있고 보살필 수 있으니.

내 일생을 다 바쳐도 미안함은 줄어들지 않을 거예요. 그래도 고맙고 좋아요.

내 모든 걸 바칠 신지가 내 앞에 이렇게 있어주니.

정금자는 다만 신지가 평화로워지기를 소망해요.

나 정금자와 함께 있는 시간을 행복해 하기를.

수도 리와 엘린과 그곳에서 백 살까지 평화롭게 살기를 바란다고 했지요?

나도 수가 평화로워지기를 바라요.

솔직히 말하면 정금자는 리가 수에게 다시 돌아오면 좋겠다는 생각을 해요.

그 생각이 더 크게 들어요.

하지만 정금자는 수가 원하는 것을 원할게요.

어디에 있든 건강하고 몸 조심해요.

세상은 햇볕처럼 따뜻하고 아름다우면서도 정말 너무 무서우니까요.

조심스런 말이지만, 한국의 어머니를 찾고 싶다면 나에게 말해요.

수는 정금자가 신지를 만난 것보다 천 배는 빠르고 쉽게 만날 수 있을 거예요.

어디까지나 수가 원한다면 말이에요.

이런 말해도 정금자를 원망하지 않을 거죠?

밤이 깊었어요.

신지에게 가봐야겠어요. 정금자는 신지의 엄마랍니다.

어쩌면 신지가 친구가 되어 달라는 편지를 수에게 쓸지도 몰라요.

아프리카의 밤이 적적하면 편지해요.

언제든 한국에 오면 정금자 집에서 함께 지낼 수 있어요.

옛 기억이 돌아왔다니 잘 됐어요. 너무너무 기뻐요.

진심으로.

한국에서 정 금 자.

수는 붉은 벽돌 모뉴먼트 주변을 오갔다. 그녀가 손에 쥔 레몬 음료 병에 오후의 햇살이 떨어져 내렸다. 햇살은 그녀의 정수리와 어깨에도 떨어져 내렸다.

리는 벽돌 모뉴먼트와 호수면의 은결과 수의 맨발을 바라보았다. 햇살이 그녀의 발등을 적셨다.

바람이 불 때마다 스커트 자락에 감추어졌던 그녀의 종아리가 살짝 드러났다. 리는 접이식 의자에 앉아 있었다. 햇빛은 기울어 더 눈부셨고 오후가 되면서 바람은 이따금 지표면을 핥듯 조용히 지나갔다.

왕포아풀 잔디 위로 나무 그림자가 길게 누웠다. 모뉴먼트에 떨어져 내린 나무 그림자는 네 차례나 직각으로 꺾였다. 선명한 머틀 꽃잎이 흔들렸고 꽃잎 사이로 수평선이 보였다.

리의 시야에 수가 나타났다가 사라지고 사라졌다가 나타났다. 리는 수의 모습을 쫓다가 햇빛을 받아 형광색으로 물드는 왕포아풀 잔디에 시선을 빼앗겼다. 가끔 오는 곳이었으나 리는 모뉴먼트 레이크사이드의 진짜 이름을 알지 못했다.

엘린은 리에게서 열 걸음쯤 떨어진 곳에 앉아 커피를 마셨다. 그녀가 앉은 접이식 의자는 리의 것과 모양은 같았으나 색깔이 달랐다.

리는 엘린의 뒷모습을 바라보았다. 엘린의 뒷모습을 보고 멀리 수의 발등을 보고 호수면의 은결을 보고 다시 엘린을 바라보았다. 엘린의 의자는 피스타치오 그린이었고 리의 것은 라임색이었다.

리는 엘린의 의자와 자신의 의자를 번갈아 바라보았다. 엘린의 것은 새것이고 자신의 것은 헌것 같았다. 조금 전 커다란 물새 한 마리가 정적을 깨며 그들 머리 위로 지나갔다는 것을 리는 떠올렸다. 그 뒤로는 무엇 하나 날지도 울지도 않았다. 엘린이 석 잔째 커피를 마셨다.

오후의 시간은 천천히 흘렀다.

모뉴먼트 레이크사이드에 갈래? 아침을 먹은 엘린이 말했고 수가 그래, 라고 대답했다. 리도 그래, 라고 말했다. 그들은 호반 공원에 왔다.

모뉴먼트 호반에 다다랐을 때는 정오가 훌쩍 넘은 시각이었다. 무엇으로 오전의 시간을 보냈는지 리는 알지 못했고 알려하지 않았다.

호반 공원에, 오고 싶어서 온 게 아니었다. 그런 거라고 리는 생각했다. 그런 거라고. 6·14 공휴일이었고, 세 사람은 집에 있고 싶지 않았던 것뿐이라고.

집에 있지 않는 방식으로써의 호반 나들이? 리는 속으로 중얼거리며 어색한 말의 조합에 갸웃거렸다. 맨발의 수를 바라보고 엘린의 등을 바라보았다.

모두 집 안에 있고 싶지 않았던 걸까? 그랬을 거라고 리는 생각했다. 호반 공원에 가지 않겠느냐는 엘린의 제안은 심드렁했다. 수와 리의 대답도 그랬다. 집이 아니라면 아무데나 좋다는 식이었던 것이다.

집은 넓지 않았다. 넓지 않다는 걸 다 알았다. 그런데 아침을 먹고 난 어느 순간 더 좁게 느껴졌다. 심드렁하긴 했으나 망설임 없이 나들이를 제안하고 동의한 걸 보면 세 사람의 느낌은 같았을 것이다. 어째서 세 사람 사이의 간격이 갑자기 떨치고 싶을 만큼 비좁다고 느꼈는지 리는 알지 못했다.

그들은 커피와 레몬 음료를 샀다. 수는 레몬 음료를, 엘린은 오로지 커피를, 리는 커피와 버터 크림빵을 샀다. 매점 앞

긴 나무 탁자에 앉아 그것들을 먹거나 마셨다.

반쯤 먹거나 마셨을 때 수가 일어섰고 엘린이 일어섰다. 리는 자리에 앉아 있었다. 그들의 위치를 이으면 커다란 직각삼각형이 되었다. 직각 지점의 리로부터 수는 먼 꼭짓점, 엘린은 가까운 꼭짓점이었다.

엘린은 집에서 마신 것까지 세 잔째 커피를 마셨다. 마시고 있었다. 커피로만 하루를 보내는 엘린을 리는 물끄러미 건너다보았다.

호반에 온 뒤 셋은 그다지 말을 나누지 않았다. 그것이 자연스럽게 여겨졌다. 엘린은 호수 쪽으로 비스듬히 몸을 돌린 채 커피를 마셨고 수는 붉은 벽돌 모뉴먼트 주위를 맨발로 서성거렸다.

셋이 있으면서 그만큼 거리를 두고 그만큼 오랜 시간을 그만큼 말도 나누지 않은 채 그만큼 자연스러웠던 것은 처음이었다.

낯선 정경에 골몰하지 않은 채 리는 수를 바라보고 엘린을 바라보았다. 오후의 한복판에서 서로가 서로를 그런 식으로 바라보거나, 바라보지 않았다.

주디.

리는 속으로 이름을 불렀다. 한때 가슴이 닳아 없어지도록 불렀던 이름.

너는…….

침을 삼켰으나 목구멍으로 넘어가는 것은 아무것도 없었다. 수가 자신의 긴 그림자를 끌며 형광색으로 물든 왕포아풀 잔디밭을 천천히 가로질렀다.

넌 나에게 오고 있었던 거였어…….

한 무리의 아이들이 떠들며 전력을 다해 수 쪽으로 달려갔다. 아이들은 수의 곁을 지나쳐 종려나무 경계 안으로 뛰어 들어갔다.

얼마 뒤 아이들이 다시 소리를 지르며 종려나무 경계 안에서 뛰쳐나왔다. 평원에서 자라는 짐승의 어린 새끼들 같았다. 소리를 지르고 있었으나 리의 귀에는 멀어서 잘 들리지 않았다. 수와 부딪힐 듯하다가 아이들은 그녀의 옷깃만 스치고 리가 앉아 있는 쪽으로 쏜살같이 달려왔다.

한국 이송 때까지 너는 오른손 안에 별 모양의 청동 조각을 쥐고 있었다지.

마침내 리는 아이들의 내지르는 소리를 들었다. 아이들은 리가 앉아 있는 탁자까지 왔다가 빠른 속도로 되돌아 멀어졌다. 또다시 수를 아슬아슬하게 비껴갔으나 수는 아랑곳하지 않았다.

그것은 '돌아오는 별'이었어. 내 부족의 기원이 담긴 애뮬릿. 그걸 갖고 내게 돌아오기를, 나는 수천 번 수만 번 기원하며 주디, 네 이름을 불렀어. 그것을 가지고 내게 돌아오라고 나는 너에게 말했지. 너는 그것을 가지고 내게 돌아오고 있었던 거야. 너는 몰랐을 거야. 애뮬릿에 새겨진 내 부족의 말을.

지금의 이 사태를 너는 언제까지 몰라야 하는 걸까. 몰라야 좋은 걸까. 네가 나의 주디였다는 것을 너도 모르고 엘린도 몰라. 너도 엘린도 알게 된다면 우리는 어떻게 되는 걸까.

이렇게 너를 바라만 보고 있는 내가 비겁한 걸까? 온당한 걸까? 너에게도 엘린에게도 물을 수 없고, 다른 누구도 대답해 줄 수 없겠지. 주디. 애뮬릿에 적혀 있던 내 부족의 말이 무엇이었냐면 '함께 살아줘'였어.

종려나무 숲 쪽으로 향하던 수가 수림의 경계점에 이르러 몸을 돌렸다. 오후의 햇빛이 그녀의 안면에 떨어지며 얼굴이 온통 흰빛으로 얼버무려졌다. 걸음을 멈춘 채, 수는 이쪽을 바라보았다. 이쪽을 바라보는 것 같았다. 오랫동안 나무처럼 서서 움직이지 않았다.

나는 네가 더는 아프지 않길 바라. 네가 내 곁에 있길 원해. 네가 엘린 곁에 있길 원해. 그것이 나의 진심이고 욕심이면서 우리의 평화라고 생각하는 거야. 하지만 모르겠어. 그것이 옳은 일인지. 그래야 하는지. 내가 원한다고 나 스스로 그것을 지켜나갈 수 있을지.

나는 주디, 너를 사랑했어. 그 사랑을 끝내거나 정리하지도 않았어. 그리하지 못했어. 그리할 수 없었잖아. 너도 나를 사랑했어. 지금의 사태를 제대로 아는 것이 나를 사랑했던 너의 권리이기도 하다는 걸 나는 알아.

그런데 나는 말을 못해. 못하겠다. 그래서 이걸 평화라고 할 수 없어, 주디. 너와 엘린을 보고 있으면 숨이 막혀. 나 혼자만 숨 막힌다는 게 다행이라는 생각이 들지만 종종 나는 어쩔 수 없이 슬퍼져. 너에게 미안해. 엘린에게도 나는 미안해. 이게 내 마음의 그늘이야, 주디.

이렇게 맑은 날 나는 깊은 그늘을 품고 널 보고 있다. 네 기억이 돌아와 모두가 알게 된다면 그때는 내가, 우리가 평화로워질까. 그늘이 걷힐까. 그럴 리가. 혼란스럽고 두려워.

너는 지금 이쪽을 바라보고 있다. 나를 보고 있을까. 엘린일까. 너는 아까부터, 한 그루 종려처럼, 아니면 내 안의 그늘처럼, 거기 서서 움직이지 않고 있어.

리는 눈길을 돌려 엘린의 뒷모습을 바라보았다. 엘린은 가끔씩 머그컵의 운두를 입술에 가져다 댔다. 그녀가 든 컵은 윗부분은 넓으면서 둥글고 아랫부분은 좁으면서 각진 큐브 머그였다. 그림도 글자도 없는 순백의 자기 컵.

오른손에 그것을 들고 엘린은 어쩌다 한 번씩, 천천히 커피를 마셨다. 가늘게 입술을 벌리고 한 모금에 10탐발라짜리 동전만큼씩 마시는 것 같았다.

엘린은 한 잔의 커피를 여러 번에 나누어 조금씩 마셨다. 늘 그러는 것은 아니었으나 그러고 있었다. 그렇게 세 잔째였다. 자신이 먼저 모뉴먼트 레이크사이드에 오자고 했다는 걸 엘린은 잊은 것 같았다.

리는 엘린의 오목한 뒷목과, 그것에 이어지는 어깨의 도톰하고 반들거리는 살결이 애틋했다. 엘린에게 리는 너무도 확고한 믿음이어서 때로는 리가 없는 존재 같았다. 공기처럼 투명하다가 엘린이 원하면 어떤 빛깔의 꽃으로든 나타나야 하는 존재.

모든 빛깔을 합한 것이 투명색인 것과 마찬가지였다. 리는 엘린에게 의심의 여지가 없는 대상이었다. 리는 부담과 사랑을 동시에 느꼈으나 저울질하지 않았다.

자신의 사랑은 엘린의 사랑에서 오는 거라고 리는 믿었다. 사랑하는 남자에게 자신의 모든 것을 건 여자의 모습은 언제나 애틋했다. 접이식 의자에 앉아 식은 커피를 마시는 뒷모습이라고 예외일 수 없었다.

미안해, 엘린.

리는 무작정 엘린에게 미안했다. 사랑해서 미안하고 수가 엘린의 둘도 없는 친구여서 미안하고 아무 말 할 수 없어 미안했다. 그런 것들이 아니더라도 사랑하는 사람에게라면 누구나 미안해지는 거였다.

미안함은 세상 밖 우주 먼 곳에서 무작정 이곳에 도달하는 것이고, 행복해지는 미안함이었다. 그렇다는 것을 리는 알았다. 엘린의 이름을 입속에서 되뇌었다.

엘린.

그리고 말했다.

미안해.

부드러웠던 너를 어찌 잊을까.

수는 잔디밭 위를 걸었다. 가끔씩 리가 있는 쪽을 바라보았다. 리는 긴 나무 탁자에 팔을 괴고 앉아 있었다. 다리를 벌리고 약간 건방진 타입으로 앉는 건 여전했다.

엘린은 리가 있는 곳에서 호수 쪽으로 열 걸음쯤 떨어진 곳에 앉아 있었다. 오수에 젖은 모습이었으나 엘린은 자고 있지 않았다. 가끔씩 그녀의 팔이 오르내렸고 손에는 흰 머그컵이 들려 있었다.

리와 엘린 모두 큰 나무 그늘 안이었다. 그들이 자신을 바라보는지 수는 알지 못했다. 그들 뒤쪽 매점 지붕 위로 핑크빛 풍선 두 개가 바람에 천천히 흔들렸다. 오후의 잔디밭은 어딘가 졸렸다. 풀 위를 내달리던 아이들이 사라진 뒤 더 그랬다.

처음 너를 안던 날 왜 진작 안지 않았을까 궁금했었어.

수는 천천히 걷고 돌아서고 멈추고 다시 걸었다. 자신의 그림자를 밟거나 등지거나 나무들의 긴 그림자를 따라 걷거나 했다.

말할 수 없이 부드러웠어, 너는.

가운데 하늘은 푸르고 가장자리로 갈수록 열어졌다. 열은 하늘 한쪽 자락이 호수면에 닿았다. 수는 고개를 들어 푸른 하늘을 보고 고개를 내려 호수를 보고 고개를 돌려 먼 엘린과 리를 바라보았다. 풍선을 보았다.

기억해, 리? 그곳 풍경이 세잔의 생 빅투아르 산을 닮았다고 내가 말했던 것. 그리고 보르도 잔과, 네 생애 가장 비싼 포도주를 내게 주었던 것. 목숨 바칠 만한 진실을 고백해 주었던 것. 내 외모가 맘에 든다고 했던 것.

그 모든 것들에 감동할 마음의 준비가 돼 있었으면서도 리, 나는 너에게 따뜻하지도 진지하지도 못했던 것이 미안했어. 너의 부드러움을 느끼는 순간, 갑자기, 모든 것이 한꺼번에 미안해진 거야. 얼마나 미안하던지.

너는 알까. 그 미안함이 어떤 미안함인지. 항복하듯 미안해지는 것. 내 모두를 내려놓고, 와해되듯, 무작정 미안해지는 것 말야. 나는 알아. 그게 사랑이라는 걸. 사랑이 아니면 그렇게 미안해질 수 없다는 걸.

그날 밤 나는 완전한 미안함을 알았지. 너도 그랬을까. 그날 밤은 따뜻했고 길었어. 나는 언제까지고 밤이 계속되기를 바랐어.

리는 붙박인 야외 조각품처럼 움직이지 않았다. 몸은 수 쪽을 향하고 있었다. 얼굴도 마찬가지였으나 시선의 방향까지는 멀어서 가늠할 수 없었다.

그의 짧은 셔츠 소매가 가끔 바람에 흔들리는 것처럼 보였다. 핑크빛 풍선의 느린 움직임이 불러일으키는 착시일지도 모른다고 수는 생각했다.

해가 조금 더 호수면 쪽으로 기울었다. 호반 공원의 오후는 천천히 흘렀지만 머지않아 오후가 닫힐 것 같았다. 해가 기울수록 모든 각도 있는 사물들의 경계가 또렷하고 예리해졌다.

너를 잊을 수 없어. 달의 인력으로 한껏 융기하며 팽창한 거대한 물이 마침내 수로를 찾아 내 몸 한가운데로 압도하듯 쏟아져 밀려들었어. 그날 그랬어. 그 흐름이 어쩌면 그토록 부드러웠는지 몰라. 남자의 신체가 그런 식으로 밀려든다는 말을 들은 적이 없어.

그런 알 수 없는 조화를 부리는 것이라서 사랑이라 말하는 걸까 생각하다가 너에게 한없이 미안해지기 시작한 거야. 내 존재가 허공에 깨끗이 용해되고 무기력해져서 하나도 미안하지 않게 미안해졌어. 투명하게. 아주 많이 그랬어.

말라위로 떠날 때 너에게 돌아갈 것이라는 건 정해져 있었어. 정해져 있었으면서도 너에게 돌아가려는 나에게 나는 깜짝깜짝 놀랐지. 그런 느낌이란 기묘할 수밖에 없는 거였지만 너에 대한 사랑의 감정을 나는 그런 식으로 만끽했던 거 같아.

엘린은 앉은 자세로 가끔씩 허리를 폈고 발을 바꾸어 꼬았고 팔을 들어 커피 잔을 입에 댔다. 엘린의 동작은 너무 느린 나머지 자면서 뒤치는 사람의 몸짓 같았다. 수는 그런 엘린을 바라보았고 엘린은 호수를 바라보았다.

엘린이 그러자고 하지 않았다면……. 수는 생각했다. 내가 호반 공원에 오자고 했을 것이다.

휴일의 오전에 그들은 대개 늦잠을 잤고 늦은 아침 식사로 버터크림 곁들인 은시마 반죽 튀김을 먹었고 커피를 마셨다. 그러고 나면 오후였다.

수는 아침의 풍경을 떠올렸다. 다른 휴일과 다름없이 늦잠을 잤고 은시마 반죽 튀김을 먹고 커피를 마셨다. 그래도 오전이 조금 남았다. 한 시간이 좀 못 되게 남은 오전의 시간이 수는 거추장스러웠다. 견딜 수 있었지만 견디기 싫었다.

모뉴먼트 레이크사이드에 갈래? 엘린이 말했고 수는 반 박자도 쉬지 않고 응, 이라고 대답했다. 리도 망설이지 않고 대답했다. 엘린이 말하지 않았다면 내가 말했을 거야. 수는 자꾸 오전의, 짧았으나 견디기 싫었던 시간을 떠올렸다. 엘린도 나도 아니었다면 리가 말했을까?

엘린과 리 사이의 거리는 열 걸음 남짓. 둘은 서로를 바라보지도 말을 나누지도 않았다. 멀리서 보아도 그것은 확연했다. 둘 사이에는 커다란 나무 그늘이 있었고, 약한 바람이 기어다녔다.

휴일 아침부터 셋에게 필요했던 것은, 거리가 아니었을까.

수는 먼 엘린과 리를 번갈아 바라보았다.

그러나 해가 많이 기울었고 오후는 곧 닫힐 것이었다. 셋은 다시 매점 앞 나무 탁자로 모일 거라는 걸 수는 알았다. 함께 집으로 돌아가게 될 것이라는 걸. 곧 사라지게 될 '거리'와 '침묵'을 지금 아쉬운 마음으로 다독이고 있다는 걸.

내 기억이 돌아오고 있다는 걸 너에게 고백할 수 없어.

수는 움직임을 멈추고 풀밭 위에 종려처럼 서서 리를 바라보았다. 이마와 콧등에 떨어져 내리는 햇빛을 내버려두었다.

너는 내가 주디인지 몰라. 엘린의 친구 수일 뿐이지. 나에게 네가 누구이고 너에게 내가 누구인지 엘린도 알지 못해. 언제까지고 나만 알아야 할 사실이야. 그래야 할까. 그래야겠지.

너는 엘린에게서 멀어지면 안 돼. 엘린도 너에게서 멀어질 수 없어. 엘린은 너를 사랑하고 너는 지금 엘린을 사랑하니까. 엘린은 나에게 가족 이상의 친구고, 언제나 자신보다 나를 더 생각해. 그런 친구야. 우린 그런 사이야.

우리 셋 누구의 잘못도 아니나, 나의 기억이 돌아오고 있다는 사실을 알고, 네가 내 사랑이었다는 사실을 너와 엘린이 알아버리면, 우리 셋 모두는 평화로울 것 같지 않아.

나는 영영 기억이 돌아오지 않는 사람으로 너희 곁에서 살게. 그리고 아프리카에서의 내 일을 계속해야겠다. 그럴 수 있을 것 같아, 리.

너와 엘린 곁에서 나는 행복하고 평화로워지기를 원해. 나는 우리의 사랑을 지킬 거야. 간절하게. 내가 세상에서 가장 사랑하는 두 사람이 너와 엘린이니까. 이 거리와 침묵을 이겨낼 거야. 이제 우리의 집으로 돌아가자. 해가 많이 기울었어.

✿

데니 야드에서도 수는 종종 맨발이었다. 엘린은 희지도 검지도 않은 수의 맨발을 바라보았다. 수는 그런 발을 부끄러워하지 않았다. 나이가 들고 키가 크면 엄마처럼 피부가 하얘질 거라고 믿었다. 수는 엄마를 사랑했다.

그때의 수를, 엘린은 떠올렸다. 웃을 때마다 드러나던 그녀의 커다란 앞니를 떠올렸다. 수의 엄마가 죽고, 육아일기를 읽은 뒤, 봄이 와도 수는 맨발이 되지 않았다. 더는 피부가 희어질 거라고 믿지 않았다.

엘린은 세 잔째 커피를 마셨다. 한 잔의 커피를 여러 번에 나누어 천천히 마셨다. 식은 커피를 목 안으로 조금씩 흘려 넘기며 수의 맨발을 바라보았다. 그녀의 종아리와 발목이 풀밭 위에서 투명했다.

등 뒤로 리가 느껴졌다. 보지 않아도 그가 얼마큼 다리를 벌리고 얼마큼 어깨를 숙이고 얼마큼 상체를 왼쪽으로 기울였을지 엘린은 알았다. 그의 시선이 자신의 뒷목과 어깨를 가끔씩 스친다는 것도.

등 뒤로 리를 느끼며, 엘린은 커피를 마시고, 수의 맨발을 바라보았다. 그러다 수평선에 맞닿은 하늘로 고개를 돌렸다. 해는 낮아질수록 해각 쪽으로 점점 가까워졌다. 머잖아 좀 더 육지 안쪽으로 기울어질 것이다.

수면 위로 떨어지는 해를 볼 수 없다는 걸 엘린은 알았다. 한 번도 본 적이 없었다. 물 위로 떨어질 듯하다가도 말라위의 해는 언제나 슬금슬금 뭍으로 숨었다. 기우는 해가 수의 왼쪽 귀와 뺨을 파파야 속살 빛깔로 물들였다.

어느 순간 수가 동작을 멈추었다. 커피를 마시며 줄곧 호수면을 바라보았으나 엘린은 수의 움직임을 한시도 놓치지 않았다. 등 뒤의 낌새도 마찬가지였다. 주의력을 발동하지 않아도 수와 리의 주변에 이는 작은 기미들이 바람처럼 엘린의 피부에 와 닿았다.

수는 한동안 꼼짝 않고 서 있었다. 동작을 멈춘 시간이 길어졌다. 그러나 해가 지평선에 닿기 전에 발을 떼고 이쪽을 향해 걸어올 것이라는 걸 엘린은 알았다. 그런 건 그냥 알 수 있었다. 보지 않아도 머그컵 속의 커피가 조금밖에 남지 않았다는 사실을 아는 것만큼 쉬웠다.

미안해, 수.

엘린은 뭉근한 커피를 목 안으로 넘겼다.

네가 리의 사랑이었다는 걸 알면서 나는 이렇게 침묵해. 너에게도 리에게도 침묵해. 사실은 리도 네가 예전의 주디였다는 걸 알게 되었어.

그런데 리도 그것을, 너에게나 나에게나 침묵해. 이런 침묵이 정당하지 않다는 걸 알아. 그래서 미안하지만 미안하다고 말할 수 없어서 미안해.

수가 움직였다. 오랫동안 벗어놓았던 신을 찾는 것 같았다. 그것은 붉은 벽돌 기념물 아래 놓여 있었다. 거기에 있다는 걸 엘린도 알았다. 허리를 굽혀 수는 신을 주워들었다.

수는 허리를 똑바로 폈다. 이쪽을 향해 천천히 걸음을 떼었다. 아주 느리게 걸었다. 엘린 쪽을 향해 똑바로 걸었기 때문에 엘린에게는 거리가 좁혀진다는 느낌이 없었다. 그러나 엘린은 줄어드는 거리를, 지금껏 느끼고 있던 낌새로 알아차렸다.

수가 엘린 쪽으로 움직였고, 직각삼각형의 긴 선분 두 개가 동시에 조금씩 줄어들었다. 리도 느낄 거라고 엘린은 생각했다. 오후 내내 놓아두었던 '간격'이 팽팽하게 일어서기 시작했다.

엘린은 앉은 채로 자신의 상체를 한 차례 추어올렸다. 숨을 들이켰다. 느낌이었지만 리도 어깨를 폈다가 굽히고 숨을 들이켜는 것 같았다.

너는 아무것도 모르고, 리는 네가 주디라는 걸 알 뿐, 그 사실을 내가 안다는 걸 몰라. 나는 네가 리의 사랑이었다는 것도 알고 리가 너를 알아버렸다는 것도 알아. 내가 더 많은 걸 알면서도 침묵해서 내가 더 미안해.

내가 불행해짐으로써 네가 행복해질 수 있다면, 나는 그렇게 하겠어, 수. 내가 침묵을 깨서 네가 행복해질 수 있다면 그러겠어.

이것은 나의 진심이야, 수. 하지만 어떤 것도 확신할 수 없어서 미안해. 지금 이대로가 아닌 어떤 상황도 나는 상상할 수 없어.

비겁하다고 느끼지만 너와 리를 위해서가 아니라면 나는 비겁할 필요가 없어, 수. 그래서 이대로가 최선일 것 같다가도, 이대로라면 나만 행복한 거니까 미안하고 싫어. 지금 네가 이리로 오고 있어. 그냥 말해 버릴까.

어떤 결과든, 생기고 말겠지. 생기고 말 거야. 내가 가장 불행해지는 결과일 수도 있어. 그런 결과를 피하려고 지금 이대로가 최선이라고 비겁하게 구는 건 아닐까. 내가 입을 열어 무어라고 말하면 들릴 거리에 너는 와 있어. 오고 있어.

나는 진심으로 빌고 싶어. 이대로이길 바라지만, 이대로가 아닌 또 다른 최선이 있다면 정말 그렇게 되기를 원해. 너와 리를 위한 일이라면 나의 불행은 개의치 않겠어. 이 진심을 너에게 전하고 싶은데 어떻게 말할까.

들어줄 신이 있다면 좋겠다. 그리고 내 뜻대로 말고 신의 뜻대로 되기를. 나는 신의 뜻을 오로지 따르기만 하면 될 테니까. 지는 햇빛에 물든 네가 가까워진다. 나도 지금 너처럼 붉게 물들고 있을까.

너는 곧 리가 앉은 탁자에 도달할 거고 나도 너와 리 곁에 당도하겠지. 우리가 오후 내내 호반 공원에서 이루었던 삼각형의 면적은 좁아지고 좁아져 얼마큼의 밀도를 지니게 될까. 우리는 그것을 한 귀퉁이씩 나누어 들고 저문 길을 걸어 집에 다다르겠지.

어쩌면 그것은 평생 없어지지 않고 언제나 우리 사이에 기이한 삼각의 족쇄로 놓일지 몰라. 그렇게는 갈 수 없고 해결할 수도 없으니 나는 신에게 나아가 묻고 싶어. 온전히 나를 버리고 신의 처분을 따르고 싶다. 그러겠노라고 서원하고 싶어.

수가 탁자 가까이 다가왔다. 리가 수를 바라보았다. 엘린도 자리에서 일어섰다. 엘린은 한 손으로 피스타치오 그린의 접이식 의자를 들어올렸다. 다른 손에서는 백자기 큐브 머그가 기울어졌다. 잔은 비어 있었다.

리가 탁자 위에 괴었던 팔을 풀었다. 어깨와 허리를 뒤로 젖혔다가 반듯한 자세를 취했다. 리의 맞은편, 수가 처음 앉았던 의자가 비어 있었다. 수는 그곳에 다가가 앉았다. 엘린도 처음에 앉았던 위치에 의자를 내려놓고 앉았다.

모두 앉았다. 한동안 그러고 있었다. 누구도 먼저 입을 열지 않았다. 거리가 줄어들고 삼각형의 크기도 작아지면서 공기의 밀도는 높아졌다. 서로의 숨소리를 들었다. 숨소리만 들었다. 해가 지평선 너머로 숨었고 어스름이 빠르게 밀려왔다.

더 어두워지면 누가 먼저 말하지 않아도 자리에서 일어설 것이었다. 어둠을 피해 집으로 돌아가야 하니까. 그러나 피할 만큼의 어둠이 아니라고 생각했던 걸까. 셋은 움직이지 않았고 입을 열지 않았다.

더는 낮의 빛깔이 남아 있지 않았다.

바람도 불지 않았다.

호수의 물빛이 소리 없이 깊어갔다.

침묵이란 때로 필요한 것이고, 필요하지 않더라도 그것은 불청객처럼 찾아오는 것이었다. 어떤 쪽이든 자연스러운 것이며 특별히 새삼스럽다고 할 수 없었다.

이상할 것 없던 침묵이 길어지면서, 어색해졌다. 서로 눈을 마주치지 않았다. 침묵은 빠르게 거추장스럽고 부자연스럽고 불편한 것이 되었다.

아무도 그것을 깨지 못했다. 침묵의 재갈이 물리고 침묵의 보자기에 싸여 침묵의 수렁으로 떨어질 것만 같은 두려움이, 침묵을 지속시켰다.

의미 없는 작은 손짓과 고갯짓이 서로에게 고스란히 각인되었다. 그런 시간이 흘렀다. 자꾸 흘러갔다. 수는 리의 손끝을 보았고 리는 수의 어깨 너머로 스러지는 노을을 보았다.

엘린은 자신의 무릎과 발끝을 내려다보았다. 그러니까 그들은 아무것도 보고 있지 않았다.

머잖아 어둠이 호반 공원의 모든 것을 삼켜버릴 것 같았다. 익사하듯 그들도 어둠에 묻힐 것 같았다. 셋은 말없이 숨을 쉬었고, 상대의 숨소리를 들었다.

"저, 말야……."

나직한 말이 천둥 같았다.

수와 리가 고개를 들어 말의 발화점을 찾아 두리번거렸다.

엘린이 한 말이었다.

모뉴먼트 레이크사이드에 갈래? 라고 말했던 것도 엘린이었다. 아침의 말처럼 저녁의 말도 심드렁했다. 저, 말야……. 그러나 아침의 말이 그랬듯 저녁의 말에 그들은 숨통이 트였다.

수와 리가 엘린을 바라보았다. 어스름이 그들 사이에 가로놓였으나 엘린의 눈이 빛나는 것을 막지 못했다.

엘린의 눈빛에, 수와 리가 거는 기대의 눈빛이 교차했다. 무겁고 불편한 침묵을 일거에 날려버릴 말이 이어지길 기다렸다. 두 사람은 그걸 기다리는 것 같았다. 함께 죽어버리자고 말해도 망설임 없이 동의할 것 같은 기묘한 분위기.

마침내 엘린의 입이 열렸고,

"이페 갈래?"

짧은 말이 흘러나온 뒤,

그녀의 입이 닫혔다.

수가 고개를 끄덕이고 나서 그래, 라고 작게 말했다.

리가 따라서 고개를 끄덕이고 그래, 라고 말했다.

아침과 다르지 않았다. 침묵의 이곳이 아니라면 이페든 북극이든 아무데나 좋다는 식이었다. 이페가 얼마나 먼 곳인지는 안중에 없어 보였다.

말라위 음바니에서 나이지리아의 이페. 꿈같은 여정이라는 사실도 그들은 상관하지 않았다. 고개를 끄덕였고 그래, 라고 말했다.

이페까지 며칠이 걸릴지 가늠해 본 것은 엘린뿐이었다. 철도 항공 자동차 연계 우회 연착 대기시간 경비 식사 숙박을 떠올리며 엘린은 마지막 잔의 커피를 마셨다.

신이 있다면 그 앞에 나아가 온전히 자신을 버리게 되기를 바랐다. 어떤 소원이든 이루어진다는 농담 같은 장소가 간절했다. 엘린의 입에서 신음 같은 말이 흘러나왔다.

"이페 가자."

넉 달 후

코요테는 잠시도 가만히 있지 않는다. 므와세가 그랬다. 리는 보드카 향을 맡으며 우리에 갇힌 코요테를 떠올렸다.

므와세는 한시도 쉬지 않고 매장 안을 오갔다. 상가의 점포들이 문을 닫은 늦은 저녁이었다.

말라위 보드카 음바니 총판. 므와세는 자신의 일터에서 술을 마시지 않았고 다른 사람이 마시는 것도 허락하지 않았다. 매장에서 술을 마시는 것은 처음이었다. 므와세 스스로 술병을 땄고 먼저 들이켰다.

시장통은 조용했다. 아무 소리도 들리지 않았다. 컴퓨터와 한 개의 작은 사이드 조명을 제외하고 므와세는 모든 전등의 스위치를 내렸다.

므와세는 푸르고 어두운 매장 안을 하릴없이 오갔고 리는 이따금 보드카 잔을 입에 댔다.

큰 잔으로 연거푸 두 잔을 마신 것은 므와세였다. 리는 한 잔도 다 비우지 않았다. 둘은 말이 없었다. 한낮에 고였던 열기가 늦은 저녁까지 매장을 채우고 있었다.

고향의 초원에서 포획된 코요테는 모두 여덟 마리였다. 세 살 때였으나 리는 그때의 기억이 생생했다. 환경 감시단이 어딘가로 일곱 마리를 이송했고 한 마리가 마을에 오래 남아 있었다. 한 마리를 우리에 남겨놓았던 이유를 리는 알 수 없었다.

어린 리는 우리에서 멀리 떨어져 코요테를 바라보곤 했다. 눈은 매섭고 귀는 뾰족했다. 앉거나 엎드린 모습을 볼 수 없었다. 코요테는 주둥이를 위아래로 움직이며, 왼쪽에서 오른쪽으로 오른쪽에서 왼쪽으로 쉴 새 없이 움직였다.

—내가 이런 매장을 갖는다면 어떨까?

보드카 진열장을 둘러보며 리가 말한 것은 한 시간 전이었다. 므와세는 매대의 보드카를 꺼내 땄고 들이켰다. 그 뒤로 한 마디도 하지 않았다. 보드카 향 섞인 푸른 어둠이 매장 안을 떠다녔다.

리는 마시지 않고 입술만 축였다. 배회하는 므와세를 두고 혼자 마시고 싶지 않았다.

므와세는 리를 혼자 내버려두었다. 리는 컴퓨터 탁자에 앉아 있었다.

잉글랜드 리그 컵이 끝난 저녁이었다. 리버풀이 졌지만 리는 이겼다. 토토와 상관없이 리는 리버풀과 제라드를 광적으로 응원했다.

리버풀을 응원하면서도 리는 경기 몇 시간 전 리버풀이 지는 쪽에 풀베팅했다. 그는 리버풀을 잘 알았고 역배당의 재미를 봤다.

마르코비치가 리버풀의 첫 경고 선수가 될 거라는 스페셜 베팅에도 성공해 배당금을 올렸다.

—나는 리버풀 팬인 걸까.

스포츠 카페에서 리가 웃으며 말했다. 므와세는 웃지 않았다. 리버풀이 캐피털 원 컵에서 본머스에 1대 3으로 지는 광경을 리와 함께 지켜보았다. 리는 득점 결과까지 정확히 맞혔다. 1대 3. 므와세는 고개를 저었다.

처음에 리는 리버풀 경기에만 베팅했다. 리버풀이 이길 것 같으면 리버풀에 걸었고, 리버풀이 질 것 같으면 상대팀에 걸었다. 리버풀이 이기면 이겨서 좋았고 지면 배당금이 뛰어서 좋았다. 리버풀 경기가 있는 날은 이겨도 져도 좋았다.

이상한 일은, 그의 베팅이 거의 적중한다는 사실이었다. 눈앞에서 벌어지는 일이었으나 므와세는 믿지 못했다.

리는 '놀이터'를 사설 토토로 옮겼다. 1회 베팅 한도액이 1만

크와차로 제한된 사이트에 남을 이유가 없었다. 므와세는 기존의 합법 놀이터에 남았다.

리는 점점 프리메라리가와 분데스리가, NBA, MLB로 베팅 범위를 넓히고 풀베팅 횟수를 늘여갔다.

—내가 이런 매장을 갖는다면 어떨까?

놀랄 말이 아니었다. 말라위 보드카 음바니 총판 정도라면 열 개도 인수할 여력이 생겼다. 리는 ADMARC를 그만두고 사설 토토에 매달렸다. 므와세의 일터가 리의 경기 분석실이었다. 이페에 다녀온 지 4개월. 모든 것이 달라졌다.

꿈도 꾸지 않던 일이었다. 리는 언제나 잃기만 했고, 한 달에 백만 크와차를 잃은 적도 있었다. 그의 소원이라면 케냐 국가정보원으로부터 완전히 자유로워지는 것이었다. 엘린과 수와 현재의 상태를 유지하는 것이었다. ADMARC에서 밀려나지 않는 것이었다.

그런데 리는 ADMARC에서 스스로 물러났다. 보드카 매장뿐 아니라 시장통 한 블록을 통째로 매입할 돈이 생겼다. 꿈도 꾸지 않던 일이 100여 일 만에 일어났다. 리는 세상이 낯설었다.

므와세가 동작을 멈추었다. 매장 끝 어둠 속에서 리를 불렀다.

"이봐, 음보야."

리는 자세를 바로 하고 므와세를 바라보았다. 므와세가 리를 이름이 아닌 성으로 부른 것은 처음이었다.

대답 대신 리는 므와세를 똑바로 응시했다.

"내 컴퓨터 덕을 톡톡히 보았으니 최신 사양으로 한 대 들여놔주는 건 어떨까?"

"내일 당장 주문할게."

리가 말했다.

"아주 비싼 걸로."

"비싼 걸로."

"최고로 좋은 놈으로."

"물론."

"그러지 말고, 리. 경기 분석실을 따로 내지 그래. 이제 이런 구질구질한 데는 안 어울리잖아. 술집 총판이라니. 개인 분석실에 위성 안테나 달린 멋진 LED 티브이도 놓으라고. 언제까지 지겨운 스포츠 카페에 갈래?"

"구질구질하지 않아, 므와세."

"구질구질하지 않다고?"

"응."

"고맙군."

"친구의 일터잖아."

"이봐, 음보야."

므와세가 다시 움직이기 시작했다.

"말해."

“이곳은 나의 아버지가 터를 잡았던 곳이지.”

“그랬다고 했지.”

“정당치 않은 방식으로 터를 잡고 장사를 했다는 것도 인정해. 하지만 아버지는 자신의 증발로 값을 지불했다고 생각해.”

“음.”

“이곳에서 성공하지는 못했지만 그래도 아직은 내 소유의 건물일세.”

“매장을 나한테 넘기라는 말로 들렸다면 미안해.”

“내가 애정을 가져도 될 만큼, 충분히 피땀 어린 곳이니까. 네가 보기엔 어떨지 몰라도 내겐 그래. 나는 이걸 지키려고 많이 애썼어. 나에게 이건 말하자면 부동산, 돈, 그 이상이야. 이런 내 진심을 나는 존중받고 싶어.”

“알아.”

“나보고 친구랬나?”

“물론, 나의 친구지, 므와세.”

“그렇담 솔직해야지. 나에게 팔라는 뜻이었잖나.”

“…….”

“아니었나?”

“그런 뜻이었어. 미안해. 네 마음을 헤아리지 못했어.”

므와세는 천장을 향해 고개를 들었다. 그리고 천천히 걸음을 옮겼다. 앞을 보고 있지 않았으나 그는 넘어지거나 무엇에도 부딪히지 않았다.

그의 몸이 매장의 구조를 완벽하게 기억했다. 코요테와는 다르다고 리는 생각했다. 므와세는 한동안 더 그렇게 매장 안을 오갔다.

"너한테 팔겠어."

므와세가 동작을 멈추고 말했다.

"미안하다고 하지 않았나. 진심이니 사과를 받아줘."

"나도 진심이야. 너에게라면 매장을 넘기겠어."

"므와세……."

"너에겐 좋은 기운이 있어, 리. 그걸 느껴. 너를 믿게 돼."

"그래도 네 건물을 인수하진 않겠어."

"받아."

"그럴 수 없어."

"받으래도."

"미안하다고 했잖나."

므와세가 리에게 다가와 어깨를 끌어안았다.

"제발 받아줘."

"……."

"그리고 나에게 말해 줘."

"뭘 말인가, 므와세?"

"나에게 말해 주겠다고 약속하면 매장을 거저 주겠어."

"이 친구가……."

"부디 그렇게 해줘."

"무슨 말을 하라는 거지?"

"이페에서 무슨 일이 있었던 건지 말해 달라는 게 아니야. 그곳에 어떻게 가는지 말해 달라는 것도 아닐세. 가서 무엇을 빌었는지도."

"그럼?"

"이것만 말해 줘. 리버풀이 이길지 질지. 그것만 미리……."

"날 믿어?"

"믿는다고 했잖아. 너에겐 좋은 기운이 있다고."

"실은 나도 나를 믿을 수 없어. 찍을 뿐이야."

"그래도 좋아."

"크게 손해 볼 수 있어."

"상관없어."

"정말?"

"정말이야."

"그렇다면…… 놀이터부터 바꿔."

"알았네, 리."

리는 한숨을 쉬었다. 꿈만 같았다. 리가 물었다.

"이런 결과가 이페에 갔다 온 것 때문이라고 생각해, 므와세?"

"그곳에 다녀온 뒤 적중률이 여덟 배 이상 올랐어."

"은라의 눈에 가서 돈방석에 앉게 해 달라고 빌었겠다는 말이군."

"돈방석이든 돈벼락이든 무슨 상관이겠어. 돈이면 됐지."

그게 아니라고 리는 말하지 못했다. 어딘가 몹시 비굴해진 므와세의 얼굴이 낯설었다.

믿는다고 했으나 무슨 말을 해도 므와세는 믿지 않을 거라고 리는 생각했다. 리버풀 얘기를 빼고는. 은라의 눈에 가서 돈방석에 앉게 해 달라고 빌었다는 말 빼고는.

그러나 리는 그러지 않았다. 그렇게 빌지 않았다. 돈 생각은 털끝만큼도 하지 않았기 때문에 돈벼락 맞는 기도를 할 리 없었다.

모든 것을 걸고 맹세할 수 있었다. 성심을 다했던 한 가지 기도를 리는 또렷이 기억했다. 말 그대로 성심을 다했고, 그것 하나밖에 없었던 기도였으므로.

병원 안팎이 낯설었다. 엘린은 근무실에 들어서거나 나설 때 두리번거리는 버릇이 생겼다. 작고 낮은 책상과 빼곡한 집기들은 그녀가 처음 병원에 왔을 때와 다르지 않았으나 볼 때마다 새삼스러웠다.

집기들 사이의 깊은 틈새에 오래된 먼지와 어둠이 고여 있었다. 막대형 형광 램프가 언제나처럼 낮은 천장에 납작 붙어 있었다. 형광 램프에서 온종일 작은 곤충의 날갯짓 소리가 났다.

열린 창문 밖으로 건너편 건물의 밋밋한 외벽 상단이 보였다. 그것은 지루할 만큼 높은 하늘에 맞닿아 있었다. 무엇 하나 눈에 띌 만한 것들이 아니었다. 너무 오래 보아온 것들. 엘린은 언제나 드나드는 문으로 드나들었고, 언제나 보이는 광경을 보았으나, 매번 낯설어 두리번거렸다.

보는 엘린과 보이는 것들 사이에 새로 생긴, 이전에 없던 생소한 거리. 엘린은 천천히 걸으며 생소함을 가늠해 보았다. 출입문에서 책상까지, 책상에서 캐논 복사기까지, 쓰레기통까지, 자를 재듯 걷고 또 걸었다.

근무실에서 건너편 건물까지, 식당까지, 발걸음 숫자를 헤아리며, 끝없이 두리번거렸다. 발걸음 숫자는 달라지지 않았으나 보는 엘린과 보이는 것들 사이의 거리는 자꾸 늘어났다. 늘어나는 것 같았다.

그러다 자신에게 놀랐다. 낯선 것은 병원의 안팎이 아니라 엘린 자신이었다. 하나의 몸 안에서 이질적인 두 개의 엘린이 교란을 일으켰다.

그럴 때마다 병원과 사람들과 사물들이 낯설어졌다. 그렇다는 걸, 엘린은 모르지 않았다. 두리번거리는 이유도 모르지 않았다.

알았으나 증상이 사라지지 않았다. 엘린은 손을 뻗어 의자 등받이를 더듬었다. 하루 종일 커피를 내리던 시애틀의 카페가 떠올랐다. 스테인리스 스틸과 검은 가죽으로 조합된 크리스찬 디올 의자에 앉아 잠깐씩 쉬던 순간들.

피로한 몸을 기대기에 더없이 좋았던, 심플한 디자인의 의자였다. 커피를 사랑하는 사람들로 넘치는 그곳에는 그리운 엄마가 있었다. 커피 내리는 직업이 꿈이었으므로, 힘들어도 카페와 크리스찬 디올 의자가 있어서 행복했다.

엘린은 의자를 돌려 근무실 출입문 쪽을 향해 앉았다. 레베카가 문 밖을 지나가며 손을 흔들었다. 엘린도 손을 들어 보였다. 시애틀의 모든 것을 접고 아프리카로 왔다, 고 엘린은 중얼거렸다. 중얼거리며 두리번거렸다.

두리번거리는 엘린과 두리번거리는 엘린을 바라보는 엘린이 있다는 걸 엘린은 알았다. 엘린은 둘과 셋으로 분열했다. 낯선 광경과 거리감이 그 둘과 셋 사이에서 흘러나왔다.

시애틀의 모든 것을 접고 아프리카로 온 것은 수를 찾고 수를 만나기 위해서였다. 엘린은 고개를 끄덕였다.

이제 아프리카에 머무는 이유는 수 때문이 아닌, 리 때문이다……. 레베카가 지나간 문 밖에는 아무도 없었다. 그러나 엘린은 들었던 손을 내리지 않았다. 손을 든 채 고개를 끄덕였다. 열린 문으로 더운 바람이 들어왔다.

오후로 갈수록 근무실은 더워졌으나 엘린은 의자에 앉아 추위에 떨었다. 떨다가 의자에서 미끄러져 내렸다. 엘린은 자신의 두 팔을 감싸고 어쩌지 못했다.

근무실에는 그녀 말고 아무도 없었다. 천장의 형광등이 곤충의 날갯짓 소리를 내며 껌뻑거렸다.

수가 위험하다.

엘린은 알고 있었으나 수는 몰랐다. 엘린은 그 사실을 누구에게도 알리지 않았다.

수가 위험해.

어째서 알리지 않는 건지 몰랐다. 근무실의 집기와 병원의 안팎이 낯설었고, 엘린은 그것들을 두리번거렸다. 그럴 뿐이었다. 몸살에 걸린 것처럼 몸을 떨었다. 의자에서 미끄러져 떨어졌다. 몸속에 괴물을 품은 것 같았다.

몸살은 이페로 떠나기 전부터 조금씩 앓았다.

이페에는 엘린과 수와 리, 그리고 레베카와 소크라테스가 함께 가기로 했었다. 그러나 엘린과 수와 리만 다녀왔다. 그러자고 한 것이 엘린이었다.

은카타 만 해변 공원에서 커리를 먹으며 다섯이 했던 약속을 엘린이 잊었을 리 없었다.

…… 노엘 양에 대한 귀하의 관찰과 보호 그리고 보고에 대해 깊이 감사드립니다. 아직도 노엘 양의 기억이 바람직한 상태에 이르지 못했다는 귀하의 메일을 읽고 본 협회 관계자들은 물론 아프리카 현지에서 활약 중인 본 협회 소속 활동가들 모두 안타까운 마음을 금치 못하고 있습니다.

활동을 유보한 채 귀하의 보호 아래 있기는 하지만 노엘 양에 대한 NBM의 감시와 추적이 언제 다시 재개될지 모르는 상황입니다. 이는 본 협회 소속의 모든 아프리카 활동가들에게 닥쳐 있는 위험입니다만, 기억 능력을 상실하여 활동을 유보하고 있는 노엘 양이라 하여 결코 안심할 수 없다는 점을 거듭 강조 드리는 바입니다.

NBM은 중남부 아프리카를 주 무대로 암약하는 테러 살인 납치 폭력 조직입니다. 아프리카 민족주의 해방 전선의 하부 조직으로 위장할 만큼 연계된 조직이 전 대륙적입니다. 규모와 성격과 행태가 실로 다양하여, 실체는 있으나 구체적 작동 패턴이 파악 불가능한 비밀 조직입니다.

NBM도 저들 스스로 사용하는 명칭이 아니라 아프리카 각국의 범죄 수사 당국과 저들의 경로 등을 추적하는 본 협회와 같은 협력 단체들이 임의적으로 부여한 명칭일 따름입니다. 지난번에 이어 이번에 새로 입수된 NBM 비밀 행동파 5인에 관한 추가 수배 명단을 첨부합니다.

No.1부터 No.3까지 3인은 주로 기니와 세네갈 등 서부 지역에서 목격되고 있으며 No.4와 No.5는 콩고민주공화국과 그 동부 지역 국가를 무대로 활동하는 것으로 알려져 있습니다. 이미지의 해상도가 낮고 인상적 특징에 관한 정보가 충분치 않습니다만, 이들 이력에 대한 추가 자료가 입수되는 대로 지체 없이 귀하에게 전송할 것을 약속합니다.

노엘 양에 대한 친절하고 따뜻한 보호에 감사드리며, 반복 음주의 서방인에 대한 의심할 만한 인명 사건 사고 등이 발생

하면 예의 주시하여 그 경과를 본 협회에 전송해 주시기 바랍니다. 다음은 비밀 행동파 5인의 이미지와 인상적 특징입니다. 이름은 가명일 가능성이 매우 높습니다…….

모뉴먼트 레이크사이드에 다녀온 다음 날 엘린에게 당도한 메일이었다. 메일을 읽고 처음 떠오른 생각이 이페에는 셋이 다녀와야겠다는 것이었다.

—레베카와 소크라테스한테는 내가 잘 말할 테니 걱정 마. 우리끼리 다녀왔음 좋겠어.

엘린이 말했고, 수와 리는 전날처럼 그래, 라고 대답했다.

이페에 가기로 한 것, 레베카와 소크라테스를 제외하기로 한 것, 그런 결정 사항들에 대해 거부할 맘이 누구에게도 없던 것 등, 진행이 지나칠 만큼 심드렁했다.

모뉴먼트 레이크사이드에 갔던 것이나 이페에 가려고 한 것이나 세 사람의 의지가 결정하고 진행하는 일 같지 않았다. 엘린의 생각이 그랬고 나머지 두 사람의 생각도 그런 것 같았다. 엘린이 말하면 나머지는 그래, 라고 대답했다.

세 사람의 의지가 아니라면 누구의 의지일까. 엘린은 어지러웠다. 그때부터 몸살기가 있었다. 그랬던 것 같았다. '세 사람의 의지 뒤에 숨은 세 사람의 의지'라는 것도 있을까.

알 수 없는 아주 먼 길을 가는 느낌, 무언가에 끌려가거나 빠져드는 기분, 게다가 소크라테스를 배제했다는 자괴감이 이페를 향해 가는 엘린의 마음을 아득하게 했다.

레베카를 제외할 생각은 없었다. 소크라테스를 남기려니 레베카도 남는 게 자연스럽다고 여겼을 뿐.

레베카와 소크라테스를 남겨두고 이페를 향한 것은 엘린의 엉뚱한 예감 때문이었다.

엉뚱했다고 스스로 인정하면서도 엘린은 음바니로 돌아올 때까지 그 예감에서 조금도 벗어나지 못했다. 그랬다는 것을 수와 리는 알지 못했다.

메일에 첨부된 해상도 낮은 사진 중 No.4의 얼굴이 소크라테스와 흡사했다. 사진을 보면 소크라테스가 아니었고, 사진을 생각하면 소크라테스였다. 어이없는 연상이라고 여기면서도 엘린은 소크라테스를 이페 행에서 제외시켰고 레베카까지 배제했다.

이페에 다녀온 지 4개월. 소크라테스는 여전히 레베카의 질책에 시달리는 못난 사내였으나 엘린의 몸살기는 사라지지 않았다. No.4에 대한 보스턴 협회의 정보가 추가될 때마다 엘린의 두리번거리는 버릇이 심해졌기 때문이었다.

두려워서가 아니었다. 알 수 없기 때문이었다. No.4를 두고 보스턴 협회와 긴밀하게 정보를 주고받는 사정에 대해 침묵하는 자신을 알 수 없기 때문이었다. 수가 위험하다는 것을 알면서 아무에게도 말하지 않았다.

엘린은 두리번거렸고 몸을 떨며 의자에서 미끄러졌다. 그녀는 자신의 몸이, 자신 안에서 4개월 동안 자라난 괴생물체의 숙주가 되어버렸다는 걸 느꼈다. 은라의 눈에 다녀온 뒤로 그랬다는 걸.

의자를 움켜쥐고 엘린은 가까스로 바닥에서 몸을 일으켰다. 더는 형광등이 껌벅거리지 않았으나 곤충의 날갯짓 소리는 계속됐다.

책상 위 컴퓨터 본체에서 푸른 전원등이 가물거렸다. 근무실 바닥은 거칠었고 벽에는 얼룩들이 겹을 이루었다. 낯설기만 한 그것들을 엘린은 자꾸 흘낏거렸다.

의자에 몸을 얹고 출입문을 향했다. 근무실과 건너편 건물 사이의 잔디가 초식동물의 털처럼 누런색으로 바랬다.

아무도 그곳을 지나다니지 않았다. 소크라테스가 아니라면 누가 그곳을 지나든 지나는 게 아니었다. 엘린에게는 소크라테스만 보였다.

엘린은 두리번거렸고, 모든 두리번거림의 타깃은 소크라테스였다. 전날 날아온 보스턴 협회의 최종 정보에 의하면 소크라테스가 No.4였다.

집 안에서도 마당에서도 수는 혼자였다. 혼자인 시간이 길어졌다. 리와 엘린은 바빴다. ADMARC를 그만둔 뒤로 리는 낮 시간에 집에 들르지 않았다. 므와세의 총판과 스포츠 카페를 늦도록 오갔다.

엘린도 집에 들르기 위해 점심시간을 할애하지 않았다. 수는 톰보지에 의지하지 않고도 오래 서 있을 수 있었다. 누구의 도움도 더는 필요하지 않았다.

고단했던 이페 여정도 거뜬히 해냈다. 머리는 맑아졌고 정상치 기준으로 기억 재생률이 90퍼센트에 이르렀다.

활동 재개 시점을 앞당겨야겠다고 다짐했다. 리도 엘린도 더는 말리지 않을 거라고 생각했다.

수는 그러나 결행을 망설였다.

언제나처럼 혼자 마당에 나와 톰보지 나무 곁에 섰다. 먼 옥수수 들판과 해 지는 푸른 언덕을 바라보며 나머지 10퍼센트 기억을 위해 쥐고기를 오물오물 씹었다.

리는 자전거를 타지 않았다. 엘린의 병원 가까운 곳으로 집을 옮길 생각이었다. 리가 구입한 차량은 재규어의 에프 타입 쿠페였다. 그들이 새로 이사할 곳은 냉장고와 LED 티브이와 에어컨디셔너가 있는 밝고 큰 집이었다.

수는 소리 없는 지각변동을 느꼈다. 무엇인지는 모르지만 어떤 것인가는 끝나고 어떤 것이 시작되는 느낌. 리는 부자가 되었다. 수는 어지러웠다. 리와 엘린도 땅 밑이 흔들리는 것을 느낄까. 이대로 흔들리며 망설일 수만은 없다고 수는 생각했다.

일로 복귀하기에 알맞은 시점이었다. 망설일 이유가 없다고 수는 거듭 다짐했다. 리의 새집으로 들어가 아프리카의 햇빛과 바람을 무상으로 즐기며 소일하는 자신을 상상할 수 없었다.

이제 다 나왔어. 뛰쳐나가는 거야. 리와 엘린이 없는 한낮의 마당에 홀로 서서 수는 속으로 외쳤다.

그러나 그녀는 매번 톰보지 나무 옆이거나 앞이었고, 마당을 벗어나지 못했다.

리의 붉은색 쿠페는 날렵했다. 그 느낌은 알 수 없는 죄의식으로 수를 이끌었다. 이페에 다녀온 뒤로 엘린의 잠자리 기척은 더 아랑곳없어졌다. 길고 높게 이어지는 그녀의 교음에 잠을 설칠 때마다 수는 마당 쪽으로 난 문을 손끝으로 밀고, 벌어진 좁은 틈 사이로 쿠페의 붉은빛을 바라보았다.

달빛 어린 쿠페의 붉은빛. 밤이 가고 새벽이 오도록 그것을 은밀히 바라보는 날이 늘어났다. 그런 아침이면 전날의 다짐들이 새벽안개처럼 흐무러져버렸다. 그리고 새로 이사할 집에서 리와 함께 사는 꿈을 꾸었다. 리하고만 사는 꿈을 꾸었다.

자신이 아프리카에 발을 디딘 이유와 보스턴 협회의 존재가 자꾸 아득해졌다. 수는 새벽의 침대에 누워 흙칠된 천장을 올려다보았고 어지러웠고 가쁜 숨을 쉬었다.

깨끗한 집에서의 한가한 나날을 상상할 수 없었던 수였다. 그러나 그럴 날이 코앞에 당도해 있었고 수는 갈수록 복귀의 결행을 망설였다.

은라의 눈에서 나는 무슨 소원을 빌었던가.

이페로 향하던 넉 달 전 그때를 떠올릴 때마다 수의 눈에는 물기가 어렸다.

나는 지금 내가 무섭다.

새벽이 되어 수와 엘린과 리는 은라의 눈에 닿았다.

푸르고 차가운 안개가 살갗을 스쳤다.

분화구라고 하기엔 작았고 풍화로 만들어진 돌구멍이라고 하기엔 지나치게 둥글었다. 거대한 볼(bowl) 두 개를 나란히 땅에 박아놓은 듯했다. 새벽하늘을 향해 입 벌린 그것들의 한가운데에 가늠할 수 없는 어둠이 고여 있었다.

어떻게 그 어둠을 향해 내려가야 할지는 전적으로 수와 엘린과 리의 판단에 달려 있었다. 그들을 안내했던 요루바족 사내는 그들에게 골프공이 든 자루를 건넸을 뿐 은라의 눈까지 동행하지 않았다.

—에서 기다립지요.

은라의 눈을 3백 미터쯤 앞두고 사내는 어둠 속에 주저앉았다. 그리고 더는 말하지 않았다. 모든 가이드에게 주어진 불문율이라고 했다.

그러면서 골프공 열 개가 들었다는 주머니를 리에게 건넸다. 은라의 눈 안에 골프공을 던져 넣고 그것을 따라가라고 했다. 눈 하나에 다섯 개씩. 골프공이 모여든 자리가 눈의 정중앙이니 그곳에서 기도하라며.

어째서 끝까지 동행하지 않는지 누구도 요루바족 사내에게 묻지 않았다. 묻지 않은 것은 그것만이 아니었다. 어째서 밤을 꼬박 새우고 새벽에 다다라야 하는지, 가이드를 구하는 데 이틀이나 걸린 이유가 무엇인지, 그리고 무슨 소원이든 다 이루어진다는데 어째서 다른 방문자들은 보이지 않는 것인지 묻지 않았다.

설명을 듣지 못해도 나쁘지 않다고 수는 생각했다. 신비감을 높여 가이드 비용을 늘리려는 것이든 아니면 그것들이 실제로 신비의 영역인 것이든. 궁금하고 답답하고 오래 기다려야 했지만 그런 불편함이 여행에 즐거움을 더하기도 했다.

눈의 내부는 생각보다 어둡지 않았다. 경사면에 돋은 다육식물들이 발에 으깨졌고 셋은 자주 미끄러지며 풀즙에 옷을 적셨다.

으깨진 이파리의 매운 향이 마른 바위 웅덩이에 자욱했다. 골프공이 모여든 자리에 서서, 수는 매운 냄새에 눈도 못 뜬 채 첫 기원을 외웠다.

—이대로.

생각하고 말 것도 없었다. 이페에 이르는 고단한 여정 내내 속으로 중얼거렸던 말이었다. 그 한 마디를 위해 은라의 눈에 당도한 것이었다. 불편하고 피로한 순간들을 웃음으로 넘기면서.

—서로의 사랑으로 이루어진 이 평화가, 영원하기를.

수는 속으로 엘린과 리의 이름을 부르고 자신의 이름을 이어 불렀다.

가까스로 매운 눈을 떴을 때 작고 둥근 하늘 한가운데서 새벽별이 반짝였다. 세 사람은 깊은 우물에 들어와 있는 것 같았다. 엘린도 리도 어둠 안에서 움직이지 않았다. 그들의 기도가 하늘에 닿는 순간이었다.

수는 입 밖으로 가만히 소리를 밀어냈다.

—이대로. 서로의 사랑으로 이루어진 평화가, 영원하기를.

마당을 지나는 바람이 톰보지 나무의 성근 이파리를 스치고 그녀의 작은 목소리를 옥수수 밭 쪽으로 몰고 갔다.

더는 말하지 않았다. 은라의 눈에서도 그랬다. 수의 마음을 가득 채우고 있던 말은 그것뿐이었다. 수는 그때처럼 엘린과 리의 이름을 부르고 자신의 이름을 이어 불렀다. 서로의 사랑과 평화.

자신의 진심 어린 기도를 믿었다. 기원이 말해진 뒤 수의 몸 안에는 아무 말도 남아 있지 않았다. 수는 자꾸 그때를 떠올렸다.

은라의 나머지 다른 한 눈에 도달했을 때도 수가 했던 기도는 하나였다. 다른 한 눈은 다육식물도 매운 풀향기도 없는, 순수한 돌의 피부와 어둠으로만 이루어진 장소였다. 그러나 수의 기도는 같았다. 그것밖에 없었으니까.

수일 동안 먼 거리를 혹독하게 이동했으면서도 수는 그다지 지치지 않았었다. 그러나 두 개의 깊고 둥글고 어두운 눈을 거쳐 나왔을 때 수는 꼼짝할 수 없었다. 자신의 몸이, 변태하고 남은 곤충의 허물 같다는 느낌을 떨치지 못했다.

은라의 눈에 남기고 온 기원이 자신의 모든 것이었음을 다시금 깨달았다.

수는 그때처럼 바닥에 주저앉았다. 톰보지의 마른 줄기를 부여잡았다. 가슴이 뛰었고 어지러웠다. 바람은 시원하고 공기는 알맞게 건조했다. 리도 엘린도 없는 한낮이었다. 마당은 평평했고 옥수수 밭은 더욱 평평했고 해 질 때 푸른빛을 띠는 언덕은 아득히 멀었다.

땅이 한 번 더 흔들렸다. 수는 숨을 몰아쉬었다. 지구가 잠잠해지기를 바랐다. 협회에 복귀하지 않는 복잡한 이유 따위 떠올리지 말아야 했다. 그래야 한다고 수는 생각했다. 내가 주디라는 것을 알면 리가 돌아와줄 거라는 집착도 저만치 밀어놓아 두어야 한다고.

수는 즐거웠던 여행의 순간들을 떠올리려 애썼다.

케냐 항공으로 아프리카를 가로지르던 일들. 여객기에도 완행(slow air line)이 있다는 사실을 이번 여행에서 수는 처음 알았다.

경유지인 민주콩고 은질리 공항에서 이웃 나라인 콩고 마야마야 공항까지는 걸어서 30분 거리였다. 비행기는 은질리 공항에서 내릴 승객을 내리고 다시 이륙하여 너비 2킬로미터의 콩고 강을 건너자마자 마야마야에 착륙했다. 50분이 걸렸다.

—걷는 것보다 느려.

리가 치체와어로 말했고 수와 엘린은 소리 죽여 웃었다. 기다리는 일에 지칠 때마다 리가 웃겨주었다. 나이지리아 무르탈라 공항까지 사흘이 걸렸으나 수는 웃음을 잃지 않았다.

라고스에서 이페까지는 도로도 좋고 멀지도 않아 어렵지 않게 당도했다. 그러나 은라의 눈을 알거나 그것의 효험을 믿거나 그곳까지 일행을 안내할 사람은 이페에 없었다.

뜬소문에 가까운 확인 불능의 설화였다는 것을 이페에 도착하자마자 알았고 셋의 얼굴에서 웃음이 사라졌다.

리의 확신이 없었다면 돌아설 수밖에 없었다. 리는 더 기다려보자고 했고 수와 엘린은 리의 확신에 기댔다. 은라의 눈을 말하고 이페 행을 제안했던 것이 엘린이었으나 설화든 소문이든 이페에 관해 처음부터 알고 있었던 것은 리였다.

이틀을 더 기다렸다. 무모한 기다림이 아니었다. 요루바족이라고 자신을 소개한 사내는 한껏 거드름을 피웠다. 불필요할 만큼 많은 옷을 겹쳐 입은 사내는 유난히 작고 가늘었다.

온통 초록색 도료를 바른 사내의 얼굴에 누가 그렸는지 이마와 콧등과 턱을 잇는 세로선과 양 뺨을 잇는 가로선이 하얗게 새겨져 있었다.

이틀 만에 나타난 사내의 우스꽝스러우면서도 거들먹거리는 모습에서 수는 낌새를 차렸다. 실제로 숙소 주인에게는 이틀 치의 숙박료가 더 돌아갔고 요루바족 사내에게는 늑장 피운 만큼 가이드 비용이 올랐기 때문이었다.

리도 그 모든 것을 짐작하고 있었을까. 수는 리에게 묻지 못했다. 리는 어쨌거나 은라의 눈에 가게 된 것이 다행이라고 말했다. 이페에 거주하는 요루바족이 많지 않으며 그중 은라의 눈을 알고 안내할 사람은 더욱 드물다는 것을 수는 나중에 알았다.

여행의 순간들을 떠올리면서 수는 숨 막힘과 어지럼증에서 얼마간 벗어났다.

마당을 쓰다듬는 부드러운 바람을 느꼈다. 움켜쥐었던 톰보지 나무를 가만히 놓았다. 혼자라는 게 좋았다. 마당 끝과 옥수수 밭 사이로 흑단 조각품 같은 앙상한 여인들이 띄엄띄엄 지나갔다.

그리고 머지않아 땅 밑이 다시 조금씩 흔들렸다. 여행의 기억은 은라의 눈에 가 닿을 수밖에 없었고, 그곳에서 한 기도를 떠올리게 했기 때문이었다.

그곳에서 나는 무슨 소원을 빌었던가.

자꾸 물었다. 거듭 떠올리고 거듭 물어도 기도는 하나뿐이었으며 그것은 짧고 명료했다.

그런데도 수는 숨이 가빴고, 흔들리는 자신이 두려웠다. 불의의 사고와 그로 인한 기억장애는 안타깝고 슬픈 일일망정 사랑하는 사람을 잃을 명분은 결코 될 수 없다는 것. 그 사실을 수는 누군가에게 충고하듯 중얼거렸다.

억울한 일이라고. 엘린이 부담스러운 존재일 수밖에 없는 거라고. 우의에 대한 도리도 도리지만 자신의 솔직함에 대한 도리도 도리라고. 수는 자꾸 누군가에게 충고했다. 그 누군가가 자신이라는 것도 모르지 않았다.

리에 대한 집착이 가라앉지 않았다. 밀어놓아 두려 했으나 맘처럼 되지 않았다. 발 딛고 선 땅이 흔들릴 때마다 톱보지 나무를 움켜쥐었다. 자신을 흔드는 것은 내부가 아닌 외부의 어떤 힘이라고 여겼다.

그것은 아주 먼 곳에서, 두더지처럼 땅 밑으로 빠르게 기어와, 수의 발끝에 와 닿았다. 그것에 놀라 수는 가쁜 숨을 몰아쉬었다. 하필 이페에 다녀온 뒤부터일까. 고단했으나 즐거웠던 여행의 기억과 절실했던 기도의 온기가 아직 생생한데.

당혹을 가누지 못하면서도 어지러움에 설렘과 쾌감이 어린다는 게 수는 참담했다. 참담해 하면서도 협회 일에 곧장 뛰어들지 않는 자신이 무서웠다. 일에 복귀할 만큼 다 나았다고 스스로 진단했으면서.

혼자가 좋았다. 리와 엘린을 똑바로 바라볼 수 없을 것 같았다. 늦은 시각 불빛 속에서 그들을 대하는 것이 편했다. 다시 협회 일을 한다고 해도 리에게서 멀어지지 않겠어. 수는 다짐했다.

다짐은 먼 곳에서 왔다. 그렇다고 수는 생각했다. 자신도 모르는 사이 그것이 당도하여 땅을 흔들고, 전류처럼 몸속으로 흘러들어 심장과 폐를 지나 뇌에 이르는 기운이라고. 숨 가쁘고 어지러운 것은 그 때문이라고.

그러하니 더는 참담해 하지도 자신을 무서워하지도 말자는 게 낮 동안 수가 마당가에서 하는 자신과의 약속이었다. 하지만 약속은 매번 흐무러져 안개가 되고 바람이 되어 마당 한쪽에 수 혼자 남겨두고 멀어져갔다.

집 안에서도 마당에서도 낮에는 수 혼자였다.

리는 요루바족 사내의 눈빛이 마음에 들지 않았다. 어딘가 비열해 보였다. 사내는 영어와 요루바어를 어지럽게 섞었다. 리는 그의 말을 알아들으면서도 못 알아듣는 척했다.

그가 정확한 영어로 말할 때까지 기다렸다. 시간이 지나면서 사내 쪽이 조급해졌다. 돈을 쥐고 있는 것은 리 쪽이었다. 리는 그것을 분명히 했다. 한 시간이 못 되어 사내는 고분고분해졌다.

그러나 사내는 은라의 눈에 새벽에 당도해야 한다는 주장을 굽히지 않았다. 저녁에 숙소를 출발해 밤새 험한 산길을 헤쳐 새벽에 닿는 방식을 고집했다. 리는 그를 오래 구슬렀다. 수와 엘린에게 밤 산행은 무리였다.

돈으로 타협을 시도할 수밖에 없었고 리는 그에게 가이드 비용의 두 배를 제시했다. 사내는 받아들이지 않았다. 세 배를 제시해도 그는 받지 않았다. 돈 때문이 아니라는 것을 리는 알았다.

그런 식으로 새벽에 당도하지 않으면 기도의 효험이 없다는 것이 그의 한결같은 주장이었다. 리는 마침내 그가 자신들의 여행의 목적을 존중한다는 것을 인정했고 엘린과 수에게 그와 같이 설명했다. 리의 설명이 끝나자 사내가 말했다.

—저는 요루바의 두 번째 신인 은라의 능력을 믿으니까요. 그리고 당연히 당신들의 여행의 목적을 존중합지요.

엘린과 수는 밤길을 걷겠다고 했다. 사내가 다시 말했다.

—한 가지만 지키면 됩니다요. '정말 소원이 이루어지나요?'라는 건 생각지도 말고 말하지도 말아야 돼요. 지금부터.

엘린이 고개를 끄덕이며 알겠다고 대답했다. 수와 리가 따라 대답했다.

리는 사내의 눈빛이 비열하다는 생각을 고쳤다. 신을 믿는 눈이거나 최소한 가난에 피로한 눈이었다. 작고 가는 몸에다 지나치게 많이 입어서 사내는 밤길을 배회하는 배고픈 산짐승 같았다. 리와 엘린과 수는 사내의 뒤를 따라 칠흑 같은 어둠을 헤치고 나아갔다.

시세가 하라는 대로 리는 열 개 중 다섯 개의 골프공을 은라의 한쪽 눈에 던져 넣었다. 작은 다섯 개의 공에 불과했으나 구르고 튕기는 소리는 매우 컸으며 소리의 여운이 깊고 어두운 눈의 공간을 가득 메웠다.

소리는 좀처럼 가라앉지 않았다. 귓속에 이명으로 남았고 어지러웠다. 리는 엘린의 손을 잡고 천천히 어둠을 더듬어 내려갔다. 엘린은 수의 손을 잡았다. 어둠에 몸을 담그자 물인 듯 차가웠다.

이명은 사라지지 않았다. 잦아들었다가 커지고 멀어졌다가 가까워졌다. 은라의 눈은 어쩌면 하늘을 향해 열린 거대한 석종일지도 모른다고 리는 생각했다. 음파는 일정한 주기를 갖고 높아졌다가 낮아졌다.

음파는 먼 새벽하늘을 돌아왔다. 귀를 뚫고 들어와 몸 구석구석을 순환했다. 리는 몸이 뜨거워지는 것을 느꼈다. 어둠이 더는 차갑지 않았다. 음파가 몸 세포의 분자를 심하게 진동시켰다.

셋은 아무 말 하지 않았다. 잡은 손을 놓지 않고 눈의 중심부를 향해 조금씩 발을 옮겼다. 숨소리가 거칠었다. 밟힌 다육식물의 풀즙이 옷과 피부에 묻었다. 눈을 뜰 수 없을 만큼 매웠다. 리는 눈을 감고 새벽 별빛을 이마에 받으며 기도했다.

세 사람의 숨소리가 잦아들었다. 이명은 사라지고 없었다. 리는 눈을 떴다. 다섯 개의 골프공이 발밑에 오롯이 모여 있었다.

희미했지만 바위벽은 매끄러워 보였다. 이름을 알 수 없는 다육식물들이 바위 피부에 융털처럼 박혀 있었다. 다른 풀이나 나무는 없었다.

그곳에서 나는 무엇을 원했던 걸까.

리는 앉은 자리에서 움직이지 않았다. 한 가지 생각에 빠져 있었다. 그곳에서 나는 무엇을 원했던 걸까.

므와세는 매장 안을 오가며 가끔 리가 있는 쪽을 흘깃거렸다. 리는 책상에 앉아 있었다. 새로 구입한 컴퓨터의 24인치 모니터에서 푸른빛이 쏟아져 나왔다. 리는 어떤 것도 보고 있지 않았다.

므와세는 리가 무엇을 하든 제지하지 않았다. 그가 움직이는 대로 돈이 되었다. 보드카에 취하긴 했으나 그를 제지할 이유는 안 되었다.

므와세가 답답한 것은 따로 있었다. 며칠째 리가 어떤 일도 하지 않는다는 것. 제지하지 않았지만, 제지할 것도 없었다는 것.

어떤 일도 하지 않은 것처럼, 리는 어떤 것도 보고 있지 않았다. 오후의 시간이 그렇게 흘러갔다. 모니터의 푸른 불빛이 리의 뺨에 어릿거렸다. 므와세가 제지할 무엇이 새로 생겼다면 그것은 어떤 일도 하지 않는 리였다.

므와세가 움직임을 멈추었다.

"여섯 시야, 리."

"……."

리는 꿈쩍하지 않았다.

"오늘도 선발 명단 따위는 볼 생각이 없는 거야?"

"……."

"새로 산 거잖아. 비싼 돈 주고 사준 거잖아, 응? 속도도 빠르고 화면이 커서 좋아."

므와세의 얼굴에 비굴한 미소가 어렸다.

"경기 시작 한 시간 전이야, 리."

므와세 혼자 말했다. 경기 분석을 서둘러 끝내고 베팅 타이밍을 놓치지 말라는 소리였다.

"감이 오지 않으면 어쩔 수 없겠지만, 리. 벌써 두 차례나 리버풀 경기를 스킵했어."

므와세가 리 곁으로 왔다.

"NBA, MLB는 말할 것도 없고 말야."

므와세를 아랑곳 않고 리는 매장 창문 밖으로 시선을 던져두고 있었다.

북적거리던 시장통에 어둠이 내렸다. 가로수 가지에서 드문드문 작은 전등이 빛났다. 나뭇잎에 숨은 노란 새 같았다. 불빛은 넓게 뻗어나가지 못하고 나무 밑동만 간신히 밝혔다. 노점은 대부분 철시했고 몇몇 옷 가게만 띄엄띄엄 불을 밝혔다.

목각 제품을 파는 노점도 어둠 속에 묻혔다. 검은 비닐로 덮어놓았으나 리는 대형 목각 제품의 모양과 위치를 가늠했다. 붉은 꽃문양 천을 몸에 두른 두 여인의 초상도 또렷이 기억났다. 그중 그릇 빚는 여인의 가슴과 복부가 노출됐었다는 것도.

맷돌을 돌리고 그릇을 빚는 유화 속 여인들의 모습은 노동이 아닌 기도 분위기였다. 수는 캔버스 앞을 오갔고 때로는 멈추어 선 채 그림 속 여인들과 기린과 초원에 빠져들었다. 땡볕이 시장통에 쏟아져 내리던 날이었다.

긴 치마를 입은 아낙들이 시장 통로를 가득 메운 오후였다. 엘린은 그날 수와 함께 옷 가게에 들렀고 작은 별이 촘촘히 박힌 스카프를 샀다. 시장의 그런 풍경이 아무런 사전 징후도 없이 리를 압박하기 시작했다.

그랬다는 것을, 리는 떠올렸다. 신음을 흘리고 나서야 굉장한 압박에 시달렸다는 사실을 깨달았었다는 것도. 저 스스로 리의 입에서 흘러나왔던 신음이 무엇이었던가.

주디스.

두 해 전 종적을 감추었던 주디스가 땡볕 가득한 음바니 시장통에 문득 '직감'의 피사체로 출현한 것이었다.

리는 어둠에 감싸인 시장통을 내려다보았다. 므와세의 매장은 2층이어서 시장통이 훤히 내려다보았다. 저녁에도 분주하게 손님을 치르는 곳은 차이나 위브뿐이었다.

직감은 거짓말 같은 현실이 되어, 리와 엘린과 수의 미묘한 삼각 공동 운명체로 편입되었다.

리는 말할 수 없었다. 말할 수 없었다.

수의 기억이 돌아온다면 어찌될지 모르겠으나, 현재의 그로서는 그것이 최선이라고 생각했다. 침묵. 아무것도 모르는 엘린과 수 앞에서 침묵하는 것. 은라의 눈에서도 그는 기원했다.

—침묵이 지켜지기를.

그뿐이었다. 진심으로. 새벽별이 그의 이마에 닿을 때. 모두를 위해서. 침묵이 지켜지기를.

그의 기도는 그것이었다.

"베팅 적중률이 은라의 눈과 유관하다는 증거는 어디에도 없어."

마침내 리가 말했다.

"없고 말고." 므와세가 말했다. "그럴 리가 있겠어?"

"그럴 수 없지."

"그럴 수 없어."

"……."

"그런데 음보아."

"응."

"왜 그런 생각을 하는 건데?"

"……."

"관련 있을 까닭이 없는데 왜 그런 말을 해?"

"……."

"관련이 있다고 생각하는 거야? 은라의 눈과 베팅 적중률이?"

"……."

"은라의 눈에서, 리, 억만장자가 되게 해 달라고 빌기라도 했단 말이야?"

"아니."

"아니잖아."

"아니야."

"그래. 그런데 어째서 그런 말을 하냐고. 신경증이야. 일시적인 거고. 그동안 신경을 너무 많이 썼어. 넉 달 동안 쉬지 않고 달려왔고, 모든 게 달라졌잖아. 정말 모든 게. 피곤할 만도 해. 안 그럴 수 없잖아, 리. 이제 좀 천천히 하면 돼. 쉬면서. 그러니까 오늘은 다른 것 말고 리버풀 것만……."

"하지만."

"하지만 뭐?"

"은라에 다녀온 뒤로 이렇게 되었어."

"그건, 뭐…… 그렇긴 하지만."

"그러니까……."

"자, 자. 일단 자리에서 일어서 봐. 움직이라구. 가만히 있으면 더 우울해져요. 오늘 그 사이에 너무 오래 앉아 있었어, 리. 경기 시작 50분 전이야. 오늘은 그럼, 좋아, 그냥 경기만 보자. 어디에도 걸지 말자고. 옛날처럼 축구 한번 순수하게 즐기자. 카페에도 가지 말고, 내가 접속해 놓을 테니 컴퓨터로 봐. 화면도 확 커졌잖아, 이렇게."

"관련이 전혀 없지는 않아."

"제발, 리."

"므와세."

"오늘따라 친구가 왜 더 이러는 걸까?"

"눈덩이처럼 불어나는 돈이 믿기지 않아."

"그럴 거야. 나도 그래. 놀라워."

"현실 같지 않다는 말이야."

"그렇겠지."

"그래서 좋다는 생각보다는."

"……."

"두려운 거야."

"알 것 같아, 리."

"알겠어?"

"갑작스런 횡재는 재앙이라는 말이 있으니까. 우리 부족은 횡재를 하면 그래서 약을 먹어."

"끈적거리는 거?"

"횡액을 물리쳐주니까. 재물이 안전해지는 거야."

"그게 아니야. 내가 두려운 것은."

"아니라고?"

"은라에서 무엇을 빌었는지 궁금한 거야."

"궁금한 거지 두려운 게 아니잖아. 그리고 궁금하다니. 자기가 빌어놓고 궁금하다고 말하니까 이상해, 리."

"내 말이 그 말."

"네 말 헷갈려. 신경증이다, 진짜. 다 내려놓고 오늘은 축구만 봐."

"내가 빌어놓고 무얼 빌었는지 모른다는 게 이상해 나도."

"리. 제라드가 엘에이 갤럭시로 갈지도 모른다는 소식 들었어? 말이 돼?"

"내가 나를 모르는 거잖아. 그게 무서워."

"거긴 미국이야. 제라드가 축구 불모지에서 뛰다니."

"횡액이 무서운 게 아니야, 므와세."

"뭔 덜 된 철학자 같은 소리를 하는 거야?"

"내가 무얼 바라는지도 모르고 바란다는 것도 무서워."

"돈이 생긴 거야. 아주 많이. 무서워할 게 있다면 횡재에 따라다닌다는 횡액뿐이야. 약 먹으면 돼, 리."

"소망이라는 것, 사랑이라는 것, 그리고 진심이라는 것이 갑자기 알 수 없고 믿을 수 없는 게 되었어. 내 삶이라는 것."

"제발, 리. 내 얘기 좀 들어."

"들어."

"너는 은라의 눈에 가서 너의 가장 절실한 소원을 빌었어."

"그랬어."

"그리고 놀라운 베팅 적중률을 보이기 시작했어."

"응."

"내가 좀 아는 소리를 해야겠는데, 리. 그 둘 사이에는 시간적 인접성 말고는 아무 관련이 없어. 공작새가 운 뒤에 배가 떠난 것과 같아. 관련 없는데도 있다고 우기는 것은 인과의 오류야. 집착, 강박. 넌 지금 피로한 거라고."

"나는 요루바족의 두 번째 신인 은라의 능력을 믿어."

"그래야 너의 소원에 효력이 생기지. 나라도 그러겠어."

"기도는 믿음이니까."

"이페에 고생하며 다녀왔잖아."

"기도는 이루어져."

"리. 횡재가 기도의 결과라고 말하려는 거야?"

"확신할 수 없어. 그래서 두려운 거야."

"몰라도 돼. 알 필요 없잖아. 너의 기도는 기도고……."

"기도고."

"돈은 돈이야. 들어오는 대로 저축하면 돼. 필요하면 쓰고."

"내 진정한 소원이 무엇이었는지도 모른 채로? 사랑이 무언지도 모른 채? 진실하다는 것이 무언지도 모른 채로 살면서?"

"응."

"그럴 순 없어."

"그래도 돼."

"안 돼."

"너 이상해."

"이상하지."

"그런 뜻이 아니야, 리."

므와세가 목소리를 높였다.

"……."

"제라드가 리버풀을 떠난다니까 토토를 접으려는 거지."

"적중률은 제라드와 관계없어, 므와세."

"아니면 나에게 베팅 정보를 알려주겠다는 약속을 지키기 싫은 거거나. 너 혼자 다 하고 싶은 거거나. 정보를 알려준 대가를 달래고 싶은 거거나."

"므와세."

"어."

"그렇게 보여?"

"그렇게 보여."

"그럼 므와세, 내가 가진 모든 걸 너에게 준다면 날 믿겠니?"

"리."

"내 꿈이 무언지 내가 모른다면 아무리 많다 하더라도 돈이 무슨 소용일까?"

"……."

"돈이라는 밀가루 튀김에 박혀 있는 상한 소시지와 내가 뭐가 달라?"

"너를 이해할 것 같다가도, 리."

"뚱뚱한 핫도그 같은 인생은 끔찍하잖아."

"돈이 갑자기 너무 많아져서 머리가 좀 이상해진 것 같아. 아무래도 그런 것 같아. 인과의 오류에서 벗어나지 못하잖아."

"심각해 나는, 므와세."

"그래 보여. 응. 그리고 나는 너의 자의식의 호사, 사치, 그런 게 정말 지겨워."

"인과의 오류가 아닐지도 모르니까."

"오류야."

"그렇게 생각하고 싶겠지, 넌."

"생각이 아니라 확신이다."

"확신이 흔들리면 내 두려움을 알게 될 거야."

"알게 되든 아니든 나와 한 약속은 지켜주었으면 좋겠어, 리."

"젠장, 그래. 리버풀이야."

리가 자리에서 일어나 보드카 병의 목을 움켜쥐었다.

"이긴다는 거야 진다는 거야?"

"져."

"몇 대 몇으로?"

"몰라, 그냥 져."

리가 어둠에 잠긴 계단을 비틀거리며 내려갔다. 목각 제품 노점 쪽으로 걸음을 옮겼다. 노점을 덮은 검은 비닐 위로 안개비가 내렸다. 차이나 위브에서 풍겨 나온 튀김 기름 냄새가 시장통에 흘렀다.

리는 목각 제품 노점 앞을, 주디가 그랬듯, 이쪽에서 저쪽으로 저쪽에서 이쪽으로 오갔다. 안개비가 리의 머리카락 끝에 하얗게 맺혔다.

앞으로 어떤 것도 소망할 수 없을지도 몰라. 리는 혼자 중얼거렸다.

리는 돌아오지 않고 있었다. 오랜만에 엘린이 커피를 내렸고 수와 거실 탁자를 사이에 두고 앉았다. 밖은 어두웠다. 커피는 이미 식었다.

"거실도 탁자도 곧 작별이네."

수가 입을 조금만 벌린 채 말했고,

"응. 거실이랄 것도 탁자랄 것도 없었지만."

엘린이 고개를 끄덕였다.

엘린은 의자 등받이에 몸을 깊숙이 묻었다. 턱을 당겨 가슴에 묻고 다리를 뻗었다. 치뜬 눈으로 수를 바라보았다.

수는 정자세로 앉아 두 팔을 탁자 위에 괴었다. 엘린과 달리 탁자에 바짝 붙어 있었다. 잔을 들어 식은 커피를 조금 마시고 내려놓았다. 그러기를 반복하며 수는 입속의 것을 오물거렸다. 엘린은 수에게서 눈을 떼지 않았다.

일주일 후면 떠날 집이었다. 새집으로 이사하는 것을 엘린은 특별하게 여기지 않았다. 리도 그랬다. 그들에게 돈이 생겼고 쓰지 않을 이유가 없었다.

흙벽돌집에서의 일들이 추억이 될 거라고 엘린은 생각했다. 그런 마음과 기분으로 일주일을 살 거라고. 보이는 것 만지는 것들이 새삼 아련하고 애틋했다.

수에게서 눈을 떼고 흙칠한 천장과 반들거리는 흙바닥과 화덕과 조리 기구들을 번갈아 바라보았다.

열린 현관문 밖으로 마당이 흐릿했다. 어둠과 모기장에 가려 톰보지 나무는 보이지 않았다. 엘린는 나무를 떠올렸다. 그것은 웅크려 앉은 동양인 노파 같았다.

시애틀에서 엘린은 일본 영화를 본 적이 있었다. 아들이 늙은 어미를 지게에 태워 산에다 가져다 버리는 이야기였다.

노파는 작고 가벼워 보였다. 하얗게 센 성근 머리카락이 바람에 날렸다. 바위산 계곡에 눈이 내렸다. 아들은 어미를 작은 바위 위에 앉혔다. 눈은 계속 내렸고 까마귀가 날았다. 바위산 계곡에는 그렇게 버려진 사람들의 유골이 흩어져 있었다.

아들은 돌아섰고 어미는 눈을 맞았다. 아들이 걸음을 멈추고 돌아볼 때마다 어서 내려가라고 어미는 힘없는 손짓을 했다. 톰보지 나무는 키가 작고 줄기도 가늘었으나 수령이 오래된 나무였다. 나무의 가지는 홑옷 밖으로 비어져 나온 노파의 야윈 팔 같았다.

수도 어두워진 마당을 바라보았다. 더는 커피를 마시지 않았으나 그녀는 오물거리는 것을 멈추지 않았다.

엘린은 마당에서 눈을 거두고 다시 수의 입 모양을 바라보았다. 거슬려서 바라보았다. 함께 있어도 둘은 그다지 대화를 나누지 않았다. 표정도 없었다. 둘은 리가 돌아오기를 기다렸다. 리의 귀가 시간이 자꾸 늦어졌다.

쇠절구와 나무공이가 거실 한쪽에 놓여 있었다. 커피콩 냄새가 거실을 떠다녔다. 새집에 가서도 엘린은 그라인더를 쓰고 싶지 않았다. 리도 그라인더와 쇠절구의 확연한 맛 차이를 알았다.

배터리에 연결된 꼬마전구 불빛이 조금씩 더 밝아졌다. 엘린은 불빛을 바라보았고 수의 눈은 어두운 마당을 향했다.

이사를 하면 일을 다시 시작할 거라고 수는 말했다. 이틀 전 엘린에게 그렇게 말했다.

엘린은 수의 말을 들었을 뿐 아무 말 하지 않았다. 엘린은 그 순간을 떠올렸다. 그녀의 일을 막고 싶지 않았다. 일을 다시 시작하게 되면 수가 집 밖에 머무는 시간이 많아지는 건지 궁금했으나 묻지 않았다.

엘린은 수에게 자신의 사소한 의도도 들키고 싶지 않았다. 묻거나 말을 하면 숨과 함께 의중도 새어나오는 것이라고 생각했다. 브램블 숲 가시넝쿨에서도 엘린과 수는 종종 말이 없었다. 땡땡과 밀루 매트에 누워 하염없이 하늘을 바라보았다.

그때는 말하지 않아도 서로의 의중이 거침없이 서로에게 닿았다. 엘린은 수의 눈으로 하늘을 보고 수는 엘린의 눈으로 구름을 보았다. 커피 아카데미에서 드리핑을 배울 때도 그랬고 음바니 흙벽돌집에서 함께 살면서도 그랬다.

스스로 단속하지 않으면 엘린의 의중은 커피 향처럼 수에게 흘러갔다. 수의 의중도 마찬가지였다. 세월이 만들어놓은 골 같은 것이어서 흐름은 막힘이 없었다. 그러나 엘린은 질문과 숨을 단속하기 시작했다.

"거실도 탁자도 곧 작별이네."

라고 수가 말하면,

"응. 거실이랄 것도 탁자랄 것도 없었지만."

이라고 시들하게 대답했다.

어느 날부터 수의 의중이 느껴지지 않았기 때문이었다. 사소한 의도도 전해지지 않았다. 완강한 어둠과 딱딱한 벽에 가로막혔다. 무엇이 막는 것인지 엘린은 알지 못했다. 누가 막는 것인지.

엘린도 문을 닫았다. 자신의 말과 표정에 주의를 기울였다. 소크라테스의 신원에 관해서도 철저하게 함구하며 소스라쳤다.

"이 집 많이 생각나겠다."

라고 수가 말하면,

"그러겠지."

라고 대답할 뿐이었다.

밤이 더 깊었는데도 리는 돌아오지 않았다. 밖은 어둠뿐 아무런 기척도 없었다. 엘린은 바닥과 천장을 바라보고 마당을 눈으로 더듬으며 작은 동양인 노파를 떠올렸다.

식은 커피를 마셨다. 부모를 산에다 버리는 것은 불효도 죄도 아니었다. 만남과 헤어짐의 철칙은 아름답지 않았으나 추하지도 않았다.

수는 오물거리는 것을 멈추지 않았다. 그녀의 손이 주머니에 들어갔다가 나왔다. 그럴 때마다 수의 손끝에 무언가 작은 조각이 따라 나왔다. 엘린은 그것이 무엇인지 알았다. 씹기 좋게 가위로 오린 그것.

수는 그것을 껌처럼 씹었다. 딱딱하고 질긴 거였다. 턱관절에서 발생한 자극을 지속적으로 뇌에 보내면 잊힌 기억이 깨어날 거라고 수는 믿었다.

쥐 파는 아이의 말에 수는 집착했다. 기억이 돌아오면 그녀는, 당연히, 리가 주디스의 연인이라는 걸 알게 될 것이었다.

수가 한국인이 아니라면 저것을 먹을까? 쥐 파는 아이의 말을 믿고 싶다고 해도 선뜻 입에 댈 수 있었을까. 그럴 수 있었을까. 엘린은 자꾸 동양인 노파를 떠올렸다. 노파는 스스로 버려지기 위해 자신의 앞니를 돌로 쳐 부러뜨렸다.

엘린은 주디스인 수와 함께 리를 기다리는 시간이 어색하고 싫었다. 수는 저녁내 오물거렸다. 계속 오물거렸다. 어둠 속에 웅크린 채 저작을 멈추지 않는 고양이과의 집요한 포식자를 떠올리게 했다.

수 혼자 리를 맞이하게 내버려두고 싶지 않았다. 엘린은 식탁을 떠나지 않았다.

리가 돌아오면 엘린은 그와 함께 곧장 방으로 들어가곤 했다. 엘린이 이끄는 대로 리는 별말 없이 방으로 들어갔다. 리의 표정은 늘 밝지 않았다. 자주 술 냄새를 풍겼다. 엘린은 그에게 늦는 이유를 묻지 않았다.

늦게까지 술을 마신 날 리는 물에 빠진 사람처럼 엘린을 움켜잡았다. 집요하게 엘린을 원했다. 아랑곳 않는 리의 격정이 엘린은 싫지 않았다. 리의 우울이 궁금하다가도 그것이 자신에게 전심전력하는 이유가 된다면 나쁘지 않다고 생각했다.

무언가를 유린하고 파괴해서 리가 근심을 덜 수 있다면 엘린은 기꺼이 파괴되기를 바랐다. 그가 원하는 것 이상으로 부서질 마음이 있었다. 실제로 그녀는 리의 기세에 비해 훨씬 과도하게 허물어졌다.

방 안의 형편이 수 홀로 잠자리에 누운 거실에 고스란히 전해질 거라는 걸 엘린은 알았다. 수가 잠들었는지 이전처럼 조심스럽게 묻지 않았다. 자든 안 자든 "자? 자요? 잘 자, 어-니" 라고 인사하던 엘린이었다.

엘린은 묻지도 인사하지도 않았다. 수의 존재를 아랑곳 않고 광포해지는 리가 좋을 뿐이었다. 그를 힘껏 받아들이며, 그의 우울이 수 때문이 아니라는 확신을 만끽했다. 리의 근심의 실체. 그를 사랑하는 엘린으로서는 그것이 궁금하지 않을 수 없었다. 그러나 나중이었다.

자신의 불안이 먼저고, 리의 근심은 나중이었다. 리의 사랑은 오직 자신뿐이라는 확신이 절박했다. 그것이 충족된다면 엘린은 리를 위해 죽을 수 있다고 생각했다. 자신의 목숨을 리의 우울과 바꿀 수 있다고.

리는 돌아오지 않고 있었다. 리가 돌아오려면 마당이 쿠페의 불빛으로 환해졌다. 마당은 여전히 어두웠다. 엘린은 톰보지 나무가 쿠페의 불빛에 잠깐 드러나는 광경을 떠올렸다. 흙벽돌집과 쿠페의 언밸런스도 보기에 괜찮다던 리의 말을 떠올렸다. 수는 계속 오물거렸다.

—저러다가.

엘린은 숨을 멈추었다. 수를 바라보았다. 기분 나쁜 생각이 떠올랐다. 수는 오물거렸다.

—저러다가 어느 순간 풍선 터지듯…….

생각은 단속되지 않았고 가차 없어졌다. 수는 계속 오물거렸다.

—기억이 몽땅 되돌아오는 것 아닐까.

하필 리가 저 문을 들어서는 순간, 그 순간에, 수의 기억이 돌아오는 것은 아닐까. 엘린의 생각은 멈추지 않았다. 닫아놓았던 의중의 문이 저절로 열렸다.

“언제까지 씹을 건데?”

엘린이 물었다.

“왜?”

수가 되물었다.

“냄새나.”

낮았지만 단호했다.

“뭐……라고?”

수가 되물었다.

“냄새나.”

엘린의 말은 높낮이가 똑같았다.

“냄새나.”

천 번을 물으면 천 번을 똑같이 대답할 것처럼, 엘린은 한 번 더 말했다.

“냄새나.”

수의 의중이 전해지지 않기 시작하면서 엘린은 수의 마음

이 궁금하지 않았다. 이상했지만 그랬다. 수가 자신의 일을 다시 시작하겠다고 했을 때도 만류할 맘이 들지 않았다.

집을 떠나는 일에 관해서도 그랬다. 일을 다시 시작하면 자주 집을 비우게 될지 오래 비우게 될지 궁금하지 않았고, 멀리 가거나 오래 가거나 아주 가도 상관없겠다는 생각이 들었다.

그런 생각을 하는 자신이 매우 기이하다는 것도 알았다. 은라의 눈에서 간구한 것은 그것이 아니었으니까.

수가 먼저 마음의 문을 닫았기 때문이라고 엘린은 생각했다. 수가 마음을 닫는 순간 서로 어떤 일을 하든 얼마나 떨어져 있든 상관없어진 것이라고.

각자의 문을 둘이 동시에 열지 않는 한 문은 닫힌 것이었다. 엘린이 열어도 수가 열지 않으면 둘 다 닫은 것과 같았다.

수는 어째서 마음의 문을 닫은 걸까. 그녀에게 기억이 되돌아오고 있는 건 아닐까. 리를 알아본 것은 아닐까. 은라의 눈에서 그녀는 오직 기억을 돌려달라고 기도하지 않았을까.

마침내 그녀의 기억이 돌아오고, 리를 알아보고, 나를 멀리하기 시작한 걸까. 그렇다면 요루바 신은 어째서 그녀의 소원만 듣고 내 소원은 듣지 않았을까. 내 소원이 이루어지지 않을 거라면 그녀의 소원도 이루어지지 않아야 하는 것 아닐까. 어디서부터 잘못된 걸까.

자신의 간절했던 기도의 내용을 엘린은 또렷이 기억했다.

이페에 가자고 말을 꺼냈던 것도 엘린이었고 정말 가자고 나섰던 것도 엘린이었다.

간절하고 순수했던 자신의 소원을 다른 것과 착각할 리 없었다. 리와 수와 자신의 삼각형이 슬픈 것이어서는 안 된다는 일념밖에 없었다.

혼자 다짐하고 맹세하고 확인하는 자리에서도 엘린은 언제나 떳떳했고 절실했다. 뿌듯하면서 뭉클했다. 신은 그런 기도만 용납하는 거라고 믿었기 때문이었다. 신이 용납하기에 부끄럽지 않은 소망이라고 확신했다.

최근의 사정은 그러나 혼란스러웠다. 왜 이렇게 되었을까. 수는 마음의 문을 닫았고, 엘린은 매정해졌다. 배당액이 늘수록 리는 우울해졌다.

이유를 알 수 없었으나 그것의 시초가 적어도 자신의 기도 때문이 아니라는 것은 분명했다. 은라에게 바쳤던 기도를 엘린은 잊지 않았다.

은라의 눈까지 가는 길은 어둡고 멀고 추웠다. 밤이 되자 요루바족 사내가 그토록 많은 것을 껴입은 이유를 알았다. 몸은 약하고 걸친 것은 무거워 얼마 못 가 주저앉을 것처럼 보였으나 사내는 용케 앞서 나아갔다.

가는 동안 사내는 아무 말도 하지 않았다. 메마른 산을 오르는 짐승처럼 숨을 몰아쉬었다. 엘린과 리와 수도 입을 꾹 다물고 걸었다. 어둡고 거친 길을 딛느라 말할 짬이 없었다. 그들의 머리 위에는 보랏빛 하늘과 무수한 별들이 펼쳐졌다.

엘린은 리의 뒤를 따랐고 리는 사내의 뒤를 따랐으며 수는 엘린의 뒤를 따랐다. 줄곧 그렇게 걸었다. 어두운 길이었으나 걸음이 느리지 않았다. 해가 떠오르기 전에 은라의 눈에 닿아야 했다.

무작정 걷는 것 같았다. 엘린은 종종 밤 산행의 목적을 잊었다. 걷기 위해 걷는 것 같았다. 이승의 길이라는 느낌도 없었다. 걷는 자신의 존재를 자각하기 이전에 이미 걷고 있었으며 걷는 자신의 존재를 망각해도 걷고 있을 것 같았다.

밤은 끝없이 계속되고, 걷기도 계속되고, 그리하여 계속이라는 말의 뜻마저 증발할 것 같은 걷기. 엘린은 리의 허리춤을 잡고 수는 엘린의 허리춤을 잡았다.

사내는 리 앞이었다. 네 마디로 이루어진 절지동물이 자신의 생태를 알지 못한 채 보랏빛 하늘과 별의 무리에서 전해오는 파장을 따라 하염없이 꿈틀거리며 기어가는 상상을, 엘린은 발바닥이 뜨거워질 때마다 했다.

—예서 기다립지요.

사내의 말은 하늘이 운 것 같았다. 높고 아득한 보랏빛 하늘 전체와 공명했다. 낮은 음성이었으나 귀청을 때렸다. 엘린에게는 천둥처럼 들렸다. 무수한 별들이 진저리쳤다.

그것이 무슨 뜻인지 엘린은 알지 못했다. 천둥이 쳤고, 그

소리에 놀라 걸음을 멈추었을 뿐. 걸음을 멈추고 나서야 그것이 다 왔다는 뜻의 말임을 알아차렸다.

사내를 어둠 속에 남겨두고 엘린과 리와 수는 은라의 눈에 접근했다. 두 개의 눈 경계에 섰을 때 엘린은 갑작스런 피로와 현기증을 느꼈다.

양쪽 돌 구덩이의 깊은 중앙이 동시에 내려다보이는 지점이었다. 쓰러져 잠들고 싶을 지경이었기 때문에 경계 지점에 자란 풀들이 한없이 부드럽게 느껴졌다.

엘린은 리를 따라 둥근 바위벽을 더듬어 내려갔다. 눈이 아니라 하늘을 향해 벌린 거대한 괴물의 아가리 속으로, 목구멍 속으로 빠져드는 것 같았다.

걸음을 내디딜 때마다 몸이 위축되었으나 엘린은 기도의 내용을 잊지 않기 위해 두려움을 떨쳐냈다.

멀고 험한 밤길을 가로지르면서 현실감을 잃었을 때도, 거친 숨으로 몽롱해졌을 때도, 엘린은 기도의 내용을 잊지 않기 위해 눈을 크게 떴다.

그것을 되새기고 또 되새겼다. 어려울 것도 길 것도 잊을 것도 아니었으나 골똘히 되새기고 또 되새기면서 엘린은 자신의 순명한 마음을 지탱했다. 어려울 것도 길 것도 잊을 것도 아니었으나 그것을 위해 아프리카를 횡단했고 위험한 밤길을 걸었으므로.

눈의 깊은 중앙에 섰을 때 엘린은 고개를 들어 하늘을 보았다. 기도를 할 때도 엘린은 눈을 감지 않았다. 모든 것이 아득하여 놓쳐버릴 것 같았다. 밤새 그녀를 따라왔던 보랏빛 하늘과 별들이 그곳에 멈추어 있었다. 리도 수도 눈을 감고 멈추어 있었다.

사랑하는 나의 리.

사랑하는 나의 수.

엘린은 두 사람의 옆모습을 차례로 보고 다시 고개를 들어 하늘을 바라보았다.

엘린은 왼손으로 리의 손을, 오른손으로 수의 손을 잡고 있었다. 잡은 손을 꼭 쥐었다. 그런데 기도는 엘린의 마음에서 일기도 전에 보랏빛 하늘에서 먼저 별빛을 타고 내려왔다.

엘린은 몸이 떨렸고, 예상하지 못한 사태에 놀랐다. 자신의 기도가 자신에 앞서 강림의 방식으로 간절함을 일깨운 것은 처음이었다.

나보다 먼저 내 기도의 내용을 알고 응하는 이라면 신뿐이라고 생각했다. 엘린은 그렇게 은라를 만나고 있는 거라고 믿었다. 은라와 자신이, 강림과 기도의 방식으로 동시에 마주하는 소리를 들었다.

—우리의 이 아름다운 삼각형을…….

엘린은 그 소리를, 말하면서 들었다.

—영원히 축복하소서.

말하면서 동시에 들었던 그때 그 소리와 기도의 순간이 또렷했다. 기억보다 몸이 먼저 반응했다. 그 순간을 떠올리면 몸이 먼저 떨고 놀랐다.

이페에 다녀온 지 넉 달이 지나고 있었지만 여전히 그랬다. 그곳에서의 기도가 잊힐 리 없었다.

엘린의 기도는 이전의 어떤 기도와도 달랐다. 엘린에게 기도는 생활이었고, 생활이어서 간절하거나 절박하지 않았다. 시애틀에서도 말라위에서도 엘린은 늘 기도했다. 대상과 내용은 중요하지 않았다. '기도하는 자신'이 중요한 기도였다.

그러나 이토록 커다란 난관은 처음이었다.

리와 자신, 그리고 수 사이의 난관.

엘린은 나열의 순서를 바꾸어보았다.

리와 수, 그리고 자신 사이의 난관.

배열의 순서만 바꾸어도 끔찍하게 느껴지는 사태. 세상 누구에게도 없을 난관이어서 난관이라는 말로는 사태의 심각성에 이를 수 없다고 엘린은 생각했다.

그동안 기도할 때마다 우러르던 대상이 누구였든, 기도의 내용이 무엇이었든, 까맣게 잊고 엘린은 무작정 이페로 날아갔고 밤을 새워 은라의 눈에 닿았다.

엘린은 소중한 모든 것을 지키고 싶었다. 그곳에서 그녀는 이전의 어떤 때와도 달리 절실했다. 소중한 모든 것을 지킬 수 있게 해 달라고 기도했다. 리와 자신, 그리고 수가 이룬 삼각형의 평화로움이 영원하기를.

세 꼭짓점을 잇는 선분이 악기의 현처럼 곧고 빛나기를. 세 개의 현이 동시에 울릴 때 그 소리가 보랏빛 하늘의 새벽별처럼 영롱하기를. 삼각형의 내면은 언제나 배려와 사랑의 공명으로 가득하기를. 그러기를.

그런데 선분의 탄력은 느슨해져 아무 소리도 내지 않았고, 수는 마음의 문을 닫았으며, 엘린은 매정해졌다. 리는 눈덩이처럼 불어나는 돈을 두려워하며 침울해졌다.

어디서부터 잘못된 것일까. 엘린은 골몰했다. 이런 사태가 은라의 기도와 무관한 걸까.

엘린은 요루바족 사내의 말을 떠올렸다. 그의 말이 자꾸 떠올랐다. 듣던 당시에는 듣고 말아버린 말이었다.

은라의 눈에서 기도를 마친 세 사람은 사내가 기다리는 곳으로 갔다. 사내는 처음 주저앉았던 자리에 처음 앉았던 자세 그대로 있었다.

그때까지도 날은 밝지 않았다. 사내는 산 아래 큰길까지 일행을 안내하기로 돼 있었다. 그곳에서 아침을 먹고 사내와는 헤어지기로.

나무 사이를 헤치며 산을 내려갔다. 나무들은 하나같이

키가 작았다. 음바니 집 마당의 톰보지보다 더 작고 낮았다. 가늘지만 거친 나뭇가지들이 허리에 부딪혔다. 군락이 촘촘하여 헤치고 나가기가 쉽지 않았다.

—이제 어디로 갑니까?

리가 입을 열었다. 나뭇가지가 옷을 스치며 묘한 휘파람 소리를 냈다.

—큰길까지 갑지요.

사내가 대답했다.

휘파람 소리가 사방으로 퍼져 나갔다. 네 사람의 옷을 스치는 마찰음이라기엔 소리가 지나치게 컸다.

낯선 존재의 출현을 알리는 나무들끼리의 비상 신호일지 모른다고 엘린은 생각했다. 소리는 멀어지고 가까워지고 돌아오고 돌아갔다. 소리가 아득해질 때까지 묵묵히 걸었다.

—우리와 헤어져서 어디로 갈 거냐고 물었던 것입니다.

리가 다시 입을 여는 데 10여 분 가까운 시간이 걸렸다.

—집으로 갑지요.

사내는 짧게 대답했다.

띄엄띄엄 그들은 말을 나누었으나 말을 나누지 않는 것과 다름없다고 엘린은 생각했다. 짧게나마 말을 주고받으면 덩달아 바람처럼 일어났다가 스러지는 휘파람 소리에 귀를 기울였을 뿐이다.

리와 사내의 대화는 그렇게 한참을 끊기고 짧게 이어졌다.

그들의 대화만큼이나 드물게 자동차 불빛이 산자락을 훑고 지나갔다. 소리는 들리지 않았고 차량의 움직임도 작은 발광 곤충처럼 느렸다.

산을 거의 내려오자 날이 밝기 시작했다. 보랏빛이 사라지고 별도 빛을 잃어갔다. 날이 밝으면서 리와 사내의 대화도 조금 활달해졌다. 오랫동안 어둠에 갇혔다가 헤어난 그들은 깊은 숨을 들이켜고 말을 하고 하품을 했다.

오랜 마법에서 풀려난 것 같았다.

—어째서 그곳까지 함께 가면 안 되는 거였나요?

리가 물었다.

사내는 종일 부지런히 가도 집에 당도하려면 또 다시 밤이 될 거라며 아침도 먹지 않고 떠나겠다고 했다.

—한 번밖에 소원을 들어주지 않으니까요. 한 번을 위해 기다리는 겁지요.

사내가 대답했다.

—그러니 함께 가면 안 된다는 게 불문율은 아닌 겁지요. 자기에게 가장 필요한 소원이 무엇인지를 알게 되었을 때 가려는 겁지요.

—그럼 당신은 아직 자신에게 가장 필요한 소원이 무엇인지 알지 못한다는 말입니까?

—그렇고 말굽쇼.

리가 다시 물었다.

—왜 사람들이 없지요? 안 보이잖아요. 한 번을 위해 기다리는 거라고 해도 자기에게 가장 필요한 소망을 알게 된 사람은 오지 않을까요. 세상은 소원이 이루어지기를 바라는 사람들로 가득한데 이렇게 찾아오는 사람이 없다니요.

사내는 일행을 위해 식당을 섭외하고 서둘러 떠나려 했다.

사기 아니냐고 묻는 것 같았다. 리의 물음이 그런 뜻이 아니기를 엘린은 바랐다. '정말 소원이 이루어지나요?'라는 건 말하지도 생각지도 말라던 사내의 말이 떠올랐다.

사내가 할 수 있는 대답은 그것밖에 없을 거라고 엘린은 생각했다. 그런 건 말하지도 생각지도 말라…….

그런데 사내는 다르게 대-답-했-다. 의외였고, 엘린으로서는 말의 뜻을 얼른 이해할 수 없었다. 그래서 듣고 말아버린 말이었다.

그 말이 자꾸 떠올랐다. 요즘의 사태가 은라의 기도와 무관한 걸까, 골몰할 때마다 떠오르는 말이었다. 사내의 말이었다.

—반드시…… 이루어지기 때문입지요.

그 말을 남기고 사내는 어둡고 근심 어린 표정으로 세 사람을 둘러본 뒤 카두나 행 버스에 올랐다. 그의 집은 이페에서 동북쪽으로 9백 킬로미터를 달려가야 한다고 했다.

사람들이 찾아오지 않는 까닭이 소원이 반드시 이루어지기 때문이라는 사내의 말은 이상했다. 버스 엔진 소음 때문에 사내가 리의 말을 잘못 알아듣고 한 대답이라고 생각할 수밖에 없었다.

그런데 어째서 자꾸 사내의 말이 떠오르는 것일까.

—반드시…… 이루어지기 때문입지요.

엘린은 생각했다. 우리는 어째서 이렇게 된 걸까. 리도 수도 사내의 마지막 말을 들었을까. 그랬다면 리와 수는 그 말을 어떻게 이해했을까.

상념에 휘둘릴 때마다 엘린은 자신의 기도를 가만히 붙잡았다.

—우리의 이 아름다운 삼각형을…….

그리고 힘주어 속삭였다.

—영원히 축복하소서.

수는 의견함 상자 속 종이쪽지들을 영어와 치체와어로 분류했다.

일주일 전 일요일, 중국 구호단체들이 마을을 다녀갔다. 수는 그때 마을 사람들의 신분 카드 스캔을 돕고 레이션 카드 기록을 보조했다. 중국 구호단체는 시리얼과 콩과 식용유를 배급하고 떠났다.

그들이 받아놓은 의견함의 의견과 레이션 카드 정리를 수가 맡겠다고 했다. 어려운 일도 아니었고 급한 일도 아니었다.

마을 대표는 엘린이 속한 병원의 관리부에서 근무하는 나이 든 여성이었다. 자신이 할 일을 수가 대신해 주는 것에 대해 그녀는 감사와 칭찬을 아끼지 않았다.

호수가 보이는 나무 그늘에 앉아 수는 의견함의 종이쪽지를 쉬엄쉬엄 분류했다. 맑은 휴일 오후였다. 수가 읽을 수 있는 것은 영어였고 읽을 수 없는 것은 치체와어였다. 이파리와 꽃을 분류하는 것만큼 쉬었다.

영어로 쓰인 의견에는 특별하거나 구체적인 내용이 없었다. 배고프니 도와달라. 몇 개의 단어가 늘거나 줄어도 내용은 다르지 않았다.

'의견'은 배고프니 도와달라가 전부였다. 언제나 그랬다. 치체와어로 적힌 의견도 다르지 않을 거라고 수는 생각했다. 그것을 영어와 치체와어로 분류한다는 것이 무슨 소용일까, 의견을 써서 의견함에 넣게 하는 것이 무슨 소용일까 싶었지만, 구호단체들이 올 때마다 마을 대표는 주민들의 '의견'을 의견함으로 받았다.

의견함 속 의견은 같은 재질의 종이에 같은 종류의 펜으로 쓰인 것이었다. 구호단체가 현장에서 찢어 나누어준 수첩 종이에다가 구호단체에서 나누어준 볼펜으로 쓴 것이었다.

분류하고 정리하는 일이 급할 것도 어려울 것도 없다는 것은 그런 뜻이었다. 그것을 써야 배급받는 줄 알고 주민들은 입장권 내듯 의견함에 종이쪽지를 집어넣고 시리얼과 콩을 받아갔다.

호수에서 바람이 불어왔다. 얌나무 껍질로 짜 만든 바구니배 한 척이 백사장 가까이 떠 있었다. 흰 페인트 칠한 몸체에 초가지붕 차양을 단 작은 배였다.

"볼 때마다 자꾸 저게 넘어질 것 같아."

수가 한 손을 주머니에 넣으며 말했다. 들으라고 한 말은 아니었으나 저쪽에 엘린이 있었다.

엘린은 하늘에다 아무도 모를, 거대하고 복잡한 그림을 그리는 중이었다. 그러는 거라고 수는 생각했다. 해먹에 누운 엘린은 먼 하늘을 바라보았다. 분명 먼 곳이었으나 그녀의 눈빛은 어쩐지 아련하지 않았다. 하늘이나 구름을 감상하는 눈이 아니라 무언가를 골똘히 응시하는 눈이었다.

그래서 수는 엘린이 하늘에다 크고 복잡한 그림을 그리는 거라고 생각했다. 눈 부릅뜨고 붓을 따라가는 거라고. 아니면 자신의 내면이나 상념에다 그와 같은 그림을 그리는 것이든지.

"무게중심이 높아 보여서 그래. 바구니 배들은 모두 초가지붕 차양이 지나치게 높잖아."

하늘을 향한 채 엘린이 말했다. 그녀의 말이 바람에 섞였으나 명료하게 들렸다. 엘린의 말을 듣고 정말 그래서 그런 거라고 수는 금방 수긍했다. 초가지붕 차양은 높기도 했지만 무거워 보이기도 했다. 수는 주머니 것을 만지작거렸다.

Please Sir, tray to assist us because of huger. 급하게 쓰느라 철자가 틀린 의견문을 수는 영어 쪽에 분류했다. 모든 의견이 결코 한 문장을 넘기지 않았다.

구호품을 황급히 자루에 담던 사람들의 모습이 떠올랐다. 그리고 엘린의 말이, 책망 같다고, 책망 같았다고 수는 생각했다. 냄새나. 수의 귓전에 아직 엘린의 말이 쟁쟁했다. 냄새나. 냄새나.

"엘린. 레이션 카드 넘버 밑에 FDP라고 있어. 뭐지?"

레이션 카드 정리는 수가 하기 전에 엘린이 돕던 일이었다. 개인별 배급 사항이 날짜별로 적힌 얇고 낡은 종이였다.

"학교 이름 적으면 돼."

"학교 이름?"

수는 엘린의 말에 귀 기울였다.

"C-H-A-S-G-A. CHASGA SCHOOL."

"C-H-A-S-G……."

"도와줄까, 수?"

"아니."

"도와주어야 할 것 같은데."

"아니."

엘린은 몸으로 한가로이 해먹을 흔들었다. 도와주길 바란 것이 아니었다. 도와주고 말고 할 것도 없는 일이었다. 수는 엘린의 말을 듣고 싶었던 것뿐이었다. 엘린의 말. 엘린의 말투가 책망으로 들리지 않기를.

수는 손동작을 멈추고 고개를 들어 호수를 향했다. 바구니 배는 그곳에 그대로 떠 있었다. 바람이 불었고 엘린은 나무 사이에서 흔들렸다.

날이 맑고 뜨거워서 살아 있는 모든 것들은 그늘로 숨어들었다. 수는 다시 주머니 속에 손을 넣고 매끈하고 뾰족한 것을 만지작거렸다.

볼 때마다 배가 넘어질 것 같았던 것은 무게중심이 높아보였기 때문이었다. 엘린의 말마따나 그랬기 때문이라고 수없이 되뇌었다.

되뇌며 수는 바구니 배를 바라보았다. 바구니 배에서 눈을 떼지 않았다. 오래 그것을 응시했다. 무게중심이 높아 보여서 그래. 바구니 배들은 모두 초가지붕 차양이 지나치게 높잖아. 무게중심이 높아 보여서 그래. 바구니 배들은 모두 초가지붕 차양이 지나치게 높잖아. 무게중심이 높아서…….

엘린의 말이 수의 귓전을 맴돌았다. 수는 레이션 카드 FDP란에 CHASGA SCHOOL이라고 적었다. 의견 분류만큼이나 쉬웠다. 바구니 배를 바라보았다. 하늘은 푸르고 푸르렀다. 엘린의 해먹이 흔들렸다. 흔들릴 때마다 나무에 맨 해먹 끄트머리에서 마찰음이 났다.

"엘린."

"응."

"해먹을 흔들지 말아 봐.

"왜?"

수는 자신의 몸이 산처럼 크고 무겁다고 생각했다. 지표면을 뚫고 솟아오르려는 무엇을 오롯이 짓누르기에 충분한 크기와 무게. 수는 그런 자신이 못마땅했다.

"잠깐 멈추어봐."

"금방 멈추어지지 않아, 수."

"알아, 일단 동작을 멈추어봐."

수는 레이션 카드에 CHASGA SCHOOL를 쓰고 Client thumb print 항목에 찍힌 검고 푸른 지장들을 눈으로 확인했다. 바람이 앞머리를 간질였다.

해먹의 마찰음이 조금씩 줄어들었다. 검푸른 지문은 저마다 고유한 물결무늬를 드러냈다. 거기에 주름과 상처가 암각화처럼 박혀 있었다. 칼에 베거나 가시에 긁힌 흔적들이 희고 날카로운 직선으로 찍혔다.

같은 사람의 지문이었으나 배급 받은 날짜에 따라 지문의 느낌이 조금씩 달랐다. 3월 10일 슬픔, 4월 9일 급함, 5월 12일 아무 생각 없음.

수는 고개를 들어 숨을 들이쉬고 바구니 배를 또 바라보았다. 무게중심이 높아 보여서 그래. 바구니 배들은 모두 초가지붕 차양이 지나치게 높잖아.

수는 고개를 끄덕였다. 엘린의 말은, 아무래도, 책망인 것 같았다.

"멈추었어."

엘린이 말했다. 수는 배에서 눈길을 거두고 새 레이션 카드를 들여다보았다. Lucia Masanza의 카드였다. 지문의 표정은 3월 10일 몰라, 4월 9일 묻지마, 5월 12일 모른다니까, 였다.

물결무늬도 주름도 상처도 없는 멍텅구리 지문이었다. 검푸른 체액의 벌레를 꾹 으깨어놓은 것 같았다. 수는 루시아를 기억했다.

"해먹을 멈추었다니까, 수."

엘린이 말했다. 수는 루시아의 말과 표정을 떠올렸다. 지난 주말 그녀는 다른 사람들처럼 구호 식량을 타려고 학교 운동장에 긴 줄을 섰다. 루시아……. 루시아 마산자. 수는 중국 구호단체 회원 중 하나가 그녀의 이름을 중얼거리듯 부르는 것을 들었다.

루시아가 웃었다. 수는 웃는 루시아를 보았다. 신분 카드가 바코드군요. 바코드 인식기가 이런 마을에도 있다는 말이군요. 오렌지색이어서 참 예뻐요. 루시아의 사진도 예뻐요. 중국인 회원이 미국 억양으로 빠르게 말했다.

루시아는 웃는 표정을 흩트리지 않고 대답했다. 네, 바코드지요. 인식기가, 우릴 인식하죠.

"수."

수가 엘린 쪽으로 고개를 돌렸다. 엘린은 시신 듯 수를 바라보았다.

"멈추었다니까."

엘린이 말했다.

"응."

대답하며 수는 레이션 카드로 고개를 숙였다.

"수."

"응."

"멈추었다는데 응이 뭐야?"

"멈추었으면 됐어."

"말을 해야지."

"무슨?"

"멈추라고 한 이유."

"……."

"수."

"응."

"말 안 할 거야?"

"아, 미안, 엘린. 소리, 소리가 좀 신경 쓰였을 뿐이야."

"무슨 소리?"

"날이 맑고 덥고, 움직이는 모든 것들이 몽땅 숨어버렸기 때문에, 조용해졌기 때문에……."

"그래서?"

“그랬기 때문에, 응, 작은 소리도…… 크게 들렸나 봐.”

“그게 무슨 소리였을까, 수?”

“해먹과 나무가 마찰하는 소리.”

“그랬나?”

“그런 스치는 소리 같은 거, 그런 것에 공연히 예민한 거지.”

“몰랐어, 수. 진작 말하지.”

“하지만 늘 말할 수는 없는 거니까.”

“그럴 리가? 언제든 말하면 되지. 나로 인해 생기는 소리라면 난 언제든 멈출 수 있어. 지금처럼.”

“…….”

“안 그래, 수?”

“엘린, 나는…….”

“뭔데?”

“자주 뜬눈으로 새워.”

수의 귓가에 소리가 스치고 지나갔다. 냄새나. 냄새나.

“밤에 잠을 못 잔다는 말?”

엘린이 물었다.

“잠을 설칠 때마다, 마당 쪽으로 난 문을 손끝으로 밀고…….”

“수.”

“벌어진 문틈 사이로, 쿠페의 붉은빛을 바라봐. 새벽까지.”

"쿠페를?"

"쿠페를. 잠을 잘 수 없으니까."

"쿠페 때문에?"

"……."

"소리…… 때문인 거야?"

"……."

"혹시?"

"응. 그것 때문에."

수는 자신의 몸이 더는 산처럼 크고 무겁지 않다고 생각했다. 지표면을 뚫고 솟아오르려는 무엇을 짓누르지도 않았다. 내버려두었다. 수는 그러는 자신이 상쾌했다. 주머니 속의 것을 꽉 움켜쥐었다.

"맙소사."

"뭐 엘린에겐 어쩔 수 없는 것이기도 하니까."

수는 눈을 들어 물 위에 떠 있는 바구니 배를 집요하게 바라보았다. 언제나 쓰러질 것 같은.

"그래도, 수."

엘린이 해먹에서 뛰어내렸다.

"늘 말할 수는 없는 거라고 말했잖아, 엘린."

"하지만 수는 지금 다 말했어. 다. 알아?"

"해먹과 나무가 스치는 소리를 말했을 뿐이야."

수의 귓가에 한 번 더 메아리가 스치고 지나갔다. 냄새나.

"오늘 수의 말투는 이상해."

"해먹과 나무가 스치는 소리를 말했을 뿐이라니까."

"실은 수가 잠 못 드는 이유를 말하려던 거였으면서."

"거기까지 말하려던 것은 아니었어."

"내가 내는 소리가 견딜 수 없었다고 말해, 수."

"견딜 수 없었어."

"아무렇지도 않다는 듯 말하고 있어. 차분하게. 아주 고요하게. 뭐지, 수?"

"견딜 수 없었어."

"왜 진작 말하지 못했을까?"

"견딜 수 없었어."

수는 바구니 배에서 눈을 떼지 않았다. 눈동자조차 움직이지 않았다. 손으로 레이션 카드를 만지작거렸다. 오후는 여전히 맑았다. 호수에서 불어온 바람이 레이션 카드의 귀퉁이를 흔들었다.

"수."

엘린이 수에게 다가왔다.

"다른 뜻은 없어, 엘린."

수가 말했다.

엘린이 말했던 방식 그대로 말하고 싶었을 뿐이었다. 언젠가 한 번은 꼭 그러고 싶었다. 견딜 수 없었어.

"리와 나는……." 엘린은 침을 삼키고 작은 소리로 말했다.

"사랑하는 사이기 때문에, 그러니까, 어쩔 수 없는 부분이 있어."

"응."

"수도 말했잖아. 어쩔 수 없는 것이기도 하다고."

"하지만 견딜 수 없는 것도 어쩔 수 없어."

리와 나는 사랑하는 사이였으니까. 수는 속으로 말했다. 소리가 아니라, 나는 이것이 견딜 수 없는 거야. 너 이전에 리와 나는 사랑하는 사이였고, 불행히도 의지와 무관하게 헤어졌다는 것. 아직도 나는 그를 사랑한다는 것. 그도 어쩌면 나를 못 잊고 있을지도 모른다는 것.

다른 뜻은 없다는 수의 말은 거짓이었다. 수는 그것이 완전한 거짓이라는 것을 알았다.

"소리 때문이라면 더는 걱정할 것 없잖아, 수. 곧 이사할 것이고, 새집은 아주 좋은 집이니까."

엘린은 조금 전 수의 말투를 흉내 내고 있었다. 차분하고 고요하게. 다정하기까지 했다.

둘 사이에 침묵이 흘렀다.

"그럴지도 모르지."

얼마 뒤 수가 입을 열었다.

"그리고 말이야. 수는 협회 일로 자주 집을 비우게 될 테니까."

엘린이 말했다. 협회 일을 만류하던 엘린이 수의 복귀를 기정사실화하고 있었다. 수가 먼 곳으로 아주 가버리면 좋겠다는 뜻으로 들렸다. 수는 당장 다짐했다. 일을 다시 시작하더라도 결코 리에게서 멀리 떠나지 않을 것이라고. 그리고 자신이 주디스라는 사실을 언제까지고 리에게 비밀로 할 수 없는 일이라고.

"하던 일을 계속하지 않으면 내가 아프리카에 있을 이유가 없어, 엘린. 내주부터 움직일 거야. 그러겠어. 그러나 멀리 오래 가 있지는 않아. 주말엔 돌아와 리와 함께 지내고 싶어. 너와."

"주말엔 각별히 유의할게. 수건이라도 꽉 물어야겠다."

수는 분류한 의견을 다시 의견함에 넣었다. 왼쪽에 영어, 오른쪽에 치체와어. 레이션 카드도 네 귀퉁이를 잘 맞추어 의견함에 가지런히 넣었다.

의견함 뚜껑을 닫고 금속 고리를 걸었다. 그리고 엘린을 용서할 수 없다고 생각했다.

리가 이쪽으로 걸어오는 게 보였다.

그는 숲으로 난 작은 길을 걸어 수와 엘린이 있는 곳으로 다가왔다. 나뭇잎 사이로 떨어져 내리는 그늘과 햇빛이 리의 이마에서 어룽거렸다. 리의 얼굴은 초췌했다. 흔쾌했던 그의 걸음걸이를 언제부터인가 볼 수 없었다.

수는 정금자에게 '평화로운 아프리카'라고 썼던 것을 기억했다. 편지를 쓸 때는 그랬다. 이페를 향해 가던 여정에서 쓴 편지였으니까.

정금자에게서 답장이 왔으나 수는 새로운 편지를 쓰지 않았다. '평화로운 아프리카'를 이어 쓸 수 없었다. 조롱하는 엘린과 우울에 빠진 리, 엘린을 용서할 수 없다고 생각해 버린 자신의 아프리카가 평화로울 리 없었다.

호수와 배, 바람과 숲의 광경은 변함없었으나 엘린은 도도해지고 리는 비틀거렸으며 수는 옹졸해졌다. 어찌된 일인지, 정금자에게 마지막 편지를 쓴 지 4개월 만에, 그렇게 되고 말았다.

편지를 쓰던 날만 해도 셋은 배꼽을 잡고 웃었다. 수는 그날의 웃음소리를 선명하게 기억했다.

가만히 서서도 시설 전체를 볼 수 있을 만큼 작았던 킨샤사 공항. 곳곳에 총으로 무장한 콩고민주공화국의 군인들이 있었다. 한 나라의 국가 정보 요원이었던 남자가 총과 군인을 지나치게 무서워했다. 정말인지 장난인지 알 수 없어 수와 엘린은 리를 놀리며 웃었다.

엘린은 리의 뒤통수에다 불쑥 손가락을 들이대며 격발하는 흉내를 냈고, 리는 그럴 때마다 놀라 움츠러들었으며, 수는 맘껏 웃었다. 그날 쓴 편지였으니 '평화로운 아프리카'가 아닐 수 없었다.

저는 아프리카에서 할 일이 많아요.

이곳에 할 일 있어서 와요. 저의 부모를 찾는 것은 중요합니다.

부모 찾는 것보다 나와 같은 사람들, 입양아들,

입양될지도 모르는 이곳 아이들,

나쁜 case로 입양되어 불행하여지는 아이들, 막아야 한니다.

복음주의와 싸워야 하니까 이것은 행복하거나 즐거운 일은

아닙니다만 worthwhile.

어쨌든 제 곁에 친구 엘린과 리가 있어서 평화롭다는 것입니다.

함국어는 조금밖에 공부가 안 됩니다.

가르쳐주는 사람이 없고 혼자 하니까 그럽습니다.

나의 부모 찾는 것보다 나와 같은 입양아를,

잘못된 신앙으로 입양을 이용하는

교회 기구 활동 감시하고 막는 것이입니다.

기회가 있으면 한국에 다시 가서 한국에서

입양관련환 활동 활동하고 싶픕니다.

한국도 문제의 나라입니다.

아프리카에 먼저와 있는 것이 무엇입니까.

이곳은 나에게눈 엘린의 어머니의 고향

Rwanda의 입양사태가 그때는 지금도 한국보다 serious.

어디에서 일을 하지만 나의 일입니다.

나의 일은 영아 수출국인 한국과 전혀 상관없지 않다입니다.

언젠가는 한국이 아니어도 한국어 필요하면 하는 곳에서

일합니다. 하고 싶습니다.

정금자 당신의 한국어는 따뜻합니다. 느낍니다.

오늘도 수는 어찌되었든 리와 엘린과 많이 웃고 떠듭니다.

아직 이페는 멀었습니다.

이페에 다녀오면 우리는 더 평화로워질 것입니다. 기도합니다.

피로하고 하지만 잘 가고 있습니다.

세 사람은 의지하는 것입니다.

서로 그렇게 평화롭게 합니다. 평화록기를 바랍니다.

안녕. 정금자 어머니.

신지에게도 say 안녕.

편지를 쓸 때 수는 4개월 뒤를 상상할 수 없었다. 신이 아니고는 아무도 상상할 수 없었던 일이었다.

아름답던 리가, 케냐 정보국의 감시와 위협 때문이 아닌, 예기치 않게 불어난 엄청난 돈 때문에 피폐해진 것도 수는 가슴 아팠다.

사설 스포츠 토토와 므와세에게서 리를 건져내야 한다고 수는 생각했다. 일주일 내내 그는 경기 분석에 매달렸고, 주말에는 위성 수신 티브이 앞에서 빨개진 눈으로 보드카를 마셨으며, 월요일이면 불어난 돈에 허우적거리며 목전의 사태를 병적으로 혐오했다.

분석과 베팅과 배당금 수령의 회오리 같은 순환을 리는 제어하지 못했다. 떠밀려갔고, 거기에 리의 존재나 의지 따위는 없었다. 리는 어쩐 일인지 돈을 벌게 돼 있었고, 그런 뒤의 추이는 가늠할 수 없었다.

리가 아는 것은 하나뿐이었다. 뒤에 올 어떤 일도 그의 상상을 허락하지 않는다는 것.

리의 두려움과 우울은 깊어갔다. 깊어갈수록 리는 회오리의 와중으로 더 격심하게 휘말려들었다.

내가 온몸으로 건져내겠어. 리를 건져내겠어. 수는 가까워지는 리를 바라보았다. 내가 건져내겠어. 토토와 므와세와 보드카에서. 엘린에게서.

수는 숨을 들이켰다. 리가 딛는 모래가 푹푹 꺼졌다. 은라의 눈 같은 건 이제 모르겠어. 나 이외의 어떤 것도 믿지 않겠어.

어머니가 죽고, 육아일기를 건네주었던 아버지마저 새 여자에게로 떠났을 때 수 앞에 남아 있던 것은 엘린뿐이었다.

그런데 수는 은라의 기도도 잊고 엘린도 용서하지 않겠다고 다짐했다. 무엇이 자신의 마지막 것까지 포기하게 했는지 수는 알지 못했다.

리를 무너뜨린 회오리가 자신마저 집어삼킨다는 생각은 하지 못했다. 모두 그랬다. 수도 엘린도 리도. 어디서 일고 어디서 스러질지 모를, 높은 파도에 얹혀 떠밀려 다닌다는 생각을 하지 못했다. 떠미는 힘이 먼 외부의 허공에서 날아오는 것인지 자신들의 내면에서 소용돌이치는 것인지 알지 못했다.

분명한 것은 엘린이 수의 기억이 되돌아오는 것을 바라지 않는다는 것이며, 그러나 수의 기억은 이미 온전히 돌아와 있다는 사실이었다. 리는 연일 고통스러워하고, 리를 향한 엘린의 탐욕은 염치가 없으며, 옛사랑에 대한 수의 집착이 갈수록 심해진다는 것이었다.

"내가 말이야……."

리가 입을 열었다. 수가 리를 바라보았고 엘린도 리를 바라보았다. 나무 그림자가 조금 더 길어졌다. 오후의 풍경은 그러나 크게 달라지지 않았다.

"진짜 소원이, 무엇인지 몰랐다는 거야."

리의 입에서 파인애플 냄새가 났다. 보드카가 리의 몸속에 들어가면 파인애플 발효액이 되었다. 그러는 것 같다고 수는 생각했다. 바람에 희석된 냄새는 나쁘지 않았다.

내가 내 소원을 몰라. 리가 말했다. 무슨 상관이야. 그럴 수도 있지. 계속 리가 말했다. 혼자 말했다. 자기의 진짜 소원을 모를 수도 있는 거야. 안 그래? 모를 수 있어.

리가 울먹거렸다. 파인애플 냄새가 흩어졌다. 그런데 정말 무서워. 그것이 이루어질 때 정말 무서워지는 거야. 리는 많이 취해 있었다. 매일 그랬다.

이루어지면서 말이야, 나라는 존재가 없어지니까. 있어도,

응? 없는 거나 마찬가지가 되니까. 나, 내가 말이야. 진짜 내 소원도 모르는 내가 어떻게 나야? 역겨워…….

허영처럼 보이는 리의 관념이 그의 진짜 고민이고 슬픔이고 두려움일 거라고 수는 생각하지 않았다. 수는 자신의 고민과 리의 아픔을 연관 짓지 못했으며, 못했으므로 둘 사이의 빤한 유사성에 얼른 눈뜨지 못했다.

엘린도 마찬가지였다. 그들의 눈이 어두워진 것은 은라의 어두운 눈에 다녀왔기 때문일까. 그들은 알지 못했다. 자신들을 어두운 쪽으로 몰아가는 기운이 허공에서 별빛처럼 날아오는 것인지 자신들의 내면에서 움트는 것인지.

수는 다만 알 수 없는 병증으로 무너져가는 리를 건져내야 한다는 의욕만 앞세웠다.

리의 짓무른 눈자위를 더는 볼 수 없었다. 수는 자신의 의욕이 어디서 오고 어디로 향하게 될지 알지 못했다. 자신의 행위가 의욕에 부합하는지도 살피지 않았다.

의욕은 의욕일 뿐이었다. 이페를 다녀온 뒤 모든 것이 변했다. 수도 자신이 변했다는 것을 알았다. 리를 바라보며 수는 주머니 속에서 아까부터 만지작거리던 것을 다시 만지작거렸다.

그리고 그것을 꺼내 목에 걸었다.

수가 고개를 숙이고 무언가를 목에 거는 것을 엘린은 놓치지 않았다.

수는 어느 순간 고개를 숙였으며, 꼭뒤 쪽으로 잔 머리카락을 몇 차례 쓸어 올린 뒤, 주머니에서 꺼낸 것을 훤해진 목에 걸었다.

수의 목은 가늘었다. 햇볕에 드러난 그녀의 수척한 목덜미가 슬퍼 보였다. 희지도 검지도 않으며 희면서 검은 수의 피부가 아프리카의 햇볕 아래 낯설었다. 수는 두 손으로 가느다란 금속 줄의 양 끝을 잡고 목 뒤에서 맞추었다.

꿈속인 듯 움직이는 그녀의 동작을 엘린은 지켜보았다. 금속 줄의 양끝이 채워졌고 수의 빈손이 목을 따라 천천히 미끄러져 내렸으며 그녀가 고개를 들었다.

동작 하나하나가 느린 영상 같았다. 수는 고개를 똑바로 세웠고 엘린은 그녀의 쇄골과 명치 사이에 매달린 작은 이파리를 보았다.

푸르고 어두운 기운의 그것은 이파리가 아니라, 청동 조각으로 만든 별 모양의 목걸이였다. 처음 보는 것이었다. 수는 아득해진 눈으로 엘린과 리를 번갈아 바라보았다. 그녀의 눈이 참으로 아득하고 아득하다고 엘린은 생각했다.

"그러니까, 응, 사람의 운명이라는 게……."

리가 말했다. 말하다 멈칫했다.

그도 수의 목걸이를 보았다.

리는 엘린과 수의 얼굴을 번갈아 바라보았다. 아까는 수가 그러더니 이번에는 리가 그랬다. 엘린을 더 오래 바라보았다. 아무 말 없이 엘린만 뚫어지게 바라보았다.

"왜?"

엘린이 물었다.

"응?"

리가 되물었다.

"할 말 있는 거야?"

"응?"

"할 말 있느냐고 물었어, 리."

"아니."

"그래?"

"응."

리는 백사장 쪽으로 눈길을 돌렸다. 호수를 향해 천천히 걸음을 뗐다.

수도 호수 쪽으로 눈을 돌렸다. 그러나 리를 보고 있지는 않았다. 리를 보고 있던 것은 엘린이었다.

리 너머의 수평선이 수척해진 그의 허리에 걸렸다. 수평선이 수평을 깨뜨리며 기우뚱 흔들렸다.

리와 리의 배경인 호수면이, 각각 다른 그림처럼 어긋났다.

엘린은 어지러웠다. 방금 눈앞을 스쳐간, 매우 중요한 순간을, 놓친 것 같았다.

어떤 것이었을까, 그것은. 엘린은 수를 응시했다. 수는 여전히 호수에 눈길을 던져두고 있었다. 리는 한 걸음 한 걸음 물가 쪽으로 멀어졌다.

하늘은 환하게 열려 있었고 나무 그림자가 모래 위를 가로질렀다. 그 모든 풍경들로부터 엘린은 자신만 홀로 내쳐졌다는 생각이 들었다. 오후의 풍경은 어딘지 완강했다.

소리가 소거된 순간이 흐르고 있었다. 고개를 흔들고 숨을 크게 들이켰으나 엘린의 귀에는 어떤 소리도 들리지 않았다. 수평선이 다시 기우뚱 흔들렸다. 엘린은 비틀거리지 않으려 애쓰면서 수에게 다가갔다.

청동 조각 별을 바라보며 수에게 다다랐다. 엘린은 그것을 향해 손을 뻗었다. 오랜 세월 매만진 듯 가볍고 얇은 그것의 표면은 매끄럽고 반들거렸다.

엘린의 손끝이 별에 닿았다. 그런 뒤에 알았다. 수에게 다가간 이유가 그것 때문이라는 것을.

리가 백사장을 향해 말없이 걸음을 옮긴 것도, 수평선이 기울고 배경이 어긋나고 소리가 사라지고 어지러우며 오후의 완강한 풍경으로부터 자기 홀로 내쳐졌던 것도 청동 별 때문이었다는 것을, 엘린은 그것을 손끝으로 감촉한 뒤에 알아차렸다.

그녀가 모르는 사이 눈앞을 스쳐가 버린 어떤 순간. 그 순간은 명료하게 복원되지 않았으나 뒤늦게 천천히 되살아났다. 리 주변의 공기가 놀라서 납덩이처럼 굳어버리던 것, 커다란 구름 그림자가 파도처럼 몰려와 리를 뒤덮던 것이.

청동 별 목걸이는 리와 수의 과거를 강력하게 환기하는 기억의 매개물이었던 것이다. 의문의 여지가 없다고 엘린은 생각했다. 리도 한눈에 그것을 알아보았던 것이라고.

정작 그것이 어떤 물건인지 모르는 사람은 목걸이의 주인인 수 같았다. 수는 리와 엘린 앞에서 태연하고 무심하게 목걸이를 목에 걸었다.

엘린은 그 순간의 동작을 기억했다. 수는 주머니에서 청동 별을 꺼냈고, 목에 걸었다. 그뿐이었다. 다른 어떤 정황도 암시되지 않았다. 그래서 엘린은 그 순간을 무심코 지나쳤던 것.

그것이 어떤 물건인지 수가 안다면 그토록 무심하게 목에 걸지는 않았을 것이다. 그냥 오래된 목걸이일 뿐일까. 나의 과민한 추측일까. 엘린은 반들거리는 청동 별을 만졌다.

"청동이네."

엘린이 말했고

"응."

수가 대답했다.

엘린은 별의 앞뒤를 살폈다. 앞면은 밋밋했고 뒷면에는 알 수 없는 짧은 알파벳 문장이 적혀 있었다.

"못 보던 거네."

엘린이 다시 말했고

"응."

수가 고개를 끄덕였다.

엘린은 혼란스러웠다. 리는 물가에 실루엣으로 서 있었다. 검은 나무 한 그루가 그곳에 박혀 있는 것 같았다.

리는 꼼짝하지 않았다. 눈부신 잔물결이 그의 윤곽을 어지럽혔다. 상념이 너무 깊어 그의 가늘고 굳은 몸이 모래 속으로 박혀 들어가 영영 사라질 것 같았다. 모든 것이 수의 목걸이 때문이라고 엘린은 다시 생각했다.

수가 목걸이를 목에 거는 순간 주변의 기운이 갑자기 응축되었고, 리가 방향을 바꿔 움직이기 시작했으며, 엘린은 깜빡 어지럼증을 느꼈다.

몇 분이 지난 뒤에 엘린은 그 순간의 징후를 소급해 느꼈다. 느낌이 너무 께름칙해서 직접 보았다면 차라리 덜 기분 나빴겠다는 생각이 들었다.

엘린은 리가 곧장 몸을 돌려 물가로 향했다는 사실을 떠올렸다. 목걸이를 봤으면서도 리가 그것을 외면했다고 생각했다. 엘린은 고마웠다. 리가 정말 모르는 척해 준 것이라면.

"무슨…… 뜻일까, 이건?"

청동 별 뒷면에 적힌 짧은 문장에 대해 엘린이 물었다.

"……."

수는 고개를 가로저었다.

대답 없음.

이것은 수의 고의가 아닐까. 대답 없음. 그녀의 도발이 아닐까. 엘린은 수의 말을 떠올렸다. 견딜 수 없었어……. 그 말이 귓전에서 떠나지 않았다. 견딜 수 없었어.

수의 기억이 돌아온 것은 아닐까. 엘린은 자신의 몸이 떨리는 것을 알아차렸다. 이페에 다녀온 뒤로 수가 달라졌다. 그녀는 그곳에서 무엇을 빌었을까. 몇 번이고 반복되는 의문이었다. 오로지 기억이 되돌아오게 해 달라고 기도했을까. 그녀의 기억이 돌아왔고, 나에게는 입 꾹 다문 채, 리에게만 자신의 존재를 알리고 싶었던 걸까. 그것이 저 청동 별일까.

—나도 너에게 입 다물고 있는 게 있어, 수.

엘린은 놀랐다. 수 앞에서 그 말이 입 밖으로 튀어나올 것 같아서가 아니었다. 치명적인 비밀에 관해 입 다물었던 것은 엘린 자신이 먼저였다는 사실이 갑자기 떠올랐기 때문이었다.

엘린은 소크라테스에 관해 수에게 말하지 않았다. 리에게도 말하지 않았다. 엘린의 침묵은 이페로 떠나기 전에 시작된 것이었다. 언제라도 수의 목숨을 해칠지 모르는 소크라테스를 가까운 동료의 범주에 두고 있는 것이 엘린 자신이었다.

엘린은 이어 한 번 더 놀랐다. 이페 행에 소크라테스를 배제시킨 이유는 분명했다. 소크라테스는 위험한 사람이었다. 그러나 그 이유를 아무에게도 말하지 않은 까닭은 엘린 자

신도 정확히 알지 못했다

입 꾹 다물고 말하지 않는 오늘의 수. 그녀에 대응하기 위해 나도 모르게 예비해 두었던 카드가 소크라테스였을까. 그랬을까. 엘린은 다시 몸을 떨었다.

그랬다면 예비한 것은 나였을까 나 아닌 다른 기운이었을까. 어째서 나는 지금껏 침묵의 이유를 스스로 깨닫지 못하는 걸까.

수평선이 기울고 배경이 어긋나고 소리가 사라졌던 것이 청동 별 때문이 아니라, 자신의 내면에서 자신의 의지와 상관없이 출몰하는 원인 불명의 기운, 혹은 소용돌이 때문인지도 모른다고 엘린은 생각했다.

소크라테스는 보스턴 협회에서 NBM 요원으로 지목한 No.4가 확실했다. 그의 허리에 누유비(NYUBI-불길하게 여기는 희귀종 청색 악어)의 갓 부화한 새끼 모양 같은 상처가 있다는 사실을 엘린은 레베카를 통해 확인했다.

언제부터인가 레베카는 소크라테스에 대한 험담을 멈추었다. 엘린은 소크라테스와 레베카가 연인이 되어도 나쁘지 않다고 생각하는 편이었으나 소크라테스의 정체를 안 뒤로 레베카 앞에서 소크라테스에 관해 아무 언급도 하지 않았다. 레베카의 험담이 다시 시작되었으면 좋겠다고 생각했다.

—밀빵 훔쳐 먹다 화덕에 덴 상처래. 흡.

레베카는 묻지도 않은 말을 하며 웃었다. 얼굴을 붉히며.

엘린은 어떻게 하면 레베카를 소크라테스에게서 떼어놓을까 생각했다.

상처는 불에 덴 상처가 아니었다. 보스턴 협회의 정보에 따르면 그것은 악어 꼬리의 톱니 지느러미에 휘둘려 맞은 상처였다.

NBM에서는 인명 살상용 독극물로 독성이 강한 악어 쓸개즙을 사용하는데, 수배망을 피하기 위해 주문이나 구매 흔적이 남지 않는 직접 포획 방식을 택한다고 했다. 소크라테스의 상처는 모잠비크 테테 주 늪에서 악어를 사냥하다 입은 것으로 기록돼 있었다.

상처가 악어 새끼 모양이더라는 레베카의 말을 듣고 엘린은 그때도 몸을 떨었었다. 소크라테스의 허리에 실제로 상처가 있다는 사실에 놀랐고, 그것이 악어를 잡다 입은 악어 모양의 상처라는 데에 기분마저 몽롱했던 것이다.

엘린은 떨림의 순간들을 떠올렸다. 놀라고 긴장하고 몽롱해지던 순간들. 지금은 수의 청동 별 앞에 길 잃은 아이처럼 멍하니 서 있는 것이었다. 강렬한 오후의 햇빛, 흔들리는 수평선, 어긋나는 배경, 모래 속으로 사라질 것 같은 리, 바람이 이는 호수를 언제까지고 말없이 바라보는 수…….

그런 풍경을 포함해 자신의 어떤 것도 스스로 가늠할 수 없을 만큼 혼란했으나 이페의 기도가 순수했다는 것에는 아무런 의심도 품지 않았다. 우리의 이 아름다운 삼각형을 영원히 축복하소서. 엘린은 기도를 떠올렸다. 그것은 진심이었다.

그랬으므로 여행기간 내내 엘린은 그들과 함께 즐거웠다. 여정은 고단했으나 보랏빛 새벽하늘과 교감했던 순간을 떠올리면 힘이 생겼다.

엘린은 종종 앙골라에서 있었던 일을 떠올리며 웃었다. 돌아오는 여정은 앙골라를 경유하게 돼 있었고, 수도 루안다에서 20시간 체류했다.

20시간의 반은 자는 것으로 보냈다. 나머지 10시간의 반은 호텔 침대에 그냥 누워 있거나 우두커니 푸른 남대서양을 바라보거나 석호에 줄지어 정박한 흰 요트를 바라보거나 감자튀김과 콜라를 먹었다. 피로해서 말도 거의 나누지 않았다. 그러다가 웃음이 터졌고 남은 5시간은 웃음으로 보냈다.

한 번 터진 웃음은 걸핏하면 터져 나왔다. 말할 때도 먹을 때도 웃었다. 잠잘 때도 웃었다. 입만 떼면 웃음이 쏟아질 것 같았고 실제로 입만 떼면 웃음이 쏟아졌다. 엘린은 생각했다. 불순물 제로 퍼센트의 웃음이었다고. 리도 수도 마찬가지였을 거라고.

우스울 일도 아닌 것이 그렇게 되어버렸다.

엘린과 리와 수는 항공사에서 정해준 호텔에 들었다. 싱글베드 세 개가 나란히 놓인 룸이었다. 그때까지 묵었던 숙박시설에 비해 썩 나쁜 것은 아니었으나 한 가지가 이상했다.

과거 정부 건물이었던 것을 리모델링했다는 호텔의 욕실에 샤워기가 없었다. 무릎 높이의 벽에 반짝반짝 빛나는 스테인리스 수도꼭지 하나가 박혀 있을 뿐이었다. 물을 받아 끼얹을 수 있는 플라스틱 용기가 수도꼭지 아래쪽에 놓여 있었다.

몸을 씻는 데 큰 불편이 없었다. 비누칠을 하고 물을 받아 끼얹으면 그만이었다. 엘린도 수도 그리하였으나 리는 그렇게 하지 않았다.

리는 몸에 비누칠을 한 뒤 플라스틱 용기를 쓰지 않고 꼭지 밑에 웅크리고 들어가 물을 틀었다. 문제는 리의 자세였고, 그것이 엘린의 눈에 참을 수 없는 것이 되어버렸다.

무심코 욕실에 들어선 엘린이 수도꼭지 밑에 웅크린 무언가를 보았다. 얼결에 돌아보는 리의 자세와 눈빛을 보고 엘린은 경련하듯 웃기 시작했고 그치지 못했다.

낮은 수도꼭지 밑에 웅크려서 더 괴상했다던 그의 포즈를 수는 보지 못했다. 엘린은 수를 위해 포즈를 재연해 주었고 '세상에서 가장 참혹한 포유동물의 알몸'이라고 이름 지었다.

리는 흥분해서 '그 정도는 아니었다'며 수정된 포즈를 보여주기 시작했는데, 수는 그때부터 웃음을 터뜨리기 시작했다.

과장된 엘린의 재연과 수정된 리의 재연이 한 시간 넘게 지속되면서 방 안은 웃음바다로 변했다. 포즈는 엘린 것이 훨씬 웃겼다. 그래서 리가 가장 크게 웃었다.

그 뒤로 엘린의 논고와 리의 변론이 끝없이 이어졌고 수는 우유부단한 판사 역할이 즐거웠다. 포즈의 재연 없어도 충분히 오래 웃겼다. 입만 열면 웃음이 쏟아졌다. 피로가 많이 회복되었기 때문이라고 엘린은 생각했다.

누구랄 것도 없이 세 사람의 웃음은 순명했다. 함께 여행하고 함께 기도한 데다 많이 먹고 많이 자고 많이 웃어서 마음속에 어떤 앙금도 남아 있지 않았다. 조금이라도 순수하지 못하거나 떳떳하지 못한 마음이 있었다면 그토록 미친 듯 웃지 못했을 거라고 엘린은 생각했다.

리는 물가에서 돌아오지 않고 있었다. 수의 눈길이 어디에 머물고 있는지 엘린은 짐작할 수 없었다.

흰 바구니 배가 세 척으로 늘어났다. 바람이 수의 앞머리를 흔들었다. 작은 바람에도 흔들리는 곧은 머릿결이었다. 지난날 리의 애틋한 손길이 스치곤 했을 머리카락.

루안다 석호 호텔에서 그토록 웃었으나 실은 엘린의 마음 한편에 비밀이 숨 쉬던 때였다. 소크라테스와 동행하지 않은 이유를 숨긴 채 불순물 제로 퍼센트의 웃음이었다고 자평했던 자신을 이해할 수 없었다.

그 몰이해의 대가가 이것일까. 청동 별 목걸이와 수의 대답 없음. 완강한 오후.

자괴감에 시달려야 할 자신이 오히려 수에게 적대감을 품는 이유. 그것도 알 수 없기는 마찬가지였다. 수가 변했기 때문이라는 변명은 아무런 위안도 되지 않았다. 리는 말할 것도 없고 엘린 자신도 걷잡을 수 없이 변해가고 있었다. 이페의 기도와 상관없이.

"독특해 보여, 그거."

엘린이 청동 별을 보며 말했다.

"그래?"

"정말 그래, 수."

"음."

엘린이 수를 향해 과장된 미소를 지었다.

"아보카도를 좀 얻어놨어. 과카몰리를 만들 건데, 괜찮지?"

"응."

"수가 좋아하는 거잖아."

"좋아."

"리를 불러야겠다."

잠에서 벌떡 깨어난 사람처럼 엘린의 목소리가 활기찼다.

엘린은 두 손을 모아 입에 댔다. 호수 쪽을 향해 크게 소리 질렀다.

"집에 가요, 리!"

큰 소리로 부르지 못할 이유가 없다고 엘린은 생각했다. 정말 그러지 못할 이유는 없는 거라고.

"리! 과카몰리를 만들 거거든!"

청동 별이 무엇이든, 리는 그것을 알지 못하거나 알아도 아는 척하지 않았으니까. 그랬으니까.

❀

한국에서 먹었던 김 생각이 났다. 한국인들은 여러 야채를 밥과 함께 검은 시위드에 싸먹었는데 그것을 김밥이라고 했다. 과카몰리를 밥에 얹어 먹는다면 어떨까. 김에 싸먹어 본다면?

수는 정금자에게 오랫동안 편지를 쓰지 않았다는 사실을 떠올렸다. Sanwoo 병원 매점에서 그녀와 함께 사먹던 김밥이 그리웠다.

"시장에…… 라이스가 있을까?"

수가 물었다. 리가 수를 바라보았으나 수는 리와 눈을 마주치지 않았다.

"있겠지."

엘린이 대답했다. 매운맛을 빼기 위해 그녀는 양파를 썰어 물에 담갔다.

"재패니스 라이스."

수는 식탁에 앉아 있었다.

"그건 잘 모르겠는걸."

엘린이 대답했고,

"구할 수 있을 거예요. 릴롱궤에 가면."

리가 말했다.

"릴롱궤까지?"

엘린이 물었다. 수는 잠자코 있었다. 집으로 돌아온 뒤로도 수는 리와 말을 나누지 않았다.

"카숭구에 있을지도."

"카숭구도 가깝지는 않아, 리."

"어쩌면 차이나 위브에서 빌릴 수 있을 거야. 재패니스 라이스여야 되나요?"

리가 고개를 돌리며 수에게 물었으나 수는 대답하지 않았다.

"그래야 돼?"

엘린이 다시 물었다.

"궁금했을 뿐이야. 그걸로 뭘 어떻게 할 수 있는 것도 아니니까, 엘린."

김밥이 먹고 싶어요. 정금자 여인에게 편지를 쓰고 싶었다. 오, 하느님. 리가 청동 별을 몰라요. 한국어를 공부한 지도 오래되었다고 생각했다. 그레이드가 좀 더 높은 한국어 교본과 김이 필요합니다. 과카몰리를 김에 싸먹고 싶습니다.

"그런데 수."

엘린은 토마토 속 수액을 넣을 것인지 분리해 놓았다가 따로 먹을 것인지 잠시 망설이는 것 같았다.

"수액은 따로. 질면 안 좋으니까. 내가 도울게."

수가 말했다.

"그게 아니라, 수."

"응?"

"이런 말 하긴 뭣하지만."

엘린은 이미 토마토 수액을 분리하고 레몬 즙을 내는 중이었다.

"새삼 무슨."

"그 옷에…… 응, 그 목걸이는 어울리지 않아."

"독특하다는 게, 엘린…… 그 뜻이었어?"

"실은 전체적으로 어울리지 않는다는 뜻이었어. 수에게."

"벗으라는 얘기?"

"좋은 걸로 사줄까?"

"당장 벗으라는 얘기 같아, 엘린."

"격에 맞아야지. 그건 아무리 봐도 아니잖아."

"그런……가? 그래?"

"괜찮은 아이보리 목걸이가 있어."

"아이보리?"

"수한테는 그런 게 어울려."

"아, 아, 매우…… 좋은 거겠네."

"그걸 사준대도."

"정말 좋은 거겠네. 음, 좋겠어."

너를 용서할 수 없겠어, 엘린. 수는 속으로 다짐했다. 이걸 버리라니. 더는 견딜 수 없겠어.

둘의 대화를, 리가 듣고 있었다. 집 안에 들어선 뒤 처음으로 수는 리의 눈을 똑바로 바라보았다. 리는 수와 청동 별을 번갈아 바라보았다.

"이제 버무리면 끝. 다 됐어. 리. 접시 좀."

엘린은 큰 소리로 말하며 유리 볼 안의 것들을 휘휘 저었다. 아보카도가 으깨지며 거친 연두색 드레싱이 되었다.

리는 식탁과 주방을 오가며 접시를 옮겼다. 치즈와 살사 소스와 할라피뇨를 옮겼다. 수는 느낌으로 그의 동선을 그렸다. 새콤한 레몬 즙 향기가 집 안에 떠돌았다.

리는 붉은색 테두리 접시를 수 앞으로 가만히 밀어놓았다. 시장 나들이에서 수가 첫 외출 기념으로 산 접시였다. 마음에 드는 접시를 사고 하루 종일 행복했던 때가 떠올랐다.

붉은색 테두리 접시 가까이에다 리는 수가 좋아하는 살사 소스 그릇을 놓아두었다. 옛 연인임을 알았으면서도 모르는 척 지내온 사내가 포크를 옛 연인 곁에 놓고 할라피뇨를 옛 연인의 접시에 덜었다.

그는 옛 연인이 잠 못 드는 밤 벽 너머에서 옛 연인을 개의치 않고 새 연인을 안았으며, 옛 연인이 새 연인의 둘도 없는 친구라는 것을 알면서도 그랬으며, 새 연인의 활달한 잠자리 버릇을 아랑곳하지 않고 힘껏 안았다.

"제가 할게요."

미스터 음보야. 리 음보야. 청동 별 뒤에 뭐라고 적혀 있는지 모를 리 없는 음보야 씨. 음식을 더는 것 정도는 내가 하지요. 내가 할게요. 수는 접시를 자신의 가슴 쪽으로 끌어당겨 리의 동작을 제지했다. 그리고 엘린을 향해 말했다.

"고맙지만 이 목걸이는 말이지, 엘린."

리가 청동 별을 바라보았다.

"못 들었어, 수."

엘린이 이쪽으로 고개를 돌렸다.

"목걸이에는 사연이 있어."

수가 크게 말했다.

리가 움직임을 멈춘 채 수를 내려다보았다.

엘린도 동작을 멈추었다.

식탁 위의 전구가 빛을 발했다.

리에 대한 실망과 분노가 얼마큼이었을까. 수는 자신의 가슴에 가만히 한 손을 얹었다.

이미 오래전부터 리는 수가 주디스라는 사실을 알고 있었다는 말이잖은가. 호숫가에서 집으로 돌아오는 동안 수는 발을 떼어놓을 수 없을 만큼 지쳐 있었다. 집에 다다를 때까지 그녀는 한 마디도 하지 않았다.

온몸이 리의 시선을 느꼈다. 가슴에 얹었던 손이 어느 순간 탁자 위로 툭 떨어져 내렸다. 전구가 잠깐 껌뻑였다. 수는 남의 것처럼 떨어져 내린 자신의 손을 내려다보았다.

그가 몹시 미웠으나 이해할 수 없는 일도 아니었다.

수는 살사 소스의 붉은 빛을 응시했다. 알면서도 모르는 척한 것은 수 자신도 마찬가지였다. 그래야만 했던 구실을 떠올렸다.

소스의 매운 기운이 각막에 닿은 듯 아렸다. 기묘한 상황이기는 해도 어쨌든 삼각형의 평화가 깨져서는 안 된다는 구실.

"무슨 사연?"

엘린이 다가와 물었다.

"그렇지 않고서야 지금껏 소중하게 간직했겠어?"

수가 말하며 리의 표정을 살폈다.

리는 몸을 돌려 식탁에서 멀어졌다. 점점 멀어졌다. 다시 돌아설 기미가 보이지 않았다. 어디 가? 엘린이 물었고 리는 쿠페, 라고 대답했다. 문을 나서며 그는 중얼거렸다. 므와세와 약속이 있어.

음식이 다 되었잖아, 리. 엘린이 말했으나 처음부터 먹을 생각이 없었다고 그는 대답했다. 이페에 다녀온 뒤로 그는 자주 그런 식으로 집을 나섰다.

"새집으로 가도 음식을 만들어 먹으려나, 우리?" 수가 말했다. "왠지 음식 만드는 사람을 들일 것 같지 않아?"

"만드는 것도 만드는 거지만 리는 먹는 것에도 흥미를 잃은 것 같아."

엘린이 말했다.

"사람 손에 따라 음식 맛이 달라지는데. 리의 솜씨는 정말 최고였어……. 시간이 지나면 리는 좀 괜찮아질까, 엘린?"

"오늘은 왠지…… 리의 얼굴빛이 더 어두워 보이지 않아?"

말하며 엘린은 청동 별을 노려보았다. 청동 별에서 눈을 떼지 않은 채 고개를 가로저었다. 몇 차례 더 가로저었다.

수는 엘린의 고갯짓과 표정을 하나도 놓치지 않았다. 이것 때문이라고 너는 말하고 싶은 거겠지. 수는 별을 꽉 쥐었다. 넌 다시는 이것을 보고 싶지 않겠지.

"실은……."

입을 뗐으나 수는 얼른 말을 잇지 않았다.

"말해 봐, 수."

"이것은…… 사랑하던 사람에게서 받은 것 같아."

"사랑……하던 사람?"

침을 삼키느라 부풀었다 꺼지는 엘린의 목이 고통스러워 보였다. 과카몰리는 아무도 먹지 않았다.

"그런 것 같아, 아무래도."

"기억이 나는 거야, 수? 떠올라?"

"희미하긴 하지만."

"말해 봐."

엘린의 동공이, 수를 통째로 빨아들일 것처럼 커다랗게 열렸다.

"내가 보낸 마지막 엽서를 갖고 너는 아프리카로 달려왔다고 했었지?"

"그랬어, 수."

"아마도 그 엽서인 것 같아."

"그 엽서라니?"

"엽서를 쓰는 내가 희미하게 어른거리니까."

"엽서와 목걸이가 관련 있는 거야?"

"그동안 반복해서 어른거렸던 것들을 말해 볼 수밖에 없어, 엘린."

"그렇겠지."

나는 엽서를 쓰고 있어. 수가 말했다. 물가인데, 햇볕을 반사한 잔물결이 반짝거려. 수면에 닿은, 늘어진 가지의 이파리들이 바람에 나부끼고, 윌로우 그늘 아래에는 차량 한 대가 게으른 소처럼 서 있어. 응. 그래. 그런데 엽서를 쓰면서, 나는 고민하는 걸까. 자주 펜의 한쪽 끝을 입에 물어.

"아마도……."

"말해, 수."

"나에게 사랑하는 사람이 있어, 라고 쓰려다 마는 것 같아. 엽서에다."

수는 엘린의 반응을 살폈다.

"기억이…… 돌아오는 걸까, 수?"

"그럴지도."

수는 엘린에게서 눈을 떼지 않았다. 완강하게 그녀를 바라보았다. 당황하는 그녀의 표정이 통쾌했다. 너는 이것이 나에게 어울리지 않는다고 말해 버렸어, 엘린.

"그것이 사실이라면, 그러니까." 엘린이 말했다. "희미한 영상이, 잊혔던 너의 기억이라면, 너에겐 사랑하는 사람이 있었고, 목걸이는 그에게서 받은 걸 거라는……."

"아무래도 그런 거 아닐까?"

'나에게 사랑하는 사람이 생겼어.' 이 말을 엽서에 쓰지 않은 것을 한때는 얼마나 다행으로 여겼던가. 평화롭고 아름다운 삼각형이기를 바랐던 때. 그러나 지금 수는 그 말을 엽서에 쓰지 않았던 것을 후회하고 있었다.

"세상에, 수."

엘린은 입을 다물지 못했다.

"그게 정말 내 기억이고, 그것이 되돌아오는 징후라면 축하할 만한 일 아닐까?"

"물론 그렇지. 무슨 소리야, 그렇고 말고. 그건 매우 축하할 일이야. 그럼."

"그렇겠지?"

"하느님께 감사할 일이야."

"그렇게 말해 주니, 희망이 생겨."

"더 많은 기억이 돌아오길 바래."

아니길 바라겠지. 너는 몹시 당황하고 있어, 엘린. 그런 너를 내가 보고 있잖니. 네 눈앞에서. 어떤 거짓도 빠져나갈 틈이 없는 가까운 거리잖아. 지금 너와 나의 거리. 네 망막까지 들여다보여.

"고마워, 엘린."

"그것이 너의 진짜 기억이라면 더 좋겠어."

기어이 너는 그 말을 하고 마는구나. 내 기억을 나의 욕망이 불러일으키는 착각 정도로 무시해 버리려는 너…….

"그래서 나는 이걸 없앨 수 없는 거야. 내 수중에 실재하고 있잖아. 이 청동 별을 보고 내 기억이 진짜라는 것을 그가 말해 줄 테니까."

"그가 어서 나타나주기를, 수. 나도 기도할게."

이미 나타났거든. 너에겐 싫은 냄새였겠지만, 역겨웠겠지만, 나에게 쥐는 리를 찾아준 은인이었거든. 펠란투니의 말이 맞았어. 귀엽고 슬픈 아이.

"과카몰리 잘 먹을게, 엘린."

엘린이 힘없이 고개를 끄덕였다. 엘린의 눈빛에 어린 완연한 근심을 수는 놓치지 않았다. 어쩌다 우리는 이렇게 되었을까, 엘린.

"맛있어."

수가 말했고 엘린은 멋쩍게 웃었다.

회한은 순간이었을 뿐, 수는 다시 통쾌했다. 무엇이 자신의 감정을 멋대로 이끌고 휘젓는 것인지 수는 상관하지 않았다. 그녀의 의지는 그녀를 어찌하지 못했으며 그리하여 그녀의 의지는 이미 그녀의 것이 아니었다. 리를 더는 엘린에게 맡겨 둘 수 없다는 각오도, 그를 우울에서 건져내야 하는 것은 자신이어야 한다는 다짐도 마찬가지였다.

김에 얹어 먹으면 맛있겠다.

수는 속으로 중얼거렸다.

❀

“이 정도일 줄은 몰랐어.”

소크라테스가 말했다. 그는 리의 병상으로 선뜻 다가서지 못하고 문가에 서 있었다.

“가까이 와.”

리가 말했다. 소크라테스가 주춤주춤 리의 침상 곁으로 다가왔다.

“말은 듣고 있었는데 우리 병원까지 와서, 언제까지고 우리 병원은 아닐 테지만, 이렇게 눕게 될 거라고는, 응, 생각하지 못했어.”

“많이 아픈 건 아니야. 쉬고 싶을 뿐이야, 고마워 소크라테스.”

리는 손을 들어 괜찮다는 동작을 표하려고 했으나 팔이 말을 듣지 않았다.

걷거나 앉는 것도 힘들었다. 포크를 쥐었다고 생각했으나 포크는 식탁에 감쪽같이 놓여 있었다. 컴퓨터 자판을 두들겼으나 두 손은 무릎 위에서 얌전했다. 스티어링을 오른쪽으로 돌렸으나 쿠페는 정면으로 직진해 앞차의 범퍼를 들이받았다. 움직여서는 안 된다고 리는 생각했다.

"좋아 보인다고는 말하지 못하겠어. 어쩌다 이 지경이 된 거야, 리?"

소크라테스의 말투가 평소와 다르게 비굴했다.

"욕심과 게으름. 돈 때문에 점점 미쳐가는 거지. 응, 아니라고 하고 싶지만."

"이제, 리. 충분하잖아, 돈이라면. 아직도…… 아닌가?"

"충분하고도 남아서 병이 들고 미쳐가는 거지."

"정말 그렇게 생각하는 거야, 리?"

"그렇게 생각하면서도 게을러서 못 벗어나고."

"리."

"그게 또 견딜 수 없어서 술 마시고 더 미쳐가고."

"미안, 리. 공연한 걸 물었어."

"개미지옥에 빠진 걸까. 이게 뭘까?"

"쉬……. 말하지 않는 게 좋겠다."

소크라테스가 말소리를 낮추었다.

"혼란해. 나를 모르겠고 그래서 무섭고."

소크라테스는 검지를 펴 자신의 입술에 가져다 댔다. 한껏 낮은 목소리로 말했다.

"누구나 모르지. 모르는 거야."

"그럴 테지. 응. 모르면 그만이고. 그러면 될 텐데, 왜 그것이 나에게는 공포일까?"

"……."

소크라테스는 입을 다물었다.

"무언가 내 숨통을 조이려고 작정한 것 같아."

"……."

"그런데 말야, 그게 나인 것 같기도 하고."

"……."

"저주에 휘말린 거야."

소크라테스가 손을 뻗어 리의 가슴 위에 얹었다.

"희한한 엄살처럼 보일 테지, 응?"

소크라테스가 리의 가슴을 다독였다.

"코미디처럼 보일 거야."

"……."

"그래서 더 무서워."

리는 굵은 눈물을 흘렸다. 소크라테스가 놀라는 표정을 지었다. 병실 창밖으로 해가 기울었다.

"간 속에서, 소크라테스. 지렁이만 한 병균들이 득실거리는 것 같아. 메스꺼워."

리는 눈을 감았고, 소크라테스는 다독이는 것을 멈추지 않았다.

오후의 햇빛이 커튼 사이로 비쳐 들었다. 눈은 부시지 않았다. 병실은 조용했고 누군가의 발걸음 소리가 벽 너머 복도 쪽에서 희미하게 들려왔다. 잠깐 잠이 들었었다는 걸 리는 알았다. 고개를 들어 주변을 둘러보았다.

소크라테스의 모습은 보이지 않았다. 창문 쪽 벽에 흰색의 커다란 피오니(peony) 그림이 보였다. 머리맡에 레베카와 수와 엘린의 회복기원 카드가 붙어 있었다. 므와세 것도 있었다. 그의 카드에서는 푸른 꽃과 리버풀 레드의 붉은 나비가 Quick Recovery라는 문양을 만들었다.

소크라테스의 눈길은 평소와 다르게 부드러웠고 손길은 다정했다. 리는 오래된 과거의 일처럼 그 느낌을 하나하나 떠올렸다.

리는 그에게, 힘들었으나 행복했던 이페 여행을 얘기했다. 자신과 레베카를 제외했던 여행에 대해 소크라테스는 아무 유감도 갖고 있지 않았다.

편한 마음으로 리는 소크라테스에게 말했다. 말라위에 도착하기 전 마지막으로 들렀던 잠비아 루앙와국립공원에서 말을 타고 수영하던 이야기를 했다. 잠비아는 말라위 바로 옆 나라였으며 리뿐만 아니라 수도 몇 차례 방문했던 곳이었다.

일 때문에 들렀던 곳이어서 루앙와는 리에게나 수에게나 아쉽게 스쳐 지날 수밖에 없었던 공원이었다. 이페 여행의 피날레를 루앙와에서 장식하고 싶었던 것은 엘린도 마찬가지였다.

리와 엘린과 수는 마음껏 웃으며 물속을 헤집었다. 원뿔 모양의 전통 방갈로 앞에 하늘을 반사한 비취빛 사각 풀이 있었는데 셋은 그 안에서 시간 가는 줄 모르고 목마를 탔다.

목마는 코르크 나무로 만든 어린이용 수중 놀이기구였으나 풀에는 리와 엘린과 수, 셋뿐이었다. 등에 올라타면 목마는 물에 반쯤이나 잠겼고 무게를 견디지 못하고 매번 쓰러졌다. 셋은 쓰러지는 목마가 재미있었다. 쓰러지지 않으면 쓰러뜨렸다.

보이는 것은 온통 하늘뿐. 물과 하늘이 맞닿았다. 셋은 다투며 목마에 기어올랐고 곧장 쓰러져 물속에 처박혔다. 그들 말고는 아무도 없었다. 아무리 크게 소리 지르고 웃어도 하늘은 꿈쩍하지 않았다.

“번들거리는 목마의 통통한 엉덩이, 그걸 짓궂게 때리며 엘린은 먼 여정의 피로를 풀었어. 그리고 수는 검고 곧고 빛나는 그녀의 긴 머리카락을 물속에 담갔다가 목 뒤로 젖혀 올리며 흰 물방울을 허공에 흩뿌렸지. 그때의 표정과 하늘빛이 생생해. 수와 엘린의 피부에 맺히던 물방울들.”

소크라테스는 리의 말을 듣고만 있었다. 소크라테스의 경청을 리는 따뜻하게 느꼈다. 리가 루앙와를 얘기했던 것은, 그때까지만 해도 행복한 웃음이 그치지 않았었다는 사실을 기억하기 위해서였다. 그때까지만 해도. 말라위에 거의 다다를 때까지만 해도.

말라위에서 무엇이 그들을 기다리고 있을지, 그때 리는 알지 못했다. 전혀 알지 못했다는 점을 강조하고 싶어질 때마다 리는 끝없이 하늘로 퍼져 나가던 루앙와의 웃음소리를 떠올렸다. 소크라테스, 너는 알겠니? 내가 내 소원으로부터 배반당하고 술과 토토에 빠진 까닭을?

리는 자신 앞에 벌어지는 사태를 누구에게도 물을 수 없었다. 수가 청동 별을 목에 걸었다. 리와 엘린 앞에서 그랬다. 그것이 어떤 목걸이인지 수는 알고 걸었던 걸까. 알고 걸었다면 모른 척한 나를 그녀는 어떻게 생각할까. 나는 어떡했어야 했던 걸까.

그녀의 기억이 돌아온 것일까. 그랬다면 어째서 말없이 청동 별을 목에 걸었던 걸까. 그녀는 무엇인 줄 알고 그것을 지금껏 간직해 왔던 것일까.

누구에게도 물을 수 없었다. 므와세는 붉은 유니폼을 입고 살다시피 하며 리버풀 경기의 예상 결과를 집요하게 물어왔다. 리는 EPL 경기에서 도망치다가도 어느새 술에 취해 경기 분석에 매달리는 자신을 발견하고 소스라치게 놀랐다.

수가 청동 별을 목에 건 다음 날 리는 스스로 HOL 병원에 들어와 누웠다. 리버풀 경기 예측이 그날도 적중했고 배가 터질 만큼 보드카를 들이켰으며 청동 별을 목에 건 수가 꿈속에서 말똥말똥한 눈으로 노려보았다.

므와세의 매장에서 눈을 떴을 때 오른쪽 오금이 꺾인 채

펴지지 않았다. 병원까지 혼자 자신의 몸을 끌었다. 자전거로 ADMARC를 오가던 시절의 몸과 마음으로 회복되기 전에는 병원에 갇혀 결코 한 발짝도 움직이지 않겠다고 다짐했다.

그의 상태를 살핀 의사가 말했다. 이대로는 죽어요. 죽습니다. 그의 다짐과 상관없이 의사는 그를 병실에 가두고 침대조차 떠나지 못하게 했다.

"엘린이 나에게 말했어. 내가 아프리카였음 좋겠다고."

리가 말했고 소크라테스는 들었다.

우리가 처음 사랑을 느꼈을 때 그랬어. 소크라테스가 고개를 끄덕였다. 리는 엘린을 말하면서 수를 떠올렸다. 누가 한 말이었던가, 내가 아프리카였으면 좋겠다던 말. 엘린이 아니라 수였던가? 소크라테스의 어깨 너머로 오일 페인팅 된 피오니 한 송이가 건너다 보였다.

엘린은 아프리카가 처음이었고, 오래 머물 준비도 없이 떠나왔어. 갑자기 사라진 친구를 찾아 무작정 날아온 거였지. 리가 말했다. 낯설고 막막했겠지. 나를 만나고 서로 사랑하게 되면서 아프리카가 아프리카인인 나와 다르지 않기를 그녀는 바랐어.

소크라테스가 고개를 끄덕였다. 리의 음성은 차분했다. 나는 말했어, 소크라테스. 아프리카가 어떻든, 나는 당신의 모든 것을 지키겠다고. 그러겠다고 했어. 진심으로.

진심으로. 진심. 진심은 수에게 먼저 바쳐졌던 것이었다. 수는 범죄 집단의 지속적인 표적이 되었다. 자신이 아니고는 수의 안전은 지켜질 수 없다고 리는 믿었다. 엘린에게 바쳤던 자신의 진심은, 어쩌면, 끝내 수를 지키지 못한 자책 때문에 더 절실해졌던 것일지도 모른다고 생각했다.

나이로비 KICC TOP에서 수를 기다리던 시간과, 실망하여 발걸음을 돌리던 순간, 그리고 사라진 그녀의 행적을 찾기 위해 미친 듯 뛰어다니던 날들이 꿈처럼 떠올랐다.

엘린의 친구로 나타난 수가 주디스라는 사실을 알게 된 뒤로, 매우 안타깝고 기묘한 상황이기는 해도, 두 사람 모두의 아프리카가 될 수 있겠다는 희망을 갖던 중이었다.

두 사람과 나누었던 사랑의 기억들이 추억으로 온존할 수 있게 되기를 바랐다. 그런 바람을 지키기 위해 나섰던 이페 여정이었다.

"그런데 이 지경이 되고 말았어. 이제 엘린에게 그 무엇도 되어줄 수 없어."

엘린에게도 수에게도. 엘린도 수도 감쌀 수 없게 되었어. 게다가 수는 내가 준 청동 별을 말없이 목에 걸었어. 혼란하고, 어찌해야 좋을지 모르겠어. 나는 이미 망가졌고 더는 일어설 수 없을지도 몰라.

리는 이 말을 입 밖으로 내지 못했다. 소크라테스는 깊고 그윽해진 눈으로 리를 굽어보았다. 평소와는 다른 모습이었다.

"그런데 소크라테스." 리가 가라앉은 소리로 물었다. "아까

그건 무슨 말이야? 언제까지고 우리 병원이 아닐 거라니?"

소크라테스가 반색했다. 리는 그의 반응을 놓치지 않았다.

"물어줘서 고마워, 리."

소크라테스가 말했다.

"고맙다니?"

"하여튼."

"우리 병원이 아닐 거라는 말은……?"

"실은, 이 병원을 떠나."

"어째서?"

"나로서는 절실하니까."

"좋은 데로 가는 거겠지?"

의례적인 문병이 아닐지도 모른다는 리의 예상이 맞았다.

"나야 어디서나 청소부였지. 여기서든 저기서든."

"이곳 토박이 아니었던가?"

"태어났을 뿐, 일찌감치 혼자 떠돈 험한 세월이 만만찮아, 리."

"음."

누구와도 나눌 수 없을 것 같은 외로움이 그에게서 묻어났던 것도 그 때문이었을까. 리는 생각했다. 누구에게도 물을 수 없던 말을 내가 그에게 털어놓으려 했던 이유도 그 때문이었을까.

"이곳도 어쩌다 잠시 들르게 됐던 것뿐이야."

소크라테스가 말했다.

"어디서든 잘 해낼 거라 믿어."

"그래서 말인데, 리."

"응."

"……."

"말해, 소크라테스."

"그동안 리와 엘린, 수와 레베카가 나한테 베푼 은혜 잊지 않을 거야."

"소크라테스한테 더 많은 신세를 졌어."

"어디에 있든 리에 대한 존경과 우정을 간직할 거야."

"말해, 소크라테스. 괜찮아."

"착……수금 같은 게, 응, 좀 필요해. 아, 꼭 갚을게, 리. 이번엔 단단히 한몫 잡을 수 있어."

"……."

"이번엔 확실해."

"무슨 일인데? 공연한 트집 잡으려고 묻는 건 아니야."

"나야 뭐, 늘 청소지. 하지만 이번엔, 응, 그냥 청소가 아니라……."

"건물 관리 같은 게 아니라는 말인가?"

"말하자면 특수…… 청소지. 말해도 리는 잘 모를 거야."

소크라테스가 의기소침해 보였다.

"므와세에게 부탁해 둘게. 금액은 묻지 않겠어. 므와세한테 가서 직접 말해."

"리는 하늘이 끝까지 보살피실 거야. 기도할게."

소크라테스의 목소리에 생기가 돌았다.

"가는 곳이 어디랬지?"

리가 물었고.

"아…… 아즈나움! 응, 아즈나움."

소크라테스가 대답했다.

"낯설지만 어쩐지 모잠비크 쪽 같은데."

"으응. 모잠비크. 그래, 응, 맞아."

소크라테스가 다시 의기소침해졌다. 정말 어딘가로 멀리 떠나게 돼서 아쉽고 슬퍼진 표정이었다. 아즈나움. 그곳에서는 어쩌면 인도양의 마다가스카르 섬이 건너다보일지도 몰랐다. 그러나 리는 생각을 바꾸었다. 수평선 말고는 아무것도 안 보일지도 모른다고.

벽 너머 복도에서 들려오던 발걸음 소리마저 사라졌다. 사방은 적막에 휩싸였다. 소크라테스가 앉았던 의자는 비어 있었다.

리는 벽에 걸린 피오니를 바라보았다. 희고 크고 탐스러웠다. 병실의 티브이는 스포츠 카페에 있는 것과 같은 한국산 모델이었다.

한 번도 켜지 않았던지 티브이 모니터 액정이 유난히 깊어 보이는 어둠을 품고 있었다. 희고 큰 피오니 옆에 매달린 사각의 검은 평판이 어딘가 기이했다. 소크라테스의 눈에도 알 수 없는 그늘이 가득했었다는 사실을 리는 떠올렸다.

소크라테스는 문을 나서기 전 걸음을 멈추고 뒤돌아보았다. 그랬었다. 리와 눈이 마주쳤다. 소크라테스는 말없이 한쪽 팔을 어깨 위로 올렸다가 천천히 내렸다. 리는 그것이 작별의 몸짓이라는 것을 알았다.

그는 문을 열고, 밖으로 나갔다. 소리 없이 문이 닫혔다. 병실 안에는 빠르게 고요가 고이기 시작했다. 소크라테스의 기척이 더는 느껴지지 않게 되었을 때 리는 그의 몸짓이 따뜻하면서도 매우 비장했었다는 사실을 뒤늦게 떠올렸다.

"나이로비를 떠나던 날 한차례 큰 비가 내렸어."

수가 말했다. 높낮이 없이 느리게 이어졌다.

"도로 곳곳에 붉은 빗물이 흘러넘쳤지."

엘린은 수의 말을 들었다. 수를 위해 엘린은 파프리카를 썰었다.

—그토록 기억의 세부가 되살아나는데 수, 청동 별에 적힌 말은 모르겠다는 거니?

"나무 그늘 밑에 차를 멈추고 비가 지나가기를 기다렸어. 그랬던 것 같아. 약간 추웠던가. 맞아, 핑크빛 카디건을 입었었지. 생각나. 렌터카 스티어링에 팔을 걸치고 하늘을 올려다 보았어. 구름이 낮게 드리워져 있었지."

전별(餞別)을 위해 엘린은 파프리카와 가지를 볶았다. 특별히 싱싱하고 빛깔이 좋은 걸로 골라 샀다. 열네 시간이 지나면 아침이 올 것이고 수는 음바니를 떠날 것이다. 수는 엘린이 만든 야채 볶음을 은시마와 함께 먹는 것을 좋아했다.

―그것은 키쿠유족의 말을 소리 나는 대로 적은 거였어, 수. 키쿠유족 말일지도 모른다고 생각한 것은 너무도 당연해. 아프리카에는 3천 개도 넘는 언어가 있다고 하는데 하필 키쿠유족이겠어. 네가 나였더라도 가장 먼저 키쿠유족 말부터 확인했겠지. 안 그래? 리가 키쿠유니까. 리가 키쿠유잖아.

"살구색과 피타야색과, 음, 그리고 커스터드 애플빛이 절묘하게 섞인 카디건이었어. 가볍고 부드러운 것."

이름은 파프리카 앤드 가지 볶음이었으나 수는 파프리카와 가지를 합한 것보다 더 많은 토마토를 원했다. 언제나 그랬다. 그녀가 좋아하는 것은 가열된 올리브유에 익으면서 시큼해지는 토마토 맛과 향이었다.

―키쿠유는 드물지도 않아. 내가 알아본 것만으로도 HOL 안에 세 명이야. 더 알아볼 수도 있었지만 그럴 필요가 있겠어? 목걸이에 적힌 말의 뜻만 알면 되는 거잖아. 내가 눈으로 외웠던 것을 말하니까, 웅, 그들은 금방 알아차리고 웃었어. 막 웃더군. 누구한테 받은 프러포즈냐면서.

"비는 그쳤지만 곧장 차를 출발시키지 않았던 것 같아, 엘린. 붉은 물이 콸콸거리며 배수구로 빨려 들어가는 것을 지켜보았지. 머리 위에서 구름이 회오리치고, 벌어지는 구름 사이로 희고 푸른 하늘이 살짝 보였어. 모두 떠올라."

엘린은 프라이팬에 올리브유를 두르고 썰어놓은 파프리카와 가지와 토마토를 넣었다. 바질 가루와 후추를 뿌리고 센 불로 볶으며 살짝 소금을 넣었다.

—청동 별을 주었던 사람에게서 잠시 떠나 말라위로 향하던 날의 기억을 너는 말하고 있어. 지금 내 앞에서 그러고 있는 거야. 그러면서 그 사람이 누구인지는 아직 떠오르지 않는다는 듯 너는 그에 관해 말하지 않아. 그럴 리가 있을까. 그게 말이 돼? 다른 건 자세히 떠올리면서 어떻게 사랑했던 사람을 떠올릴 수 없을까.

"푹 익혀줘, 엘린."

수가 프라이팬을 기웃거렸다.

—'함께 살아줘'였어. 별에 적힌 글.

"알아. 스튜 수준인거."

엘린이 웃었다.

"아, 이거 먹고 싶을 땐 어쩐다지?"

"만들어 먹으면 되지. 간단하잖아. 이것처럼 간단한 게 있을까?"

"내가 만들면 아무 맛도 안 나."

엘린은 은시마를 다른 그릇에 따로 준비하고 토마토가 익으며 무르는 것을 지켜보았다.

—나를 압박하려는 거야 너는. 그렇게 위협하려는 거라고. 아닌 척, 서서히, 그러나 결코 멈추지 않는. 잔인한. 하지만 그래서 어쩌려고?

"시원한 바람이 가로수를 흔들며 지나갔어." 추억에 잠기듯 수가 다시 말을 꺼냈다. "나뭇잎에 묻어 있던 빗방울들이 작은 열매처럼 후드득 떨어져 내렸어. 구름이 흩어지고 하늘이 점점 높아졌지."

수는 은밀하고 집요했다. 엘린은 흔들리려는 마음을 다잡고 음식을 접시에 옮겼다. 숨을 들이켜고, 천천히, 몸을 움직였다.

—음, 그래 나도. 그렇다면 은밀하게.

"컨퍼런스 센터 앞을 지나며 하늘을 바라보았어. 초대 대통령의 동상이 비를 맞아 추워 보였지. 하늘로 솟은 KICC TOP이 멀리 보였어. 그와 만나기로 한 곳. 내가 돌아가야 할 곳이었어, 엘린. 그곳. 그러나 가지 못했지."

수는 주저하지 않았다. 목소리에서 여유가 느껴졌으며 느릿하고 평온했다. 리와의 관계를 숨길 마음이 전혀 없어 보였다.

—리의 존재가 익명이 아닌 실명으로 등장할 날이 멀지 않았겠지, 수. 너는 위협을 늦추지 않을 거야. 알아. 그게 지금 너니까. 하지만 나도 머뭇거리지 않겠지. 망설이지 않을 거야.

그게 지금의 나야.

"앉자, 엘린."

수가 흰 포도주를 식탁 위에 올려놓았다.

—파국이야. 누구도 행복하지 않은. 우리가 이렇게 되다니.

"내가 준비했어야 하는 건데, 수."

"엘린과 리에게 진심으로 감사해. 두 사람이 아니었다면 나는 아무것도 못했을 거야."

"수가 다시 일을 시작하게 돼서 나도 기뻐."

"리가 병원에 누워 있어서, 오늘 같은 날 마음이 더 안 좋다."

"수가 아프리카에 온 이유가 다시 분명해지는 일이니까 리도 수가 떠나는 것을 기뻐할 거야. 함께 건배하지 못해 아쉽기는 하겠지만."

"응. 뭐 아주 떠나는 것도 아니니까."

다시 돌아오겠다는 말. 엘린은 그렇게 들었다. 그러기로 했던가.

수의 일은 여러 지역을 바삐 순회하지 않으면 안 되는 일이었다. 정처를 둘 수 없었다. 한곳에 3주 이상 머물지 않았다. 한 번 떠나면 그래서 아주 떠나는 것과 다르지 않았다.

음바니로 돌아온다고 해도 그건 잠시였다. 엘린은 그럴 거라고 생각했다. 생각했었다. 그러나 수의 말은 느낌이 달랐다.

—근거지를 음바니에 두겠다는 걸까. 리의 집에? 그것에 관해 우리가 얘기를 나누었던가. 리 곁에 언제까지고 있고

싶다는 말이겠지. 자주, 그리고 오래.

"그곳 일정이 언제쯤 끝날 것 같아? 마치고 다시 이리로 오게 되는 거야, 수?"

"가봐야 알겠지만 마치는 대로 돌아올 거야. 그때쯤이면 리도 좋아져 있겠지?"

그녀가 아프리카에 머무는 이유가 점점 명백해지는 거라고 엘린은 생각했다. 협회의 일보다는 리. 리 때문이라고.

"2, 3주쯤 후일까, 수?"

"아마도."

"어디라고 했지?"

알고 있었으나, 엘린이 물었다.

"뭐가?"

"수가 있게 될 곳."

"므완자."

"아, 므완자라고 했지."

다시 놀랐다. 알고 있었으면서도.

"아는 곳이야, 엘린?"

"알……고 말고. 리가 케냐를 탈출할 때."

"탈출? 추방이 아니었고?"

"자의 반 타의 반이었으니까."

수가 다시 돌아올 때는 모든 것이 더는 익명이 아닐 테지. 엘린은 수의 입안으로 들어가는 익은 토마토를 바라보았다. 저

입으로 수는 말하겠지. 엘린, 더 많은 기억이 돌아왔거든! 그중에는 리의 이름도 들어 있을 것이다. 리. 리 음보야. 2, 3주면 그리되고도 남을 시간이었다.

"므완자를 경유했었어? 리가?"

"수는 모르겠구나. 응, 그랬어."

배를 타고 빅토리아 호를 몰래 건너 탄자니아에 닿았지. 수가 모르는 리의 시간을 혼자만 안다는 게 엘린은 통쾌했다.

그러나 엘린은 케냐의 시간을 알지 못했다. 수와 함께했던 리의 시간들. 리 음보야. 그의 존재를 수는 벌써 자신의 기억 안에서 떠올려 알고 있을 거라고 엘린은 짐작했다. 안다는 사실을 발설할 적절한 타이밍을 고르고 있을 뿐이라고.

2, 3주면 충분할 거라는 건 그 뜻이었다. 다시 돌아오면 수는 토마토를 먹는 저 입으로 말하겠지. 나이로비의 시간들을. 그의 이름을.

다시 돌아오겠어! 그러고 말겠어. 수의 말을 엘린은 그렇게 들었다. 반드시 돌아올 거야……. 아주 떠나는 것이 아니라는 수의 말을, 엘린은 그렇게 들었다.

"므완자가 나는 처음이야."

수가 말했고

"좋은 곳이랬어."

엘린이 말했다. 몸속 장기들이 일제히 차갑게 식었다. 엘린은 포도주 한 모금을 필사적으로 넘겼다. 속은 쉽게 풀리지 않았다.

“혼자만 마시지 말고 건배해, 엘린.”

수가 말했다.

“그래, 건배.”

엘린이 잔을 들어올렸다.

엘린은 알고 있었다. 수가 가는 곳. 알았으면서도 들을 때마다 엘린은 놀랐다.

므완자보다 먼저 알고 있었던 것이 소크라테스의 행선지였기 때문에. 그가 아즈나움으로 간다는 얘기를 리에게서 들었고, 소크라테스는 이미 그곳으로 떠났다.

알고 있었고, 알아서 놀랄 수밖에 없었으나, 엘린은 그 사실을 수에게 내비치지 않았다. 소크라테스의 정체를 끝내 알리지 않았다.

수가 일을 다시 시작하는 때에 맞추어 소크라테스가 움직인 이유를 말하지 않았다. 그가 먼저 가 있는 아즈나움이 어떤 곳인지 말하지 않았다.

그것은 예견이었을까. 엘린은 다시 포도주 한 모금을 목구멍 깊숙이 흘려 넣었다. 수가 머잖아 기억을 회복할 거라는 걸 알고 있었던 걸까. 이런 날이 올 것이라는 것을. 그리고 그것에 대비하려 했던 것은 아니었을까.

리를 포함한 자신과 수의 관계가 예기치 않은 방향으로 치달을 줄 미리 알고 예방과 방어 차원에서 그랬던 것일까. 과연 방어 심리만이었을까. 소크라테스를 이페 행에서 배제시켰던 이유를 말하지 않았고 그 뒤로도 소크라테스에 관한 한 어떤 것도 입 밖에 내지 않았던 것.

이페에 다녀온 뒤로 리를 포함한 자신과 수의 관계가 정말로 예상치 않은 방향으로 흘렀으나, 그럴 것이라는 예상은 빗나가지 않은 셈이었다. 그리고 엘린은 마침내 자신이 심각한 수세에 처했다고 진단했으며, 더불어 든든한 무기와도 같은 비밀을 간직하고 있다는 사실이 다행스러워졌다. 소크라테스라는 비밀. 다행스럽다고 느끼는 순간 다행스럽다고 느끼는 자신에게 경악했다.

모잠비크 어디에도 아즈나움은 없었다.

일일이 확인할 필요도 없었다. 소크라테스가 리에게 말했던 아즈나움은 거짓 지명이었다.

그러는 것이 NBM의 수법이거나 소크라테스의 습관도 아니었다. 얼결에 한 대답이었을 것이다. 다른 지역으로 서둘러 이동하는 소크라테스를 의심하기만 하면 쉽게 알 수 있는 일이었다.

소크라테스의 이동을 의심하고 주시한 것은 엘린뿐이었다. 그가 아즈나움이라는 곳으로 가게 되었다는 말을 엘린은 리에게서 들었다. 리는 그곳이 모잠비크의 해변 도시일 거라고 말했다. 그리고 며칠 뒤 엘린은 수가 므완자로 떠날 거라는 말을 들었다.

그로써 아즈나움은 세상에 존재하지 않는 곳이라는 걸 알게 되었다. 소크라테스를 의심하지 않은 사람에게는 쉽지 않은 퍼즐이었으나 엘린은 소크라테스의 모든 것을 의심했다.

아즈나움은 탄자니아 제2의 도시인 므완자(Mwanza)였다. 그것의 알파벳 역순이었다.

'이번엔 확실해.'

소크라테스가 리에게 했다는 말을 떠올리며 엘린은 잔을 들었다. 보드카로 바뀌어 있었다. 엘린의 속은 좀처럼 녹지 않았다.

뜨겁고 진한 커피가 마시고 싶었다. 이번엔 확실해……. 그 말과 함께 소크라테스가 했다던 특수 청소라는 표현이 좀처럼 엘린의 머리에서 떠나지 않았다.

"고마워."

수가 말했다.

"그리 말해 주니 나도 고맙긴 하지만." 엘린이 자리에서 일어서며 말했다. "나와 리가 아니었대도 수는 무엇이든 할 수 있었어. 앞으로도 그럴 테고. 커피를 내려야겠어. 마실 거지?"

"그동안……." 수가 말했다. "나 모르게 보스턴과 연락하면서 나를 케어했던 거, 고마워."

주방으로 향하던 엘린이 얼어붙듯 멈추었다.

"알……고 있었던 거야, 수?"

"응."

"어떻게?"

"므완자 지부로부터 들었어."

"어떻게?"

"어떻게라니? 대답했잖아."

엘린은 정신을 차렸다.

"전화로?"

"응."

"전화로 전해 들었다는 거야?"

"그렇다니까, 엘린. 그게 이상해?"

엘린은 멈추었던 걸음을 뗐다. 눈을 크게 뜨고 커피콩과 무쇠 절구의 위치를 가늠했다.

"아니, 수. 이상한 게 아니라…… 어쨌든 그게 고맙다는 거지?"

"그렇다니까."

"수가 반대하던 거였잖아. 과거가 기억이 아닌 지식이 될까 봐 혼자 떠올려보겠다고 했어. 하지만 수 모르게 나는 보스턴과 연락을 취한 거고."

"응."

"비밀스럽게 한 거잖아. 그래서 미안한 거고."

"하지만 엘린. 나에게 아무 말 안 했기 때문에 내 과거는 지식이 되지 않았어. 그랬으니 비밀도 아니고 미안할 것도 아니야."

"아니라고?"

"고맙다고 하고 있잖아. 엘린은 날 배려했고, 보살폈어."

"그런가?"

"그래. 커피 내린다며."

"그랬지."

어디까지 들었다는 걸까. 어디까지 아는 걸까. 내가 그녀의 '나이로비의 보호자'에 관해 협회에 문의했다는 사실까지 알고 있는 걸까.

두 사람이 연인이었다는 것을 일찍이 눈치 채고도 지금껏 내색하지 않았다는 걸 그녀가 안다면, 그녀가 안다면, 과연 고맙다고 할 수 있을까.

그녀는 모르고 있는 거다.

생두를 볶음판에 볶으며 엘린은 크게 숨을 들이켰다. 모르고 있는 거야……. 희고 가느다란 연기가 무언가의 영혼처럼 커피콩 사이사이에서 피어났고, 그것들은 곧 사라지며 향기로 변했다.

엘린은 볶은 콩을 절구에 빻고, 빻은 가루를 드리퍼의 여과지에 옮겨 덜었다. 뜨거운 물을 부어 우려냈다. 포트의 물이 반쯤 줄어들 즈음 엘린의 모든 동작이 다시 멈추었다.

어떤 강렬한 느낌이 뇌를 통하지 않고 곧장 팔을 타고 내려와 손동작을 멈추게 했다. 그리고 온몸으로 빠르게 퍼져나갔다. 몸이 먼저 경직됐고 이유를 깨달은 것은 나중이었다.

수가 밝힌 고마움의 뜻이, 보복을 예고하는 것이라는 것.

모든 걸 알지만 모르는 척하겠어……. 이것이 수의 속마음이라고 엘린은 생각했다. 엘린, 네가 방심하도록 더 내버려 두겠어. 긴장과 경계와 의심을 모두 내려놓게. 그러려면 고맙다고 해야겠지. 네가 고맙다고. 그래서 네가 나를 믿고 안심하게 되는 순간, 엘린, 너는 네가 한 짓의 열 배 백 배에 해당하는 대가를 치르게 될 거야.

고맙다는 수의 말은, 곧 돌아올 테니 기다리라는 말이었다.

엘린은 두 개의 커피 잔을 들고 수가 앉아 있는 탁자로 다가갔다. 천천히 걸었으나 커피의 수면이 몹시 흔들렸다. 커피는 어떤 날보다도 더 검고 깊고 번들거렸다.

하지만 내일이면, 너는 므완자로 가지.

엘린은 수에게 커피 잔을 건넸다.

소크라테스의 비밀을 나만 알고 침묵해 온 게 얼마나 다행인지.

수가 커피 잔을 받았다.

"고마워."

너는 또 고맙다고 말하는구나. 엘린은 수를 똑바로 바라보았다. 상관없어. 긴장하지도 경계하지도 않아, 수. 어쩌면 너를 기다릴 필요가 없어질 테니까.

"건배할까?"

엘린이 말했다.

"커피를?"

수가 되물었다.

"무슨 상관이야."

"그럴까?"

둘은 커피 잔을 부딪쳤다. 검을 부딪치듯.

병원 화단의 자이언트프로테아가 여기저기 커다란 꽃봉오리를 내밀었다. 창끝 같은 바이올렛 꽃잎이 아침 햇살을 받아 더욱 날카로웠다.

"안 돼, 레베카."

엘린이 낮고 차분하게 말했다. 엘린과 레베카가 병원 현관 그늘에 서 있었다.

레베카는 말없이 병원의 화단을 바라보았다. 열매가 불에 타야만 종자를 퍼트릴 수 있는 식물이 프로테아라고 말했던 것은 소크라테스였다.

소크라테스가 병원을 떠난 지 2주가 넘었다. 레베카는 그가 있는 곳에 가고 싶어 했다. 레베카도 그가 아즈나움에 있다고 믿었다.

"내 말을 들어야 해."

그곳은 세상에 없는 곳이라고 엘린은 말하지 않았다. 뒤늦게 소크라테스에게 푹 빠져버린 레베카가 엘린은 안타까웠다.

"어째서 가면 안 된다는 건지 모르겠어."

레베카는 화단에서 눈을 떼지 않았다. 앞산에 불이 났고, 재와 함께 씨앗이 날아와 병원 건물 벽에 부딪혔고, 벽 발치에 쌓인 그것에서 프로테아의 싹이 났을 거라고 말하던 소크라테스를 떠올리는 것 같았다. 프로테아는 병원 건물의 앞쪽 화단에만 가득 자랐다.

"곧 돌아올 거라고 소크라테스가 말하지 않았어?"

나뭇잎을 멋지게 엮어 만든 현관 포치도 소크라테스의 솜씨라는 걸 엘린은 알았다. 엘린과 레베카가 그 포치 그늘 아래 있었다. 프로테아를 가꾸고 다듬는 일도 소크라테스의 몫이었다.

"그랬어."

레베카가 대답했다.

"그랬을 거야." 엘린은 고개를 돌려 현관 안쪽을 들여다본 뒤 말했다. "그곳은 험한 곳이야."

"나한테는 험하다는 말 안 했어, 엘린."

"레베카가 걱정할 테니까."

엘린은 다시 현관 안쪽을 들여다보았다. 눈부신 아침 햇빛 때문에 건물 안쪽은 어두웠다. 레베카도 엘린을 따라 현관 안쪽을 들여다보았다. 병원 안마당에 아까부터 피아트 한 대가 서 있었다.

"괜찮을까, 엘린?"

"소크라테스라면 문제없어. 오래 걸릴 일은 아니겠지. 곧 돌아온다고 했으니까."

엘린은 수와 리의 작별이 길어지는 것이 궁금했다. 무슨 말을 주고받는 걸까. 두 사람을 차마 오래 보고 있을 수 없어서 엘린은 먼저 병실을 나왔다. 수 앞에서 표정을 수습하기가 어려웠다.

곧 따라 나올 줄 알았던 수는 좀처럼 모습을 보이지 않았다. 리 앞에서 다시 그 목걸이를 꺼내 걸고 있는 것은 아닐까. 엘린은 자꾸 현관 안쪽의 어둠을 살폈고 레베카는 아쉬운 눈길로 화단의 프로테아를 바라보았다.

프로테아는 사람의 키만큼이나 컸다. 리의 병실 창문으로도 그것의 잎과 꽃이 내다보였다. 떠나는 수와 보내는 리의 모습을 엘린은 떠올렸다. 프로테아 그늘 짙은 창가를 배경으로 벌어지고 있을 애틋한 작별의 풍경.

안 된다는 말은 레베카보다 수에게 해야 하는 것 아닐까.

안 돼, 수. 므완자에 가지 마. 내 말을 들어야 해.

그래야 하는 것 아닐까. 아직 늦지 않았으니. 엘린은 데니야드와 브램블 숲을 떠올렸다. 가시넝쿨과 땡땡과 밀루 매트. 느릅나무 그늘과 가시풀꽃.

메리가 그 양을 사랑하기 때문이지요~

네가 아는 그 양을, 그 양을~

네가 알 듯 사랑하기 때문이라고~

선생님이 대답했죠~

수와 함께 누워 올려다보던 하늘과 구름. 수 앞에서 비로소 찢어버릴 수 있었던 아버지의 편지들. 육아일기를 읽고 수가 괴로워할 때 조용히 불러주었던 노래.

가면 안 된다니까. 내 말을 들어…….

엘린이 신음처럼 중얼거렸고 그것을 레베카가 들었다.

"알았어, 엘린. 응. 곧 돌아온다고 했으니까."

레베카가 고개를 끄덕였으나 엘린은 레베카를 보고 있지 않았다. 프로테아에 시선을 버려두고 있었다.

"엘린!"

레베카가 불렀다. 엘린은 레베카를 향해 고개를 들었다.

"엘린, 괜찮은 거야?"

"응."

엘린은 숨을 크게 들이켰다. 그때 현관 안쪽 어둠에서 수가 나타났다.

수는 종아리까지 내려오는 흰 원피스를 입고 있었다. 검고 곧은 머리가 흰 옷의 어깨에 닿아 찰랑거렸다. 엘린은 수의 찰랑거리는 머릿결을 볼 때마다 놀랐다. 어쩌면 검은 머리카락이 저토록 빛나며 찰랑거릴 수 있을까.

루앙와에서 머리에 물을 적셔 허공에 흩뿌리던 그녀의 모습이 떠올랐다. 물과 하늘 사이로 끝없이 흐르던 세 사람의 웃음. 세 사람뿐이었던 세계. 얼마든지 다시 그때로 돌아갈 수 있다고 엘린은 생각했다. 돌아갈 수 있다고. 모두의 바람이었던 평화로운 삼각형으로.

어두운 곳에서 나오자 수는 더 눈부셨다. 언제나 아름다웠던, 둘도 없는 나의 친구. 그녀의 목에는 청동 별이 걸려 있지 않았다.

수는 포치의 그늘을 벗어나 병원 마당으로 내려섰다. 갑작스런 햇빛에 그녀의 작은 몸이 흔적 없이 증발해 버릴 것 같았다. 지금이야. 그녀를 잡아야 해! 엘린은 수를 향해 손을 뻗었다.

마당에 서 있던 피아트의 문이 슬며시 열렸다. 소크라테스 자리에 새로 충원된 음주주 출신의 남자였다. 은카타 만의 페리 포트까지 수를 에스코트하기로 돼 있었다.

수는 은카타 만에서 배를 타고 거대한 호수를 가로질러 탄자니아의 음밤바 항에 내리기로 했다. 송게아를 거쳐 므완자까지는 육로로 달릴 것이다.

남자는 피아트의 문을 열어놓고 수를 기다렸다. 그의 키는 자동차 높이를 훌쩍 넘었다. 가만히 서 있는데도 공손함이 감추어지지 않았다.

마당의 풀 위로 바람이 지나가며 발목을 간질였다. 주먹만 한 프로테아 꽃봉오리들이 졸린 눈 뜨듯 꽃잎을 벌리기 시작했다.

수는 별 가운데를 느리게 걸었다. 스커트 폭이 넓지 않아 빠르게 걸을 수 없었다. 저런 옷이 있었던가. 얼마 전 한국에서 온 소포 안에 들었던 것이었을까.

처음 보는 옷이 수에게 있다는 사실이 의아했다. 그러고 보니 소포의 내용에 관해 들은 바가 없었다. 그래, 수. 잘 가.

그 옷이 너를 므완자로 보내는 이유가 될 수 없지. 소포의 내용이 무엇이든 그것이 너를 막지 않는 이유가 될 수는 없어. 반면, 너를 보내지 말아야 하는 이유와 너를 막아서야 하는 이유는 너무도 많고 분명해. 너는 하나밖에 없는 나의 친구, 수. 나는 모든 것을 시애틀에 버려두고 행방이 묘연한 너를 찾아 무작정 이곳으로 달려온 엘린이야. 너를 붙들어야지. 소크라테스 일당이 벼르고 있는 므완자에 가지 못하도록. 너를 붙들게. 그동안 미안했어, 수. 이제 너를 꽉 잡을게.

피아트에 다가선 수가 음주주 출신의 남자에게 짐에 관해 물었다. 남자는 뒤 트렁크를 가리키며 예의바른 미소를 지었다.

남자가 차 앞쪽을 경쾌하게 돌아 운전석으로 가 앉았다. 수가 열린 문으로 들어가 앉았다. 엘린이나 레베카가 차 문을 닫아주며 인사를 건네면 작별이었다.

지금이야. 그녀를 잡아야 해!

엘린은 수를 향해 손을 뻗었다.

"안 돼, 수. 가지 마."

엘린이 말했다. 수가 미소 지었다. 레베카와 눈인사를 나누고 수는 엘린을 바라보았다.

남자가 시동을 걸었다. 수도 레베카도 남자도 엘린의 말에 반응하지 않았다.

엘린은 다급히 고개를 돌려 병동을 바라보았다. 프로테아 가지 사이로 리의 병실 창문이 보였다. 유리가 하늘을 반사하고 있어서 안쪽이 보이지 않았다.

리는, 이 장면을, 보고 있을까. 병상에 누운 채 꼼짝 못 하고 있을까. 수와 나는 왜 이리되었을까. 리는 어째서 저토록 무력해진 걸까.

"내 말을 들어야 해!"

엘린이 소리쳤다. 수와 레베카와 남자가 서로 짜고 엘린을 외면하는 것 같았다.

레베카가 차 문을 닫았다. 수가 창 안에서 손을 흔들었다. 불행하게도 엘린은 모든 상황을 알고 있었다. 자신의 말이 입 밖으로 흘러나오지 않았다는 것을 알았다.

말을 하면서도 그것이 소리가 되지 않을 것이라는 걸 알았다. 소리가 되지 않기를 바란다는 것도.

나는 추악하다.

엘린은 자신의 입을 틀어막고, 천천히 움직이는 피아트의 뒷모습을 바라보았다. 레베카가 피아트를 향해 손을 흔들었다. 어찌하지 못하는 내가 비참하고, 어찌하지 않는 내가 잔인하다.

수의 모습이 더는 보이지 않았다. 자동차의 뒷유리도 온통 하늘이었다.

입을 막았던 손을 떼고 엘린은 몸속 깊은 곳에서 솟구쳐 오르는 말을 토해내려 애썼다. 그것이 무슨 말일지 엘린은 알지 못했다. 비명일지 신음일지도.

막혔던 입에서 그것이 터져 나왔을 때 엘린은 총에 맞은 듯 소스라쳤다.

“사랑해, 언-니.”

한 번에 힘주어 제대로 발음했다는 것이 놀라웠다. 한 치의 거짓 없는 진심이었다는 것에 더 놀랐다.

붙잡거나 막지 않았으면서 진심이라고 믿는 자신을 의심하지 않는다는 사실이 공포스러웠다.

피아트는 실 끝 같은 먼지를 남기며 지평선 너머로 자취를 감추었다.

'이루어지니까 찾지 않는다'고 말했던 것은 요루바족 가이드 사내였다. 이 이야기 속의 누구도 끝내 그의 말뜻을 알지 못했다.

〈끝〉

작가의 말

오래전부터 멜로 소설을 쓰고 싶었는데 이번에 원을 풀었다.

멜로란 Melody일 텐데 소설에서는 BGM도 OST도 삽입할 수 없다. 그래도 멜로 소설이니 음악성을 가져와야겠다 싶어서 쓰는 내내 아다지오 아다지오를 주문처럼 외웠다. 아다지오 G마이너. 이 소설은 느림의 형식이고 어쩌면 그것이 전부일지도 모르겠다.

따뜻하고 안타깝고 서늘하고 끔찍한 이야기가 조용히 진행되길 바랐다. 눈에 띄지 않되, 다만 그것들이 저류처럼 흐르기를. 타르코프스키의 〈스토커(Stalker)〉가 소설의 동기가 되었던 까닭도 그것에서 고대 비극의 매력을 느꼈기 때문이다. 요사이 개인적으로 비극적인 것에 관심이 있다. 무너지는 것은 열리는 것이기 때문이다. 인간이 비참하다는 것을 아는 인간은 위대하다고 한 게 파스칼이었던가. 에우리피데스의 비극 〈히폴리투스〉를 〈페드르〉로 고쳐 쓴 라신도 같은 생각이었을 것이다.

아프리카 및 입양에 관한 도서와 정보를 인용하거나 참고할 수밖에 없었다. EBS 영상을 옮겨 적기도 했다. 일일이 각주를 달지 않았으나 필요하다면 구체적으로 밝혀야 할 것이다.

첫 멜로 소설이다. 홀가분하면서도 떨린다.

구효서

새벽별이 이마에 닿을 때

초판 1쇄 2016년 4월 25일
초판 2쇄 2016년 6월 30일

지은이 | 구효서
펴낸이 | 송영석

편집장 | 이진숙 · 이혜진
기획편집 | 박신애 · 박은영 · 정다움 · 정다경 · 김단비
디자인 | 박윤정 · 김현철
마케팅 | 이종우 · 허성권 · 김유종 · 한승민
관리 | 송우석 · 황규성 · 전지연 · 황지현

펴낸곳 | (株)해냄출판사
등록번호 | 제10-229호
등록일자 | 1988년 5월 11일(설립일자 | 1983년 6월 24일)

04042 서울시 마포구 잔다리로 30 해냄빌딩 5 · 6층
대표전화 | 326-1600 **팩스** | 326-1624
홈페이지 | www.hainaim.com

ISBN 978-89-6574-548-8

이 도서의 국립중앙도서관 출판예정도서목록(CIP)은 서지정보유통지원시스템 홈페이지(http://seoji.nl.go.kr)와 국가자료공동목록시스템(http://www.nl.go.kr/kolisnet)에서 이용하실 수 있습니다.(CIP제어번호:CIP2016008701)